Für Johannes

Aller guten Dinge sind drei!

Alexander Ried

Geheimnis

Ein Sarah-Kobler-Krimi

Bibliografische Information der Deutschen Nationalbibliothek:
Die Deutsche Nationalbibliothek verzeichnet diese Publikation in der Deutschen Nationalbibliografie; detaillierte bibliografische Daten sind im Internet über http://dnb.dnb.de abrufbar.

© 2016 Alexander Ried

Korrektorat: **Claudia Klaedtke**
Coverdesign: **Casandra Krammer**
Lektorat: **Tina Schmidt**

Herstellung und Verlag:
BoD – Books on Demand, Norderstedt

ISBN: 978-374-120-911-6

1. Kapitel – Montag, 08.06.2015, 22:57 Uhr

Es nieselte, als Sarah Kobler und ihr Kollege Tom Rester aus dem Auto stiegen. Der Abend hatte sternenklar begonnen, nur um dann nach und nach den Wolken und dem Regen nachzugeben. Die Nacht verhieß kühl zu werden. Wind peitschte dünne Tropfen in die Gesichter der Kommissare. Aus dem Autoradio verkündete Grönemeyer „Ich trage dich bei mir", bis er abrupt im Satz durch das Abziehen des Schlüssels unterbrochen wurde.

„Das Wetter passt zum Anlass", brummte Tom, während er sich umdrehte und vergewisserte, dass er das Fahrzeug auch ordnungsgemäß abgeschlossen hatte. Es wäre nicht das erste Mal, dass man Polizisten im Rahmen eines Einsatzes Teile, Inhalt oder sogar das ganze Auto entwendet. Die Welt war zu einem Irrenhaus verkommen. Sarah und ihr Kollege wussten das nur zu genau.

Die beiden Kommissare gingen zum Eingang des Mehrfamilienhauses. Zwei Beamte standen vor einer blau umrahmten Tür und kontrollierten die Dienstausweise. Ein Schild neben der Einfahrt verkündete, dass die Parkplätze vor dem Gebäude nur für Anwohner gedacht waren. Ohne Parkberechtigung drohte Strafe.

Kobler und Rester zeigten wortlos ihre Dienstmarken. Dann stapften sie ohne Eile bis in den dritten Stock. Es lief ihnen nichts davon. Normale Menschen lagen um diese Zeit bereits schlafend in ihren Betten und erholten sich für den kommenden Arbeitstag. Augen auf bei der Berufswahl, dachte Sarah und seufzte, als sie vor der Wohnungstür endlich ankamen.

Sie wartete einen Moment, bis ihr Kollege mit schlurfendem, müdem Schritt zu ihr aufgeschlossen hatte. Aus der Öffnung drang Licht auf den Gang. Von innen vernahm man das Geraune von Stimmen und das Klicken von Fotoapparaten. Die gewohnte Geräuschkulisse aus Spurensicherung und Rechtsmedizin.

Sarah und Tom waren nun seit ungefähr einem halben Jahr ein Team. Am Anfang war es Tom schwergefallen, Berufliches und Privates zu trennen. Seine Kollegin hatte ihre körperlichen Reize und sie gab sich keine Mühe, diese zu verstecken. Jetzt aber schätzte er sie als jemanden mit Intuition und schneller Auffassungsgabe. Sie bemerkte Details, die andere übersahen und bewies bei allem Menschenkenntnis. Das in Gesamtheit machte einen guten Ermittler aus, auch wenn sie manchmal ihre ganz eigene Methode hatte, Dinge herauszufinden.

„Dann wollen wir mal", gähnte Rester. Er zog ein Paar Einmalhandschuhe aus der Jackentasche, wo er immer einen kleinen Vorrat für Einsätze wie diesen aufbewahrte. Gründlichkeit war eben wichtig. Nach Toms Meinung war es möglich, jeden Mordfall zu klären, wenn man nur mit ausreichender Gewissenhaftigkeit vorging. Manche Sachlagen waren zwar komplexer als andere, aber wenn man sich alle Puzzleteile sorgfältig genug zurechtlegte, dann kam man den meisten Tätern auf die Spur.

Kobler nickte ihm zu und trat einen Schritt durch die Eingangstür. Wie immer war dies für sie ein magischer Moment, oder zumindest etwas, was ihr Gänsehaut verursachen konnte. Sie hatte sich schon oft gefragt, wie das wohl sein musste, falls es tatsächlich Geister gäbe. Müsste dann nicht die Seele des Ermordeten noch irgendwo hier sein, jetzt während sie eintrat? Würde sie ihr das Eindringen in die eigene Wohnung übel nehmen und wäre sie Sarah böse, wenn sie den Fall nicht klären und dem Opfer keine Gerechtigkeit widerfahren würde?

Die Kommissarin wusste, dass das wahrscheinlich esoterischer Quatsch war, und dennoch beschlich sie immer an der Schwelle zu einem Tatort dieses komische Gefühl. Wer konnte schon sagen, was es alles gab oder nicht. Auch wenn sie sich in ihrem Beruf stets auf Fakten und Beweise und nie auf den Glauben allein stützte.

Sie blieb stehen und befühlte die Einrahmung der Tür. Langsam strich sie über die glatte Oberfläche. Die Wohnung war augenscheinlich nicht durch Gewalt geöffnet worden. Das Schloss war intakt und auch am Rahmen gab es keine Kratzer oder Spuren von körperlicher Kraft, die geholfen hatte, sich Eintritt zu verschaffen.

„Nichts kaputt", murmelte sie in die Richtung ihres Kollegen gewandt und trat einen kleinen Schritt zur Seite, um auch ihm Platz zu machen. Rester schlüpfte an ihr vorbei und war bemüht, nichts zu verändern oder zu berühren.

„Ist die Frage, wer alles über einen Schlüssel zur Wohnung verfügt", meinte er. „Entweder das Opfer hat selber auf gemacht und den Täter gekannt, oder aber der Täter konnte aufsperren."

Kobler wartete, bis er an ihr vorüber war, und sah sich dann im Eingangsbereich um. Nichts deutete auf einen Kampf oder ein Handgemenge hin. Sie sah eine Gildefigur, die sie stark an eine Stellung aus dem Kamasutra erinnerte, auf dem Schuhschrank stehen. Sie vermutete, dass diese spätestens bei einer heftigen Rangelei im engen Flur verrutscht oder gefallen wäre.

Nein, der Mörder war ohne großes Aufsehen zu verursachen in die Wohnung gelangt. Auch der kleine Schuhabstreifer lag pflichtbewusst in einem rechten Winkel zur Tür, als sei es bei all dem Betrieb, der innen herrschte, das oberste Gebot, die Schuhe sauber abzustreifen. Kobler wusste um die Statistik, dass die meisten Mordopfer ihre Täter gekannt hatten und sie daher oft im direkten Umfeld oder sogar in der Familie zu suchen waren.

Sarah und Tom gingen weiter und kamen unmittelbar in einen größeren Raum mit einem Tisch, welcher offenkundig als Esszimmer genutzt worden war. Ein Teller stand unaufgeräumt auf einem Platzset neben einem geleerten Rotweinglas. In der Mitte des Tisches hatte jemand eine kleine Holzschale drapiert, die beim ersten Blick mit Äpfeln und Birnen gefüllt schien. Auf den zweiten Blick konnte man allerdings erkennen, dass das Obst wie auch die Schale aus Holz gefertigt war.

Kobler nahm den zarten Geruch von Rotwein wahr, der schon fast verflog und von einem mächtigeren, schweren Duft abgelöst wurde. Sie war sich nicht sicher, ob es sich dabei mehr um ein After Shave oder doch eher um einen wuchtigen weiblichen Duft handelte. Offenbar hatte das Opfer hier abendgegessen und war, kurz bevor er alles abräumen und zur Spüle bringen konnte, unterbrochen worden.

„Aufgewärmt!", konstatierte Tom, nachdem er sich den Teller und die letzten Reste etwas genauer betrachtet hatte. „Keine gute Henkersmahlzeit!"

„Das kann man sich eben nicht immer aussuchen", erwiderte Kobler und spähte in das nächste Zimmer. Wenn man sich vom Eingangsbereich nach links drehte, konnte man in die Küche sehen. Dort stapelten sich einige Teller und Gläser in und neben der Spüle. Dies ließ Sarah vermuten, dass das Opfer hier alleine und ohne Frau gewohnt hatte.

Eine Frau im Haus hätte dieses Chaos schon lange beseitigt. Nicht, weil sie es in der heutigen Zeit als ihre von Gott gegebene Aufgabe ansah. Vielmehr weil sie der ständige Anblick schlicht nervte. Allerdings musste man zugestehen, dass trotz aller Einschränkungen, was die Küche betraf die Wohnung ansonsten einen ordentlichen und sauberen Eindruck machte.

Die Schlüssel hingen an einem dafür vorgesehenen Brett und die Schuhe standen gründlich aufgereiht auf einem separaten Ableger. Nirgends lagen Unterhosen oder Socken herum, was das Klischee eines männlichen Singlehaushaltes bedient hätte. Nein, wer hier gelebt hatte, war bodenständig und pflichtgewusst gewesen.

„Du solltest deine Haare zumachen, wenn du einen Tatort begehst", tadelte Tom seine Kollegin, die soeben eine ihrer langen dunklen Strähnen hinter ihre Ohren strich. „Du legst sonst falsche Spuren!"

„Ich bin aber nicht der Täter", erwiderte sie kühl und drehte sich mit suchendem Blick zu einem der umherstehenden Polizisten. Rester entfernte sich etwas, um sich ohne Kobler umzusehen.

„Wer hat ihn gefunden?", fragte sie einen Beamten in blauer Uniform, der sich neben einem massiven Holzschrank postiert hatte und das Geschehen von dort aus begleitete. Der Mann deutete auf eine Tür hinter dem Essbereich: „Seine Lebensgefährtin, Stefanie Röll. Sie hat einen Schlüssel und hat ihn tot gefunden. Sitzt im Schlafzimmer."

Sarah nickte und konnte durch die Tür eine kleine Gruppe von Leuten erkennen, die sich um zwei auf dem

Bett sitzende Frauen scharten. „Sehen wir ihn uns erst einmal an, dann gehen wir zu ihr", entschied sie in Resters Richtung gewandt.

Dieser entfernte sich von einem aufgehängten Korkbrett, welches als Ablage für Informationen und Telefonnummern genutzt wurde. Er folgte Sarah in einen Raum, der direkt gegenüber der Küche lag. Regale, Aktenordner und ein Schreibtisch wiesen das Zimmer ohne Vorahnung als Büro aus. Ein Laptop stand auf dem Tisch und war womöglich noch benutzt worden, bis eine Kugel ihm das Licht, oder besser den Strom, ausgeknipst hatte. Ein großes Loch klaffte in der Tastatur zwischen den Buchstaben G und Z. Der Bildschirm war schwarz.

Auf dem Schreibtisch fanden sich diverse Ablagen, von denen manche beschriftet und die anderen ohne sichtbare Aufgabe mit vielen Unterlagen beladen waren. Einige Papiere lagerten auf der Seite neben dem Laptop, zu einem Stapel geformt. Alles schien seine Ordnung zu haben, oder vielmehr gehabt zu haben.

Überall auf dem Boden lagen weitere Blätter und Ordner verstreut. Diese hatten wohl bis vor Kurzem, einer ähnlichen Systematik gehorchend, irgendwo am Tisch oder in den Ablagen ihren Platz gehabt. Schubladen und ein Wandschrank waren geöffnet und Sarah vermutete, dass jemand etwas gesucht haben musste.

Sie wendete ihre Aufmerksamkeit dem Bürostuhl zu, strich sich ihre langen braunen Haare hinter die Ohren und bückte sich. Sie betrachtete den Mann der auf dem Bauch vor ihr und neben dem Stuhl lag, mit einem teils kritischen und teils traurigen Blick. Im Rücken des Opfers klafften zwei Einschusslöcher, aus denen in dünnen Fäden Blut ausgetreten war und sich in das hellgelbe

Hemd gefressen hatte. Ein weiteres Loch fand sich in seinem Kopf.

„Von hinten erschossen", betonte Rester und sah sich nach dem Rechtsmediziner um, um detaillierte Informationen zu bekommen. Den Notizblock samt Kugelschreiber hielt er bereits startklar in der Hand.

„Vielleicht wollte er dem Mörder etwas am Laptop oder in den Unterlagen zeigen! Und der hat ihn dann in einem günstigen Moment abgeknallt", begann Tom, die ersten Mutmaßungen anzustellen.

„Viele andere Gründe gibt´s ja nicht, um ins Arbeitszimmer zu gehen."

„War ja nur so eine Idee", brummte Tom, da er in Sarahs Stimme einen leicht genervten Unterton ausgemacht hatte. Es war ihr noch zu früh für Spekulationen, das wusste er. Sie wollte erst die ganze Szene auf sich wirken lassen und die Atmosphäre nicht durch vorschnelle Verdächtigungen beeinflussen. Tom notierte sich seine Vermutung auf dem Block. Bei Bedarf konnte er ja darüber nachdenken, wenn sie mehr Informationen hatten.

„Zweimal Herz und einmal Kopf", murmelte Kobler mehr zu sich selber. „Scheint ein Profi gewesen zu sein. Gezielte Schüsse aus nächster Nähe. Und wie es hier aussieht, hat der Mörder etwas gesucht!" Sie ließ ihren Blick ein weiteres Mal über den Zimmerboden gleiten, als könne sie ihn mit ihren dunklen Augen auf verborgene Spuren scannen. Rester nickte und brummte zustimmend. In diesem Moment drängte sich ein Mann durch die Tür, den Tom als den Rechtsmediziner erkannte.

„Molte", grüßte er in die Runde und bückte sich dann geschäftig zu einem Koffer, den er neben der Leiche abstellte. „Ich weiß, es ist spät und wir wollen alle schnell wieder raus, und ich weiß auch, dass sie den Bericht schon gestern gebraucht hätten", startete er unvermittelt seinen Redefluss mit einer der Situation unangemessenen Heiterkeit.

„Also was haben wir? Männliches Opfer, nach dem Ausweis 39 Jahre. Äußerlich wirkt er auf mich gesund, einmal abgesehen von den Einschusslöchern." Er machte eine Pause, um den Witz wirken zu lassen, doch Kobler und Rester reagierten nicht.

„Nun ja, offensichtlich wurde der Mann erschossen. Wohl eher ein Kleinkaliber. Genaueres gibt es natürlich erst nach der Obduktion."

„Haben wir eine Tatwaffe gefunden?", wollte Sarah wissen. Tom schüttelte den Kopf. „Todeszeitpunkt?", fragte die Kommissarin weiter, um unnötigem Gerede keinen Platz zu geben.

Der Rechtsmediziner hob die Schultern. „Ich würde sagen vor ein bis drei Stunden, also zwischen 20:00 Uhr und 22:00 Uhr. Die Leiche ist noch frisch."

Ein Beamter betrat das Zimmer und reichte Rester einen Zettel. „Manuel Husmann, 39 Jahre. Ledig, keine Kinder. Arbeitet als Journalist für Inside Berlin", las dieser vor.

Sarah nickte und erhob sich aus ihrer gebückten Position. Ihre Knie knackten leise, als sie sich aufrichtete. Wie immer wenn sie nachdachte, wickelte sie eine ihrer langen Strähnen gedankenverloren um ihren Finger. Sie betrachtete den toten Körper, dann den Raum.

Ganz offensichtlich hatte der Täter etwas gesucht, sonst hätte er nicht all die Schubladen geöffnet und auch nicht dieses Chaos hinterlassen. Er war nicht darauf bedacht gewesen, Spuren zu verwischen. Sicherlich hatte er Handschuhe getragen, wovon Kobler ausging. Vielleicht

war er aber in der Wohnung auch ein- und ausgegangen und es war auf ein paar Fingerabdrücke mehr oder weniger nicht mehr angekommen. Sarah dachte wieder an die unversehrte Tür. Wahrscheinlich hatte das Opfer nicht einmal mitbekommen, was mit ihm passierte.
„Lass uns zu der Lebensgefährtin gehen", entschied Kobler nach einem Moment des Nachdenkens und drehte sich auf dem Absatz um. Beide Kommissare verließen das Büro und wechselten wieder in den Essbereich. Vor dem Schlafzimmer, in dem Husmanns Freundin auf sie wartete, kam Sarah ein kräftig gebauter Mann entgegen. Die Dienstjacke und das Namensschild wiesen ihn als Dr. Mühlberg und Notarzt aus. „Machen Sie es bitte kurz", riet er ihr mit gedämpfter Stimme, bevor sie das abgedunkelte Zimmer betreten konnte. „Frau Röll steht unter Schock. Ich werde ihr gleich etwas zur Beruhigung geben müssen."
„Ich verstehe!"
Der Mediziner machte einen Schritt zur Seite. Kobler und Rester traten ein. Man hatte das Deckenlicht nicht eingeschaltet, sondern nur die Nachttischbeleuchtung, welche die beiden Frauen in ein düsteres Licht tauchte. Eine junge Frau, die Sarah auf Anfang bis Mitte dreißig schätzte, saß auf der Bettkante und hielt den Kopf gesenkt. Sie hatte hellblonde Haare, die sie mit einzelnen Spangen zu einer Frisur hochgesteckt hatte. Kobler bemerkte auch ihre Absatzschuhe und ihren Seidenrock, der ihr an dieser Stelle aus irgendeinem Grund als unpassend erschien. Neben Stefanie Röll saß eine ältere Frau, die versuchte sie zu beruhigen. Die Kommissarin trat auf die beiden zu und setzte sich auf einen Stuhl ihnen gegenüber.

„Guten Tag, mein Name ist Kobler. Und das ist mein Kollege Rester. Wir ermitteln in diesem Mordfall." Sie machte eine kleine Pause und betrachtete die Frauen, von der eine der anderen gerade ein Taschentuch reichte. „Frau Röll, ich möchte Ihnen zunächst mein Beileid aussprechen. Ich muss aber trotzdem ein paar Fragen stellen."

Zum ersten Mal sah die junge Frau auf. Sarah erkannte ein Gesicht mit feinen Zügen, das trotz der Trauer eine bestimmte, vertrauenserweckende und freundliche Ausstrahlung hatte. Sie trug Make-up und der Mund war in einem kräftigen gedeckten Rot geschminkt. Stefanie Röll nickte.

„Frau Röll, wann haben Sie Herrn Husmann das letzte Mal gesehen?"

„Das muss so gestern Nachmittag gewesen sein", überlegte sie mit heiserer Stimme. „Wir haben uns aus beruflichen Gründen nicht jeden Tag oder jede Nacht getroffen."

„Wann haben Sie Herrn Husmann hier gefunden?"

„Es war so gegen 22:15 Uhr", sagte sie leise. „Wir wollten uns treffen. Außen war alles wie immer. Die Tür war abgeschlossen. Ich hab geklingelt, aber niemand hat geöffnet. Da hab ich meinen Schlüssel aus der Handtasche genommen und selber aufgesperrt."

„Ist Ihnen dabei etwas aufgefallen? War etwas anders als sonst?"

„Nicht, dass ich wüsste. Ich habe Manuel gesucht und ihn dann im Arbeitszimmer gefunden."

Ihre Stimme brach und sie musste unterbrechen.

Sarah senkte respektvoll den Kopf, um Stefanie Röll ein wenig Zeit zu geben. Der Schock saß sichtlich tief. Ihr kam erneut dieser Geruch in die Nase, den sie bereits im

Eingangsbereich registriert hatte. Nun wurde ihr bewusst, dass es sich dabei um Stefanie Rölls Parfüm handelte, ein schwerer Duft, den man nicht den ganzen Tag ertragen konnte. Wahrscheinlich hatten die beiden heute noch vorgehabt, zusammen auszugehen.

Koblers Augen trafen wieder Rölls Schuhe. Gras und ein wenig Dreck klebte an den spitzen Pfennigabsätzen. Sie musste über eine Wiese oder zumindest etwas Gras gelaufen sein, was bei dem feuchten Wetter unweigerlich zum Einsinken führte. Irgendetwas Undefinierbares verkrampfte sich in Sarahs Bauch. Stefanie Röll war eine Frau mit Stil, da passte es nicht zu ihr, mit derartigen Schuhen durch den Schmutz zu laufen.

„Wer hat eigentlich alles einen Schlüssel zu dieser Wohnung?", fragte Rester weiter, nachdem Röll sich wieder im Griff hatte.

„Nur ich und Manuel!"

„Hatte er so was wie eine Putzfrau?" Stefanie Röll schüttelte schlaff den Kopf.

„Ihr Freund war Journalist. An was hat er gerade gearbeitet?", übernahm Sarah wieder die Befragung.

„Das weiß ich nicht. Er hat immer an irgendwelchen Storys recherchiert. Wir haben aber so gut wie nie darüber gesprochen. Er meinte nur vor einigen Tagen, seine nächste Geschichte könnte ein Riesenknaller werden." Kobler und Rester wechselten einen schnellen Blick.

„Gegen wen oder was hat er ermittelt?", hakte Tom nach, ohne dabei zu energisch klingen zu wollen, doch in diesem Moment ergriff ein neuer Weinkrampf die junge Frau, und der Notarzt ging dazwischen.

„Kann ihm jemand auf die Spur gekommen sein, jemand, den er durch die Recherchen belastet haben könnte?", setzte Sarah nach, doch der Arzt unterbrach die Vernehmung.

„Ich denke, das reicht!", sagte er bestimmt. „Ich werde ihr jetzt etwas zur Beruhigung geben. Sie können ihre Befragung ja morgen fortsetzen."

Der Arzt führte Stefanie Röll nach unten in den Notarztwagen, während Rester noch die zweite Frau, die sich als Manuel Husmanns Mutter herausstellte, befragte. Kobler ging währenddessen durch die Wohnung und sah sich um.

Für eine einzelne Person boten die Räumlichkeiten ausreichend Platz. Es gab eine kleine Küche, ein geräumiges Wohnzimmer mit Fernseher, ein Büro, in dem die Leiche lag, ein Schlafzimmer und ein Bad. Der Journalist hatte sein Apartment geschmackvoll und mit zahlreichen Details eingerichtet. An den Wänden hingen Bilder und Kobler vermutete, dass er einige davon auf Flohmärkten oder im Internet erworben hatte. Aus den vielen Kleinigkeiten schloss sie, dass Husmann schon länger hier gewohnt haben musste. Er war offenbar nicht häufig umgezogen.

Die Möbel waren rustikal aus schwerem Holz, wie man sie heutzutage nicht mehr in den Möbeldiscountern bekommt. Die Wohnung strahlte auf Sarah eine angenehme Ruhe aus, die es ihr erlaubt hätte, sich hier wohlzufühlen, wenn da nicht die Leiche im Arbeitszimmer gewesen wäre.

Sie ging noch einmal in das Büro und sah sich um. Zwei Beamte der Spurensicherung tappten behutsam und in weiße Überzüge gekleidet durch das Zimmer. Sie postierten kleine Täfelchen mit Nummern an einzelne

Beweisstücke. Dann fotografierten sie diese und stellten anschließend neue Tafeln auf.

An der Wand rechts neben der Tür hatte Husmann einige Fotos von sich aufgehängt. Eine der Aufnahmen zeigte ihn mit seiner Freundin vor der imposanten Kulisse des Grand Canyon und eine weitere auf der Chinesischen Mauer. Das Paar war offenbar viel rumgekommen in ihrer gemeinsamen Zeit. Sarah fand, dass beide auf den Bildern glücklich wirkten. Wenigstens das, dachte sie.

Neben den Fotos mit seiner Partnerin hatte Husmann noch unterschiedliche Auszeichnungen ausgestellt. Er hatte zweimal in Folge einen Preis für investigativen Journalismus gewonnen und eine Menschenrechtsvereinigung hatte ihn 2009 zum Mann des Jahres gekürt. Kobler fragte sich, was er damals herausgefunden hatte, um sich diese Ehrung verdient zu haben.

Sie bückte sich und versuchte mit spitzen Fingern zu erkennen, welche Unterlagen da verstreut am Boden lagen. Sie hoffte eine Vorstellung davon zu bekommen, an was Husmann gearbeitet hatte. Sie hob die ersten Blätter auf und begann zu lesen. Es waren Ausdrucke von Internetseiten, die jemand jeweils in der Ecke mit einer Klammer zusammengetackert hatte. Der Inhalt bestand hauptsächlich aus Beschreibungen und technischen Einzelheiten unterschiedlicher Geländefahrzeuge.

In den folgenden Artikeln fanden sich auch Bilder von verschiedenen Kampfhubschraubern, die händisch mit Notizen versehen worden waren. Einmal las Kobler das Wort „Senegal", wo anders „San Pablo", wo immer das auch sein mochte. Sarah fiel auf, dass es sich bei den

Fahrzeugen und auch den Hubschraubern ausschließlich um deutsche Fabrikate handelte.

Auch auf dem Schreibtisch stapelten sich mehrere ausgedruckte Artikel von Onlinemagazinen. Sarah überflog die Unterlagen. Meistens ging es dabei um Kommentare oder Hintergründe zu diversen Entscheidungen der Bundesregierung. So las sie unter anderem, dass ein Militäreinsatz in Mali vor einigen Monaten erst verlängert oder erstmalig beschlossen worden war.

Auf einem weiteren, getrennt liegenden Haufen kritisierten die Autoren den Zustand der Menschenrechte in unterschiedlichen arabischen Ländern. Aber auch die Umstände, wie in den Staaten der ehemaligen Sowjetunion mit Systemkritikern verfahren wurde, missbilligten sie.

Kobler versuchte, sich alles so gut wie möglich einzuprägen. Allerdings waren sämtliche Informationen allgemeiner Natur und von jedem über das Internet in Eigenregie zu beschaffen. Nichts für was man tötete.

Sie betrachtete den Laptop, dessen Basis von einer Kugel getroffen worden war. Sie nahm nicht an, dass der Mörder auf die kurze Distanz Husmann zunächst verfehlt hatte und das Gerät sozusagen versehentlich in Mitleidenschaft gezogen wurde. So nah schoss niemand vorbei, schon gar kein abgebrühter Profi. Vielleicht hatte er versucht, die Speichereinheit des Laptops gezielt zu zerstören. Sarah hoffte, dass ihm das nicht geglückt war. Sie mussten auf jeden Fall die Festplatte in die Kriminaltechnik bringen lassen.

Offenbar durch den Aufprall der Kugel war der Laptop verschoben worden und unter ihm lugte nun ein kleiner Notizzettel hervor. Kobler bückte sich und zog das Blatt vorsichtig heraus. Sie drehte es um. „Helena Zeissner" stand mit schnörkeliger Handschrift darauf geschrieben. Der Name war unterstrichen und mit drei Ausrufezeichen versehen.

Sarah überlegte, ob sie ihn schon einmal gehört hatte. Möglicherweise war es jemand, über den ihr Opfer eine Story schreiben wollte, oder aber sie war eine Informantin. Zumindest hatte er den kleinen Zettel wohl unter dem Laptop versteckt und nicht offen liegen gelassen, so wie die anderen Unterlagen. Sie reichte das Blatt einem Beamten der Spurensicherung, der es nahm und in einer Tüte verstaute. Dann ging sie wieder zurück zu Rester, der mit der Befragung von Husmanns Mutter fertig war.

„Wir müssen den Laptop zur KTU schicken. Außerdem will ich alle Handy- und Telefondaten überprüfen lassen. Das Übliche halt."

„Jemand muss die Nachbarn vernehmen", meinte Tom missmutig. Sarah nickte zustimmend.

„Hat die Zeugin etwas gesagt?"

Rester hob die Schultern. „Nichts was uns weiterhilft. Sie hatten nur losen Kontakt. Sie wohnt nicht direkt in Berlin und hat ihn nur alle vier Wochen mal gesehen. Über seinen Beruf haben sie nie gesprochen."

„Ich hab das Gefühl, das wird ein Scheißfall", gab Kobler ihre erste Einschätzung zum Abend ab. Wieder hob Tom die Schultern, weil er nicht wusste, was er darauf erwidern sollte. Scheißfall oder nicht, sie mussten sich um jeden Toten kümmern. Also war es nach Toms Auffassung sinnlos, die Fälle in gute und schlechte einzuteilen. „Jedenfalls haben wir noch viel Arbeit für eine Nacht!", betonte er, um das Thema zu wechseln. „Bringen wir es hinter uns!"

2. Kapitel – Dienstag, 09.06.2015, 7:32 Uhr

Rester liebte die Ruhe, die das Büro im Präsidium in der Früh vor Dienstbeginn ausstrahlte. Man hatte Zeit seine Gedanken zu sortieren. Manchmal ertappte er sich, wie er extra früh hierherkam, um einfach noch für einen Moment zu sich zu kommen. Zu Hause war das nicht machbar. Zu viele Dinge erbrachten zu viele Möglichkeiten der Ablenkung.

Da verlor man den Blick für das Wesentliche. Handy, PC und den Fernseher nicht zu vergessen, den er gern einschaltete, nur um nicht ganz so alleine zu sein in seiner kleinen Wohnung. Irgendwie bedauerte er sich bei diesem Gedanken selber, aber was sollte er machen. Zu oft hatte er schon etwas ändern und sein Leben umkrempeln wollen, doch dann fehlten ihm zuletzt meist Ausdauer und Mut dabei.

Er legte seine Akten auf einen Haufen und räumte sie zur Seite. Er hatte gehofft, in dieser Woche wenigstens ein bisschen von dem Aktenkram erledigen zu können, wenn da nicht gestern der Tote dazwischengekommen wäre. Ja, ständig die Toten! Vielleicht sollte er zur Sitte wechseln oder zurück nach Bayern gehen, von wo er ursprünglich hergekommen war.

Es war schwer gewesen für ihn, hier in Berlin Fuß zu fassen. Alles lief anders und manchmal kam es ihm vor, als würde es keinen Unterschied machen, ob man nach Berlin oder Budapest auswanderte. Bayern war weder das eine noch das andere. Er vermisste den Wald, die gute Luft und ab und an wünschte er sich, wie früher einfach mit seinem Hund rauszugehen, um frisches Wild zu jagen. Aber das war sein altes Leben gewesen.

Nun bestand der meiste Teil seiner Zeit aus Arbeit, Akten und sehr, sehr wenig Freizeit. Gelegentlich ging eine kleine Pokerrunde mit einigen Bekannten zusammen, aber selbst das hatte sich seit längerer Zeit aus diversen Gründen nicht mehr ergeben. Er hätte sich ja schon nach anderen Stellen oder neuen Herausforderungen umgesehen wenn, ja wenn da nicht ...
Die Tür rumpelte und flog mit einem Mal auf. Sarah stand darin. Sie hatte diese mit ihren Ellenbogen geöffnet. In der einen Hand hielt sie den obligatorischen Starbucks Kaffeebecher. In der anderen Hand eine Tüte. Über ihrer Schulter hingen weitere Tragetaschen.
„Grad habe ich an dich gedacht", begrüßte Tom sie und sah ihr zu, wie sie Becher, Taschen und Zeitungen, die sie sich unter dem Arm geklemmt hatte, auf ihren Schreibtisch balancierte.
„Ich hab uns die neue Berlin Inside mitgebracht. Dachte, es hilft, einmal zu lesen, was die so schreiben."
Manchmal musste er seine Kollegin einfach bewundern. Sie war immer gleich hundertprozentig dabei und vertiefte sich in den jeweiligen Fall. Derweil wirkte Sarah, wenn man sie auf der Straße sah, nicht als würde sie beruflich Mörder jagen. Sie war schlank und hatte ein Gesicht mit feinen Zügen und warmen dunklen Augen. Sie erweckte in jedem, den sie traf, einen unbestimmten Beschützerinstinkt. Allerdings konnte sie auch richtig zupacken und brachte bei den Selbstverteidigungskursen so manchen erfahrenen Ausbilder auf die Matte. Ja, Sarah hatte schon Klasse!
Kobler warf Rester eine Zeitung rüber. „Hier, für dich!"
„Gab es die auch beim Kaffeeröster?" Tom spielte damit auf ihre täglichen Besuche in diversen Kaffeeverkaufsstellen der Stadt an. Sie trank Unmengen

von dem schwarzen Zeugs, sodass sich manche im Büro fragten, wie diese Frau überhaupt noch schlafen konnte. Aber vielleicht tat sie das ja auch nicht, dachte Tom bei sich.

„Direkt daneben! Gibt es sonst noch etwas Neues?"

„Die Rechtsmedizin ruft jeden Moment an und gibt uns den Bericht durch."

Kobler sah überrascht auf. „Jetzt schon?"

„Ja! Der Molte ist bei seiner Frau rausgeflogen und schläft zurzeit im Büro im Institut. Und da dachte er sich, er hat außerdem nichts zu tun und hat die Leiche gleich obduziert."

Sarah nickte anerkennend. „Das nenne ich Einsatz!" Sie zog die Taschen von der Schulter und hing sie über den Stuhl.

„Was hast du denn da alles?", wollte Tom nun wissen, der sich über die ganzen Beutel wunderte. Darüber hinaus fragte er sich, ob er ihr als Gentleman nicht gleich am Anfang hätte helfen sollen.

„Ich war eben noch fotografieren. Ich steh gern etwas früher auf und sehe in die Parks oder fahre direkt vor die Stadt. Entspannt! Solltest du auch versuchen."

Tom bewunderte die Power seiner Kollegin. Er erinnerte sich wieder daran, wie mühsam er es heute Morgen aus dem Bett und letztlich in das Büro geschafft hatte. Vielleicht schlief Sarah wirklich nie!

Wieder ging die Tür auf und Jonas Gude kam herein. „Guten Morgen!", grüßte er und blickte in die Runde. „Ich habe gehört, wir haben eine neue Leiche?"

Rester nickte zustimmend. „Die Rechtsmedizin ruft gleich an."

Gude lächelte. „Ist der Molte wieder rausgeflogen?" Alle lachten. Gude war im Team der gewissenhafte

Aktenfresser, der sich in alles vertiefen und die Fakten herausfiltern konnte. Dabei machte es ihm auch nichts aus, dass er manchmal bis tief in die Nacht im Büro saß und sich durch Daten- und Blätterberge kämpfte. Und das, obwohl zu Hause eine Frau und ein einjähriger Sohn auf ihn warteten. Gude lieferte die Informationen, die Kobler und Rester dann zu einem großen Ganzen zusammenfügten. Tom fand, dass sie sich gut ergänzten.
Das Telefon klingelte. Tom nahm ab und stellte auf laut.
„Morgen!", dröhnte es verschlafen aus dem Lautsprecher.
„Guten Morgen Herr Molte", antwortete Sarah gut gelaunt. „Was haben Sie für uns?" Sie beugte sich nach vorne in Richtung des Hörers und stützte ihren Kopf auf beide Arme ab.
Es knackte und rauschte, als ob der Arzt seine Unterlagen suchte. Schließlich sagte er: „Also, wie zu erwarten ist Herr Husmann durch die Einschüsse in Herz und Kopf zu Tode gekommen. Er war sofort tot. Kampfspuren haben wir keine gefunden. Keine Hämatome. Keine fremde DNA. Todeszeitpunkt würde ich nach allem, was wir wissen, zwischen 21:00 Uhr und 22:00 Uhr veranschlagen."
„Tatwaffe?", fragte Sarah nach.
„Makarow 9 mm! Ich konnte alle Kugeln bergen."
„Russisches Militär", meinte Gude.
„Oder Mafia", erwiderte Kobler.
„Sicher kann man die überall am Schwarzmarkt kaufen", mutmaßte Rester.
Jonas rümpfte die Nase. „Da hast du wahrscheinlich recht. Hilft uns also nicht wirklich weiter."
Tom nickte zustimmend und wollte von Molte wissen: „Gab es Hinweise auf Geschlechtsverkehr?"

„Nein!", antwortete es aus dem Lautsprecher. „Aber warum interessiert Sie das?"
„Nur so!"
„Das Opfer ist von hinten aus nächster Nähe erschossen worden. Wahrscheinlich hat er es gar nicht mitbekommen, dass sein Trinkfreund eine Waffe gezogen hat", führte der Arzt weiter aus.
„Wieso Trinkfreund?", stutzte Sarah.
„Ach, das habe ich ganz vergessen", entschuldigte sich der Rechtsmediziner. „Im Blut von Husmann fanden wir einen Alkoholspiegel von 0,9 Promille." Koblers Augen verengten sich und sie fing an, eine Haarsträhne um ihren Finger zu drehen.
„Auf den Tisch haben wir ein benutztes Weinglas gefunden", sagte Rester. „Aber da war nur eins!"
„In der Spüle stand noch eins", murmelte Sarah beiläufig, als wäre sie gerade mit den Gedanken ganz wo anders.
„Okay! Haben Sie noch etwas für uns?", fragte Tom in den Lautsprecher.
„Nein, das war alles! Ich faxe den Bericht dann noch durch."
Alle bedankten sich und setzten sich hinter ihre Schreibtische. Kobler ging zu der büroeigenen vollautomatischen Kaffeemaschine, schaltete sie ein und füllte sich ihren Becher neu.
„Klingt, als hätte ihn der Täter eiskalt überrascht", begann Gude die Diskussion. „Keine Kampfspuren. Ich dachte immer, Enthüllungsreporter sind chronisch paranoid und drehen einem nie den Rücken zu."
„Nicht, wenn du jemanden wirklich vertraust", antwortete Rester. „Wie einem Freund oder einem

guten Bekannten. Schließlich hat er die Tür auch freiwillig geöffnet."

„Oder der Freundin!", spann Kobler den Faden weiter, während sie wieder eine Locke um einen Finger drehte. Sie hatte, wenn sie so in Gedanken war, immer einen ganz verklärten Blick, als ob sie in eine andere Welt schauen und dort Dinge sehen konnte, die ihren Kollegen nicht zugänglich waren.

„Quatsch!", widersprach Rester. „Nicht die Röll! Die kann so was nicht und schon gar nicht trau ich der zu, dann so eine Trauer-Show abzuziehen."

„Der Mord kam ja nicht ganz ungeplant", meinte Jonas wieder, während er Aktenordner auf seinen Schreibtisch auf einen Haufen schlichtete und sie dann im rechten Winkel zur Tischkante anordnete. „Ich mein, wer hat schon eine Waffe immer in der Tasche. Der Mörder ist zum Zwecke des Mordes gekommen. Emotionslos und berechnend. Er hat die Pistole mitgebracht um Husmann zu töten. Drei Schüsse! Peng!"

„Vielleicht wollte er nur sehen, was er rausgefunden hat?", überlegte Rester.

„Oder das Ganze hat nichts mit seiner Arbeit zu tun. Wir starren nur jedes Mal schnell auf das Offensichtliche." Sarah hatte ihre Augenbrauen skeptisch über die Nasenwurzel zusammengezogen. Sie stand vom Schreibtisch auf und warf ihren Becher gekonnt in einen der Abfalleimer. „Warten wir die Besprechung ab!"

3. Kapitel – Dienstag, 09.06.2015, 8:45 Uhr

Die Tür ging auf und ein kleiner, aber energisch wirkender Mann betrat das Zimmer. Mit schnellen

Schritten durchquerte er den Besprechungsraum des Kommissariats und setzte sich auf seinen Platz.

„Was haben wir?"

Kriminalrat Matthias Pott war Abteilungsleiter im K1. Er hatte in seinem Leben schon alles gesehen. Morde, Sexualdelikte und andere skrupellose Verbrechen waren für ihn nichts Neues, und privat hatte er zwei Scheidungen mehr oder minder unbeschadet überstanden. Pott hielt sich nie lange mit Vorreden oder Kleinkram auf. Er wollte Ergebnisse und das immer schnell. Tom Rester erzählte in knappen Worten, was sie bisher wussten und was der Rechtsmediziner ihnen mitgeteilt hatte.

„Sieht wie ein Mafiamord aus", konstatierte Pott und blickte auffordernd in die Runde.

„So eine Waffe kann sich jeder am Schwarzmarkt besorgen", gab Tom die Zusammenfassung der morgendlichen Diskussion wieder.

„Zweimal Herz, einmal Kopf. Sieht trotzdem nach einem Profi aus", erwiderte sein Vorgesetzter.

„Na ja!", klinkte Gude sich ein. „Wenn wir einmal von einem mordnaiven Täter ausgehen würden, also jemand, der das zum ersten Mal macht: Wo würden wir an seiner Stelle hinschießen?" Er wartete einen Moment, um dann fortzufahren. „Ich denke, dass in der Bevölkerung Herz und Kopf durchaus als wichtige Organe bekannt sind. Also, wenn ich noch nie etwas mit der Sache zu tun gehabt hätte, würde ich versuchen, das Herz zu treffen. Weit kann der Täter ja nicht weggestanden haben."

Pott verzog das Gesicht und kniff die Lippen zusammen.

„Außerdem hat Husmann dem Mörder offenbar die Tür geöffnet und wie es aussieht mit ihm noch Rotwein

getrunken", erwiderte Sarah. „Das widerspricht der These vom anonymen Auftragskiller. Er muss den Täter gekannt und ihm vertraut haben, sonst öffne ich spät abends nicht die Tür."
„Vertrauter und Mafia muss sich nicht widersprechen", beharrte Pott auf seiner Vermutung. Er mochte es zwar nicht, wenn er offen infrage gestellt wurde, aber meistens wollte er mit seinen plakativen Hypothesen nur Widerspruch und eine Diskussion anregen. Auch dieses Mal war ihm das wieder gelungen.
„Vielleicht hat er bei seinen Recherchen etwas gefunden, was nur indirekt eine Verbindung herstellt. Auf den zweiten Blick sozusagen", mutmaßte Gude.
„Möglich ist wie immer alles! Der Teufel ist ein Eichhörnchen! Wir ermitteln in alle Richtungen!", gab Pott knackig die Devise für die weiteren Ermittlungen aus. Die Parole war eine seiner Standartsprüche, die er bei jeder Gelegenheit zum Besten gab. Er stand auf und klebte zwei bunte Zettel an eine große Pinnwand. Auf den einen schrieb er: „Bekannter/Freund", auf den anderen „Mafia".
Er drehte sich wieder zu seinen drei Mitarbeitern. „Was haben wir über das Opfer?"
Tom meldete sich: „Manuel Husmann. 39 Jahre, ledig, aber mit fester Lebenspartnerin, einer gewissen Stefanie Röll. Sie hat ihn am Tatort gefunden. Er arbeitete als Enthüllungsjournalist bei Berlin Inside. Er hat diverse Preise für seine Recherchen gewonnen. Soweit wir das überblicken können, war das meiste investigatives Zeug mit Sprengstoff. Einige Leute sitzen wegen ihm hinter Gitter!"
Pott hob interessiert eine Augenbraue. „Hat jemand etwas gesehen?"

„Negativ!", fasste Kobler die Befragungen der letzten Nacht zusammen. „Keine lauten Geräusche, kein Streit. Nicht einmal einen Schuss wollen die Bewohner vernommen haben."

„Sonst noch Anmerkungen?"

„Na ja, Fingerabdrücke in der Wohnung sind von Husmann und Röll. Es wurden aber auch noch welche von einer unbekannten Person sichergestellt." Sarah schenkte sich ihr Wasserglas voll, während sie weitersprach. „Dann ist da noch ein Zettel."

„Was für ein Zettel?" „Ich hab ihn unter der Tastatur gefunden. Der Laptop muss durch den Schuss verrutscht sein. 'Helena Zeissner' steht dort dick und unterstrichen drauf." „Überprüfen!", befahl Pott mit Blick auf Gude, weil er wusste, dass dieser lieber im Büro seinen Dienst verrichtete. Jonas nickte und notierte sich den Namen auf einem Block.

„Ich hab gestern noch die Mutter von Husmann befragt", meldete sich noch einmal Rester zu Wort. „Sie hatten zwar Kontakt, aber über die Arbeit haben sie nicht viel gesprochen. Im Grunde wusste sie nie, über was er gerade berichtete oder an was er recherchierte. Über eventuelle Feinde konnte sie keine Angaben machen."

„Sitzen doch genug im Knast wegen ihm", knurrte Pott und deutete wieder auf Gude. „Überprüfen!"

Wie eben notierte dieser sich die Anweisung säuberlich auf einem Zettel und sagte dann: „Ich werde zuerst versuchen, aus dem Laptop noch etwas herauszubekommen. Der Täter hat probiert, die Datenträger mit einer Kugel unbrauchbar zu machen, woraus ich schließe, dass er nicht möchte, dass wir darauf suchen. Wenn Husmann etwas gefunden hat, was niemand wissen sollte, dann sind die Daten sicher auf seiner Festplatte zu finden."

„Das Gleiche hat der Mörder dann wohl auch vermutet", raunte Rester.

Alle schwiegen. Für einen Moment war nur das Geräusch des Lüfters zu vernehmen. Schließlich unterbrach Sarah Kobler die Ruhe. „Also gut! Die Tür ist nicht aufgebrochen, was darauf hindeutet, dass er den Täter gekannt hat. Außerdem wurde er von hinten erschossen, was bedeutet, dass er sich so sicher fühlte, dass er seinem Mörder den Rücken zugewandt hat. Es gibt keine Kampfspuren. Zudem wurde das Büro durchsucht und der Laptop mit einer Kugel getroffen. Daraus ist zu schließen, dass jemand etwas gesucht hat und auch Informationen vernichten wollte. Die Frage ist doch nur, was der Täter bei Husmann zu finden gehofft hat. Was hat er rausgefunden?" Sie warf einen fragenden Blick in die Runde.

„Ja, Frau Kobler! Genau diese Problematik dürfen Sie jetzt lösen und schon haben wir einen Täter." Pott lächelte breit und spöttisch, auch wenn er das nicht so meinte. „Sie und Rester fahren noch einmal zu Frau Röll und bringen die Befragung zu Ende. Dann fahren Sie in die Redaktion und sehen zu, was Sie rausfinden. Herr Gude kümmert sich so lange um die Festplatte und den ganzen Rest." Pott klopfte mit seinen Knöcheln zweimal auf den Tisch, was für alle das Signal war, an die Arbeit zu gehen. Dann stürmte er mit energischem Schritt wieder aus dem Zimmer. Die Blätter, die vor Gude lagen, stoben auf, als sich die Tür hinter Pott schloss. Träge erhoben sich Sarah, Jonas und Tom.

„Könnt ihr vielleicht noch einmal nachsehen, ob auf dem Weinglas in der Küche irgendwelche Fingerabdrücke zu finden sind?", bat Kobler ihre Kollegen, während sie langsam den Raum verließen.

Gude nickte und notierte sich auch das auf seinem Zettel. „Wird erledigt!"

„Ich brauche schon wieder einen Kaffee", brummte Sarah missmutig in die Runde.

Tom grinste. „Keine Zeit! Die Arbeit ruft! Außerdem wirst du mir sonst auf dem Beifahrersitz zu unruhig."

„Wer sagt, dass du fährst?"

Rester verzog den Mund zu einem breiten Grinsen. Dann zog er langsam und mit sichtlichem Vergnügen den Schlüssel zu dem Dienstwagen der Abteilung aus der Hosentasche. Sarah sah genervt an die Decke. „Na toll!"

4. Kapitel – Dienstag, 09.06.2015, 10:12 Uhr

Wie angekündigt lenkte Rester den Wagen, nachdem er und Kobler sich auf den Weg zu Stefanie Röll gemacht hatten. Der Streit um den Schlüssel des Dienstwagens war ein altes Spiel, das beide bei jeder Gelegenheit miteinander spielten. Jeder der beiden bestand immer darauf, der bessere Autofahrer zu sein und nur selber die kürzeste und beste Strecke zum jeweiligen Ziel zu finden. Dabei fuhr Sarah, wenn sie die Wahl hatte, lieber mit dem eigenen Motorrad durch die Stadt.

Wie schon gestern Abend regnete es. Diesmal war es aber nicht dieser leise Nieselregen, der einem in jede Ritze und unter die Haut kroch, sondern es waren dicke Tropfen, die mit Vehemenz gegen die Scheiben schlugen. Allerdings versprach der Radiosprecher Besserung für den Nachmittag und stellte auch etwas Sonne in Aussicht.

Rester stoppte an einer Ampel und schaute zu seiner Kollegin auf den Beifahrersitz. Diese starrte gedankenverloren auf ihre Fingernägel. Sie hatte sie sich nach der Tatortbegehung gestern noch neu lackiert. Diesmal hatte sich Sarah für ein modernes, dunkles Rot entschieden.
Sie machte das immer, wenn sie sich nicht wohlfühlte, oder wenn es ihr schlecht ging. Wann immer sie Trost brauchte, lackierte sie sich ihre Nägel, ein Ritual, welches ihr half, mit all dem klarzukommen, was sie umgab. So wollte sie sich beweisen, dass es bei dem ganzen Übel und dem Grauen auf der Welt ihr selber noch gut ging. So hatte sie es schon immer gemacht.
Auch früher hatte sie sich nach jedem Streit mit ihrer Mutter, oder anderen Situationen, von denen sie sich lieber zurückzog, auf ihr Zimmer verkrochen und sich die Fingernägel neu lackiert. Meistens hatte sie sich dann gleich ganz umgezogen, geschminkt und war um die Häuser gezogen. Nicht selten hatte sie jemanden für einen One-Night-Stand abgeschleppt. Das war ihr Weg gewesen, um Probleme zu bewältigen. Manche Verhaltensweisen änderten sich einfach nie.
Der Wagen hielt und riss Kobler aus ihren Gedanken. Tom sprang aus der Tür und murmelte etwas von „schnell erledigen". Seine Kollegin sah ihn in einer Passage mit vielen kleinen Geschäften verschwinden.
Tom konnte sich auch nicht auf seine Arbeit konzentrieren, dachte Sarah. Er hatte immer tausend andere Dinge nebenbei noch zu besorgen. Dabei gab es einen Mord zu klären, und was bitte war wichtiger als ein Mord?
Jeder Fall und jeder neue Tote machte Kobler innerlich zu schaffen. Es konfrontierte sie jedes Mal auf eine

unangenehme Weise mit der eigenen Endlichkeit. Immer wieder stelle sie sich dann die Frage, wie das wohl war, wenn man starb. Unweigerlich fragte sie sich, wo man dann sein würde und wie es weiterging. Und überhaupt? Diese Gedankenspirale zog sie jedes Mal in einen unguten Strudel, der zwangsläufig in einer Depression enden musste, wenn man es nicht schaffte, einfach nicht mehr weiter zu denken. Und dennoch liebte sie ihren Beruf und wollte sich dieser Herausforderung jeden Tag aufs Neue stellen. Irgendwann würden sich alle diese Dinge von selber klären.

Sarah schreckte aus ihren Gedanken hoch, als Tom nach wenigen Minuten zurückkam. Schnell zündete er den Motor. „Sorry, war dringend", brummte er entschuldigend, als er sich wieder in den Verkehr einfädelte.

Stefanie Röll wohnte in Charlottenburg, einem Stadtteil im Westen Berlins. Der Bezirk war nach der Wende verstärk ins Visier von Anlegern geraten. Überall hatten sie alte Gebäude gekauft und renoviert. Oder aber man hatte sie dem Erdboden gleich gemacht, um neue und moderne Komplexe zu errichten. Auch in letzter Zeit lag das Viertel wieder im Fokus der Investoren. Eine Vielzahl von Leuchtturmprojekten war in den vergangenen Jahren entstanden, die das Bild der Stadt nun mit prägten.

Rester und Kobler hielten und mussten froh sein, in der kleinen Seitenstraße gleich einen Parkplatz zu bekommen. Dicht an dicht parkten die Autos auf beiden Seiten der Fahrspur. Sie gingen zum Haus und Tom drückte den Klingelknopf. Sie warteten, bis es in der Gegensprechanlage knackte. Röll öffnete und erwartete sie im ersten Stock an der Tür. Sie wirkte abgekämpft

und übermüdet. Dezente Augenringe schimmerten durch das Make-up. Im Gegensatz zu gestern war sie leger mit Jeans und einem Kapuzenpulli gekleidet. Die Haare hingen in wirren goldblonden Locken vom Kopf.
Röll bat die beiden Kommissare herein und führte sie in ein kleines Wohnzimmer. Im Eingangsbereich, direkt neben der Badetür, fielen Kobler die Pumps vom Vortag auf. Gleich daneben stand ein Paar Turnschuhe, welches nass vom Regen war. Es hatte sich eine schmale Pfütze um die Schuhe gebildet, die langsam zu trocknen begann und einen Dreckrand hinterließ.
Rester stellte sich vor die große Fensterfront im Wohnzimmer und betrachtete die Aussicht, während Röll Getränke brachte. Vor dem Haus war ein Balkon, auf dem ein kleiner Tisch und zwei Stühle auf ihren nächsten Einsatz warteten. Er konnte sich gut vorstellen, dass man es hier an lauen Sommerabenden durchaus gemütlich hatte. Er fragte sich, wie oft Husmann und Röll hier wohl gesessen und Wein getrunken hatten. Hinter dem Haus konnte man auf einen schlichten begrünten Innenhof schauen. Zwei Bäume und einige Blumen vertrieben die tristen Stadtfassaden für einen Moment aus den Gedanken.
„Entschuldigen Sie meinen Aufzug", sagte Röll und verteilte Gläser. „Ich habe mich für diese Woche krankschreiben lassen. Ich fühle mich nicht in der Lage zu arbeiten, nach allem, was passiert ist."
Rester nickte verständnisvoll: „So was ist doch selbstverständlich. Das trifft jeden!" Man konnte Stefanie Röll die Vorkommnisse der letzten Nacht noch ansehen. Sie wirkte matt und kraftlos.
„Was arbeiten Sie denn?", nutzte Kobler die Chance, in die Fragerunde einzusteigen. Es war immer schwer, den

Anfang zu machen, zumal wenn die Befragten erst einen Verlust erlitten hatten. Natürlich machten die Kommissare nur ihren Job, aber eine innere Hemmschwelle musste Sarah trotzdem jedes Mal überwinden. „Darüber spricht man nicht!", hatte man als Kind zu ihr in bestimmten Situationen gesagt. Und der Tod war eines dieser Dinge, über die in ihrer Familie lieber geschwiegen worden war.

„Ich bin Wirtschaftsprüferin in einer Steuerberatungskanzlei", gab Röll zu Antwort.

Rester kam vom Fenster zu den beiden Frauen rüber und setzte sich zu ihnen. Er trank einen Schluck Wasser und es entstand eine kurze unangenehme Pause, in der niemand etwas sagte. Röll hatte die Hände im Schoß gefaltet und hielt den Kopf gesenkt. Schließlich fragte Kobler weiter: „Wie lange waren Sie und Herr Husmann schon zusammen?"

„Ungefähr fünf Jahre. Wir haben uns bei einer Benefizveranstaltung kennengelernt, die meine Kanzlei mit gesponsert hat. Er hat darüber berichtet." Ein kleines wehmütiges Lächeln huschte über ihr Gesicht. „Na ja, aus dem Bericht wurde dann letztlich nichts."

„Hatte ihr Freund Feinde?", wollte Rester wissen.

„Feinde!", Röll entfuhr ein unterdrücktes Lachen. „Er war Enthüllungsjournalist, reicht das? Natürlich hatte er Feinde. Seine Storys haben Leute um ihre Existenz gebracht und manche sitzen wegen ihm im Gefängnis. Er hat seinen Finger immer in die Wunde, oder besser in den Dreck gelegt. Bei dieser Arbeit bleibt man nicht sauber. Wirtschaftsbosse und Politiker, glauben Sie, die lassen sich einfach in die Suppe spucken? Er hat das aufgedeckt, was hinter verborgenen Türen geschieht und von dem niemand etwas wissen soll. Wir sind doch

alle nur die kleinen Marionetten im Spiel der Großen. Früher waren es Könige, nun sind es die Strippenzieher in der Wirtschaft. Nur, dass diese gern anonym bleiben."
Für einen Moment war so etwas wie Leidenschaft zu spüren gewesen. Nun sank Stefanie Röll wieder in ihrem Stuhl zusammen.
„Haben Sie da jemand Speziellen im Sinn?"
„Nein!" Röll schüttelte müde den Kopf. „Niemanden, dem ich das aktuell oder generell zutrauen würde."
Sarah trank einen Schluck von ihrem Wasser. Automatisch fing sie an, mit ihren Fingern eine Haarlocke einzudrehen. Sie musterte dabei Husmanns Freundin mit aufmerksamem, kritischem Blick. „An was hat ihr Lebensgefährte zurzeit gearbeitet?"
Röll zuckte mit den Schultern. „Wir haben über solche Dinge nie wirklich gesprochen. Er wollte mich da auch immer schützen. Bier war Bier und Schnaps war Schnaps, wenn Sie verstehen." Kobler sah die blonde Frau etwas unschlüssig an. Sie dachte nach.
„Wann hatten Sie den letzten Kontakt zu Herrn Husmann?", stellte Rester die nächste Frage.
Rölls Augen rollten nach links oben, als ob die Antwort dort irgendwo versteckt lag, und ihre Stirn legte sich in Falten. Es dauerte eine Weile, bis sie schließlich sagte: „Das muss so gestern Vormittag gewesen sein. Wir haben telefoniert."
„Über was?"
„Belangloses! Wir haben uns nicht jeden Tag gesehen. Die Arbeit, Sie verstehen! Da haben wir uns zumindest regelmäßig angerufen. Uns erzählt, was wir so machen."
„Hatten Sie gestern Abend noch einmal telefonischen Kontakt?", hakte Rester nach.

„Nein, das sagte ich doch schon. Gestern Vormittag hatten wir das letzte Gespräch." Die Antwort war sehr schnell gekommen, wie Tom fand. Stefanie Röll kramte in ihrer Hosentasche nach einem Taschentuch und schnäuzte sich einmal kräftig. Dann ließ sie das Papier wieder in der Tasche verschwinden. Tom kam es vor, als versuchte sie, damit etwas Zeit zu gewinnen.
„Was wollten Sie so spät am Abend noch an der Wohnung?"
Röll hob die Schultern und zog den Kopf ein, als müsste sie sich für die Äußerung entschuldigen. „Wir hatten ausgemacht, dass ich noch zu ihm komme. Wir hatten geplant, die Nacht gemeinsam zu verbringen." Rester beobachtet, wie sich leichte Röte auf ihren Wangen ausbreitete.
„Haben Sie das öfters so gemacht?"
„Ja, durchaus! Wenn einer von uns noch länger arbeiten musste, dann haben wir uns immer erst etwas später gesehen. Unsere Leben waren in dieser Hinsicht kompliziert. Wenn ich früher zu ihm gegangen wäre, dann ..."
„... dann wären Sie jetzt vielleicht beide tot", vollendete Tom den Satz in einem behutsamen Tonfall. Röll wirkte auf ihn schwer mitgenommen. Er konnte nicht einschätzen, ob es die allgemeine Trauer wegen des Verlusts ihres Partners oder die Nachwirkung der gestrigen Medikamente war, die sie so schlaff und antriebslos wirken ließ. Jede Kraft schien aus ihr gewichen zu sein.
Dabei war Stefanie Röll eine sehr attraktive Frau, die trotz der ganzen Situation eine anziehende Ausstrahlung hatte. Tom glaubte, dass sie im Beruf eine sehr toughe und durchsetzungsstarke Person war, mit der man es

nicht ohne Weiteres aufnahm. Sie hatte eine schlanke Figur, eine makellose Haut und, wie Tom feststellte, eine nicht zu unterschätzende Oberweite.

Kobler hatte sich zurückgelehnt und das Gespräch verfolgt. Nun zupfte sie mit einem Finger an ihrer Unterlippe. Sie betrachtete Röll und versuchte, aus ihrer Körpersprache schlau zu werden. Die Frau war niedergeschlagen, was den Umständen entsprechend als normal zu bezeichnen gewesen wäre.

Nur irgendetwas in Sarah sagte ihr, dass etwas nicht zusammenpasste, auch wenn sie noch nicht sagen konnte, was genau das war. Wenn sie jemand gefragt hätte, hätte sie behauptet, die Schwingungen der Frau seien nicht stimmig. Auch wenn das vor Gericht und auch vor Pott nicht als Beweis oder Indiz ausgereicht hätte, um darüber ernsthaft zu diskutieren.

Nachdem wieder eine kleine Pause entstanden war und Rester noch eine Antwort notierte, fragte Kobler unvermittelt: „Waren Sie heute schon einmal vor der Tür?" Tom hob die Augenbrauen und klappte genervt seinen Notizblock zu. Er mochte es nicht, wenn Sarah oder jemand anderes seine Befragungen unterbrach.

„Nein, warum fragen Sie?"

„Gestern Nacht noch irgendwo gewesen?" Wieder schüttelte Stefanie Röll den Kopf.

„Sind Sie von Ihrer Wohnung direkt zu Herrn Husmann gefahren, oder haben Sie noch einen Umweg gemacht, sagen wir, um noch einen Snack zu essen?"

„Nein!" Röll legte die Hände in ihrem Schoß zusammen. „Ich habe mir ein Taxi gerufen. Das hat mich zu Manuel nach Hause gebracht. Warum wollen Sie das wissen? Was hat das mit dem Mord zu tun?"

Kobler machte eine beschwichtigende Handbewegung, die andeuten sollte, dass sie das Thema nicht weiter vertiefen wollte. „Warum haben Sie keine Kinder?", fragte sie stattdessen.

Röll hob die Augenbrauen und man merkte ihr an, dass ihr die Fragen zunehmend unangenehmer wurden. Sie rutschte jetzt auf dem Stuhl etwas unruhig hin und her. Zweimal schob sie ihre Hände unter die Oberschenkel, ganz als ob sie vorhatte, diese zu verbergen. Vielleicht waren sie aber auch einfach nur feucht. Sarah entgingen diese Zeichen nicht.

„Es hat sich nicht ergeben", antwortete Stefanie Röll schließlich knapp. „Wir wollten grundsätzlich schon, aber das hat sich ja nun erledigt." Eine Träne, die sie schnell wegwischte, lief über ihre Wange.

„Hatte ihr Freund Affären, Seitensprünge oder andere Beziehungen?" Kobler registrierte mit Genugtuung, dass sie es geschafft hatte, die junge Frau etwas unter Druck zu setzen. Nur so machten Menschen Fehler.

Röll schüttelte den Kopf. „Kann ich mir nicht vorstellen."

Tom bemerkte, dass das Gespräch eine komische Wendung nahm. Sarah hatte begonnen, der Zeugin zuzusetzen, was er unter diesen Umständen als unangemessen empfand. Um eine weitere Zuspitzung zu vermeiden, fragte er schnell: „Was hat Herr Husmann sonst noch geschrieben. Also, neben seinen Enthüllungsgeschichten?"

„Da befragen Sie am besten das Internet. Er hat jede Menge Kommentare und andere Berichte verfasst. Das meiste ist online verfügbar." Röll war Rester offensichtlich für seine Hilfe dankbar und entspannte sich fürs Erste. Aber die Kommissarin musterte Röll weiter mit kritischen Blicken.

„Sagt Ihnen der Name Helena Zeissner etwas?", fragte Kobler, erneut mit scharfen Unterton, der per se jeden unter Generalverdacht stellte, und lehnte sich wieder in ihrem Sitz zurück.

„Nein!"

Die Schnelligkeit und Heftigkeit der Antwort überraschten Sarah. Röll schien gar nicht richtig darüber nachgedacht zuhaben. Sie überlegte, ob das etwas zu bedeuten hatte. Vielleicht war Röll aber nur mit der Zeit von der Fragerei genervt und Kobler hatte den Bogen etwas überspannt. Eventuell ging die Zeugin in eine Art Abwehrhaltung über, die einer Befragung selten dienlich war.

Sarah hoffte, dass Tom nun wieder eingreifen würde. Er tat ihr den Gefallen. „Hatte Herr Husmann Freunde?", packte er eine seine Standartfragen aus, nachdem er sich ausreichend Notizen auf seinem Block gemacht hatte.

Stefanie Röll stand auf. Sie holte eine neue Flasche Wasser und schenkte sich und Rester nach. „Nicht viele! Wir haben keinen großen Freundeskreis, nur wenige und dafür gute. Sein bester Freund ist sicherlich sein Chefredakteur bei Berlin Inside, Robert Bartsch."

Tom notierte sich die Antwort ebenfalls und warf dann einen raschen Blick zu seiner Kollegin, die ihm andeutete, vorerst keine Fragen mehr zu haben. Er merkte, wie ihn diese Tatsache innerlich sogar etwas erleichterte, denn er hatte schon befürchtet, Sarah würde am Ende zu einer erneuten Attacke gegen Stefanie Röll ansetzen. Die junge Frau tat ihm leid.

Mit einer geübten Bewegung griff Rester sich in die Innenseite der Jacke und förderte eine Visitenkarte zutage. „Das wäre es fürs Erste gewesen. Wir wollen Sie

auch nicht länger belästigen." Bei diesen Worten streifte er Kobler noch einmal mit einem kurzen Blick. „Wenn Ihnen noch etwas einfällt, dann können Sie uns jederzeit erreichen." Er drückte Röll die Karte in die Hand, die sie betrachtete und dann auf dem Tisch ablegte.
Sie verabschiedeten sich und Stefanie Röll schloss die Tür hinter den beiden. Es hatte zu regnen aufgehört und durch die Sonne füllte sich die Luft mit warmer Feuchtigkeit. Sarah atmete einmal tief durch.
„Essen?", wollte Tom von ihr wissen.
„Nur wenn ich jetzt fahre!"

5. Kapitel – Dienstag, 09.06.2015, 12:55 Uhr

„Was hast du eigentlich mit den ganzen Fotos vor, die du machst?", fragte Tom, nachdem er in seinen Döner gebissen hatte. Er hatte Sarah in einen Imbiss in der Wilmersdorfer Straße eingeladen und für sich und seine Kollegin Essen und Getränke besorgt. Jetzt lehnten sie beide an einem der aufgestellten Stehtische und kauten ihre Mahlzeit.
„Willst du die mal ausstellen oder behältst du die nur für dich?"
Kobler biss einmal herzhaft ab. „Weiß nicht", presste sie mit halb vollem Mund hervor. „Vielleicht!" Sarah beachtete Tom nicht weiter, sondern sah den Menschen in der Fußgängerzone zu, wie sie geschäftig an ihnen vorbei hetzten. Alle voller Eile! Sie beobachtete ein Pärchen, welches an den Reihen von abgestellten Fahrrädern vorüber ging. Er nahm ihr gerade eine der Einkaufstüten ab, während sie sich bei ihm unter dem Arm einhakte.

Es musste noch etwas von diesem frischen, unbeschreiblichen Gefühl sein, das jede neue Liebe zu Beginn ausmachte. Dieses Gefühl, das alles veränderte. Sarah kannte es nur zu gut, auch wenn sich diese Empfindung bei ihr bisher immer irgendwann in etwas anderes, Unangenehmes und Verpflichtendes entwickelt hatte.
Vor ihr hüpften einige Vögel auf und ab und zankten sich laut kreischend um Brotkrumen, die andere Gäste hatten fallen lassen. Wie einfach konnte das Leben sein, wenn man nichts hatte und sich nicht um die Vergangenheit oder die Zukunft kümmern musste. Sie riss ein Stück von ihrem Döner ab und schmiss es in Richtung der Vögel, die sich aufgeregt darauf stürzten.
Sie biss noch einmal kräftig ab und betrachtete dann eine Weile die vielen Geschäfte, die ihnen gegenüber lagen. Sie musterte der Reihe nach eine McDonalds-Filiale, ein Lederwarengeschäft, um dann mit den Augen an einem Schuhmodenschaufenster hängen zu bleiben. Wann hatte sie sich eigentlich ihre letzten neuen Schuhe gekauft?
Wenn es eine Leidenschaft in Sarahs Leben gab, dann waren das modische Schuhe. Sie kaufte sie in allen Farben und Formen und sehnte immer eine Gelegenheit herbei, eines ihrer Paare auszuführen. Darum waren ihr auch die Schuhe von Stefanie Röll gleich ins Auge gefallen. So etwas registrierte sie einfach. Sie beschloss, sich ein neues Paar zu kaufen, wenn sie den Fall gelöst hatte. Irgendwie musste sie sich ja motivieren, wenn es sonst schon niemand tat.
„Kann ich mir die einmal ansehen?" Tom trank einen Schluck von seiner Cola und schlürfte dabei unangenehm.

„Was?"
„Na, die Fotos!"
Sarah war irritiert, da Tom sie mitten aus ihren Überlegungen gerissen hatte. „Sicher!"
Motivieren, dachte sie noch, doch dann war der Gedanke auch schon wieder weg. Tom quittierte ihre knappe Antwort mit einer genervten Grimasse, die daher rührte, dass seine Kollegin ihn weiterhin nicht ansah, sondern auf die Fußgänger und Läden auf der anderen Straßenseite starrte.
Tom war das Gespräch mittlerweile etwas unangenehm. Genaugenommen war er sogar verärgert. Es war einer dieser typischen Momente, in denen Tom das Gefühl hatte, um Sarah stünde eine undefinierbare, aber unüberwindliche Mauer. Als wäre er Luft. Er empfand es oftmals als unhöflich ihm gegenüber, wie sie ihn ignorierte. So was machte man einfach unter Kollegen nicht. Aber sie tat das ständig. Sie klinkte sich eben manchmal für einen Augenblick aus.
Wenn sie gemeinsam eine Pause hatten, oder im Büro gerade einmal Zeit war, war Sarah Kobler oft kurz angebunden. Sie war dann nicht daran interessiert, Privates oder Persönliches auszutauschen. So wusste Tom nur wenig von seiner Partnerin, obwohl sie inzwischen schon über ein halbes Jahr zusammen arbeiteten.
Tom betrachtete Sarah von der Seite, während sie weiter ins Nichts starrte. Sie hatte lange braune Haare, die ihr bis auf die Mitte des Rückens reichten. Jetzt, wie die meiste Zeit, trug sie diese offen und nicht in einem, von ihrem Chef geforderten Pferdeschwanz. Rester ärgerte zwar, dass sie sich so über Anweisungen hinwegsetzte, allerdings gefiel sie ihm, wenn er ehrlich

war, so besser. Sarah wirkte mit ihrer Mähne unbezwingbar und wild.

Da es wärmer geworden war, hatte sie ihre Jacke im Auto gelassen und Tom fixierte nun ihr rotes Top, welches sich eng an ihren Oberkörper presste. Es betonte die Figur in einer Weise, die es Tom von Anfang an schwer gemacht hatte, mit seiner neuen Kollegin klarzukommen. Sie gab sich keine Mühe, ihre Reize zu verstecken, wie es nach Toms Auffassung für Beamte in ihrer Stellung angebracht gewesen wäre. Es irritierte ihn. Grundsätzlich mochte sie es auch nicht, wenn er sie zu lange betrachtete, oder wenn irgendjemand sonst das tat. Er wartete auf seine Zurechtweisung, als sich ihr Blick langsam klärte. „Ich glaube, die Röll lügt uns an", offenbarte sie unvermittelt ihre Überlegungen.

„Wie kommst du jetzt darauf?", wollte Rester verwundert von ihr wissen, froh, endlich ihre Aufmerksamkeit wieder zu haben.

Sarah kaute ihren Bissen hinunter und spülte mit etwas Wasser nach. Schließlich sagte sie: „Die war nicht zu Hause und hat gewartet bis ihr Freund mit seiner Arbeit oder seinen Terminen fertig war. Hast du gesehen, wie die gestern angezogen war? Seidenrock, Pumps, Make-up. So sitzt man nicht auf dem Sofa und verbringt seinen Abend alleine. Entweder sie und Husmann wollten gemeinsam noch irgendwo hin, was sie verneint hat, oder sie war ganz wo anders. Vielleicht hat sie irgendetwas so aufgeschreckt, dass sie von dort, wo sie war, weg ist, um nach ihm zu sehen. Auf jeden Fall lügt sie!"

„Das kann man doch so nicht sagen!"

„Doch, kann man!", beharrte Kobler. „Ich weiß nicht, wie es genau war, aber Rölls Version stimmt nicht. Die Frage ist nur, warum sie uns anlügt."

Rester verdrehte die Augen, um seiner Kollegin anzudeuten, dass er nicht viel von ihrer Theorie hielt.

„Oder die Schuhe", fuhr Sarah fort. „Neben den Turnschuhen war es nass, was beweist, dass sie heute doch schon vor der Tür war. Sie hat aber gesagt, dass sie noch nicht draußen gewesen sei."

„Vielleicht war sie ja nur Frühstück holen?", mutmaßte Tom.

„Warum sagt sie das dann nicht?"

„Oder der Dreck stammt noch von gestern? Da hat es auch bereits geregnet."

„Stimmt", pflichtete ihm Kobler bei, „aber dann wäre das sicher etwas getrocknet und außerdem hatte sie ja gestern ihre Pumps an, die daneben standen. Warum sollte sie sich gestern noch mal umziehen? Wo war sie also noch nach dem Mord an ihrem Freund und warum sagt sie es uns nicht?"

Rester wusste für den Augenblick auch nicht weiter, war aber wenig überzeugt. Wobei er zugeben musste, dass seine Kollegin oftmals ein sehr gutes Gespür in solchen Dingen hatte. Manchmal allerdings verrannte sie sich in abstruse Theorien.

„Die war auch viel zu vorsichtig. Hat jedes Wort auf die Goldwaage gelegt, um nichts Falsches zu sagen", unterstrich Kobler noch einmal ihren Verdacht. In diesem Moment begann ihr Handy zu klingeln. Sie nahm es aus ihrer Hosentasche. „Jonas Gude", zeigte das Display an. Sie nahm ab.

„Gude hier", meldete sich ihr Kollege. „Wollte euch nur auf den neuesten Stand bringen."

„Dann schieß los."
„Mhmm, also die Auswertung des Laptops ist schwierig, aber möglich. Dauert aber etwas länger als sonst. Die KTU arbeitet dran." Sarah war ein wenig enttäuscht, denn dass eine Festplatte, die von einer Pistolenkugel getroffen wurde, nicht mehr leicht auszulesen war, darauf wäre sie alleine gekommen. Allerdings hatte die Nachricht auch etwas Gutes. Es hätte auch sein können, dass die Platte kaputt und nicht mehr zu gebrauchen gewesen wäre. Immerhin!
„Okay", sagte sie gedehnt, um nachzufühlen, ob das alles war, was Jonas ihr mitteilen wollte. „Sonst noch etwas?"
„Der Knaller kommt noch." Gude machte eine kleine Kunstpause. „Ich hab den Namen auf dem Zettel überprüft. Helena Zeissner ist seit der letzten Bundestagswahl Staatssekretärin im Bundesinnenministerium. Quasi so was wie unsere Chefin, sozusagen."
Sarah hatte das Handy so gehalten, dass Rester auch noch mithören konnte, ohne dass sie das Gespräch auf laut schalten musste. Nun sahen sie sich beide mit hochgezogenen Augenbrauen an.
„Gibt es Hinweise auf eine Verbindung zwischen den beiden? Wissen wir, was Husmann von ihr wollte?"
„Bis jetzt haben wir nichts gefunden. Aus den Akten und Ordnern, die auf dem Boden verstreut lagen, geht zumindest bisher nichts hervor. Wir haben aber auch noch nicht alles ausgewertet."
„Was war denn da alles drin?", fragte Sarah weiter.
„Jede Menge! Es gibt einen ganzen Haufen an technischen Daten zu verschiedenen Maschinen, vornehmlich Kriegsgerät. Also, ich rede von Geländewagen, Hubschraubern, Panzern, aber auch von

Gewehren. Außerdem hat Husmann eine kleine Übersicht über die diversen Krisenregionen der Welt erstellt. Ich kann aber echt noch nicht mehr sagen. Erst wenn wir alles durchgearbeitet haben, gebe ich euch meine abschließende Einschätzung."

„Top!", lobte Sarah, die wusste, dass man ihren Büropolizisten, wie sie ihn liebevoll nannten, auch einmal emotional unterstützen musste. Er brauchte das einfach ab und an und ohne seine Auswertungen wären sie oft aufgeschmissen.

Kobler bedankte sich bei Gude nochmal für den Anruf. Dann legte sie auf. Sie schob das Handy wieder in ihre Hosentasche und starrte ins Leere vor sich auf die Straße. Sie dachte nach, das konnte Rester ihr ansehen. Sarah merkte nicht, wie ihr Kollege den Tisch verließ, um kurz darauf mit zwei Kaffeebechern wiederzukommen.

„Super!", sagte sie erfreut, als sie Tom zurückkommen sah. „Wie hast du erraten, dass ich den jetzt noch brauche?"

„Nur so ein Gefühl", schmunzelte er zufrieden.

Beide tranken. Rester bemerkte, wie Kobler schon wieder begann, ihren Blick nach innen zu richten, wie um nicht mit ihm sprechen zu müssen. Um ihre Aufmerksamkeit zu behalten, sagte er: „Am wahrscheinlichsten ist es doch, dass der Mord mit einem seiner alten Fälle zu tun hat. Wir haben zwar vermutet, dass eine aktuelle Recherche der entscheidende Punkt ist, dabei gibt es ausreichend Gründe in seiner Vergangenheit. Also jede Menge von Verdächtigen."

Sarah schürzte die Lippen und nahm einen dampfenden Schluck Kaffee. „Warum hat er den Täter dann in die Wohnung gelassen? Ich mein, wenn er weiß, dass da

jemand vor der Tür steht, dem er geschadet hat, dann öffne ich doch nicht bereitwillig."
Tom wollte etwas Sinnvolles erwidern, aber ihm fiel nichts ein, was ihr Argument entkräftet hätte. Da er schwieg, erklärte sie: „Nehmen wir einmal an, es steht jemand vor deiner Tür, den du vor Jahren eingebuchtet hast. Machst du dann auf?"
Rester schüttelte widerwillig den Kopf.
„Siehst du! Und genau das hat der schlaue Herr Husmann auch so gemacht."
Tom musste leider zugeben, dass Sarah mit dem, was sie sagte, recht hatte. Jetzt ärgerte er sich, seine unfertigen Überlegungen mit ihr geteilt zu haben. Dabei hatte er ja eigentlich nur ihre Aufmerksamkeit behalten wollen und hatte sich nun zum Affen gemacht. Er überlegte, wie er unbeschadet einen Rückzieher machen konnte.
„Mehr als ein komisches Gefühl hast du bisher auch nicht zu bieten."
Kobler lächelte und leerte den Becher mit einem Zug aus. Dann warf sie ihn in einen der Abfalleimer und kam zu Rester zurück. Sie baute sich demonstrativ vor ihm auf und beugte sich etwas nach vorne, bis ihre Gesichter direkt gegenüber waren. Obwohl sie bisschen kleiner als er war, wich er unwillkürlich nach hinten, was sie mit einem breiten Grinsen quittierte. Er fühlte sich unangenehm an eine Szene aus der achten Jahrgangsstufe erinnert, als sich seine Deutschlehrerin ähnlich vor ihm posiert hatte, so nah, dass er ihr Parfüm hatte riechen können. Dann hatte sie ihn vor der ganzen Klasse getadelt.
Er fühlte sich zurückversetzt in den kleinen Jungen, als Sarah süffisant sagte: „Bei Mädchen ist das manchmal schon mehr als so mancher Beweis!" Ihr Grinsen wurde

noch breiter, als sie merkte, wie verunsichert er war. „Ich fahr jetzt!", befahl sie und hielt ihrem Kollegen fordernd die Hand entgegen. Weil er nicht wusste, wie er sonst schlagfertig reagieren konnte, schob er seine Hand in die Tasche und überreichte ihr den Schlüssel. Genervt warf er seinen Becher in den Abfall und stapfte seiner Kollegin hinterher.

6. Kapitel – Dienstag, 09.06.2015, 14:19 Uhr

Robert Bartsch stand am Fenster seines Büros und blickte nach draußen. Die Sonne hatte das schlechte Wetter endgültig vertrieben. Die letzten Wolken kämpften einen hoffnungslosen Kampf. Vereinzelte Strahlen fielen in das Zimmer und verbreiteten einen warmen Glanz.
Tom saß auf seinem Stuhl hinter Bartschs Schreibtisch. Er ärgerte sich noch über die Reaktion, die seine Kollegin am Dönerstand bei ihm erzeugt hatte. Er hätte sich nicht so von ihr verunsichern lassen sollen. In der Nachbetrachtung fand er es mehr oder weniger peinlich für ihn, so wie es gelaufen war. So reagiert man eben nicht. Er hätte stehenbleiben und seinerseits nach vorne gehen können. Dann hätte er entweder ihre Lippen berührt und es wäre für alle beide unangenehm geworden, oder Sarah wäre ihrerseits zurückgewichen, was ihn zum emotionalen Sieger dieses kleinen Duells gemacht hätte. Er überlegte, wie er sich für die Aktion revanchieren konnte. Es einfach dabei bewenden lassen wollte er auch nicht. Das gebot ihm sein Stolz.
Kobler und Rester warteten geduldig, bis der Chefredakteur sich wieder im Griff hatte. Dieser zeigte sich vom gewaltsamen Tod seines Kollegen und

Freundes sichtlich erschüttert, auch wenn die Arbeit weitergehen musste. Es galt Abgabe- und Drucktermine einzuhalten. Die Welt drehte sich weiter. Bei diesem Gedanken kam Sarah ein Liedtext in den Sinn. Sie grübelte, ob sie Teile der Melodie sich noch in Erinnerung rufen oder sich an den Interpreten erinnern konnte.

Robert Bartsch war ein Mann Mitte Vierzig mit etwas hoher Stirn, aber sonst noch vollem Haar. Einzelne graue Strähnen in seinen Haaren und in seinem struppigen Bart gaben einen Hinweis auf sein Alter, auch wenn er sich ansonsten gut gehalten hatte. Die Falten in seinem Gesicht verrieten seinen täglichen Stress. Sie zeugten von vielen beruflichen Schlachten, die er im Laufe seines Lebens geschlagen hatte. Es war ein hartes Geschäft, soweit war sich Kobler sicher.

Berlin Inside war ein investigatives Politikmagazin, welches wöchentlich aus gut unterrichteten Quellen berichtete. Dabei galt es nicht, reißerische Auflage zu machen, sondern sich mit tatsächlichen Hintergründen zu befassen. Man wollte Zusammenhänge erklären und auch unangenehme Sachverhalte ans Licht der Öffentlichkeit bringen. Natürlich machte man sich dadurch nicht nur Freunde. Preise an der Wand kündeten davon, dass das Team seine Arbeit verstand.

Das Büro und die ganze Redaktion hatten diese moderne, technische Perfektion, welche man in einem Unternehmen wie diesem auch erwartete. Es roch nach Edelstahl und künstlichem Raumduft. An den Wänden waren überall Bildschirme verteilt, die die gängigen Newsticker tonlos ausstrahlten. Ständig war man am Puls des Geschehens. Man konnte innerhalb von Sekunden reagieren und es, wenn man so wollte, beeinflussen. Informationen waren Macht und Schlagzeilen waren die Waffen, mit denen im heutigen Berlin die Kriege ausgefochten wurden.

Bevor Kobler und Rester in Bartschs Büro vorgedrungen waren, hatte sie sämtliche Kollegen in dem Großraumbüro befragt. Sie hatten sich die Personalien notiert und Fragen zu Manuel Husmann gestellt. Leider waren die Ergebnisse ernüchternd.

Dieser habe oft von zu Hause aus gearbeitet und sei nur unregelmäßig in der Redaktion erschienen. Dann auch oft nur, um mit seinem Chefredakteur zu sprechen. Immer wieder habe man die beiden intensiv diskutieren hören, was an der guten Beziehung, ja Freundschaft, nichts geändert habe. In diesem Sinne bestätigten die Kollegen des Mordopfers die Aussage seiner Freundin. Bartsch sei sein bester Freund gewesen und womöglich auch der Einzige, den man so nennen konnte. Husmann sei ein Workaholic gewesen. Das Wort fiel des Öfteren.

Einen Bekannten trieb Rester dann doch auf. Ein gewisser Anton Vielberg sagte aus, noch vor einer Woche mit ihm in einem Irish Pub auf ein Bier gewesen zu sein. Allerdings habe man nicht über die Arbeit gesprochen. Mehr über Belanglosigkeiten wie den Fastabstieg der Berliner Hertha aus der ersten Fußballbundesliga.

Kobler seufzte innerlich bei dem Gedanken an den Nachmittag. Sie waren so schlau wie vorher. Letztlich waren sie keinen Schritt weiter als heute Morgen. Die ersten 48 Stunden galten als die wichtigsten in solchen Ermittlungen. Wenn man es in dieser Zeit nicht schaffte, dem Täter auf die Spur zu kommen, so stellte es sich meist als äußerst schwierig heraus und die Fälle blieben oft ungelöst.

Sarah rieb sich an der Schläfe. Sie hatte Kopfschmerzen, was sie normal von sich nicht kannte, sie aber in der letzten Zeit des Öfteren plagte. Vor allem nach dem Mittagessen und gegen Abend zogen diese ziehenden Schmerzen ihr bis ins Auge. Deshalb hatte sie inzwischen immer eine Schmerztablette dabei, wollte damit aber noch warten. Ein Fan von Pharmazie war sie nicht, wie sie sich meist ausdrückte. Außer es ging nicht anders. Schließlich, nach einer gefühlten Ewigkeit, trat Bartsch wieder zu ihnen an den Tisch und setzte sich. Er faltete seine Hände vor sich.
„Was wollen Sie wissen?"
Kobler gab Rester ein Zeichen, dass er die Befragung übernehmen sollte, da die Kopfschmerzen sie doch mehr plagten, als sie bereit war zuzugeben. Tom räusperte sich. „Wir würden gerne verstehen, an welcher Story Manuel Husmann aktuell gearbeitet hat."
Bartsch presste die Lippen aufeinander und verzog das Gesicht zu einer vieldeutigen Grimasse. „Das kann ich Ihnen nicht so genau sagen. Jeder unserer Reporter recherchiert auf eigene Faust. Erst wenn aus der Geschichte tatsächlich etwas werden kann, wird die Sache mit mir besprochen."
„Aber Sie waren sein bester Freund!"
Kurz durchzuckte Bitterkeit Bartschs Züge. „Sagen das die Kollegen? Nun, ich sage Ihnen, was ich weiß." Er rückte ein Foto, welches eine Frau, vermutlich seine Ehefrau, und zwei Kinder zeigte, auf seinem Schreibtisch zur Seite und beugte sich nach vorne. „Manuel wollte über den Handel mit Waffen in Krisenregionen berichten."
„Genauer!"

„Deutsches Kriegswerkzeug wird in der ganzen Welt dazu verwendet, um Diktatoren zu stützen und Völker zu unterdrücken. Er hatte dabei den weltweiten Aspekt im Auge."

„Und darüber hat er recherchiert? Hat er etwas rausgefunden?"

„Das ist alles, was ich sagen kann. Ob er Dinge gefunden hat, die es wert sind, einen Mord zu begehen, weiß ich nicht. Aber wenn er etwas Druckreifes in der Hand gehabt hätte, dann wäre er schon längst bei mir gewesen und wir hätten die Story besprochen. In diesen Sphären muss man immer behutsam vorgehen." Er deutete mit einem Finger nach oben, als spräche er von den Göttern persönlich.

„Hat Husmann Namen genannt, welche in seinen Recherchen eine Rolle spielten?"

„Mir gegenüber nicht! Unter Umständen kann Ihnen da Frau Röll weiterhelfen."

„Wieso?" Rester stutzte.

„Nun, manchmal hat er seine Gedanken mit seiner Lebensgefährtin geteilt." Bartsch presste wieder die Lippen zusammen, was Tom eher als Missbilligung deutete. Er warf einen schnellen Blick zu seiner Kollegin. Die sah ihn nur mit einem triumphierenden Lächeln an. Abwarten, dachte er. „Wann haben Sie Husmann das letzte Mal gesehen oder ihn gesprochen?"

Bartsch kratzte sich am Kinn und rieb sich über den struppigen Dreitagebart. „In der Redaktion war er letzte Woche das letzte Mal. Denke, es war Donnerstag, kann aber auch Freitag gewesen sein. Vielleicht wissen das die Kollegen genauer. Für mich ist da ein Tag wie der andere. Telefoniert haben wir Samstag, glaube ich. Wir haben uns wegen einer Auslandsreise unterhalten."

„Wo wollte er hin?" Rester notierte alles mit einem Kugelschreiber in einen kleinen Block. Er sah Bartsch erwartungsvoll an.

Dessen Augen verengten sich leicht, aber doch so, dass es Kobler auffiel. „Moskau!", sagte er schließlich.

„Was wollte er dort?" Tom nervte es, dass man dem Journalisten alles aus der Nase ziehen musste. Es wirkte, als würde jeder Satz in seinem Mund festkleben, und müsste erst Wort für Wort befreit werden.

„So genau weiß ich das nicht, aber ich denke, da Inside es bezahlen sollte, dass er es für Recherchen brauchte."

„Gibt es Waffengeschäfte mit Russland, über die man berichten könnte?", wollte Kobler wissen, die das Gespräch bis hierhin schweigend verfolgt hatte.

„Glaube nicht, aber wie gesagt: Ich bin in die Details der Arbeit meiner Reporter nicht eingebunden. Ich füge alles zusammen. Die Jungs melden sich erst, wenn die Sache fast fertig ist. So hängen nicht zu viele Leute in den Storys und die Quellen bleiben relativ sicher."

Rester notierte alles und spitzte kurz seine Lippen. In seinem Kopf hatte das Wort „Quellen" irgendetwas ausgelöst. Er überlegte. Konnten Husmanns Informanten in irgendeiner Weise für die Ermittlungen von Bedeutung sein? Aber er schaffte es nicht, daraus eine klare Frage zu formulieren.

Vielleicht war es aber auch einfach schon zu spät. Tom sah auf die Uhr und entschied, es für heute gut sein zu lassen. Er griff in seine Jackentasche und förderte eine seiner Visitenkarten zu Tage.

„Das war´s fürs Erste", sagte er zu Bartsch. „Wenn Ihnen noch etwas einfällt, dann melden Sie sich bitte bei uns."

Dieser betrachtete die Karte kritisch und schob sie sich dann in eine Tasche. Stühle wurden gerutscht und alle erhoben sich.

„Darf man erfahren, wie Manuel getötet wurde? Es ist unfassbar, was da passiert ist. Man hört das immer nur. Man liest es oder berichtet darüber. Aber wenn man dann selber von so etwas im Umfeld betroffen ist, macht einen das sprachlos."

Kobler und Rester wechselten einen raschen Blick. „Er wurde in seiner Wohnung erschossen", beantwortet Sarah die Frage.

Bartsch presste wieder die Lippen zusammen und nickte. „Ich hab mir schon so etwas gedacht. Er hatte vor Jahren einmal versucht, etwas über die Geschäfte der japanischen Mafia, der Yakuza, in Deutschland herauszufinden. Er wollte herausfinden, wie sie ihr Geld waschen. Solche Sachen eben. Die kennen da keinen Spaß."

„Wieso sagen Sie uns das erst jetzt?" Trotz ihrer Kopfschmerzen war Kobler nun verärgert. Da führte man ausführliche Befragungen durch und fühlte nach Gründen für den Mord. Und zwischen Tür und Angel wurde dann beiläufig ein Motiv präsentiert.

Bartsch winkte ab. „Es ist nichts dabei rausgekommen. Ist auch schon Jahre her."

„Wie lange?", setzte Sarah nach.

„Weiß nicht! Fünf Jahre?" Er kratzte sich etwas im Gesicht. „Minimum! Er hat alle Unterlagen bei sich zu Hause aufgehoben. Vielleicht hat er aber auch alles schon vernichtet. Ich weiß nicht, was er immer mit dem alten Material gemacht hat. Mehr kann ich Ihnen dazu auch nicht sagen."

Tom notierte sich Stichpunkte auf seinem Notizzettel. Dann verabschiedeten sich die beiden. Bartsch begleitete sie bis zur Tür des Büros.
„Auf Wiedersehen Herr Bartsch", sagte Rester und nickte zum Abschied freundlich.
Bartsch schloss die Tür und wartete, bis er die beiden Kommissare aus der Redaktion verschwinden sah. Dann ging er zurück zu seinem Schreibtisch und hob den Telefonhörer ab.

7. Kapitel – Dienstag, 09.06.2015, 16:42 Uhr

„So, Feierabend", freute sich Tom. Er zog eine Schachtel mit Zigaretten aus seiner Tasche. Regelmäßig genehmigte er sich zum Dienstschluss eine Kippe. Kobler vermochte nicht zu sagen, wie viele dieser einen über den Abend noch folgten. Allerdings schaffte er es immerhin, unterm Tag keine zu qualmen.
Sarah fand Rauchen abstoßend. Angewidert stellte sie sich vor, mit einem Kollegen zu arbeiten, der im Auto oder heimlich im Büro qualmte. Bei diesem Gedanken verstärkten sich ihre Kopfschmerzen. Sie griff in ihre Handtasche, um die bereitgelegte Ibuprofentablette einzunehmen.
„Fahren wir zusammen ins Präsidium? Oder gehen wir vielleicht noch etwas trinken? So von Kollege zu Kollege?", wollte Tom von Sarah wissen. Diese legte den Kopf leicht schief, als hätte sie ihn nicht richtig verstanden.
„Die Dinger stinken wie der Teufel. So was nervt!", entgegnete sie anstelle einer Antwort und zeigte mit einem Finger auf die Zigarette in Resters linker Hand.

Genervt schüttelte er den Kopf und nahm demonstrativ einen Zug.

Tom hatte aber grundsätzlich recht. Eigentlich hätten sie es gut sein lassen und den Tag abschließen können. Sarah hatte zwar noch Kopfschmerzen, hoffte aber, dass die Tablette dieses Übel nun rasch beendete. Sie überlegte, ob sie noch Lust hatte, tanzen zu gehen. Sie fragte sich, ob Svenja, eine ihrer Freundinnen und die beste für die Clubs der Stadt, heute noch Zeit hatte. Irgendwie hätte sie richtig Bock, einmal wieder um die Häuser zu ziehen. Aber streng genommen musste sie auch noch einkaufen und verschiedene Dinge wie Zahnpaste und Haarshampoo besorgen.

„Warum, meinst du, sagt uns der Bartsch das mit der Yakuza erst zum Schluss und nicht schon früher?", versuchte er das Thema zu wechseln. Sarah zuckte mit den Schultern und Tom vermutete, dass sie mit den Gedanken schon wieder nicht bei ihm war. „Sieht ja jetzt doch nach so etwas wie einer Spur für uns aus." Er wartete, ob seine Kollegin ihm antwortete. Betont langsam zog er noch einmal an der Zigarette. Dann warf er den Stummel auf den Boden und drückte den Rest mit der Schuhsohle aus.

„Warum hast du ihn nicht nach dieser Zeissner gefragt?", setzte Rester den Monolog mit einer direkten Frage fort, weil er hoffte, so von Sarah eine Reaktion zu bekommen. Sie begann schon wieder, ihn zu ignorieren.

„Hab Kopfschmerzen", murmelte sie zur Entschuldigung. „Ich hab´s vergessen!" Sie presste ihre Lippen fest zusammen. Auf ihrer Stirn zeigten sich kleine, querverlaufenden Falten. Sie dachte nach. Tom hatte sie mit seiner Frage auf etwas gebracht. Und wie so oft musste sie, wenn sie eine Idee hatte, versuchen diese gleich umzusetzen. Geduld war nicht ihre Stärke. Sie schob ihre Hand in die Hosentasche und zog ihr Handy raus. Dann wischte sie kurz über das Display und hielt sich dann das Telefon ans Ohr.

„Wen rufst du denn jetzt an?", wollte Rester von ihr wissen, doch Sarah lächelte nur undurchsichtig. Manchmal hatte sie es einfach nicht so mit Reden. Nach wenigen Augenblicken hob jemand ab. Kobler meldete sich und sagte, dass sie von der Polizei wäre und einen Termin bei Frau Staatssekretärin Helena Zeissner benötige. Sie erklärte, dass es um laufende Ermittlungen gehe.

Tom griff sich mit einer Hand an die Stirn, als er erkannte, was seine Kollegin da versuchte. Nicht nur, dass es schon sehr spät war und er das schöne Wetter gerne noch zum Joggen oder für ein Bier im Freien genutzt hätte. Das Innenministerium war nicht irgendeine Behörde, in der jeder vorbeikommen und sich einen Termin organisieren konnte. Wenn sich jemand aus dem Ministerium bei ihren Vorgesetzten beschwerte, würde die Sache ziemlich schnell ziemlich ungut werden. Und für was?

Sarah sagte etwas und wartete dann wieder. Amüsiert sah sie zu ihrem Kollegen rüber und schien seinen Unmut sogar noch zu genießen. Sie wusste genau, dass Tom mit solchen ungeplanten Aktionen nicht zurechtkam. Zumal sie nicht den Dienstweg eingehalten hatte. Nur ging es so bedeutend schneller. Und sie hatte ja nichts zu verlieren. Kobler wurde insgesamt zweimal verbunden. Schließlich bestätigte sie bei der dritten Sekretärin, dass es dringend sei. „Gefahr im Verzug, wenn Sie verstehen." Doch die Frau am anderen Ende verstand nicht.

„Aber die Frau Staatssekretärin hat doch in der Akten-Sache bereits alles zu Protokoll gegeben?", meinte die Dame, die Kobler für Zeissners persönliche Vorzimmerdame hielt. Sarah stutzte. „Das müsste alles in ihren Unterlagen stehen. Die Frau Staatssekretärin ist wirklich sehr beschäftigt, was Sie sicher nachvollziehen können. Wenn Sie vielleicht morgen einen Termin ausmachen könnten, dann …"

„Entschuldigen Sie, aber wir ermitteln nicht wegen irgendwelchen Akten. Wir arbeiten an einem Mordfall! Hier ist Kommissarin Sarah Kobler von der Kripo", unterbrach Kobler die Frau am anderen Ende.

Nun hörte Sarah plötzlich ein Knacken in der Leitung. Dann ein Rascheln. Schließlich wurde die Verbindung wieder klar. „Hören Sie? Frau Zeissner ist heute zufällig noch im Büro. Sie würde Ihnen anbieten noch vorbeizukommen. Selbstverständlich unterstützen wir unsere Sicherheitskräfte, wo es geht. Sie müssten allerdings gleich kommen."

Kobler lächelte triumphierend. Sie legte auf und schob das Handy wieder ein. „Mach das Ding aus. Es gibt noch etwas zu tun", rief sie Tom zu, der sich bereits die nächste Zigarette angezündet hatte. Voller Elan machte sich auf den Weg zum Auto. Rester schüttelte verständnislos den Kopf. Er warf den Glimmstängel auf die Straße und setzte sich in Bewegung, um Sarah zu folgen.

8. Kapitel – Dienstag, 09.06.2015, 17:34 Uhr

Wohltuende Wärme empfing Kobler und Rester, als sie ihren Wagen an der Alt-Moabiter-Straße geparkt hatten und zum neuen Bundesinnenministerium gingen. Die

Straße und der Asphalt hatten die Sonnenstrahlen willkommen aufgenommen. Nun strahlten sie die Energie des Tages wieder ab. Sarahs Kopfschmerzen hatten sich, dank der Tablette, zu einem leichten Drücken reduziert. Während sie in Richtung der großen gläsernen Eingangstüren liefen, teilte Tom seiner Kollegin weiter seine Bedenken mit.
„Wenn das jemand mitbekommt, dann können wir uns aber auf etwas gefasst machen!"
„Was haben wir denn gemacht?" Kobler wollte sich jetzt nicht mehr beirren lassen und fand es mittlerweile lästig, wie Rester sich an die Vorschriften klammerte. Während der gesamten Autofahrt hatte er von nichts anderem gesprochen. Er nervte einfach.
„Du hast den Dienstweg nicht eingehalten! Du hättest Pott über die Befragung informieren müssen."
„Ich hab doch nur ein paar Fragen."
„Du vernimmst sie als Zeugin in einer Mordsache. Das muss in die Akten! Da kann man nicht einfach so drüber hinweggehen. Du weißt doch, wie das hier in Berlin läuft. Da ruft doch jeder gleich jeden an und schon darfst du dich morgen vor Pott rechtfertigen."
Sarah blieb abrupt stehen und drehte sich zu Tom um. Sie hatte so schnell angehalten, dass er ihr fast in die Hacken trat. Zum zweiten Mal an diesem Tag waren sich ihre Gesichter unangenehm nahe, als sie sagte: „Dann mach ich das eben! Du kannst ja hier draußen warten, oder du bist jetzt ein großer Junge, hörst das Jammern auf und hilfst mir."
Sarah wendete erneut und ging unbeirrt weiter. Tom schüttelte den Kopf und machte sich missmutig auf, ihr zu folgen. Natürlich wollte er nicht kneifen. Schon gar

nicht, wenn Sarah dabei war. Also musste er irgendwie da durch.

Kobler und ihr Kollege betraten das Ministerium. Sie wiesen sich an der Pforte aus. Die Dame am Empfang telefonierte und ließ sich ihre Anmeldung bestätigen. Sarah hatte befürchtet, dass das Treffen kurzfristig doch noch platzen könnte. Irgendeine Ausrede, von wegen es wäre ein dringender Termin dazwischengekommen. Ein innenpolitischer Notfall, oder etwas in der Art. Aber nichts dergleichen passierte.

Die Mitarbeiterin beschrieb ihnen den Weg. Sie fuhren mit einem der Aufzüge in den zweiten Stock. Dort wurden sie von einer weiteren Dame in Empfang genommen. Sarah fühlte sich an eine „Asterix und Obelix"-Folge erinnert. Bei dieser wurden die beiden Zeichentrickfiguren durch ein fiktives römisches Amt von einer Ecke zur anderen geschickt, ohne dass der jeweilige Sachbearbeiter von den übrigen wusste. Allerdings klappte hier alles reibungslos. Im Vorzimmer von Helena Zeissner wurden sie bereits erwartet.

Sie mussten zwar noch einige Augenblicke warten, was Kobler aber auf Grund der Kurzfristigkeit ihres Termins weder störte noch wunderte. Beide setzen sich auf dafür vorgesehene Stühle und schlugen die Beine übereinander. Sarah hörte das vertraute Klackern der Computertastatur, welche von der Sekretärin unablässig bearbeitet wurde.

Gedämpft konnte man Stimmen aus dem Büro nebenan hören. Zweimal klingelte das Telefon, woraufhin die junge Frau an der Tastatur ihre Arbeit unterbracht und sich jeweils mit einem kurzem „Ja!" meldete. Offenbar konnte sie anhand der Nummer im Display erkennen, wer anrief und kannte den oder die

Gesprächsteilnehmer. Wahrscheinlich jemand aus einem anderen Büro, der gerade ebenso emsig auf einer Tastatur herumhackte, tippte Kobler.
Informationen verbreiteten sich in so einem Haus schnell. Genauso wie wichtige Dinge in ganz Berlin so prompt die Runde machten, als wären die Gehirne von manchen Menschen direkt miteinander verbunden. Dabei waren es meist die persönlichen Mitarbeiter und engsten Vertrauten der Politiker, die ihre Netzwerke hatten und pflegten. Darüber liefen in der Regel die Infos. Sie entschieden, über was sie ihre Chefs informierten, und über was nicht. Somit hatten sie auch eine gewisse Macht in ihren Händen. Informationen waren die Währung, mit der man in der Politik bezahlte.
Die Tür zu Zeissners Büro öffnete sich. Ein Mann mit Anzug und Aktenkoffer kam heraus. Er nickte kurz in Richtung der Sekretärin. Dann verließ er schnell und im Weiteren grußlos das Zimmer. Es dauerte noch einige Augenblicke, bis sich die Frau hinter der Computertastatur schließlich erhob und Rester und Kobler in Zeissners Büro bat. Die Staatssekretärin empfing sie hinter ihrem Schreibtisch.
Sarah wusste nicht, was sie erwartet hatte. Sie wunderte sich über das urig eingerichtete Büro mit seinen hölzernen Schränken und Möbeln. Einige Bilder an den Wänden waren eher afrikanischer oder südamerikanischer Herkunft. Sie passten nicht zu dem hochmodernen und mit viel Glas versehenen Sicherheitsgebäude. Es war so, als hätte sich ein Fremdkörper aus Holz in eine Maschine aus Aluminium, Stahl und Glas gebohrt.
Helena Zeissner stand auf und kam den beiden Beamten um den Schreibtisch herum entgegen. Ihr Händedruck

war kräftig, was Kobler registrierte und zugleich schätzte. Alle setzten sich an den Tisch. Jemand brachte Getränke, dann waren sie alleine.

Sarah lehnte sich in ihrem Stuhl zurück. Sie musterte die Politikerin. Helena Zeissner trug einen schwarzen Stiftrock und eine weiße, eng anliegenden Bluse. Um den Hals trug sie eine blaue Krawatte, die mit einem korrekten Knoten gebunden war. Ihre braunen langen Haare wallten wie eine Löwenmähne um ihr Gesicht.

Zeissner lächelte sie an. „Was kann ich für Sie tun?", fragte sie freundlich, nachdem die Sekretärin das Zimmer verlassen hatte.

„Frau Staatssekretärin", begann Kobler, „erst einmal danke, dass es so kurzfristig geklappt hat. Wir wissen das sehr zu schätzen."

Die Angesprochene nickte wohlwollend. „Meine Mitarbeiterin hat mir gesagt, Sie ermitteln in einem Kapitalverbrechen?"

Tom, der sich sichtlich unwohl in seiner Haut fühlte, nickte eifrig. Das Innenministerium war letztlich für die Polizeistrukturen in ganz Deutschland zuständig, auch wenn Kobler und Rester beim Land Berlin angestellt waren. Tom kam sich vor, als hätte er sich mit vorgehaltener Waffe einen Termin bei seinem eigenen Chef besorgt. Aber was sollte man machen. Kneifen konnte er jetzt nicht mehr.

„Frau Zeissner, wir ermitteln in einem Mordfall, bei dem wir Ihre Hilfe benötigen. Gestern Abend wurde ein Journalist in seiner Wohnung erschossen aufgefunden. Auf einem Zettel, den wir gefunden haben, war ihr Name notiert."

Ein kurzes amüsiertes Lächeln zuckte um Zeissners Mundwickel, welches Kobler nicht entging. „Das hört sich ja noch nicht nach einer heißen Spur an, aber wenn Sie mir den Namen des Journalisten verraten, kann ich Ihnen unter Umständen mehr sagen."

„Sein Name ist Manuel Husmann."

Die Staatssekretärin dachte kurz nach und schüttelte dann den Kopf. „Sagt mir nichts, aber das muss noch nichts heißen. Ich habe kein besonders gutes Namensgedächtnis."

Helena Zeissners Augen ruhten ruhig, aber mit einer gewissen Penetranz auf Sarah Kobler. Es kam der Kommissarin fast so vor, als hätte sich die Politikerin antrainiert, ihren Blick nie von ihrem gegenüber zu nehmen. Zunächst mochte man das als Aufmerksamkeit werten. Mit der Zeit fühlte man sich dabei aber zunehmend unwohl. Ihre gerougten Wangenknochen arbeiteten, während sie Kobler betrachtete.

„Er schrieb für Berlin Inside", fügte Sarah hinzu.

„Die kenn ich, natürlich", sagte Zeissner, wobei sie das „natürlich" betonte.

„Kann es sein, dass Husmann in Zusammenhang mit Ihnen etwas recherchiert hat?"

„Selbstverständlich kann das sein", lachte die Politikerin zu übertrieben, „schließlich bin ich seit einem Jahr Staatssekretärin. Allerdings werden Sie verstehen, dass ich nicht über alle Recherchen mich betreffend unterrichtet bin – leider!" Wieder betonte sie das letzte Wort.

Jetzt mischte auch Rester, der seine anfängliche Zurückhaltung überwunden hatte, sich in die Unterhaltung ein: „Hat er vielleicht einmal eine Interviewanfrage an Sie gestellt oder schriftlich Fragen eingereicht? Möglicherweise ja auch nicht an Sie persönlich, sondern an das Ministerium generell."

Die Staatssekretärin lächelte Tom an. Sarah entging nicht, wie ihr Kollege für einen kurzen Augenblick verlegen zur Seite sah. Sie kannte diesen Blick. Zeissner verstand es, mit Menschen umzugehen und sie für sich zu gewinnen. Manch einer hätte das Wort manipulieren verwendet.
Schließlich konzentrierte sich die Politikerin wieder auf Kobler und schüttelte den Kopf. Sie nahm den Hörer ihres Telefons und wartete einen Moment. Dann fragte sie ihre Sekretärin, ob von einem gewissen Husmann Anfragen oder Ähnliches eingegangen wären. Es herrschte eine kurze Pause, dann lächelte sie wieder.
Zeissner hielt den Hörer zur Seite. „Er hat tatsächlich mehrere Interviewanfragen an mich gerichtet. Es kam aber noch kein Treffen zustande."
„Um was ging es dabei?", setzte Kobler interessiert nach. Zeissner reichte die Frage durch das Telefon an ihre Sekretärin weiter.
„Er hatte Fragen im Zusammenhang mit der letzten Sitzung des Bundessicherheitsrats. Ich war als Vertreterin des Innenministers mit dabei. Ich lassen Ihnen alle Daten in dieser Angelegenheit zusammenstellen." Sie wies ihre Mitarbeiterin entsprechend an. Dann legte sie den Hörer wieder auf. Rester erhob sich und ging ins Vorzimmer, um die Ausdrucke in Empfang zu nehmen.
Kobler blieb sitzen. Für eine kurze Zeit schwiegen sich beide Frauen an. Sarah fühlte nach dem langen Tag Müdigkeit aufsteigen und unterdrückte ein Gähnen. Sie atmete tief durch die Nase ein und merke erst jetzt das schwere und aufdringliche Parfüm, welches den ganzen Raum erfüllte. Komisch, dachte sie, normalerweise fielen ihr solche Sachen immer gleich auf.

Um die Zeit etwas zu überbrücken, fragte sie schließlich: „Ist es schwer in diesem Job, so als Frau?"
Helena Zeissner lächelte sie wieder mit diesem verständnisvollen, fast mütterlichen Lächeln an. „Sie müssten sich doch am besten damit auskennen, wie es ist, als Frau in einer Männerdomäne zu arbeiten." Sie lehnte sich in ihrem Sitz zurück und legte sich die Hände auf den Bauch.
„Natürlich ist es ein harter Job, aber nicht, weil ich eine Frau bin. Dieser Job ist immer hart und für jeden. Das wird bei Ihnen sicher nicht anders sein. Ich bewundere das, was Sie für die Gesellschaft tun. Ohne Sie wäre unser Land unsicherer. Sie riskieren dabei Gesundheit und wenn es hart auf hart kommt auch Ihr Leben. Das mache ich nicht!"
„Haben Sie Kinder?", wechselte Kobler, die ungern zu viel Lob über sich ergehen ließ, das Thema. Außerdem hatten die meisten, die zu viel lobten, auch immer einen Hintergedanken.
Zeissner schüttelte den Kopf, wodurch ihre Locken ihr ins Gesicht rutschten. „Nein! Es hat sich einfach noch nicht ergeben. Vielleicht irgendwann noch einmal, aber mit meinem Amt ist das natürlich grundsätzlich schwierig."
„Sie sind noch keine Vierzig. Wünschen Sie sich keine?"
Das Lächeln auf Zeissners Zügen wurde schmal und bitter. „Wünsche! Wer fragte schon nach Wünschen!"
Sarah Kobler überlegte die ganze Zeit, während sie sprachen, was sie an der Person ihr gegenüber störte. Sie musterte die Frau, die nach dem Innenminister an der Spitze des deutschen Sicherheitsapparats stand.
Helena Zeissner war für eine Frau sehr groß. Trotzdem waren Sarah ihre Absatzschuhe aufgefallen, was Zeissner

zusätzlich Größe verlieh. Kobler fand das unpassend und unbequem zugleich. Zudem fiel ihr das aufwendige und überzogene Make-up auf. Die Lippen waren etwas zu voll und die Nase etwas zu schmal. Sicherlich stand die Politikerin immer in der Öffentlichkeit, aber Sarah fand es trotzdem zu übertrieben, wie Augen, Lippen und Wangen in Form gebracht worden waren. Sie wirkte wie eine Puppe, die einem Kinderzimmer entlaufen war und weniger wie eine Spitzenkraft der Bundespolitik. Dabei war sie ohne Frage attraktiv.

Kobler fragte sich, ob sich Zeissner jeden Morgen selber vor dem Spiegel stylte, oder ob sie jemanden hatte, der sie täglich für den Politik-Dschungel schminkte. Auch waren Sarah die modellierten Fingernägel aufgefallen. Sie waren nicht einfach lackiert, sondern aufwendig mit Mustern verziert. Auch das war viel zu übertrieben, wie sie fand.

Die Kommissarin vermisste das Dezente, Zurückhaltende, was die Frauen in der Politik ihrer Auffassung nach normalerweise an den Tag legten. Allerdings konnte sie immer noch nicht sagen, was genau sie an Zeissner störte. Sarah empfand sie einfach unauthentisch, so wie sie da vor ihr saß, was aber an sich noch kein Verbrechen war.

Wobei Kobler nicht einmal sagen konnte, dass ihr die Frau gegenüber unsympathisch war. Ganz im Gegenteil. Zeissner vermittelte ihr das Gefühl einer interessierten und höflichen Gesprächspartnerin, die alles tat, um zu helfen. Wahrscheinlich war sie deshalb in der Politik so weit gekommen, weil sie es schaffte, diese Empfindung in Menschen zu erzeugen.

Die Tür öffnete sich. Tom kam herein und wedelte mit einer Handvoll Blätter. „Drei Anfragen!", verkündete er.

Kobler nickte zufrieden. Sie klopfte einmal mit beiden Händen auf ihre Oberschenkel, so wie es ihr Bruder immer machte, wenn er aufbrechen wollte.

„Tja, das war´s schon", meinte sie und stand auf. Sie streckte Zeissner die Hand entgegen, die sich ebenfalls erhob und um den Schreibtisch herum kam. Wieder spürte Sarah diesen kraftvollen Händedruck.

„Es freut mich, wenn ich helfen konnte", sagte sie und begleitete die beiden Beamten zur Tür.

Vor dem Ministerium legte Rester die Blätter ins Auto und zündete sich wieder eine Zigarette an. Die hatte er sich durch die Zusatzschicht einfach verdient, befand er. Kobler quittierte das mit einem missbilligenden Blick.

„Was ist?", fragte er, als er ihre Miene registrierte.

Sarah schüttelte nur genervt den Kopf. Sie drehte sich auf dem Absatz um und ging davon. „Ich fahr mit der S-Bahn nach Hause", rief sie ihm über die Schulter zu. „Das Auto stinkt mir zu sehr nach Teer."

Rester betrachtete die Zigarette in seiner Hand, an der er bisher erst einmal gezogen hatte. Eigentlich hatte er Sarah noch einmal nach einem Feierabendbier fragen wollen, aber da war sie auch schon um eine Ecke verschwunden. Kopfschüttelnd blies er den Rauch aus, den er in seiner Lunge gesammelt hatte, und warf dann die Zigarette mürrisch zu Boden. So schmeckte sie ihm einfach nicht. So nicht!

9. Kapitel – Mittwoch, 10.06.2015, 7:45 Uhr

Der Kaffee dampfte, als Sarah am nächsten Morgen den Deckel von ihrem Starbucks-Becher nahm. Sehr heiß! Sie mochte nicht durch den kleinen Schlitz trinken, der in dem Plastikdeckel vorgesehen war. Außerdem kühlte der Inhalt schneller ab, wenn man den Verschluss abzog. Sie hatte im Starbucks in der Friedrichstraße einen großen Kaffee ohne zusätzliche Geschmacksrichtungen bestellt, was jede der Verkäuferinnen vor ein nahezu unlösbares Problem stellte. Bei der angebotenen Auswahl kam es wohl nur noch selten vor, dass sich jemand Kaffee pur wünschte. Normal eben, ohne alles.

Kobler trat vor das Geschäft. Nach den trüben Wochen herrschte nun strahlender Sonnenschein. Man konnte jetzt schon erahnen, dass der Tag sehr warm werden würde. Viele Menschen liefen mit T-Shirts durch Berlin. Die Frauen zeigten in Röcken ihre Beine. Sommer!

Ihr Motorrad hatte sie gestern Morgen am Polizeipräsidium abgestellt und es nicht abgeholt, nachdem Tom nach dem letzten Termin unbedingt eine Zigarette rauchen musste. Auf den Gestank im Auto hatte Sarah einfach keine Lust gehabt. Aus diesem Grund musste sie heute die öffentlichen Verkehrsmittel benutzen. Das war in dieser Stadt allerdings kein Problem. Oder sie könnte die Strecke bis in die Keithstraße auch zu Fuß zurücklegen.

Sie betrachtete das geschäftige Treiben vor ihr und dachte nach. Direkt vor ihr befand sich eine S-Bahn-Haltestelle. Autos fuhren in Schlangen an ihr vorbei. Die Rushhour schob Fahrzeuge, Busse und Bahnen im Puls der Ampelphasen durch Berlin.

Sarah nippte wieder an ihrem Kaffee. Schon früher war sie von hier aus zu Fuß zur Arbeit gelaufen. Sie brauchte für den Weg, der durch die Bäume des Tiergartens führte, ungefähr fünfundvierzig Minuten. Mit den öffentlichen Verkehrsmitteln würde sie nur halb so lange benötigen. Sie sah auf ihre Uhr. So oder so würde sie es

nicht mehr pünktlich zum Dienstbeginn schaffen, was aber kein Problem darstellte. Pott sah meist darüber hinweg. Er war nicht der zwanghafte Typ, was Kobler sehr zu Gute kam. Sie nämlich auch nicht.
Auf der anderen Straßenseite, hinter einer Wand aus Plexiglas, erspähte Sarah die bunte Aufschrift „Fachparfümerie" über einem der zahlreichen Läden. Für einen Moment überlegte sie, schnell rüberzulaufen und kurz in das Geschäft zu gehen. Passenderweise wäre eine Sparkassenfiliale gleich daneben. Aber dann verwarf sie den Gedanken rasch wieder. Dafür hatte sie jetzt keine Zeit. Sie musste einen Fall lösen.
Sarah drehte sich nach links und spähte, ob sie eine S-Bahn kommen sah. Die Anzeige verriet ihr, dass die nächste erst in sieben Minuten hier Halt machte. Während sie noch nachdachte, fiel ihr ein Mann mit blondem Wuschelkopf auf, der verstohlen zu ihr herübersah. Er wartete an einem Crêpes-Stand, bis er an der Reihe war. Sie kannte diese Blicke. Schnell wandte sich der Mann zur Seite, als er merkte, dass Kobler ihn entdeckt hatte. Er beeilte sich, Geld in die Hand des Verkäufers zu legen. Sarah schmunzelte. Auch dafür hatte sie leider keine Zeit.
Sie nahm wieder einen Schluck und versuchte, sich auf ihren aktuellen Fall zu fokussieren. Ihre Gedanken begannen da, wo sie gestern mit den Ermittlungen aufgehört hatten. Sie dachte an Helena Zeissner. Nachdem sie eine Nacht darüber geschlafen und die Sache auf sie gewirkt hatte, musste Kobler zugeben, dass diese Frau eine sagenhafte Ausstrahlung hatte. Charisma! Aura! Wie auch immer man das nennen wollte.

Und dennoch kam ihr an dieser Begegnung irgendeine Sache komisch vor. Etwas Unbenennbares irritierte sie nach wie vor. Nur wusste sie nicht was. Sie konnte nicht einmal genau sagen, ob es an Zeissner selber oder ihrem Verhalten lag. Oder vielleicht doch an dem Büro, welches sich so gar nicht in die moderne Architektur einordnen wollte. Alles an diesem Treffen wirkte eigenwillig anders.

Kobler entschied, der S-Bahn in Richtung „Unter den Linden" entgegenzugehen, und setzte sich in Bewegung. Sie passierte den Mann mit den Crêpes, der die letzten Minuten dagestanden und versucht hatte, möglichst unverdächtig zu ihr rüber zu sehen. Das hatte sie aus den Augenwinkeln noch mitbekommen. Als sie an ihm vorbei ging, drehte er ihr schüchtern den Rücken zu. Sarah warf einen unschuldigen Blick zur Seite, ging dann aber zügig weiter.

Sie lief vorbei an einem Ärztezentrum und einer Opel-Vertretung und wollte gerade die Dorotheenstraße überqueren, als ihr Handy klingelte. Sie fingerte es aus der Hosentasche und drückte auf den grünen Button.

„Kobler!"

„Gude hier!"

„Tag, Jonas. Was gibt es schon so früh?"

„Ich hab etwas für dich. Ich dachte, ich sag dir das, bevor du ins Büro kommst."

„Okay!" Sarah dehnte das Wort und wartete, bis Gude endlich weitersprach. Der Mann vom Crêpes-Stand überholte sie und sah sich noch ein letztes Mal zu ihr um. Dann verschwand er in der Menge der Menschen.

„Wir haben die Auswertung der Telefondaten von Husmanns Handy- und Festnetzanschluss. Kurz vor seinem Tod hat er noch mit zwei Leuten telefoniert. Jetzt darfst du raten mit wem!"

Kobler zuckte mit den Schultern, auch wenn sie wusste, dass Gude sie nicht sehen konnte. „Helena Zeissner?", mutmaßte sie, ohne einen konkreten Verdacht zu haben.

„Bartsch und Röll! Mit seinem Freund hat er um 20:14 Uhr für ungefähr vier Minuten gesprochen. Um 20:23 Uhr, also gleich anschließend, mit seiner Freundin. Tom hat mich gestern noch angerufen. Er hat mir erzählt, dass beide ausgesagt haben, sie hätten keinen Kontakt mehr mit dem Opfer gehabt."

Klarer Fall! Beide hatten eindeutig und auf Nachfrage Telefonate verneint. Vor allem bei Stefanie Röll bestätigte sich für Sarah die Vermutung, dass sie ihnen etwas verheimlichte. „Dann müssen wir wohl oder übel beide noch einmal befragen. Was sagt Pott?"

„Genau das! Tom und du, ihr fahrt noch mal zu beiden. Anschließend kommt ihr ins Büro."

„Okay! Danke soweit! Gibt es sonst noch etwas, was ich wissen müsste?"

„Die Festplatte haben wir ausgelesen. Allerdings sind sehr viele Verzeichnisse darauf, auch einige versteckte. Er war nicht ganz unvorsichtig in dieser Beziehung. Wir müssen erst alles übertragen. Dann mach ich mich gleich drüber, das Material zu sichten. Ich kann dir aber sagen, bei der Masse von Daten wird das dauern."

„Nimm Suchbegriffe", empfahl Kobler. Sie überlegte einen Moment. Welche Schlagwörter sollte sie ihrem Kollegen ans Herz legen? Ihr wurde klar, dass sie eigentlich nicht wusste, nach was Jonas suchen sollte. Sie hatte keine Theorie oder Hypothese, der man nachgehen konnte. Da war nur das komische Gefühl bezüglich Stefanie Röll, das sich ja nun zu bestätigen schien.

„Such mal bitte nach Stefanie Röll und Helena Zeissner. Und nach so was wie Kontoauszügen. Vielleicht findest du auch Hinweise auf Japan im weitesten Sinne."

„Mach ich!"

„Was war noch in den anderen Unterlagen?"

„Nichts was uns primär weiterhilft. Es ist doch wohl so, dass Husmann über das weltweite Geschäft mit Waffen recherchiert hat. Ihm ging es dabei augenscheinlich nicht um kriminelle Aspekte. Vielmehr wollte er aufzeigen, wohin deutsches Kriegsgerät überall hingelangt. Wo damit getötet wird und wer dafür verantwortlich ist. Den Handel mit Rüstungsgütern kann man zwar im Einzelfall gut finden oder nicht, aber deshalb riskiert niemand einen Mord - würde ich sagen. Letztlich kann man sich alle diese Informationen auch selber zusammentragen, wenn man die Zeit und die Kontakte hat. Allerdings, und das erscheint mir bemerkenswert, gibt es auch Dossiers über verschiedene Personen. Darunter Politiker, Lobbyisten, aber auch Manager, Rechtsanwälte, Banker, Fuhrunternehmer und Spitzen des Polizeiapparats."

„Über wen genau?"

„Na, da gibt´s so einige! Ich habe Aufstellungen zu Armin Kaiser, also dem Innenminister gefunden. Dann gibt es eines zu Joachim Reiter. Er ist Fraktionsvorsitzender im Bundestag."

„Helena Zeissner?", unterbrach Kobler ihren Kollegen.

„Auch über die. Aber letztlich sind das auch wieder nur Übersichten über Lebensläufe, Nebenverdienste, Verbindungen und so weiter. Nichts, was nicht öffentlich verfügbar wäre. Mit dem Material kann man niemanden erpressen oder Schlagzeile machen. Ich weiß nicht, für was er das alles zusammengetragen hat. Es gibt, wie gesagt, jede Menge Dossiers, im Prinzip über fast jeden Minister. Ich würde mal sagen, als politischer Journalist hat er einfach seine Arbeit gründlich vorbereitet."

„Verstehe!" Kobler schwenkte den Kaffee in ihrem Becher und kippte den Rest in einem Schluck hinunter.

„Jonas, such mir doch bitte alles, was du über Helena Zeissner findest heraus. Lebenslauf, Karriere und so weiter. Dann eine Namensliste von Personen, die bei Husmann auftauchen. Und wenn du schon dabei bist, auch gleich ein paar Informationen zu der Röll."

Es schien, als würde sich Gude alles auf einem Zettel notieren.

„Wie sieht es mit seinen alten Storys aus?"

„Ja-a!", antwortete Jonas gedehnt. „Ich bin hier alleine! Stellt mir noch paar Leute ein, dann geht's schneller."

Kobler wusste, dass Gude sicherlich sein Bestes gab. Die notorisch klammen Berliner Kassen und die damit verbundene Personalknappheit waren überall sichtbar.

„Wir kommen nachmittags ins Büro und helfen mit", beschwichtigte Sarah. „Hast du etwas zu den Fingerabdrücken auf dem Weinglas?"

„Negativ! Da waren keine drauf. Es ist aber komisch, da das Glas nicht gespült wurde. Es ist doch wohl so, dass jemand die Abdrücke tatsächlich absichtlich abgewischt hat, nachdem das Glas weggeräumt wurde."

Das war in der Tat seltsam, dachte Kobler. Welcher normale Mensch wischte seine Fingerabdrücke von einem Weinglas ab? Beim Trinken kamen ganz automatisch Abdrücke auf das Glas. Das konnte man gar nicht verhindern. Also hatte doch irgendwer versucht Spuren zu verwischen. Wie es aussah, hatte dieser jemand offenbar in der Tat vorab noch mit Husmann Wein getrunken.

Sarah rieb sich die Nase. „Pass bitte einmal auf, ob dir in den ganzen Unterlagen noch etwas bezüglich japanischer Mafia unterkommt."

„Wie gesagt, ich bin hier allein, das bedeutet, dass nur ich hier bin. Sonst niemand!" Jetzt wirkte Jonas etwas genervt von Koblers permanenten neuen Aufträgen.

„Tu einfach was du kannst", beschwichtigte sie. Sie verabschiedete sich von ihrem Kollegen und legte auf. Ohne das Handy wegzustecken, rief sie Tom an. Der war schon fast im Präsidium angekommen. Sie bat ihn, sie abzuholen. Als Erstes musste sie noch einmal mit Bartsch und Röll sprechen. Vielleicht wusste Gude am Nachmittag bereits mehr.

Nachdem sie auch dieses Gespräch beendet hatte, schob sie das Telefon wieder in die Tasche und überlegte. Im Grunde wussten sie immer noch nichts. Hing alles mit Husmanns Arbeit zusammen? Mit einer aktuellen oder alten Story, oder war die Tat privater Natur? Wie es aussah, hatte er den Mörder gekannt. Zumindest hatte er ihn freiwillig in die Wohnung gelassen. Und sie hatten womöglich Rotwein gemeinsam getrunken.

Bei den wenigen Freunden, die er hatte, kamen nur Röll und Bartsch auf den ersten Blick infrage. Beide hatten bezüglich des letztes Telefonkontakts gelogen. Stefanie Röll fehlte zudem ein Alibi, da sie angegeben hatte, alleine zu Hause gewesen zu sein, auch wenn Sarah ihr das nicht abnahm. Stellte sich wiederum die Frage, wo sie anstelle dessen gewesen war. Warum log sie?

Vielleicht war es aber auch ein Informant gewesen, den Husmann durch die Tür gelassen hatte. So jemandem musste man ein bestimmtes Maß an Vertrauen

entgegenbringen. Jedoch fand es Kobler dann doch wieder unwahrscheinlich, dass ein solches Treffen in seiner privaten Wohnung stattgefunden hätte. So unprofessionell schätzte sie den preisgekrönten Journalisten nicht ein. Für was hatte er noch mal diese Preise gewonnen?
Als erfahrener Reporter hatte Husmann sich natürlich ein kontroverses Feld für seine Recherchen ausgesucht. In Deutschland redete und schrieb man viel über die umstrittenen Waffenexporte in die arabische Welt.
Den Machthabern dort konnte es grundsätzlich egal sein, was hierzulande diskutiert wurde, solange die deutsche Regierung weiter die Exporte unterstützte. Dafür gab es zwar immer politische Kritik, mehr aber auch nicht. Die Entscheidungen traf man meist in geheimen Übereinkünften. Die Öffentlichkeit erfuhr erst davon, wenn alles vorbei war. Allerdings regten sich die Leute zu wenig auf, um damit echte Skandale auszulösen. Kein Motiv, wohin man auch sah.
Husmann hatte an Zeissner Anfragen bezüglich der letzten Sitzung des Bundessicherheitsrates eingereicht. Sarah fragte sich, was dieses Gremium genau machte. Wer war daran beteiligt, und worum war es bei der letzten Zusammenkunft gegangen? Sie nahm ihr Handy aus der Tasche und notierte sich die Fragen in ihrem digitalen Notizblock. So wie Tom das immer machte, war das altmodisch. Ihr Kollege schrieb alles noch fein säuberlich auf einem Block aus Papier mit. Sarah fand das ziemlich umständlich.
Kobler schob das Telefon wieder weg. Sie fragte sich, wer eigentlich von den ganzen Waffendeals in Deutschland profitierte. Was waren das für Leute? Was machten sie mit ihrem Geld und Einfluss? Sie überlegte,

ob Husmann einer simplen Bestechungskiste auf die Spur gekommen war. Dann hätte man aber in seinen Aufzeichnungen etwas darüber finden müssen. Es wären Kopien von Bankbelegen aufgetaucht und er hätte versucht, Geldflüsse nachzuvollziehen.
Derartiges hätte in seinen Unterlagen sein müssen. War es aber nicht. Und außerdem musste man in Deutschland für Rüstungsexporte auch niemanden bestechen. Die Regierungen, egal welcher Zusammensetzung, exportieren bereitwillig Waffen deutscher Firmen. Da brauchte niemand nachhelfen. Arbeitsplätze mussten stets als nachträgliche Rechtfertigung für Waffendeals herhalten.
Ihre Gedanken kehrten zurück zu Stefanie Röll. Bei ihr war sich Kobler ganz sicher, dass sie ihnen etwas verheimlichte. Sie hatte sie angelogen, was den letzten Kontakt mit Husmann betraf, und hatte gelogen über den Abend generell. Mit ihr stimmte etwas nicht und sie würde herausfinden, was es war.
Sarah sah Tom in dem dunkelblauen zivilen Dienstwagen näher kommen. Sie hob die Hand, damit er sie am Gehweg fand. Er lenkte den Wagen an den Bordstein, sodass sie direkt einsteigen konnte. Die Kommissarin öffnete die Tür und schnupperte als erstes in das Fahrzeug.
„Hast du geraucht?", fragte sie anstelle einer Begrüßung.
Rester schüttelte mit treuherzigem Blick den Kopf.
„Nicht vor Feierabend. Guten Morgen erst einmal."
Sarah stieg ein und legte ihre Handtasche neben sich auf den Boden. Sie nahm eine Tube Handcreme heraus und verteilte etwas auf ihren Händen.
„Wo fahren wir hin?", wollte Tom wissen, während Kobler die Creme verrieb.

„Ich denke, als Erstes in die Redaktion", entschied sie.
„Alles klar!" Tom setzte den Blinker und fädelte in den Straßenverkehr ein.

10. Kapitel – Mittwoch, 10.06.2015, 8:58 Uhr

An diesem Vormittag herrschte hektisches Treiben in der Redaktion von Berlin Inside. Nichts erinnerte an den tragischen Tod eines Kollegen. Rester wunderte sich, dass nicht einmal ein Bild vom preisgekrönten Journalisten in irgendeiner Ecke oder an seinem alten Schreibtisch stand. Vielleicht war Husmann im Kollegenkreis nicht so beliebt gewesen, wie er vermutet hatte? Unter Umständen gab es Neider? Häufig standen Dinge zwischen Menschen, die man nicht in Worte fassen konnte und die sich nur in Handlungen und Taten darstellten.

Sie erblickten Bartsch an der anderen Ecke des Großraumbüros, als er gerade heftig mit jemanden über einige Blätter diskutierte. Offenbar ging es um das Cover des nächsten Hefts. Er winkte zu den beiden rüber und bedeutete ihnen, kurz zu warten. Gleichwohl dauerte es noch fast eine Viertelstunde, bis er das Gespräch beendete und zu ihnen rüberkam.

Sarah nahm in der Zwischenzeit ihr Handy aus der Tasche und checkte ihre Mails und sozialen Netzwerke. Tom sah sich so lange ein wenig in der Redaktion um. Das meiste in ihrem Mailordner war Spam. Sie fragte sich wie jedes Mal, wer diesen ganzen Müll sendete und wer darauf hereinfiel.

Es konnte doch niemand ernsthaft in Erwägung ziehen, dass irgendwelche entfernten Verwandten ein Vermögen vererben würden und versuchten, per Mail den Nachlass zu regeln. Aber offenbar musste es gutgläubige oder dumme Menschen geben, die anbissen. Nur so konnte Sarah es sich erklären, dass es diese Art von Betrug fortwährend noch gab.

Dann waren da noch einige Gewinnspiele und Newsletter, bei denen sie sich schon oft abgemeldet hatte, aber immer noch angeschrieben wurde. Mit wenigen Fingerbewegungen löschte sie die Nachrichten, ohne sich weiter darüber zu ärgern. Das brachte nichts. Sie schloss die Anwendung, als Bartsch sich ihr und Tom näherte.

„Herr Bartsch", begann Kobler, nachdem sie sich begrüßt hatten, „warum haben Sie uns gestern nicht die Wahrheit gesagt?" Der Chefredakteur bedachte die Kommissarin mit einem ausdruckslosen Blick. Sarah hatte im Auto lange überlegt, wie sie das Gespräch beginnen wollte. Diesmal hatte sie sich für die Konfrontationstaktik entschieden. Der erste Moment war dabei ein ganz entscheidender. Jetzt beobachtete sie den Mann misstrauisch.

Die Mehrheit der Menschen wirkten anfänglich ertappt und setzten automatisch eine Unschuldsmiene auf. Dabei war es zunächst egal, mit was man sie konfrontierte. Unbewusst gingen die meisten in eine Abwehrhaltung, eine Mischung aus nicht wissen und nicht schuldig. Nicht so Bartsch. Sein Gesicht zeigte keine Regung. Sarah war regelrecht enttäuscht. Er fragte lediglich: „Ach so? Und womit?"

„Sie haben gestern angegeben, das letzte Mal am Samstag mit Husmann telefonischen Kontakt gehabt zu haben. Die Telefonauswertung hat aber ergeben, dass Sie montags um 20:14 Uhr um die fünf Minuten lange miteinander gesprochen haben. Warum haben Sie uns angelogen? Oder glauben Sie nicht, dass ein Telefonat direkt in der Mordnacht für uns von Bedeutung sein könnte?"

Das Wort „angelogen" klang in Sarahs Kopf nach. Sie hatte bewusst versucht, ihre Beschwerde denkbar hart zu formulieren. Meistens forderte es die Befragten dazu heraus, sich zu rechtfertigen. Manchmal erfuhr man so Aspekte, die man vorher noch nicht wusste.

Bartsch kratzte sich unschlüssig am Kopf. „Schon möglich", brummte er etwas kleinlaut, „dass wir doch kurz gesprochen haben. Wissen Sie, wir haben sehr oft telefoniert. Auch das müsste Ihre Auswertung bestätigen. Dabei ging es oft nur um Kleinigkeiten. Wenige Worte, die wir wechselten. Ab und an ließen wir beide unsere Telefone laufen und hielten einen Vormittag lang eine Konferenz ab, wenn es wichtige Dinge waren, die wir zu diskutieren hatten. Oder wenn wir nebenbei noch recherchierten. Da ist mit der Anruf wohl einfach durchgerutscht."

„Wie kann einem so etwas durchrutschen?", wollte Rester kopfschüttelnd wissen. Auch sein Ton war betont vorwurfsvoll.

„Sehen Sie, Manuel war einer meiner besten Freunde und wurde am Montag erschossen. Ich denke, es ist legitim in so einem Fall etwas durcheinander zu sein."

„Um was ging es in dem Gespräch Montagabend?" Kobler hatte ihre Arme verschränkt und ihren Kopf leicht schief gelegt. Ihre Miene demonstrierte äußerstes Misstrauen.

Wieder dachte Bartsch kurz nach: „Er wollte wissen, wann ein bestimmter Artikel von ihm veröffentlicht wird. Also in welcher Ausgabe und auf welcher Seite."

„Warum war das so wichtig, dass man Montag am Feierabend noch anruft?"

„Für Manuel gab es keinen Feierabend. Er arbeitete oft bis tief in die Nacht." Bartsch ging zu einem großen Wasserspender und zog einen Plastikbecher ab. Dann füllte er ihn, trank und warf ihn gleich wieder in einen nebenstehenden Abfalleimer, der von lauter Bechern schon überquoll.

„Sehen Sie, Manuel war einfach gründlich. Für ihn war eine Story erst abgeschlossen, wenn sie in Druck ging. Daher fragte er nach, ob und wann seine Artikel gedruckt wurden. Falls nicht, wollte er wissen, woran es lag, dass sie noch nicht ins Heft aufgenommen worden waren. Dann arbeitete er nach. Manchmal stritten wir auch, ob eine Geschichte schon etwas für die Veröffentlichung war oder nicht."

„War es diesmal so ein Fall?"

Bartsch schüttelte den Kopf. „Es war lediglich ein Vorbericht über den G7-Gipfel in Elmau. Nichts Weltbewegendes. So was muss man eben bringen, wenn man sich als Politikmagazin bezeichnet."

„Waren Sie am Montagabend noch bei Herrn Husmann zu Hause?", übernahm Rester die nächste Frage.

„Ich? Nein! Dann hätte er mich ja wohl kaum anrufen müssen." Das klang zugegebenermaßen logisch. Überhaupt wirkte Bartsch trotz des vergessenen Telefonats und dem Druck, den die beiden Kommissare aufbauten, ruhig und gelassen. Seine Körpersprache verriet keinerlei Anspannung.

Er ließ sich dabei auch durch die provokanten Äußerungen nicht aus der Ruhe bringen. Ein echter Profi, dachte Kobler. Aalglatt! Normalerweise war es Bartsch, der die investigativen Interviews führte, und so lange nachfragte, bis sein Gegenüber sich in Widersprüche verwickelte. Sarah befürchtete, dass sie hier nicht viel weiterkamen. Vielleicht gab es aber auch einfach nichts zu finden.

„Herr Bartsch, ich würde Sie bitten, auf das Präsidium zu kommen und Fingerabdrücke abzugeben. Nur damit auch alles seine Ordnung hat." Die Kommissarin klang nun freundlicher.

„Selbstverständlich! Macht es etwas, wenn ich das heute nicht mehr schaffe? Wir haben Redaktionsschluss. Da ist immer eine Menge los, Sie verstehen?" Kobler lächelte verständnisvoll. Was blieb ihr auch anderes übrig.

„Ich kann Ihnen aber gleich sagen, dass Sie von mir ziemlich sicher Abdrücke finden werden. Schließlich war ich des Öfteren bei Manuel zu Besuch. Zuletzt letzte Woche. Frau Röll wird das bestätigen können." Die Kommissare nickten synchron.

„Sagt Ihnen der Name Helena Zeissner etwas?", holte Sarah ihren vergessenen Punkt vom Vortag nach.

„Selbstverständlich! Sie war die Überraschung der Regierungsbildung. Natürlich kenne ich sie. Das gehört zu meinem Geschäft. Allerdings nicht im Zusammenhang mit Husmanns Artikeln, nur damit wir uns nicht falsch verstehen."

„Was genau macht eigentlich der Bundessicherheitsrat?", nahm Rester Koblers nächste Frage vorweg.

„Er ist das Kontroll- und Koordinationsgremium für die Sicherheitspolitik der Regierung", dozierte Bartsch prompt. „Tatsächlich geht es in den letzten 20 Jahren aber im Grunde nur noch um die Genehmigung von Rüstungsgeschäften. Das Aufgabenfeld hat sich eingeengt."

„Wie hängt das mit Zeissner zusammen?"
„Der Bundesinnenminister ist Mitglied in diesem Gremium. Wenn er nicht kann, wird er vom Staatssekretär vertreten."
Rester warf seiner Kollegin einen Blick zu. Sie signalisierte ihm mit einem leichten Kopfschütteln keine Fragen mehr zu haben. Er klappte seinen Notizblock zu.
„Danke, das war´s schon wieder. Halten Sie sich bitte zu unserer Verfügung."
„Natürlich!", brummte Bartsch.

11. Kapitel – Mittwoch, 10.06.2015, 10:35 Uhr

Die Blumen am Tisch von Stefanie Röll waren verwelkt. Die Blüten hingen bis auf die Tischdecke. Niemand hatte die Zeit oder die Kraft gefunden, sie zu erlösen und in den Abfall zu werfen. Was für ein Bild, fand Kobler, als sie saß und auf Röll wartete, bis diese Getränke und Kekse auf den Tisch platziert hatte.
Der jungen Frau ging es nicht gut und das konnte man ihr ansehen. Ihre Augenringe hatten sich gegenüber dem Vortag noch verstärkt. Sarah vermutete, dass sie die letzten beiden Tage kein Auge zugemacht hatte. Ihr fiel auf, dass Röll es heute versäumt hatte neues Make-up aufzulegen, was bei ihr sicherlich nicht oft vorkam.
Aber das war nicht das Einzige. Ihre Haare hingen struppig und ungekämmt in ihr Gesicht. An ihren Fingernägeln waren deutliche Kauspuren zu sehen. Kobler wusste, dass Menschen das machten, wenn sie nervös oder unsicher waren, um innere Spannungen abzubauen. Es war ein Verhalten, welches meist in der Kindheit geprägt wurde und in Zeiten von psychischer Belastung zum Vorschein kam.

Trotz allem war Stefanie Röll auch heute eine anmutige Erscheinung. Sarah bewunderte ihren leichten Gang und die flüssigen Bewegungen, eine Körpersprache, die viel von dem Charisma eines Menschen ausmachte. Husmanns Lebensgefährtin hatte Kobler gefragt, ob sie eine Kanne Tee mittrinken würde und schenkte nun zwei Tassen ein. Rölls Hand zitterte und die Kommissarin wusste nicht, ob es die innere Unruhe oder doch der Kraftverlust wegen des Stresses war.

War die junge Frau gestern einfach unsicher und in Koblers Augen vorsichtig gewesen, so vermittelte sie heute eine Nervosität, die schwer in Worte zu fassen war. Sarah überlegte, ob es Angst war, die sie witterte. Ihre Instinkte waren diesbezüglich nicht schlecht. Wenn das zuträfe, wäre noch die Frage zu klären, wovor Stefanie Röll sich fürchtete. Oder vor wem?

Vor der Polizei, weil sie mehr wusste, als sie zugab, oder doch vielleicht vor den Menschen, die ihren Partner ermordet hatten? Auch darüber wusste sie wohl mehr, als sie bisher bereit gewesen war einzuräumen. Auf jeden Fall fühlte sich Kobler erneut bestätigt, dass ihre Zeugin nicht aufrichtig gewesen war. Irgendetwas stimmte nicht. Sarah konnte Widersprüche manchmal förmlich riechen, wie ein Raubtier die Witterung seiner Beute.

Allerdings musste sie heute etwas behutsamer vorgehen als gestern. Sie hatte Röll stark unter Druck gesetzt, was es in der Zukunft nicht automatisch leichter machte, die Leute zu befragen. Die Zeugen schotteten sich ab. Sie machten dicht und alles wurde kompliziert. Außerdem musste sie dieses Mal ohne ihren Kollegen auskommen.

Tom hatte sie vor Rölls Haus abgesetzt und ihr mitgeteilt, er müsse noch dringend irgendwo hin. Sie würden sich mittags im Präsidium treffen. Dann war er abgerauscht und hatte sie, den Fall und die Zeugin alleine gelassen. Macht nichts, dachte Kobler. Manchmal hatten reine Frauengespräche auch ihre Vorteile.

Röll legte die Hände wieder zwischen die Beine, wie sie es tags zuvor schon gemacht hatte. Sarah rührte etwas Zucker in ihren Tee. „Frau Röll", begann sie schließlich das Gespräch, „warum haben Sie mich und meinen Kollegen gestern angelogen?"

Wie bei Bartsch machte sie an dieser Stelle eine Pause und wartete auch hier auf eine Reaktion. Diesmal bekam sie eine. Die Frau sah erschrocken auf. Ihre Pupillen weiteten sich. Das Schwarze füllte für einen Moment die ganze Iris aus, bevor sie sich wieder verengten. Schreckreaktion nannte man das in der Fachsprache. Hab ich dich erwischt, dachte Kobler, nicht ohne Genugtuung.

„Ich habe nicht gelogen!", verteidigte sich die Zeugin mit unsicherer Stimme.

„Doch, haben Sie! Wir haben die Handydaten von Ihrem Freund ausgewertet. Sie haben vorgestern Abend nach 20:00 Uhr noch telefoniert, genauer um 20:23 Uhr. Warum haben Sie das nicht gesagt, als wir Sie extra danach gefragt haben? Solche Dinge sind wichtig, wissen Sie."

Sarah bemühte sich, nicht zu anklagend zu wirken. Was bei Bartsch noch richtig gewesen sein mochte, konnte bei Stefanie Röll zu ganz anderen Reaktionen führen. Die Kommissarin wollte heute versuchen, das Vertrauen der Zeugin zu gewinnen. Das ging nicht mit Härte.

Husmanns Freundin sah schuldbewusst auf den Tisch. Die Falten um ihre Augen hatten sich vertieft. Ihre Finger rieben nervös aneinander. Einmal versuchte sie unbewusst, an einem der Nägel zu kauen, nahm die Hand aber schnell wieder herunter, als ihr klar wurde, dass sie nicht unbeobachtet war.

Röll war ertappt, so viel war klar. Nur bei was? Kobler legte den Kopf schief und wickelte eine Locke um ihren rechten Zeigefinger. Sie überlegte, ob sie der Frau ihr gegenüber, die mit ihren engelsblonden Haaren so unschuldig aussah, einen Mord oder zumindest die Beteiligung daran zutraute.

„Ich war wohl noch etwas verwirrt. Es war alles so viel gewesen. Die Leiche! Die Nacht!", flüsterte Röll kaum vernehmbar. Sie hielt, während sie sprach, den Blick gesenkt. Sarah konnte ihr deshalb nicht in die Augen sehen. Kobler bedauerte das. Durch die Augen schaute man direkt in die Seele, wie es immer so schön hieß. Da war etwas Wahres dran.

„Um was ging es in dem Gespräch?"

Die junge Frau nahm wie gestern ein Taschentuch aus der Hosentasche und putzte sich die Nase. „Er hat gesagt, dass ich nicht mehr zu ihm kommen kann. Eigentlich hatten wir ausgemacht, dass wir uns vorgestern noch treffen. Ich wollte doch noch zu ihm. Er müsste noch wo hin, hat er gesagt."

„Und trotzdem sind Sie dann zu ihm gefahren? Das ergibt doch keinen Sinn!"

„Ich hatte ein ungutes Gefühl. Er hörte sich zu komisch an, so gehetzt." Röll knetete jetzt das Taschentuch in beiden Händen.

„Was hatten Sie für den Abend geplant?"

„Nicht Besonderes. Fernsehen! Reden!" Sie senkte den Blick und schnäuzte sich ein weiteres Mal.

Kobler erinnerte sich wieder an den Seidenrock, die teure Bluse, das Make-up und die Pumps. Sie entschied, die Geschichte nicht zu glauben. Mochten Männer erwarten, dass Frauen jeden Tag wie aus dem Ei gepellt auf dem Sofa saßen. Dass sie in High Heels kochten, wie das Sendungen wie „Berlin – Tag&Nacht" oder „Gute Zeiten, schlechte Zeiten" suggerierten. Aber das war nicht das echte Leben. Sarah konnte niemand weismachen, dass Stefanie Röll sich für einen geplanten Abend auf der Couch dermaßen herausgeputzt hatte. In den ersten Wochen einer Beziehung – vielleicht – aber nicht nach fünf Jahren. Da war Kobler sich ganz sicher.

Die Kommissarin überlegte, ob sie den Widerspruch gleich aufdecken sollte. Aber es hätte ihr nichts gebracht. Röll hätte vermutlich irgendetwas in der Art gesagt, dass so etwas bei ihnen durchaus üblich gewesen wäre. Dass sie sich so selten gesehen hätten, dass man jede Nacht zu etwas Besonderem machen wollte. Oder, dass sie beruflich auf ihre Erscheinung achten müsse, da sie Kundenkontakt habe und man in der Kanzlei auf ein ansprechendes Äußeres Wert lege. Außerdem gefährdeten Zweifel an Rölls Geschichte den geplanten Beziehungsaufbau zur Zeugin. Sarah entschied, erst einmal abzuwarten.

Stattdessen sagte sie: „Darf ich kurz Ihre Toilette benutzen?"

Sie verließ das Wohnzimmer und ließ Stefanie Röll auf ihren Stuhl zusammengesunken zurück. Vermutlich tat ihre die Unterbrechung ganz gut. So hatte sie Zeit, um nachzudenken. Sie ging um ein Eck, vorbei an der kleinen Garderobe. Der Schmutzrand war verschwunden. Nur die Turnschuhe standen verloren unter einigen Jacken. Offenbar hatte Husmanns Freundin gestern noch Kraft und Zeit gefunden um den Boden zu putzen. Vielleicht war es auch Ablenkung.

Sarah ging in das Bad und schloss die Tür von innen ab. Dann setzte sie sich auf die Toilette. Sie sah sich um. Das Bad war klein und im Gegensatz zur Wohnung sehr unaufgeräumt. Anziehsachen lagen neben Handtüchern über der Badewanne. Auch einige von Stefanie Rölls BHs und ein Slip ruhten auf einem kleinen Schrank. Alles wirkte sehr unordentlich. Reizwäsche, stellte Kobler fest! Sie beendete ihren Klogang und spülte. Dann trat sie ans Waschbecken und wusch sich die Hände. Das Bad war neben dem Schlafzimmer der privateste Raum, den dieses Apartment zu bieten hatte. Trotz allem öffnete Sarah den Spiegelschrank und spähte hinein. Hauptsächlich fand sie Schminksachen und Parfümflaschen, welche allesamt teuer aussahen, sowie einen Zahnputzbecher samt Zahnbürste.

Sie schloss den Schrank wieder und wollte die Tür bereits öffnen, als ihr Blick auf eine kleine schwarze Tasche fiel, die auf dem Abstellschrank unter einem Rock hervorlugte. Die Handtasche einer Frau, dachte Kobler. Was gibt es Besseres, um ihre Geheimnisse herauszufinden.

Sie horchte, ob sie Schritte vor der Tür hörte, was natürlich Quatsch war, da sie die Tür abgeschlossen hatte. Röll hätte, selbst wenn sie Verdacht schöpfte, gar nicht mehr die Möglichkeit zu verhindern, dass sie in ihre Tasche blickte. Auch wenn das weder anständig, noch von Dienstvorschriften gedeckt war. Aber was niemand wusste, machte niemanden heiß.

Sie prägte sich das Bild der Handtasche und der Dessous ein, um anschließend alles wieder rekonstruieren zu können. Dann fingerte sie die Tasche aus dem Wäscheberg und öffnete sie. Sie fand die obligatorischen

Taschentücher, Lippenstift und Make-up-Spiegel. Nichts, was Röll in irgendeiner Weise verdächtig machte.

Sie kramte weiter und fand einige Zettel. Kobler nahm sie heraus. Es waren zwei Eintrittskarten. Einmal ging es um einen Knigge-Kurs, den Röll Anfang des letzten Monats belegt hatte. Die zweite Karte war für Sarah informativer. Es handelte sich um ein Ticket für die „One-World-Spendengala" der Vereinigung für Rüstungs- und Sicherheitsindustrie in Deutschland.

Röll war also auf eine Veranstaltung der Waffenlobby eingeladen gewesen. Wozu? Noch interessanter für Kobler war das Datum. Die Gala hatte am 08.06.2015, also Montagabend stattgefunden. Sie betrachtete die Eintrittskarte näher und fand an einem Eck einen kleinen Einriss. Der bedeutete normalerweise, dass die Karte entwertet worden war. Röll war demnach dort gewesen und nicht zu Hause, wie sie immer noch angab. Die Kommissarin überlegte, ob sie das Ticket als Beweismittel behalten sollte, entschied sich aber dagegen. Sie hätte nicht erklären können, wie sie dazu gekommen war. Sie zog ihr Handy aus der Hosentasche und machte ein Foto.

Kobler steckte alles wieder in die Tasche. Sie suchte noch nach versteckten Seitenteilen, die meistens mittels Reißverschluss abgetrennt waren. Sie fand eines, öffnete es und wühlte weitere Zettel ans Tageslicht. Diesmal fand sie Rechnungen von Abendessen, Zugfahrten und Tankquittungen. Vermutlich hatte Röll diese für ihre Steuererklärung aufgehoben. Sie wollte alles schon wieder zurückschieben, als noch ein größeres Stück Papier zum Vorschein kam.

Es stellte sich als ein mehrfach gefalteter Zeitungsausschnitt heraus. Er war bereits ein halbes Jahr alt. Im Januar hatte ihn eine kleine Berliner Tageszeitung veröffentlicht. Sarah überflog die Zeilen. Offenbar handelte der Artikel darüber, dass der Autor den Verdacht hatte, in der Bundesregierung gäbe es ein Informationsloch.

Unter der Überschrift „Ein Leck in der Waschmaschine", womit das Kanzleramt gemein war, führte er verschiedene Beispiele auf, wie geheime Operationen im In- und Ausland publik geworden waren. Da waren Listen mit verdeckten Ermittlern, die in einem Mülleimer gefunden wurden und Wasserhähne, die im Neubau der BND Zentrale geklaut worden waren. Zwar hatte der Schreiber keine Beweise, vermutete aber, dass es in den höchsten Berliner Kreisen zu Indiskretionen gekommen sein musste. Auch schloss der Autor geplante Spionage nicht aus. Er endete mit der Frage, wem das alles nützte und wer dafür die politische Verantwortung zu tragen habe.

Sarah presse die Lippen zusammen und dachte darüber nach. Sie betrachtete die Blätter, kam aber zu keinem schnellen Ergebnis. Außerdem konnte sie nicht Stunden auf dem Klo verbringen. Röll würde irgendwann misstrauisch werden. Sie stopfte die Zettel wieder zurück in die Handtasche und versuchte, alles so zu hinterlassen, wie sie es vorgefunden hatte. Dann verteilte sie Slips und BHs über der Tasche. Sie schloss auf und ging um das Eck ins Wohnzimmer.

„Verstopfung", sagte sie so entschuldigend, wie es ihr möglich war.

Es schien, als wäre ihre Zeugin in ihrem Stuhl eingeschlafen, denn ein kleiner Ruck ging durch die Frau, als Kobler den Raum betrat.

„Kein Problem", entgegnete Stefanie Röll müde.

Sarah setzte sich wieder und nahm einen Schluck von ihrem Tee, der inzwischen merklich abgekühlt war. So hatte sie Zeit, über die nächste Frage nachzudenken. Sie hielt es immer noch für klüger zu versuchen, Vertrauen zu gewinnen und Röll nicht planlos unter Druck zu setzen.

„Frau Röll, Sie haben ausgesagt, Herr Husmann und Sie hätten selten bis nie über seine Arbeit gesprochen. Herr Bartsch behauptet das Gegenteil. Er sagte uns, Ihr Freund hätte sehr oft mit Ihnen seine Überlegungen geteilt."

„So?"

Das Wort war mehr eine Frage, als eine Feststellung. Kobler registrierte, dass Röll sich, wie bereits gestern, die Hände unter die Beine schob.

„Ja!", bekräftige Sarah ihre Aussage, „hat er!"

Stefanie Röll verzog die Mundwinkel zu einem verzerrten Grinsen. „Robert hatte stets Angst, dass jemand vor ihm etwas wissen oder mitbekommen könnte. Er glaubt ständig, dass die Storys in Gefahr sind und dass sie jemand anderes veröffentlichen könnte. Dass Spuren verwischt würden oder Gegendarstellungen bereits vorbereitet werden. Er ist in diesem Punkt etwas paranoid – immer schon gewesen. Manuel war aber tatsächlich sehr diskret!"

„Haben Bartsch und Ihr Freund häufig miteinander telefoniert?"

„Sehr oft", bestätigte Stefanie Röll. „Manchmal stundenlang. Wenn Sie mich fragen, teilweise auch sinnlos." Ihre Miene drückte postume Missbilligung aus.

„Wissen Sie etwas über eine Recherche über die Yakuza? Hat Herr Husmann in der Sache gearbeitet?", fuhr Kobler fort.

Die Frau strich sich eine Haarsträhne, die ihr ins Gesicht gefallen war, wieder hinter das Ohr. „Nein!" Sie überlegte kurz. Dann richtete die Augen an die Decke. „Das heißt: Nicht aktuell."
„Was bedeutet das?"
„Er hatte einmal so eine Überlegung, das Thema anzugehen. Es gab damals auch schon Kontakt mit einem Kollegen aus Tokio. Sie haben öfters telefoniert, daher habe ich das mitbekommen. Irgendwann hat sich dieser Kollege nicht mehr gemeldet. Damit war die Sache erledigt. Soweit ich weiß, wurde er erhängt gefunden. Manuel war die Story dann zu heiß, auch weil er mich schützen wollte."
„Wann war das?"
Röll zuckte mit den Schultern. „Vielleicht vor vier Jahren, womöglich etwas länger. Wir waren noch sehr kurz zusammen."
Sarah überdachte die Aussage mit dem, was Bartsch ihr erzählt hatte. Die Zeiträume stimmten überein.
„Hat Ihr Freund in den letzten Wochen diese Recherchen wieder aufgenommen? Wo hat er das Material von damals hingebracht? Hatte er so was wie ein Depot? Wo versteckt er heiße Unterlagen?" Kobler formte Gänsefüßchen in der Luft. „Hat er Sicherheiten bei einem Anwalt hinterlegt, oder bei der Polizei?"
Bei dieser Frage lachte Röll spontan auf. Diesmal klang das Lachen höhnisch und böse. „Die Polizei!" Sie spie das Wort förmlich aus. „In den meisten kriminellen Netzen steckt Ihr Laden doch mit drinnen." Sie wartete kurz und funkelte die Kommissarin wütend an. Sarah spürte plötzlich etwas Kraft in der jungen Frau.
„Die Mafia und alles, was man darunter versteht, könnte sich doch nie in Deutschland so breitmachen, wenn

Politik und Polizei sie nicht an den richtigen Stellen decken würden. Völlig gleich ob Italiener, Russen oder Libanesen." Kobler war etwas geschockt, denn weder hatte sie mit diesem Ausbruch gerechnet, noch vermutet, dass Röll so negativ von ihr und den deutschen Behörden dachte.
Husmanns Freundin schnäuzte sich erneut. Dann fuhr sie fort: „Um auf Ihre Frage zurückzukommen: Nein, Manuel hat nicht über die Yakuza recherchiert. Sicher nicht! Das hätte ich mitbekommen. Er hätte nachts telefonieren müssen, wenn er mit Japan Kontakt aufgenommen hätte. So etwas hätte er nicht verbergen können."
„Hatte Ihr Freund Depots? Irgendetwas, was im Falle eines unnatürlichen Ablebens Sicherheiten bietet?"
„Nicht, dass ich wüsste. Wenn, dann hätte er mir ja davon erzählen müssen." Röll wirkte noch immer aufgewühlt. Ihr Gesicht hatte eine rote Farbe angenommen. Sarah konnte die Halsschlagadern wild pulsieren sehen. Die Zeugin schien mit der Polizei ihre negativen Erfahrungen gemacht zu haben.
Die junge Frau erhob sich und ging zur Vitrine. „Ich brauche jetzt einen Schnaps. Wollen Sie auch einen?"
Kobler verneinte. Röll goss sich eine klare Flüssigkeit in ein kleines Glas und kippte den Inhalt auf einmal hinunter. Es schien, als überlegte sie, das Glas ein weiteres Mal zu füllen, als ihr Handy klingelte.
Röll stellte die Flasche auf die Ablage und nahm das Mobiltelefon vom Tisch. Sie meldete sich, horchte in den Hörer und sagte nichts. Dann deutete sie mit einer knappen Handbewegung an, dass sie kurz den Raum verlassen würde, und verschwand im Schlafzimmer. Die Tür schloss sich und Sarah konnte nicht mehr hören, was gesprochen wurde oder wer angerufen hatte.

Sicher beruflich, dachte sich Kobler und lehnte sich zurück. Interessiert sah sie sich im Zimmer um. Die Wände waren erst vor Kurzem gestrichen worden. Der Boden bestand aus Laminat. Röll hatte ihre Wohnung mit modernen Möbeln mit viel Glas eingerichtet. Ganz im Gegensatz zu den wuchtigen alten Holzmöbeln, wie sie in Husmanns Behausung zu finden gewesen waren.

Die Vitrine, aus der sie eben den Schnaps entnommen hatte, war hinterleuchtet. Sie wirkte auf Sarah so ungemütlich wie die Arbeitsfläche in einem Biochemielabor und weniger wie ein Einrichtungsgegenstand. Kobler wollte sich eben ihrem Tee wieder zuwenden und die kalte Tasse leeren, als sie einige Blätter auf der Ablage des Glasschrankes liegen sah.

Neugier meldete sich. Sie dachte daran, was sie schon alles in der Handtasche gefunden hatte. Uninteressant waren die Dinge ja nicht gerade gewesen. Sarah horchte, doch noch rührte sich nichts an der Schlafzimmertür. Sie überlegte, wie lange Röll wohl brauchte, um nach dem Ende des Gesprächs wieder zurück ins Wohnzimmer zu gelangen. Zehn Sekunden? Zwanzig? Sie könnte so tun, als würde sie vom Fenster aus den Balkon betrachten.

Kobler stand auf und hüpfte leise zu der Ablage. Schnell durchwühlte sie die Papiere. Sie fand ein Fernsehmagazin, eine Tageszeitung und vornehmlich Werbung. Dazu lagen noch einige verschlossene Briefe wild durcheinander. Röll hatte die Post seit gestern wohl nicht geöffnet. Sarah kramte weiter und dann fand sie es.

Ganz unten in dem Stapel lag ein Blatt. Es wirkte förmlich und offiziell. Die Kommissarin zog es heraus und las. Es handelte sich um eine Einladung zu einem

Geschäftsessen. Röll war im Namen ihrer Kanzlei dazu eingeladen worden. Offenbar sollten gewisse geschäftliche Dinge besprochen werden. Ihre Kanzlei war augenscheinlich der Berater der absendenden Firma.

Sarah las etwas von „Ostgeschäft" und „Ausbau der Beziehungen". Kobler wendete das Papier. Sie suchte nach dem Absender. Ganz oben wurde sie fündig. Die Einladung hatte eine Firma namens „Para Bellum Cooperation" ausgesprochen. Darunter stand etwas klein gedruckter: „Verteidigungssysteme".

Die Kommissarin schürzte die Lippen. Hier hatte sie die Einladung zu einem geschäftlichen Abendessen mit einer Waffenfirma. In der Handtasche war die Eintrittskarte zu einer Veranstaltung, die von der Rüstungslobby ausgerichtet worden war. Eigentlich also genau die Firmen, gegen die ihr Freund gearbeitet hatte.

Es knackte an der Schlafzimmertür. Kobler schob den Zettel schnell wieder unter den Stapel von Werbung. Sie horchte angestrengt und ohne zu atmen, aber es tat sich nichts. Offenbar war nur jemand an die Tür gestoßen. Sie lauschte noch einen Moment, dann sah sie sich weiter um.

Sarah hielt kurz inne, öffnete aber als nächstes die Schubladen der Vitrine. Sie fand Besteck, Tischsets und Servietten. Im letzten Schub lag ein brauner Umschlag, aus dem einige Fotos herausgerutscht waren. Neugierig nahm die Kommissarin ihn heraus und drehte ihn um. Sie nahm die Bilder und erstarrte. Es waren acht Abzüge, die normal entwickelt worden waren. Keine Ausdrucke auf Fotopapier. Dabei war auf allen acht Aufnahmen nur eine Person: Helena Zeissner!

Sarah grübelte. Wie konnte das alles zusammenhängen? Ihr fehlte die Zeit für große Überlegungen. Die Abbildungen zeigten alle die Politikerin in derselben Situation. Hatte Röll gestern nicht gesagt, sie wüsste nicht, wer Zeissner war? Fünf der acht Bilder waren hochauflösende Nahaufnahmen von ihrem Gesicht und ihrem Hals. Die Fotos mussten mit einem Teleobjektiv gemacht worden sein. Sie waren gestochen scharf.
Man sah die makellose Haut, den roten Lippenstift und den schwarzen Lidstrich unter Zeissners Augen. Man konnte die Marke ihre Bluse erkennen, sah den Anhänger ihrer Halskette. Wozu das Ganze? Sarah erinnerte sich wieder an ihr komisches Gefühl, was Helena Zeissner betraf. Dieses Störende, was sie seit der Begegnung gestern nicht mehr in Ruhe ließ.
Während Kobler noch nachdachte, vernahm sie erneut Geräusche an der Schlafzimmertür. Diesmal schien sich mehr zu tun. Sie packte die Fotos in den Umschlag, warf ihn in die Schublade und schloss diese. Dann hüpfte sie schnell vor das Fenster und tat so, als hätte sie hier seit einigen Minuten die schöne Aussicht auf den Hinterhof genossen. Sie hörte, wie Röll um das Eck kam, sich verabschiedete und das Telefon auflegte.
Unschuldig drehte sie sich um. Ihre Zeugin sah jetzt, nachdem sie aufgelegt hatte, noch schlechter aus als zuvor. Aus ihrem Gesicht war alle Farbe gewichen. Die Augen schienen sich noch weiter in den Höhlen verkrochen zu haben. Ihre Hand zitterte. Sie hatte Angst!
„Alles okay?", fragte Kobler.
„Ich brauch jetzt eine Zigarette", murmelte Röll und stiefelte an Sarah vorbei auf den Balkon.
„Seit wann rauchen Sie?", wollte die Kommissarin wissen, um Husmanns Freundin davon abzuhalten, die

Vitrine und den Rest auf den Ausgangszustand zu überprüfen.

„Wieder seit gestern", gab sie unumwunden zu. „Ich halte das sonst nicht aus."

Die beiden Frauen betraten den Balkon. Röll zündete sich die Kippe an und nahm einen kräftigen Zug. Schweigend standen sie da und betrachteten die Vögel, die im Baum vor dem Haus spielten.

„Was machen Sie genau als Wirtschaftsprüferin?", fragte Kobler, um das Schweigen zu durchbrechen.

Röll warf ihr einen kurzen Blick zu. Sie nahm noch einen Zug. „Ich überprüfe Zahlen von Firmen. Ich versuche sie zu analysieren, Defizite zu finden und dann Optimierungen zu besprechen."

„Steuerlicher Art?"

„Auch! Es kann sein, dass jemand Schwachstellen im Sortiment hat. Dass wir ihm raten, zu expandieren oder seine Kostenstruktur zu bereinigen."

„Also Leute entlassen?"

Röll nickte und drückte die Zigarette aus, nur um sich gleich die nächste anzuzünden. „Auch das, wenn es eben sein muss."

„Müssen Sie dabei auch manchmal abends arbeiten?", fragte Kobler mit unschuldigem Unterton.

Die junge Frau musterte die Kommissarin eine Weile. „Schon möglich. Geschäftsessen und repräsentative Termine gehören in meinem Job dazu."

Sie schien zu überlegen, was Kobler mit dieser Frage bezweckte. Sarah konnte ihre grauen Zellen arbeiten sehen. Um sie abzulenken, wechselte sie das Thema: „Für was hat Ihr Freund diesen Menschenrechtspreis erhalten, der in seinem Arbeitszimmer an der Wand hing?"

Röll schüttelte den Kopf. „Das war vor meiner Zeit. Ich weiß das ehrlich gesagt nicht so genau."
Kobler sah auf die Uhr und entschied, es für heute gut sein zu lassen. Sie hatte ohnehin viel erfahren, wenn auch nicht von der Zeugin direkt. Sie musste das alles erst einmal verarbeiten.
„Tja, Frau Röll, danke für Ihre Zeit und entschuldigen Sie, dass ich Sie schon wieder belästigen musste. Ruhen Sie sich aus und wenn Ihnen noch etwas einfällt, melden Sie sich bitte."
Sarah holte eine ihrer Visitenkarten aus der Tasche und schrieb mit der Hand ihre mobile Telefonnummer auf die Rückseite. Dann legte sie die Karte auf den Tisch. Röll drückte die nächste Zigarette aus und begleitete Kobler zur Tür. Die Kommissarin ging die Treppen hinab. Dann trat sie vor das Gebäude.
Sie nahm einen tiefen Atemzug und spürte, wie die Anspannung von ihr abfiel. Sie musste jetzt ins Büro, brauchte einen Kaffee und würde dann über alles nachdenken. Suchend sah sie sich um. Doch ihr fiel ein, dass Tom ja mit dem Dienstauto unterwegs war. Sie musste sehen, wie sie anderweitig in das Präsidium gelangte. Sie unterdrückte einen kurzen Fluch, dann setzte sie sich in Bewegung.

12. Kapitel – Mittwoch, 10.06.2015, 12:02 Uhr

Gegen Mittag hatte sich die ganze Mannschaft des K1 wieder im Büro versammelt. Gudes Schreibtisch war unter einem Berg von Aktenordnern und anderweitigem Papier versunken. Rester war schon im Büro und hatte ebenfalls begonnen, Material zu sichten, als Kobler zu ihnen stieß. Allerdings blieb er eisern, als seine Kollegin von ihm wissen wollte, wo er denn die letzten beiden Stunden zugebracht hatte. Sarah ärgerte zwar, dass er ihr nicht verriet, was er während der Dienstzeit nebenbei erledigt hatte, gab aber irgendwann auf. Sie hatte schließlich die besseren Neuigkeiten zu berichten.

Man hatte beschlossen, alle Informationen, die man in den letzten Tagen gewonnen hatte, auszutauschen. Diesmal blieb man im Büro und wechselte nicht in den allgemeinen Besprechungsraum. Matthias Pott war aus seinem Büro gekommen und hatte den Flipchart von gestern gleich mitgebracht. Einsam prangten dort die beiden Spuren auf der Pinnwand. „Bekannter/Freund" und „Mafia" stand mit schwarzer Schrift auf den Zetteln. Mehr hatten sie bisher nicht rausgefunden.

Tom berichtete von ihrem Besuch bei Bartsch und von seiner Erklärung für das vergessene Gespräch. Dann übernahm Sarah die weiteren Ausführungen. Sie schilderte ihre Treffen bei Stefanie Röll. Warum auch sie sich an ihr abendliches Telefonat nicht erinnern haben wollte und weshalb sie zu Husmann in die Wohnung gefahren sei. Kobler hatte sich lange überlegt, wie viel der gewonnenen Informationen sie weitergeben sollte. Schließlich hatte sie ohne Beschluss eine fremde Handtasche durchwühlt. Sie entschied, die Geschichte etwas anzupassen.

„Ich weiß jetzt, wo Stefanie Röll am Montagabend wirklich gewesen ist", schloss sie ihre Ausführungen.

„Bei sich zu Hause", mutmaßte Pott spöttisch, „das haben Sie doch eben gesagt."

Kobler genoss es, ihre Kollegen noch etwas hinzuhalten: „Das hat sie gesagt. Das ist korrekt. Allerdings habe ich im Wohnzimmer eine Eintrittskarte für eine Galaveranstaltung am Boden liegen sehen. Ich habe sie gefunden, als Röll kurz zum Telefonieren rausgegangen ist." Der Kriminalrat wechselte einen schnellen Blick mit Gude und Rester.

Tom hatte Pott offenbar informiert, dass er bei der Befragung nicht mit dabei gewesen war. So fragte dieser nicht nach, ob er Sarahs Version bestätigen konnte. Aber alle, die mit ihr arbeiteten, wussten, dass ihr diese Art von Hinweisen selten zufällig in die Finger fielen.

„Was für eine Gala?", stellte ihr Chef schließlich die Frage, auf die Kobler gewartet hatte.

„Die One-World-Spendengala der Vereinigung für Rüstungs- und Sicherheitsindustrie in Deutschland", verkündete sie, nicht ohne Triumph in der Stimme. Wieder tauschten die Männer vielsagende Blicke.

„Das erklärt ihren Aufzug", räumte Rester nach einer Weile des Nachdenkens ein. „Da hattest du wohl recht mit deinen Bedenken." Toms Miene verriet keine Gefühlsregung.

„Das erklärt ihren Aufzug", stimmte Kobler zu, „Aber noch nicht den Dreck, der an ihren Absätzen war. Bei der Gala muss man nicht durch eine Wiese laufen. Sie hatte aber Gras an den Hacken. Außerdem enthüllt es noch nicht, was sie in der Zwischenzeit gemacht hat."

„Wie, in der Zwischenzeit?" Jonas sah Sarah fragend an.

„Das ist doch ganz einfach", verkündete sie. „Röll ist auf dieser Gala der Rüstungslobby und repräsentiert. Dann kommt ein Anruf. Alarm! Irgendetwas ist passiert. Sie verlässt die Veranstaltung und fährt zu Husmann. Entweder sie findet ihn tot, dann frage ich mich, weshalb sie den Notruf erst nach 22:00 Uhr abgesetzt hat, oder ihr Freund lebt noch. Auch dann ist die Frage, warum sie nicht sofort den Notdienst gerufen hat."

Rester runzelt die Stirn. „Kann es nicht sein, dass sie irgendwann nach 22:00 Uhr ein Taxi genommen hat, weil er und sie die Nacht gemeinsam verbringen wollten?"

Das triumphierende Lächeln in Sarahs Miene wurde noch breiter. „Hab ich bereits überprüft. Ein Taxi in die Invalidenstraße 11 wurde um 20:29 Uhr bestellt. Also gleich nach dem Telefonat. Wir müssten denen nur noch ein Foto von Stefanie Röll schicken. Aber wer soll es sonst gewesen sein?" Auf Potts kantigem Gesicht verbreitete sich ein anerkennendes Lächeln. Gude machte sich auf einem Papier Notizen.

„Ich hab noch etwas gefunden", fügte Kobler beiläufig hinzu. Sie wartete, bis sie wieder die volle Aufmerksamkeit der Kollegen hatte. „Auf der Ablage im Wohnzimmer lagen noch zwei Sachen. Erstens eine Einladung zu einem geschäftlichen Termin mit einer gewissen Para Bellum Cooperation. Zweitens ein Umschlag mit Fotos von Helena Zeissner."

Erstaunt spitze Pott seinen Mund. Auch Gude hob überrascht die Augenbrauen. Nur Tom zeigte sich demonstrativ unbeeindruckt. „Das hast du doch nicht alles auf dem Boden entdeckt", stellte er trocken fest. „Wie viele Vorschriften hast du bei dem Besuch wieder gebrochen? Sind deine Beweise gerichtsverwertbar?"

„Herr Rester, Sie hätten Ihre Kollegin sehr gerne begleiten dürfen", ging ihr Chef dazwischen, der es nicht mochte, wenn man sich über derartige Kleinigkeiten in die Haare bekam. Er wollte Ergebnisse und nicht Korinthen kacken.

„Kümmern wir uns einmal um den Abend", wechselte Gude das Thema, um weiter bei der Sache zu bleiben. Er befürchtete, dass seine Kollegen sich ansonsten noch richtig zu zoffen begannen. „Wenn Röll Zeit hatte, von der wir nicht wissen, wo sie war, hat sie zumindest kein Alibi." Alle schwiegen für einen Moment. Rester konnte sich beim besten Willen die junge Frau nicht als Mörderin vorstellen. Andererseits sprachen die Fakten gegen sie.

„Kein Alibi, eine Verbindung zur Waffen- und Rüstungslobby, und sie lügt uns bezüglich des Abends an", fasste Sarah zusammen. „Waren auf dem Weinglas, das in der Küche gestanden hat, Spuren von Lippenstift?", fragte sie in Jonas Richtung gewandt.

Gude kramte in seinen Unterlagen. Schließlich zog er ein Foto und einen kurzen Bericht unter einem Stapel von Blättern hervor. „Negativ! Keine Fingerabdrücke und auch kein Lippenstift. Der wäre ja auf Fettbasis und nicht einfach abzuwischen. Dazu hätte der Täter schon Spülmittel benutzen müssen, um alles restlos abzukriegen."

„Also hat nicht die Röll mit ihrem Freund den Wein getrunken!", stellte Sarah enttäuscht fest. Alle sahen sich gegenseitig an. Niemand sagte etwas.

„Ein Lügner macht noch keinen Mörder", fasste Pott zusammen, nachdem das Schweigen anhielt.

„Die Frau hat Angst, das steht fest. Ich weiß nur nicht vor was", verteidigte Kobler ihren Verdacht.

„Vielleicht vor der Mafia?" Der Kriminalrat deutete auf den Flipchart und den Zettel.

„Oder davor, gefasst zu werden?", entgegnete Sarah schnippisch.

„Bisher haben wir keinen Hinweis auf organisiertes Verbrechen in den Ermittlungen", widersprach Rester seinem Chef. „Ich denke, wir sollten von der Mafiatheorie langsam wegkommen. Husmann hat nicht in dieser Richtung gearbeitet. Nach unseren

Erkenntnissen hat er nichts gefunden, was auf kriminelle Strukturen hindeutet."

„Das ist so nicht mehr ganz richtig", widersprach Gude zögernd. „Es geht zwar nicht um die Mafia, aber auf so etwas wie Strukturen sind wir gestoßen. Wenn man es genau nimmt, haben wir auch Verbindungen zu russischstämmigen Personen, wobei ich hier keinen Generalverdacht äußern will. Wir hatten das wegen der Tatwaffe ja schon einmal in Erwägung gezogen." Jonas kratzte sich an seinem Dreitagebart. Er schob die Brille mit den dicken schwarzen Rändern, die wie Balken die Augen umrahmten, wieder auf die Nase.

„Bisher haben wir nur die Akten gekannt. Das, was in den Ordnern war und was am Boden verstreut lag. Belanglosigkeiten! Wir gehen davon aus, dass der Mörder Hinweise auf das Tatmotiv entfernen konnte. Oder, dass in den Ausdrucken nichts Wichtiges enthalten war. Es ist doch dann wohl so, dass das interessantere Zeug auf dem Rechner zu finden ist. Und diese Daten haben wir nun ausgelesen."

„Dann hätte der Täter doch den Laptop einfach nur mitgehen lassen müssen." Tom war etwas verärgert, dass Jonas mit diesen Informationen so lange hinterm Berg gehalten hatte. Er fragte sich, warum ihn sein Kollege nicht vorab informiert hatte. So hätte er sich vorbereiten können. Gude wiederum hatte am Morgen zwar Sarah kurz ins Bild gesetzt, aber versäumt, Tom auf den gleichen Informationsstand zu setzen.

„Du musst dich schon über die Ermittlungen auf dem Laufenden halten", stichelte Kobler in Toms Richtung, bevor Gude sich bei Rester entschuldigen konnte.

„Sorry!", entschuldigte sich Jonas bei Tom. „Ich dachte, Sarah bringt dich im Auto auf den neuesten Stand." Er bedachte seine Kollegin mit einem finsteren Blick, der bedeutete, dass sie sich zusammenreißen und nicht noch weiter provozieren sollte.

„Ich denke, der Täter wusste nicht, wo genau welche Informationen zu finden waren. Vielleicht suchte er auch etwas Bestimmtes und hat es womöglich auch gefunden. Er war offenbar in großer Eile und hat versucht, in kurzer Zeit möglichst viel Material zu vernichten oder zu durchsuchen."

„Oder er wurde gestört", unterbrach Pott.

„Oder sie!", warf Kobler ein.

„Oder sie!" Ihr Chef nickte gnädig in Sarahs Richtung.

„Außerdem wurde der Laptop ja auch von einer Kugel getroffen. Ich denke, dass der Mörder davon ausging, dass damit die gesamten Daten vernichtet sind", mutmaßte Jonas weiter.

„Die Dinger sind inzwischen doch alle durch GPS zu orten. Wenn er den PC mitgenommen hätte, hätten wir sicherlich mehr Spuren bekommen. Es macht Sinn, die Festplatte vor Ort zu vernichten." Gude spielte mit einem Kugelschreiber zwischen den Fingern, während er seinen Kollegen noch die Details der GPS Ortung näher erläuterte.

„Zum Glück hat der Teil mit dem Vernichten der Festplatte nicht funktioniert", fasste Kobler die Ausführungen zusammen. „Was haben wir nun rausgefunden?" Sie drehte sich zu Jonas. „Du hast mir ja auch nur einen kurzen Zwischenbericht gegeben." Ihre Stimme hatte etwas Versöhnliches in sich. Sie bedachte Rester dabei mit einem sanften Blick. Sie wollte nicht streiten oder als die bessere Polizistin dastehen.

„Also, es ist doch wohl so, dass Husmann über ein Netzwerk ermittelt hat. Dabei hat er Abhängigkeiten und

Verbindungen zwischen bestimmten Politikern und Firmen aufgezeigt. Er hat zu vielen Leuten Dossiers angelegt, aber zu einigen etwas mehr."

„Wen?", unterbrach Kobler.

„Auf der Festplatte gibt es Ordner zu über 50 Personen. Unter anderem Helena Zeissner, aber auch Joachim Reiter, den Fraktionsvorsitzenden von Zeissners Partei. Er hat über alle Minister, über Staats- und Rechtsanwälte und über ungefähr ein Dutzend Unternehmer ausführliche Informationen zusammengetragen. Im Speziellen hatte er eine mehrseitige Zusammenstellung über – und jetzt kommt unser Russe – einen gewissen Nikolai Arkatov." Gude machte eine kurze Pause. Sarahs Augen hatten sich zu katzenhaften Schlitzen verengt. Sie dachte nach und versuchte, alle neuen Erkenntnisse gleich zu verarbeiten.

„Er ist davon ausgegangen, dass Reiter, Zeissner und Arkatov eine außergewöhnliche Beziehung zueinander haben. ‚Café Moskau' hat er sie genannt. Sie haben sich des Öfteren an verschiedenen Plätzen möglichst unauffällig getroffen. Husmann hat Aufnahmen von ihnen auf seiner Festplatte abgespeichert. Allerdings wusste er nicht, wozu sie sich treffen. Außerdem hatte er hohe Polizeifunktionäre von BKA und LKA sowie den Vizechef vom Bundesamt für Verfassungsschutz unter Verdacht, in dieses Netzwerk verwickelt zu sein."

Ein kurzes Pfeifen ging durch den Raum, als Rester die Luft durch seine Zähne entweichen ließ. „Ganz heißes Pflaster! Da sollten wir die Staatssekretärin gleich direkt befragen", stichelte jetzt er gegen seine Kollegin. Pott wusste bisher nichts von ihrem gestrigen Ausflug. Kobler wäre es für den Moment ganz recht gewesen, wenn es fürs Erste auch dabei geblieben wäre.

Sarah fühlte sich an Stefanie Rölls Worte über die Verwicklungen deutscher Behörden in kriminelle Strukturen erinnert. Hatte die junge Frau womöglich recht gehabt? Hatte sie deshalb Angst? Angst vor ihr?
„Was hat dieser Arkatov für eine Firma?", fragte Pott, um die aufkommende Unruhe zu unterdrücken.
Wieder suchte Gude seinen Stapel von Papieren durch. Es raschelte. Kobler überbrückte die Wartezeit, um sich aus ihrer Handtasche ihre Handcreme zu suchen.
„Para Bellum Cooperation", verkündete Jonas, nachdem er die entsprechende Notiz gefunden hatte.
Erneut pfiff Tom durch die Zähne. „Volltreffer!"
Sarah verrieb die Reste der Creme auf ihren Händen. Sie sparte es sich diesmal, einen besserwisserischen Kommentar abzugeben. Schweigen breitete sich aus. Alle hingen ihren Gedanken nach und versuchten, die neuen Informationen einzuordnen. Jeder baute im Geist an seinem Puzzle, bis Pott schließlich sagte: „Alles in allem immer noch kein Mordmotiv! Wer ist anderer Meinung?" Er sah sich fragend um, doch niemand widersprach.
Husmann hatte zwar einige interessante Dinge gefunden, aber bei Weitem nichts, was gefährlich für irgendjemanden geworden wäre. Die Verbindungen von Politik und Wirtschaft waren weithin bekannt und akzeptiert. Man musste nur angeben, für wen man neben seinem Mandat noch als Berater tätig war. Damit war die Sache erledigt. Nicht der Hauch von Illegalität, wie Kobler fand.
Sie fragte sich, warum Zeissner, Reiter und Arkatov sich immer wieder getroffen hatten. Was hatte der Journalist an diesen Treffen auszusetzen gehabt? Sie beugte sich zu Gude und nahm sich die Fotos vom Schreibtisch.

Normale Bilder, die Zeissner und diesen Reiter zeigten, wie sie sich unterhielten.

In Sarahs Bauch machte sich ein komisches Gefühl breit. Eine Mischung aus Unwissenheit, Ungeduld und auch ein wenig Angst. Diese Leute waren allesamt mächtig. Falls es in Husmanns Unterlagen etwas gab, was ihre Karrieren und ihre Geschäfte gefährdete, waren auch ihre Ermittlungen zumindest unter Beobachtung. Nicht zuletzt, weil sie gestern in Helena Zeissners Büro spaziert waren. Insgeheim ärgerte sie sich nun über sich selber, nicht noch einen Tag mit dieser Befragung abgewartet zu haben. Was würden diese Menschen machen, wenn sie im Laufe der Untersuchungen das Gleiche herausfanden wie ihr Opfer?

„Warum befragt dann Husmann die Zeissner bezüglich ihrer letzten Bundessicherheitsratssitzung? Er macht sie doch nur auf sich und seine Arbeit aufmerksam." Rester hatte eigentlich nur laut gedacht. Nun dämmerte ihm aber, das Pott von ihrer Aktion im Innenministerium noch nichts wusste und er sich eben verplappert hatte.

Sein Chef hob die Augenbrauen, was immer als unausgesprochene Aufforderung zu verstehen war, das Gesagte näher zu erläutern. Tom versuchte sich in seinem Stuhl klein zu machen. Doch dann begann er, in knappen Worten zu erklären, wie er und Sarah gestern Abend der Staatssekretärin noch einen Besuch abgestattet hatten.

Pott hörte aufmerksam zu. Sein Gesicht zeigte dabei keinerlei Regung. „Sie kennen den Dienstweg?", sagte er nur, als Rester geendet hatte. Dieser nickte. „Wenn die Ausdünstungen der Zeugen besser riechen als so manches scheiß Parfüm, will ich in Zukunft informiert werden." Wieder nickte Tom und sank noch tiefer in seinen Sitz. Auch Kobler hatte sich in ihren Stuhl sinken lassen und war froh, als Pott bereit war, das Thema zu wechseln.

„Arkatov hat von der letzten Entscheidung des Bundessicherheitsrats direkt profitiert. Es war seine Firma, um deren Waffen es ging", versuchte Gude, wieder zum Fall zurückzukehren. Alle sahen sich gegenseitig an.

„Zeissner hatte diesem Waffendeal zugestimmt. Man muss aber sagen, dass sie nicht die Einzige war. Da waren Mehrere, die diesen Export für gut befunden haben. Daraus kann man ihr keinen Vorwurf machen. Schon gar nicht, weil wir nicht wissen, ob sie nicht einfach die Weisung des Innenministers umgesetzt hat. Außerdem gibt es keinen Beweis für Geldflüsse oder Ähnliches."

Kobler presste bei Gudes Worten ihre Lippen aufeinander. Es war wie vernagelt. Jetzt hatten sie schon diese Festplattendaten und wieder war keine Spur auf einen Täter zu finden. Dass Husmann etwas recherchiert hat, war allen klar. Aber nun waren auch auf dem Laptop keine belastenden Daten gewesen, zumindest keine, welche einen Mord gerechtfertigt hätten. Ihnen fehlte das Motiv.

„Zu Helena Zeissner hat er extrem viel abgespeichert. Bei der war er besonders fleißig. Er hat Bekannte aus ihrer Kindheit interviewt, detailliert ihre Vergangenheit ausgegraben und sogar ihren Krankenhausbrief vom letzten Aufenthalt von vor drei Wochen gestohlen! Selbstredend sind das überwiegend private Informationen. Und auch nichts, was man gegen sie verwenden könnte."

Koblers Augen weiteten sich. Auch Rester hob interessiert den Kopf. „Was hat die Krankenakte bitte mit internationalem Waffenhandel zu tun?", stellte Tom die Frage, die alle bewegte. „Was will ich damit beweisen?"

„Ist aber so", bemerkte Gude trocken.

„Vielleicht hat Zeissner ja nichts Verbotenes gemacht? Zum Schluss plante er, sie zu erpressen, und hat daher in ihrem Umfeld etwas gesucht?" Sarah hatte begonnen ihre Haare um den Finger zu wickeln. Sie bekam langsam Hunger.

„Unlogisch!", erwiderte Rester.

„Wegen was war sie im Krankenhaus?", fragte Kobler nach.

„Bauchschmerzen. Ist nach einer Nacht entlassen worden. Völlig harmlos." Gude gab bereitwillig Auskunft. Wieder schwiegen alle. Man merkte, wie die Mitglieder des Teams zunehmend unzufriedener wurden, dass sie keinen Ermittlungsansatz fanden.

„Was haben wir denn zu Zeissner gefunden?", beendete nun Sarah das Schweigen. „Ich hatte dich doch gebeten Informationen zusammenzustellen." Jonas kramte abermals in seinen Unterlagen. Schließlich zog er einen Zettel unter einem weiteren Haufen Papier hervor.

„Helena Zeissner, 37 Jahre. Geboren in München. Dort ist sie aufgewachsen und zur Schule gegangen, bis sie 14 war. Ihr Vater wurde dann als Botschafter nach Venezuela entsandt, wohin ihn seine Familie begleitet hat. Von da ab ging sie auf die deutsche Schule in Caracas. Drei Jahre später, 1995, wurde die gesamte Familie bei einem Autounfall getötet, den nur Helena überlebte. Anhaltspunkte für Fremdeinwirkung gab es keine. Der Fall wurde hinreichend untersucht. Sie war

lange in Krankenhäusern und kam schließlich nach Deutschland zurück. Die Familie war sehr wohlhabend - sollte noch erwähnt werden. Sie war seit ihrer Rückkehr politisch aktiv und wurde 2009 in den Bundestag gewählt. Sie profitierte dabei von einer Affäre ihres Bundeswahlkreisabgeordneten, der kurz vor der Wahl überraschend auf das Direktmandat verzichtete. Seit 2013 ist sie Staatssekretärin im Innenministerium. Abschließend gilt es zu erwähnen, dass sich im Netz Gerüchte halten, sie könnte lesbisch sein."
Kobler horchte auf. Sie überlegte, ob es das war, was ihr an Helena Zeissner komisch vorkam.
„Passt doch alles nicht zusammen!" Rester fuhr sich mit den Fingern durch die Haare. „Leute, ich glaube, wir verrennen uns da." Tom stand auf und ging zum Flipchart nach vorne.
Er deutete auf den ersten Zettel. „Mafia! Husmann hat über politische Seilschaften recherchiert. Es ist aber unwahrscheinlich, dass er einen von diesen Personen seine Tür geöffnet hätte, geschweige denn ihren Mitarbeitern." Er zeigte auf das zweite Blatt. „Über seine Bekannten und Freunde finden wir auf der Festplatte nichts. Er hatte niemanden in Verdacht und hat gegen niemanden ermittelt. Welchen Grund sollte also jemand aus seinem Umfeld haben, ihn zu ermorden? Das passt nicht!"
Rester musterte die Gesichter seiner Kollegen. „Wenn, dann hat das nichts mit seiner Arbeit zu tun, und wir suchen an der falschen Stelle. Auch wenn Husmann viel Zeit mit Reiter und Zeissner verbracht hat und selbst wenn er da etwas gefunden hätte, ist es unwahrscheinlich, dass die mit seinem Tod etwas zu tun haben. Wenn da irgendetwas Belastendes gewesen

wäre, öffnet er ihnen nicht mehr die Tür und trinkt mit ihnen Wein." Er stoppte und ließ seine Worte etwas wirken.

„Das Einzige, was Sinn ergibt, sind offene Rechnungen aus Husmanns Vergangenheit. Diese Leute kennt er und vielleicht öffnet er so jemanden auch die Tür. Alles ist längst gegessen. Schnee von gestern. Niemand denkt mehr an Rache und Bang!" Rester deutete mit seinen Fingern den Abzug einer Pistole an. „Er war Enthüllungsjournalist und wir haben uns nur darauf fixiert, was er rausgefunden hat, aber eventuell ist das gar nicht unsere Spur!"

„Oder er hat etwas gefunden, was nur auf den zweiten Blick eine Verbindung herstellt, zu jemandem, den er kennt! Indirekt!" Kobler glaubte nicht an Toms Theorie. Röll hatte nicht umsonst gelogen. „Husmanns Freundin hat für die Waffenlobby gearbeitet, so viel steht jedenfalls fest."

Pott hatte sich die Diskussion zwischen seinen beiden Ermittlern bis jetzt in Ruhe angehört. Er hatte sich neben Tür und Flipchart auf eine Tischecke gesetzt und alles mit verschränkten Armen verfolgt. Man konnte zusehen, wie sich die Vene an seiner Schläfe mehr und mehr vorwölbte. Nun war sie deutlich zu erkennen. Er räusperte sich.

„Also Herr Rester, wenn Sie sich mit den alten Storys von unserem Opfer so sicher sind, schlage ich vor, Sie unterstützen Herrn Gude bei der Auswertung der alten Artikel. Husmann hat viel geschrieben, also viel Arbeit!" Tom nickte und schien zufrieden.

„Frau Kobler!" Er wandte sich zu Sarah um, die schräg hinter ihm neben ihrem Schreibtisch saß. „Es reicht in Deutschland leider nicht, bei zwei Damen ein schlechtes

Gefühl zu haben. Auch wenn Ihnen da ab und an etwas komisch vorkommt, ist das noch kein Verbrechen. Dass Husmann über Zeissner und viele anderen recherchiert hat, erscheint mir alles relativ normal. Er war politischer Journalist und bei den Herrschaften handelt es sich um Politiker." Er hob seinen rechten Zeigefinger wie ein Ausrufezeichen, als wolle er eine wichtige Botschaft kennzeichnen.

„Ich sehe da keinen Anfangsverdacht, nur weil er ihren Namen auf einem Zettel unterstrichen hat. Mehr haben wir bisher nicht – von Ihrem seltsamen Gefühl einmal abgesehen." Kobler dachte an die Fotos in Stefanie Rölls Wohnung, sparte es sich aber, die Predigt zu unterbrechen.

„Konzentrieren wir uns auf die Fakten. Unser Opfer hat dem Mörder die Tür geöffnet. Tatwaffe ist eine Makarow. Schüsse in Brust und Kopf. Husmann recherchiert über eine eventuell illegale Verbindung in den höheren Kreisen von Politik, Wirtschaft und Sicherheitsbehörden." Pott betonte das Wort „eventuell" und hob wieder den Zeigefinger. „Er hatte viele alte Baustellen, also viele potenzielle alte Feinde."

Der Kriminalrat stand auf und begann, die genannten Punkte an den Flipchart zu schreiben. „Mehr haben wir noch nicht. Rester und Gude nehmen sich die alten Geschichten vor. Frau Kobler, Sie sichten das Festplattenmaterial. Wir dürfen nichts übersehen! An die Arbeit, die Staatsanwältin sitzt mir schon im Genick."

Pott hüpfte vom Tisch, klopfte mit seinen Fingern zweimal dagegen und verließ grußlos das Büro. Sarah lehnte sich erschöpft in ihren Stuhl zurück und legte beide Beine auf dem Schreibtisch ab. Ihr knurrte der Magen.

13. Kapitel – Mittwoch, 10.06.2015, 13:34 Uhr

Nach der Besprechung ging Kobler erst einmal essen. Sie war froh, dass keiner ihrer Kollegen vorgeschlagen hatte, gemeinsam zu gehen. So hatte sie genug Ruhe, ihre Gedanken zu sortieren. Irgendetwas stimmte mit diesem Fall noch nicht und Sarah wusste nicht was. Alles passte so schlecht zusammen. Die einzige Konstante war ihr ungutes Gefühl bei Stefanie Röll und die Gewissheit, dass ihr auch Helena Zeissner nicht koscher vorkam.
Sie verließ das Polizeipräsidium mit seinen dicken, groben Steinwänden, die dem Gebäude den Charme einer mittelalterlichen Burg verliehen. Auf der Treppe vor dem Haupteingang saß ein junger Mann mit Mütze und spielte an seinem Handy. Es bedurfte eines strengen Blickes ihrerseits, bis er sich zumutete, Platz zu machen und die Kommissarin vorbeizulassen. Sarah schüttelte nur den Kopf und machte sich auf den Weg, zwei Häuser weiter zu laufen.
Das Rivado war ein italienisches Lokal, welches unter roten Markisen einen kleinen Außenbereich anbieten konnte. Zwar war man direkt an einer Straßenkreuzung, aber wenn man sich den Verkehrslärm und den entsprechenden Geruch wegdachte, war es hier sehr gemütlich. Ein winziger Zaun aus Holz und ein paar Blumen grenzten den Bereich mehr symbolisch gegen den Gehweg ab.
Sie setzte sich, bestellte einen Salat und etwas zu trinken. Dann zog sie aus ihrer Tasche die letzte „Berlin Inside" heraus. Ganz ohne Arbeit konnte sie die Pause doch nicht verbringen. Vielleicht fand sich ja beim Lesen des Magazins die Erleuchtung. Während sie auf ihre

Bestellung wartete, blätterte sie durch sie Seiten des Hefts.

Keiner der Berichte war von Husmann. Es ging um den G7 Gipfel in Elmau in Bayern, um einen Abhörskandal, bei dem die NSA mit Wissen der deutschen Behörden Informationen gesammelt hatte und um einen eventuellen Wechsel an der Spitze der Bundestagsfraktion von den „Linken".

Die Artikel waren alle gut recherchiert und verfügten über Insiderwissen, was das Lesen spannend und informativ zugleich machte. Die Zeitung hielt, was sie versprach. Koblers Mahlzeit kam. Sie las neben dem Essen, bis sich jemand an ihren Tisch stellte und räusperte. Irritiert sah Sarah auf. Dann breitete sich Überraschung in ihren Zügen aus.

„Ja hallo! Das gibt´s doch nicht! Was machst du denn hier?" Der Mann hob die Hand und winkte ihr aus einem Meter Entfernung übertrieben steif zu. „Das muss ja eine Ewigkeit her sein!"

Florian Weidrich war ein alter Bekannter von Kobler, den sie noch von der Ausbildung kannte. Sie beide hatten früher viel gemeinsam unternommen und hatten sich nach der Akademie aus den Augen verloren. Wenn man so wollte, dann waren sie sich einige Wochen näher gestanden als normale Kollegen, auch wenn Sarah und Florian über diese Zeit unterschiedliche Erinnerungen bewahrten. Und nun liefen sie sich mitten in Berlin über den Weg. Es war einer dieser Momente, wo man an Schicksal glauben mochte - oder Fügung.

„Setzt dich doch", bot sie ihm an. Immer noch schweigend und grinsend zog er sich einen Stuhl zurück und nahm Platz. „Was machst du hier in Berlin?"

Weidrich war ein gut gebauter, kräftiger Mann Mitte dreißig. Seine kurzen blonden Haare und sein muskulöser Oberkörper hätten ihn für eine Filmrolle als Marine in einem amerikanischen Spielfilm prädestiniert. Er trug Anzug und Krawatte, was ihn seriös und sportlich zugleich wirken ließ. Kleine Lachfältchen umspielten seine fröhlichen Augen.
„Ich bin jetzt beim BKA. Ich habe beruflich hier zu tun", erzählte er gut gelaunt. Auch er freute sich über das unerwartete Wiedersehen. „Und was machst du so?"
„LKA! Mordkommission!" Kobler sah ihn verschwörerisch an. Sie deutete mit ihrem Finger in Richtung des Präsidiums.
„Ich wusste damals bereits, dass du dir etwas von den harten Sachen aussuchst. Du warst schon immer so." Weidrich lachte.
„So? Wie war ich denn?", erkundigte sich Sarah kecker als beabsichtigt.
„Anders als die anderen Mädchen!" Beide grinsten vielsagend. „Wild! Hart! Ohne Kompromisse!" Florian lächelte in sich hinein. Kobler vermutete, dass er an früher dachte.
„Machst du noch Fotos?", wollte er nach einer kurzen Pause wissen. Die Kommissarin nickte, während sie versuchte, ein Salatblatt ungeschnitten in den Mund zu bekommen.
„Und du?", forschte sie nach, nachdem das Blatt im Mund verschwunden war. Auch Weidrich nickte mit einem mehrdeutigen Ausdruck in seinem Gesicht.
„Immer noch diese Fotos?", hakte Sarah nach und betonte dabei das Wort „diese". Wieder Nicken.
„Ja, immer noch diese." Auch Florian dehnte das letzte Wort. „Können wir gerne einmal wieder machen."

„Was?", fragte Kobler spitz, „das Shooting, oder das danach?"
Abermals musste Weidrich grinsen. „Ich hätte gegen beides nichts einzuwenden."
Die Kommissarin lachte laut auf. „Mein Preis ist aber in den vergangenen Jahren gestiegen!"
„Und du bist sicher jeden Preis wert. Darf ich dich einmal zum Essen einladen? Ich bin noch ein paar Tage in der Stadt."
Da war es wieder, dieses alte Gefühl. Eine Mischung aus Vertrautheit und Abenteuer. Und dann waren da noch Bitterkeit und die Angst, etwas zu verlieren. Sarah betrachtete ihren alten Freund mit einem langen Blick. Sie fragte sich, wie viele Schritte man gehen konnte, bis es kein Zurück mehr gab. Wollte sie das? Hatten sie das damals nicht als One-Night-Stand bezeichnet und war es damit nicht auch gut gewesen? Dinge wurden unkontrollierbar, wenn man sie nicht von Anfang an im Griff hat. Kobler ließ Weidrichs Angebot unkommentiert und wechselte stattdessen das Thema.
„An was arbeitest du hier in Berlin?"
Florian merkte, dass er die Sache zu forsch angegangen war. Sarah schreckte dann gern zurück, daran konnte er sich noch erinnern. Allerdings war seine Mittagspause begrenzt. Er beugte sich nach vorne, um nicht zu laut sprechen zu müssen. Er entschied, auf ihre Frage einzugehen, ohne seine Einladung aus dem Auge zu verlieren.
„Ist eine haarige Kiste und eigentlich streng vertraulich!"
„Ich bin im Dienst." Sarah klang unbeeindruckt.
Weidrich sah Kobler eindringlich an, dann sprach er weiter: „Beim Bundesverfassungsschutz sind Unterlagen verschwunden – wieder einmal! Diesmal handelt es sich

um Listen mit V-Leuten, welche in der rechten Szene aktiv sind, und deren Decknamen. Ich sag ja, die Sache ist sehr heiß. Absolute Diskretion!"

„Und die sind weg?", wollte Sarah ungläubig wissen. Es war doch nichts sicher in diesem Land, dachte sie.

„Ja! Das Problem ist, das passiert in den letzten Monaten ständig. Es verschwinden geheime Unterlagen. Lageeinschätzungen. Listen. Alles sehr heißes Zeug. Und es wird immer direkt aus Regierungsbehörden entwendet."

„Echt jetzt?"

„Ja!" Weidrich hatte beim Erzählen einen leicht roten Kopf bekommen. Das Thema schien ihn sehr zu beschäftigen. „Die ganze Sache wirkt organisiert. Als würde da ein Team dahinterstehen. Eine Organisation." Florian sah sich um, ob ihnen auch niemand zuhörte, dann redete er weiter. „Im jetzigen Fall haben wir auch einen Verdächtigen. Einen Praktikanten, der früher bei NPD-Demonstrationen gesehen wurde. Seine Sicherheitsüberprüfung wurde wohl nicht korrekt durchgeführt. So ist er uns bei der Einstellung durchgerutscht."

„Wer macht diese Überprüfungen?"

„Das Büro des Vizechefs vom Bundesamt für Verfassungsschutz."

Sarah erinnerte sich daran, diesen Begriff heute oder in den letzten Tagen schon einmal in irgendeinem Zusammenhang gehört zu haben. Sie wusste aber nicht mehr genau wo. „Dass sie dich auf so einen Fall angesetzt haben zeigt, dass du in den vergangenen Jahren etwas aus dir gemacht hast." Weidrich lächelte und schaffte nur unzureichend zu verbergen, dass

Koblers Worte ihm schmeichelten. „Aber wo ist dann das Problem? Ihr habt einen Täter und weiter?"

„Der eine kann unmöglich alle diese Dinge entwendet haben. Außerdem gibt es Spuren, die ihn entlasten."

Sarah nickte interessiert. Nicht nur bei ihrem Fall waren Widersprüche an der Tagesordnung. „Im Übrigen hängt da unter Umständen noch ein Regierungsmitglied auf der Staatssekretärsebene mit drin."

„Doch nicht etwa Helena Zeissner?", mutmaßte Kobler mit aufgerissenen Augen. Sie hatte geraten, doch an Weidrichs Gesichtsausdruck erkannte sie, dass sie ins Schwarze getroffen hatte.

„Woher weißt du das?", flüsterte er. Sein Gesicht wurde noch ernster als zuvor.

Sarah schüttelte verblüfft den Kopf. „Zeissner kommt auch in meinen Ermittlungen vor!"

„Sachen gibt's!" Florian sah Kobler misstrauisch an. Er überlegte, wie viel er ihr noch erzählen sollte. Dann setzte er fort: „Wir hatten vier Verdächtige. Der Eingang des entscheidenden Zimmers war videoüberwacht. Wir wussten also, wer ein und ausgegangen war. Besagter Praktikant, ein weiterer Mann, eine Sekretärin und eben Helena Zeissner. Erst sah alles nach Zeissner aus, bis wir DNA-Spuren gefunden haben. Die waren zwar schlecht zu analysieren, weil sie offenbar manipuliert wurden, können aber eindeutig einem Mann zugeordnet werden. Die Analyse hat ergeben, dass der Täter über ein Y-Chromosom verfügt. Damit hatte Zeissner natürlich ein Bombenalibi. Auch die zweite verdächtige Frau scheidet damit aus. Die gleichen DNA-Spuren finden sich bei nahezu jedem Tatort, den wir in dem Zusammenhang schon überprüft haben. Bei der Sachlage bekommen wir von keinem Richter einen Beschluss, gründlich gegen sie zu ermitteln, geschweige denn wird die Immunität aufgehoben."

„Hatte Zeissner denn grundsätzlich Zutritt zu den Tatorten?", wollte Kobler wissen.

„Ja!", erwiderte Weidrich knapp.

„Wer war die andere Verdächtige noch mal?"

„Eine Sekretärin aus dem Haus!"

Sarah hatte ihre Gabel beiseitegelegt. Sie drehte eine Locke um ihren Finger und starrte auf die Straße vor ihrem Tisch. Das war also die Akten-Sache, von der Zeissners Vorzimmerdame gesprochen hatte. Ihre Chefin war verdächtigt worden, wichtige Unterlagen vom Verfassungsschutz entwendet zu haben. Sie hatte aber, wie es aussah, ein wasserdichtes Alibi. Interessant war es trotzdem, befand Kobler.

„Wie gesagt: Es kommt in letzter Zeit erstaunlich und unerfreulich häufig in Berlin vor, dass Akten verschwinden, Baupläne von Ministerien nicht mehr auftauchen und anderes", raunte ihr Weidrich verschwörerisch zu.

„Und was denkst du dir dabei?"

„Nach meiner Meinung kein Zufall. Da gibt es ein Leck", konstatierte Weidrich und sah seiner Kollegin zu, wie sie sich wieder dem Salat widmete.

Bei dem Wort „Leck" aktivierten sich bestimmte Synapsen in Koblers Gehirn. Ihr fiel ein, dass sie bei Stefanie Röll in der Handtasche diesen Artikel gefunden hatte, der über ein „Leck in der Waschmaschine" berichtet hatte. Zwar wusste der Autor nichts von den Dingen, die ihr Florian gerade im Vertrauen offenbart hatte, aber die Vorwürfe ähnelten sich trotzdem.

Sarah hatte unbewusst erneut begonnen, eine Haarsträhne um ihren Finger zu drehen. Weidrich kannte

das von früher. Er befand, dass er ihr genug über seinen Fall und seine Arbeit erzählt hatte. Er sah auf die Uhr. Schließlich fragte er vorsichtig: „Was ist jetzt mit essen?"
Koblers Blick klarte auf. „Hast du meine Nummer noch?"
„Klar! Solche Nummern löscht man nicht!"
„Dann ruf mich doch einmal an. Ich muss noch einen Mord aufklären." Sarah schob ihren Stuhl zurück und stand auf. Sie legte Geld auf den Tisch. Beim Gehen bückte sie sich zu Weidrich hinunter und gab ihm einen flüchtigen Abschiedskuss auf die Wange.
„Wir sehen uns!"

14. Kapitel – Mittwoch, 10.06.2015, 14:46 Uhr

Tom krempelte die Ärmel seines Hemdes nach hinten und rieb sich an der rechten Schulter. In der frühen Nachmittagssonne, die durch das Fenster schien, hatte er zu schwitzen begonnen. Der Regen am Anfang der Woche war brütender, schwüler Hitze gewichen. Jeder der es sich leisten konnte, strömte in die Freibäder oder die Naturbadeseen am Rande der Stadt.
Diese extremen Wetterumschwünge waren die Menschen in Deutschland inzwischen gewohnt. Rester fragte sich, ob es das war, was die Forscher mit dem Klimawandel umschrieben. Vom kalten Frühsommer zum tropischen Hochsommer in nur zwei Tagen und am Ende der Woche wieder zurück in vorherbstliche Temperaturen. Irgendwie hatte es das früher nicht gegeben, glaubte Tom sich zu erinnern. Vielleicht war doch etwas dran an diesem Wandel.
Er stand auf und öffnete das Bürofenster. Man konnte nicht sagen, ob der Luftzug, der durch die Öffnung kam und das Papier am Schreibtisch aufwühlte, nun

Abkühlung verschaffte oder die Wärme erst recht in das Büro drückte. Eine kurze Hose hätte er sich jetzt gerne angezogen, aber Dienst war nun mal Dienst. Er war ein Vertreter der Staatsgewalt, und wenn auch in zivil, kam diese eben nicht in kurzen Hosen daher.

Außerdem fragte er sich, ob das offene Fenster eine so gute Idee gewesen war. Denn Rester litt unter Heuschnupfen. Man wusste zu keiner Zeit, welche Pollen gerade flogen. Manchmal konnten im Februar schon Frühblüher Niesanfälle auslösen und manchmal noch im August. Sicher war man vor diesen fiesen Dingern nie.

Tom hatte sich nach der Besprechung keine Pause gegönnt. Gemeinsam mit einem Käsebrötchen, welches er sich im Erdgeschoss in einem Kiosk gekauft hatte, hatte er begonnen, Husmanns alte Artikel durchzugehen. Dabei musste er sich jeden Bericht genau durchlesen und die Namen der Beteiligten notieren. Er hatte schon drei Beiträge geschafft, aber die Liste der Personen umfasste bereits eine halbe Seite. Diese alle zu überprüfen könnte Tage, wenn nicht Wochen dauern. Rester ächzte innerlich. Aber was sollte er machen?

Nach einer guten Stunde kam Kobler zurück. Sie erzählte ihm und Jonas, was sie von einem BKA-Kollegen, welchen sie von früher kannte, erfahren hatte. Wieder einer dieser komischen Zufälle, dachte Tom. Sarah war dabei aufgekratzt und aufgeregt, als sie von Helena Zeissners Verwicklungen in eine Aktenaffäre berichtete. Sie nahm sich eine Tasse aus der Spüle und füllte sie mit Kaffee aus der büroeigenen Maschine. Dann tigerte sie nervös hin und her und sinnierte laut darüber nach, wie die Politikerin in diese Sache und den Mord verwickelt sein könnte.

„Es ist doch wohl so, dass Zeissner ein Alibi hat, weil eine Frau eben kein Y-Chromosom in sich trägt", konstatierte Jonas schließlich, um Koblers Redefluss zu begrenzen. „Viel Aufregung um nichts. Die Frau war zur falschen Zeit am falschen Ort. Auch das beweist leider und wieder einmal nichts. Alibi, wenn du verstehst. Wasserdicht!"
Sarah wirkte etwas verärgert, weil ihre Kollegen ihre Begeisterung nicht teilten und die Verbindungen nicht sehen wollten. Aber sie gab nicht auf. „Irgendetwas stimmt mit der Zeissner nicht. Ich werde rausfinden was. Sie ist das Bindeglied zwischen dem Ganzen. Ich weiß nur noch nicht wie."
Dann erzählte Kobler den beiden von dem Zeitungsartikel, den sie in der Handtasche von Stefanie Röll gefunden hatte. Pott war nicht mehr da und Rester und Gude waren inzwischen so einiges gewohnt, was die Ermittlungstaktik von Sarah anging.
„Jetzt erklär mir bitte, was genau dieser Artikel beweist?", fragte Gude, nachdem seine Kollegin geendet hatte. „Es gibt also geheime Dinge, die an die Öffentlichkeit kommen. Darüber gibt es einen Zeitungsbericht. Dann ist es wohl so, dass eine Staatssekretärin dienstlich im Bundesamt für Verfassungsschutz zu tun hatte. Gut, ich räume ein, während, ich betone während dort vertrauliche Unterlagen verschwunden sind. Sie und noch mindestens drei andere Personen hatten Zugang zu diesen Akten. Der Täter ist nach Spurenlage des BKA zwingend männlich, was Zeissner und eine weitere Verdächtige von den Ermittlungen ausschließt."
Er machte eine Pause und warf Rester einen amüsierten Blick zu. „Dann ist es noch so, dass ein politischer Journalist ermordet wurde. Auf seinem Schreibtisch fand

sich handschriftlich und unterstrichen der Name einer Staatssekretärin. Ich möchte wiederhohlen, der besagte Reporter schrieb über Politik! Und jetzt sagst du mir und meinem Kollegen bitte noch mal, wo genau du die Zusammenhänge siehst?"

Kobler hatte Gude aufmerksam zugehört, verdrehte nun aber genervt die Augen. Sie stellte ihre leere Kaffeetasse in die Spüle zurück. „Was ist, wenn Husmann von diesen Ermittlungen gegen sie wusste?", versuchte sie, ihre Theorie zu verteidigen.

„Wusste er nicht! Nirgends auch nur eine Notiz und selbst wenn? Über was soll er scheiben? Dass eine Staatssekretärin falsch verdächtigt wurde und ihre Unschuld einwandfrei bewiesen werden konnte? Tolle Story!" Jonas Ton wurde schärfer, denn auf dem Schreibtischen türmte sich jede Menge Arbeit. Sarah hätte sich auch einmal an der Ermittlungsarbeit im Büro beteiligen können, dachte er. Zumindest besser, als fremde Handtaschen auf ein komisches Gefühl hin zu durchwühlen.

„Vielleicht hat er ja genau dazu etwas rausgefunden? Irgendetwas Neues!"

„Zeissner ist nicht verdächtig. Sie hat ein Alibi. Sie hat nichts Illegales getan!", sprang Rester seinem Kollegen zur Seite. „Kümmre dich lieber um das Festplattenmaterial."

Sarah nahm eine Haarsträhne in den Mund und kaute darauf. Sie wusste inzwischen, was sie an Helena Zeissner bei ihrem Termin gestört hatte. Zeissner war bewusst aufreizend gekleidet. Lippenstift, Make-up, High Heels, alles durchgestylt. Aber sie hatte kein Dekolleté gezeigt. Ihr Hemd war bis zum Hals zugeknöpft gewesen und eine Krawatte hatte alles abgebunden. Das war es, was in Koblers Augen nicht zusammengepasst hatte. Unstimmig! Die Politikerin wirkte auf eine unterschwellige Art zwiegespalten.

„Ich brauche ein neues Treffen mit der Zeissner. Checkt bitte, wo ich sie abfangen kann. Ohne Termin, wenns geht."

Rester und Gude sahen sich an. „Wenn du meinst", stöhnte Jonas. Er notierte ihren Wunsch auf einem Zettel, um die Diskussion damit endgültig zu beenden.

„Was haben wir eigentlich zu der Röll rausgefunden?", wechselte Kobler das Thema und setzte sich hinter ihren Schreibtisch.

„Nicht viel und vor allem nichts Besonderes." Gude schob seine Brille auf der Nase nach oben und wirkte zunehmend genervt. Sarah störte ihn bei der Arbeit!

„Stefanie Röll, 34 Jahre, ledig. Geboren in Düsseldorf. Dort Schule und Abitur. Anschließend Studium in Berlin. Arbeitet derzeit als Wirtschaftsprüferin in einer Steuerberatungskanzlei. Bisher keine Auffälligkeiten. Nicht einmal einen Strafzettel hat sie erhalten." Gude machte einen Gesichtsausdruck, der erkennen ließ, wie wenig er von Koblers Theorien hielt.

„Wir bleiben dran!", entschied die Kommissarin ohne nähere Erläuterungen. Sie stand wieder auf und ging zum Fenster. Sarah dachte nach. Mit einem Fingernagel trommelte sie rhythmisch gegen die Scheibe. Schließlich drehte sie sich um und nahm ihre Tasche von der Stuhllehne. Zielstrebig ging sie zur Tür.

„Wo willst du jetzt hin?", rief Rester ihr nach.

„Ich fahr ins Krankenhaus. Ich will wissen, wie Husmann an Zeissners Krankenunterlagen gekommen ist und vor allem, warum er sie haben wollte. Das hat nichts mit politischer Recherche zu tun. Da muss mehr dahinter stecken."

„Mehr! Soso", brummte Tom und beugte sich wieder über seine Liste mit Artikeln und Namen. „Wenn du meinst!" Die Tür fiel hinter Kobler ins Schloss. Rester schüttelte den Kopf. „Die Frau macht mich wahnsinnig!"

15. Kapitel – Mittwoch, 10.06.2015, 16:09 Uhr

Mit schnellen Schritten suchte Sarah Kobler ihren Weg in das Chefsekretariat der medizinischen Klinik der Charité. Trotz der vorgerückten Stunde herrschte auf den Korridoren noch immer reger Betrieb. Ärzte und Schwestern hasteten durch die Gänge. Patienten wurden in Betten und Rollstühlen durch die Flure geschoben. Kranke gibt es immer und zu jeder Zeit, dachte Sarah, genau wie Morde. Da gab es kein Wochenende und für machen eben auch keinen Feierabend.

Es hatte etwas gedauert, bis sich Kobler durch den Nachmittagsverkehr bis in den Hindenburgdamm durchgekämpft und einen Parkplatz für ihr Motorrad gefunden hatte. „Karl-Landsteiner-Haus" prangte in blauer Schrift an dem funktionell gehaltenen Gebäude. Viele grüne Bäume umgaben das Bauwerk. Gegenüber vom Haupteingang bot ein großes Schild von „Hahn Bestattungen" seine Dienste an. Makaber, fand Sarah, aber irgendwo musste es diese Geschäfte ja auch geben. Ein Krankenhaus direkt in der Nähe war in diesem Fall sicherlich kein Standortnachteil.

Sie hatte sich am Informationsschalter erkundigt. Dort erhielt sie eine Wegbeschreibung zum Büro von Professor Dr. med. Josef Henkel, dem Leiter der Gastroenterologie, Infektiologie und Rheumatologie.

Nach einigen Erklärungen gegenüber der im Gehen begriffenen Sekretärin, rief diese ihren Chef an und bat die Kommissarin in einen kleinen Raum.

Unter einem Fenster stand ein Tisch mit zwei Stühlen, der wohl für vertrauliche Gespräche mit den Oberärzten genutzt wurde. Eine angebrochene Flasche Wasser und Patientenakten lagen unsortiert auf einem Haufen. Wahrscheinlich musste der Chefarzt sich die alle noch durchlesen, vermutete Kobler.

Gegenüber der Öffnung, durch die sie gekommen war und die sie mit dem Sekretariat verband, war eine weitere Tür. An der Seite waren Schränke mit Aktenordnern. In einem Eck stand ein kleiner Computer mit Bildschirm. Auch dort lagen einige Akten und verschiedenes anderes Papier. An einer Wand hingen Auszeichnungen, die Professor Henkel in seiner Laufbahn erworben hatte. Daneben gab es Zertifikate und Qualifikationen, die sich seine Klinik erarbeitet hatte.

Kobler sah sich in Ruhe um und massierte sich die Schläfen. Wieder so ein Tag, an dem sie unvermittelt und schleichend nach dem Mittagessen Kopfschmerzen bekam. Irgendwann musste sie dagegen etwas unternehmen. Außer es ging von alleine weg, so wie es aufgetaucht war. Die meisten Beschwerden verschwanden, wenn man nur lange genug abwartete, doch diesmal schien das etwas anderes zu sein. Sarah seufzte.

Während sie saß und massierte, öffnete sich mit einem Mal die gegenüberliegende Tür. Ein Mann mit leicht grauen Schläfen, aber ansonsten schwarzem Haar, betrat schwungvoll den Raum. Er hatte ein nettes Auftreten und einen wachen Blick. Kobler verstand, warum Menschen diesem Mann ihre Gesundheit anvertrauten. Auch Personen mit etwas herausgehobenem Status wie unter anderem Helena Zeissner.

Der Professor trat auf Sarah zu und reichte ihr die Hand. Nachdem sich beide vorgestellt hatten, setzten sie sich und der Arzt fragte: „Was kann ich für Sie tun?"

Für einen Moment hingen Koblers Gedanken noch an der Hand des Arztes und der Vorstellung, wie vielen ansteckenden Patienten er diese Hand heute schon gegeben hatte. Unwillkürlich griff die Kommissarin in ihre Tasche. Sie holte die Tube Handcreme heraus und verteilte einen Klecks des Inhalts auf ihren Händen, bevor sie antwortete.

„Herr Professor, ich ermittle in einem Mordfall. Bei unserem Opfer wurde die Krankenakte einer Ihrer Patientinnen gefunden. Ich wollte wissen, wie das möglich ist."

Die Augenbrauen des Arztes hoben sich erstaunt und erschrocken zugleich.

„Um wen handelt es sich, wenn ich fragen darf?"

„Frau Helena Zeissner!"

Der Name schien die Erschütterung, die von dem Chefarzt ohnehin schon Besitz ergriffen hatte, nur noch zu verstärken. Kobler beobachtete, wie sich über der Nasenwurzel eine kleine Schweißperle bildete, welche der Professor schnell mit der Hand abwischte. Der Verlust der Krankenakte hatte ihn sichtlich getroffen. Gut so, dachte Sarah. Nicht, dass das einreißt.

„Nun", begann er, nachdem er seine Fassung wiedergefunden hatte, „Ich darf Ihnen natürlich nichts zur Krankheitsgeschichte sagen – Schweigepflicht, Sie verstehen sicher."

„Kein Problem! Ich hab ja die Akte. Ich lese da einfach alles nach, was ich wissen muss." Kobler grinste dem Mann ihr gegenüber frech ins Gesicht. „Wie konnte so etwas passieren?"
Der Professor räusperte sich kurz und vernehmlich. „Also, so was ist mir in der Tat, und das müssen Sie mir glauben, unerklärlich! Ich werde diesen Vorfall selbstverständlich gleich dem Vorstand melden. Wir werden der Sache auf den Grund gehen, darauf dürfen Sie sich verlassen."
„Wer hat Zugang zu den Akten?", fragte Kobler, der die internen Konsequenzen egal waren, weiter. Sie wollte einen Mord aufklären und verstehen, was Husmann dazu gebracht hatte, die Krankenakte von Helena Zeissner zu entwenden. Was hatte er sich davon versprochen?
„Im Grunde jeder, der an einen unserer Computerplätze kann. Das sind natürlich die Ärzte, aber auch Pflegepersonal, Physiotherapeuten und im Endeffekt ebenso die Studenten. Wenn das Zimmer leer ist, kann selbst eine Putzfrau sich Zugang verschaffen."
„Und jeder kann sich die Akten aufmachen?"
„Letztlich ist das so!"
„Und Papierakten?"
„Die sind auf Station. Ärzten und Schwestern benutzen sie. Nach Entlassung gehen sie dann in das Archiv. Wir haben allerdings fast kein Papier mehr. Wenn, dann hat sich jemand die Mühe gemacht und hat sich die Befunde ausgedruckt oder ausdrucken lassen."
Kobler fuhr sich mit einer Hand langsam durch die Haare. „Kann man überprüfen, wer alles die Zeissner-Akte eingesehen hat?"

„Da müsste ich die EDV fragen. Ich denke, das ist generell möglich, wobei sich nicht immer alle Kollegen ausloggen, wenn sie den PC verlassen. Wenn das so wäre, wäre das System sicherer. Aber meistens will man nur schnell etwas nachsehen oder wird zu einem Notfall gerufen. Da meldet man sich nicht regelhaft ab, was auch verständlich ist. Der Nächste kommt, setzt sich vor den PC und macht unter anderem Namen weiter. Das ist hier nichts Ungewöhnliches."
Kobler hob erstaunt die Brauen. „Ach so? Könnte man einen Arzt oder eine Schwester bestechen, um sich eine Akte zu besorgen? Die suchen sich einen PC, der online ist und drucken die Befunde dann aus?"
„So könnte es gewesen sein", bestätigte der Professor Sarahs Vermutung. „Ich möchte noch mal erwähnen, dass wir diese Sache mit der vollen Härte verfolgen werden." Kobler konnte Dr. Henkel ansehen, dass ihm die Situation unangenehm war. Am liebsten wäre er sofort auf die Station gelaufen und hätte seine Angestellten zur Rede gestellt.
„Warum interessiert sich jemand für die Akte der Frau Staatssekretärin?"
Wieder räusperte er sich kurz. „Nun, wie schon gesagt, darf ich Ihnen zu medizinischen Sachverhalten keine Auskunft geben. Aber ich möchte sagen, derartige Daten sind generell als eher heikel anzusehen."
Kobler sah aus dem Fenster. Das ergab doch alles keinen Sinn. Sie wusste nun zwar ungefähr, wie man die Akte entwenden konnte – die Sicherheitsvorkehrungen waren wohl nicht sehr hoch – aber sie wusste immer noch nicht warum. Was wollte ein politischer Journalist, der vorhatte, über Rüstungsgeschäfte einen Artikel zu

schreiben, mit der Krankenakte einer Politikerin? Zumal deren Aufenthalt nicht lange gedauert hatte.

„War Frau Zeissner schwanger?", fragte Sarah mit Blick auf den Arzt, obwohl sie nicht glaubte, dass er ihr mehr erzählen würde.

Die Gesichtszüge des Professors entspannten sich ein wenig. Er schüttelte kaum merklich den Kopf. „Wie gesagt, die Schweigepflicht bindet mich, auch wenn ich nicht weiß, was diese Frage mit einem ihrer Fälle zu tun haben könnte."

Dann kam Kobler ein Gedanke. „Hatte ihre Erkrankung etwas mit zu hoher Strahlenbelastung zu tun? Irgendetwas, was auf Kontakt mit Radioaktivität hindeutet? Es reicht, wenn Sie wieder nur ein ganz kleines Zeichen geben. Es wäre für meine Ermittlungen wirklich hilfreich. Ich habe einen Mord zu klären."

Sarah hatte sich überlegt, dass Husmann eventuell herausgefunden hatte, dass Zeissner selber irgendwie mit dem Schmuggel von waffenfähigem Plutonium in Verbindung stand. Und diesen Umstand hatte er versucht, mit der Krankenakte zu beweisen.

Der Arzt lächelte milde und bewegte dann seinen Kopf leicht zur Seite. „Nichts dergleichen! Frau Zeissners Gesundheitsproblem war eher der harmlosen Natur, wenn Sie verstehen. Nichts was Ihnen hilft, selbst wenn ich es Ihnen sagen dürfte."

Wieder sah Kobler aus dem Fenster. Nichts zu greifen. Alles ohne roten Faden und ohne ein konkretes Motiv. Sie überlegte, ob es Sinn machte, noch weiter zu fragen. Aus der Akte hätten Alibis hervorgehen können, was die Behandlungszeit betraf, aber das konnte sie in den Unterlagen auch alles selber nachlesen. Die Fährte war kalt!

Sarah stand auf und rieb sich die Schläfe. „Das war es dann wohl schon!" Sie hob ihre Tasche vom Boden auf und reichte dem Professor zum Abschied wieder die Hand. Erst zu spät dachte sie an die Bakterien, die sich darauf womöglich befanden. Würde schon gut gehen, hoffte sie. „Danke, dass Sie mir Ihre Zeit geschenkt haben."
Schwüle Luft prallte Kobler entgegen, als sie aus dem klimatisierten Gebäude wieder auf die Straße trat. Ein Bus verließ gerade die Haltestelle vor dem Haupteingang. Sarah fragte sich, ob sie noch einmal ins Präsidium fahren sollte. Ihre Kollegen wären bestimmt noch da und arbeiteten.
Sie dachte kurz darüber nach, doch dann breitete sich ein Lächeln auf ihrem Gesicht aus. Sie wusste eine gute Alternative. Sie griff in die Hosentasche und fingerte ihr Handy heraus. Dann suchte sie kurz im Adressbuch und wählte schließlich Florian Weidrichs Nummer. Auch sie hatte den Kontakt noch gespeichert. Mal sehen, was der Abend noch bringen würde.

16. Kapitel – Donnerstag, 11.06.2015, 8:01 Uhr

Als am nächsten Morgen der Wecker klingelte, riss er Kobler mitten aus einer Tiefschlafphase. Im ersten Moment wusste sie nicht einmal, dass sie zu Hause in ihrem Bett lag. Schlaftrunken und orientierungslos strich sie sich ihre Haare aus dem Gesicht und schaltete das Licht ein. Die Nacht war viel zu kurz gewesen. Wenn sie gekonnt hätte, wäre sie sofort wieder unter ihre Decke gekrochen. Aber die Nacht hatte auch gehalten, was sich Sarah von ihr versprochen hatte.

Florian war direkt an sein Handy gegangen und sie hatten sich im NightLight verabredet. Dann war Kobler zu sich gefahren, um sich für den Abend zu stylen. Sie liebte diese spontanen Treffen, bei denen man nicht ins Ungewisse steuerte, sondern wusste, was man bekam. Und dafür wollte auch sie etwas bieten. Schließlich hatte sie bei Weidrich einen Ruf zu verlieren.

Also hatte sich Sarah einige Zeit in ihr Bad verzogen. Sie hatte einen schwarzen Minirock, Strapse und die High Heels aus dem Schrank geholt. Anschließend hatte sie sich sorgfältig geschminkt. Vor allem die Augen waren ihr wichtig gewesen. In den Augen einer Frau konnte man versinken. Sie entschieden über Sieg oder Niederlage. Kobler hatte sie sich in diesem dunklen, katzenhaften Ton geschminkt, der Florian schon bei ihrem Shooting so gefallen hatte. Daran hatte sie sich erinnert.

Sie beide hatten im NightLife nur kurz getrunken und gegessen. Dann waren sie losgezogen. Das Berliner Nachtleben hatte einiges zu bieten und so hatten sie noch zwei andere Clubs besucht und getanzt. Das Wiedersehen mit Weidrich war so unkompliziert und so vertraut, als wären die Ereignisse von damals erst gestern gewesen. Er stellte keine Fragen und akzeptierte Sarah und diesen Moment so, wie er war. Er wollte nichts und forderte nichts ein.

In den vollen Tanzflächen der Hauptstadt hatten sie ihre Körper gemeinsam im Takt der Musik bewegt. Von Lied zu Lied waren sie sich näher gekommen. Schließlich hatten er sie berührt und alles war wieder wie früher. Es war diese Kraft in seinen Bewegungen und die Leidenschaft, mit der er sie ansah, die Kobler das Gefühl gaben, dass alles richtig war. Dann hatten sie sich geküsst.

Er hatte vorgeschlagen, auf sein Hotelzimmer zu gehen. Sarah war es so lieber. Sie wollte diese Dinge nicht mit zu sich in ihre Wohnung nehmen, in ihr Zuhause. Ihre Wohnung gehörte nur ihr. Der Weg dorthin führte über mehr als einen Abend und eine endlose Nacht. Auswärts war der Sex unverbindlicher. Sie hoffte, dass Weidrich das ebenso sah. Bald würde er die Stadt verlassen und dann wäre alles vorbei. Gefühle würden es nur komplizierter machen.

Die Nacht war noch lange gewesen. Kobler hatte sich schon seit geraumer Zeit nicht mehr so frei gefühlt. Jetzt am Morgen konnten beide Seiten sich nicht beschweren. Keine Verpflichtungen, das hatte sie Florian ausdrücklich noch mal gesagt.

Sarah machte sich einen Kaffee und kippte zwei Tassen in Eile hinunter. Anschließend zog sie sich an, ging kurz ins Bad und hastete mit dem Motorrad in Richtung Keithstraße. Wie nicht anders zu erwarten, saßen dort schon Gude und Rester und konzentrierten sich auf Blätter und Akten. Die Verspätung ihrer Kollegin quittierten beide nur mit einem gedankenschweren Blick, ohne weitere Kommentare abzugeben.

Kobler hatte Kopfschmerzen. Sie wollte sich heute nicht damit rumplagen. Also legte sie ihre Handtasche auf den Schreibtisch ab, griff hinein, nahm eine Schmerztablette aus der Packung und spülte sie mit Leitungswasser hinunter. Dann drückte sie auf den Knopf der vollautomatischen Kaffeemaschine und ließ sich eine Tasse raus.

„Was gibt's Neues?", fragte sie heiser und mit gedämpftem Ton in die arbeitsame Stille.

Gude hob den Kopf und erklärte ihr, dass er Zeissners Terminpläne gecheckt hätte. Das meiste hätte er tatsächlich online herausgefunden. Am Nachmittag habe sie einen Termin in der Bundespressekonferenz. Dort sei die Chance, kurz mit ihr reden zu können, am besten.

„Da fahr ich hin", verkündete Kobler, während sie sich in kleinen Schlucken den Kaffee einflößte.

Dann stand sie unschlüssig im Raum und hielt sich an ihrer Tasse fest. Die Kopfschmerzen hatten sich inzwischen zu einem Ziehen abgeschwächt. Das gab ihr die Möglichkeit, wieder klare Gedanken zu fassen. Nur die Müdigkeit beschwerte sie noch. Sie drehte sich um und ging zu ihrem Schreibtisch. Mürrisch kramte sie ihren Schminkspiegel aus der Tasche, öffnete ihn und betrachtete sich kritisch.

Man konnte die Spuren der letzten Nacht wahrlich nicht leugnen. Was ihre Kollegen nun wohl dachten? Sollte sie ihnen von ihrem gestrigen Besuch im Krankenhaus erzählen? Sarah klappte den Spiegel wieder zu, setzte sich und nahm noch mal einen großen Schluck. Im Büro war es ganz ruhig, und wenn sie nicht aufpasste, schlief sie auf der Stelle ein.

„Die Befragung gestern war nicht ergiebig", verkündete sie schließlich mit müder Stimme, ohne gefragt worden zu sein. „Hat nichts gebracht. An die Arztbriefe kann so gut wie jeder kommen. Was Husmann damit wollte, ist weiter unklar." Rester sah von seinem Arbeitsplatz auf. Er warf ihr einen Blick zu, der bedeuten sollte, dass er ihr das gleich hätte sagen können, wenn sie auf seine Meinung wertgelegt hätte.

„Mir ist da noch etwas eingefallen", murmelte sie, da keiner ihrer Kollegen ihr weitere Aufmerksamkeit schenkte. „Hast du nicht gesagt, dass die Zeissner

irgendwie überraschend an ihr Bundestagsmandat gekommen ist?"
Gude sah auf. Genervt zog er die Augenbrauen nach oben, da Sarah ihn bei seiner Arbeit störte. „Ja und?"
„Na ja, ich dachte, vielleicht ist das der Schlüssel."
„Es gibt keinen Schlüssel", erklärte Gude geduldiger, als er tatsächlich war. „Halten wir uns bitte an die Fakten. Da deutet nichts auf eine Verwicklung von Helena Zeissner hin. Eine Staatssekretärin läuft nicht einmal eben so durch Berlin und erschießt Journalisten. Das bildest du dir nur ein!"
„Sagt doch auch niemand", räumte Kobler kleinlaut ein. „Ich denke halt nur, dass sie die Verbindung zu der Geschichte ist, was nicht bedeuten muss, dass sie auch geschossen hat."
„Na schön, dann lass uns doch den Mörder finden."
Gude senkte den Blick und konzentrierte sich wieder auf seinen Schreibtisch.
Sarah sah unschlüssig in den Becher Kaffee und leerte diesen. „Haben wir eine Idee, was Stefanie Röll zwischen Telefonat und Notruf gemacht hat?", erkundigte sich die Kommissarin weiter.
Jetzt war es Rester, der aufsah und den Kopf schüttelte. „Negativ! Keine neuen Hinweise." Er wollte seinen Blick schon wieder senken, als er stoppte. Dann sagte er: „Allerdings habe ich etwas rausgefunden." Tom konnte den Stolz, der in seiner Stimme mitschwang nur schlecht unterdrücken. „Komm her! Ich zeig es dir."
Sarah nahm die Tasse, füllte sie an der Maschine neu und ging zu ihrem Kollegen rüber. Sie stellte sich interessiert hinter ihn. Um in seine Aufzeichnungen besser sehen zu können, beugte sie sich nach vorne. Dabei registrierte sie nicht, wie sich dadurch ihre linke

Brust fest gegen Toms rechte Schulter presste. Aber er bemerkte es!

Es fiel ihm auf, da Kobler diese Nähe stets vermieden hatte. Sie bewahrten immer einen kollegialen Abstand, wobei keiner dem anderen zu nahe kam – nicht einmal freundschaftlich. Tom fiel auch auf, dass ihn diese Berührung irgendwie reizte. Sein Herz schlug schneller, und nun konnte er auch das Parfüm von Sarah riechen, welches noch zart von letzter Nacht vorhanden war.

Seine Hände wurden feucht. Für einen Moment wusste er nicht mehr, was er eigentlich sagen wollte und warum Sarah zu ihm rüber gekommen war. Tausend Gedanken schossen gleichzeitig durch seinen Kopf. Erst als sie sich leicht aufrichtete und der Druck auf ihn nachließ, konnte er sich wieder sammeln.

„Also, ich hab doch die alten Geschichten durchgesehen", stammelte er und richtete seinen Blick auf den Schreibtisch. Er deutete mit einem Finger auf einen Artikel, den er sich aus der Onlineausgabe von Berlin Inside ausgedruckt hatte. Kobler beugte sich wiederum nach vorne und stützte sich auf ihn ab, um besser lesen zu können. Ihr Hals war nun direkt neben seinem Gesicht. Tom machte das wahnsinnig. Nur Sarah bemerkte es nicht. Dafür war sie einfach zu müde.

„Es gibt tatsächlich eine Spur. Bernhard Wahl ist ein früherer Bauunternehmer. Er musste wegen Husmanns Recherche und seinem Artikel aus 2011 für gut fünf Jahre ins Gefängnis. Es ging um Bestechung und Steuerhinterziehung. Er hatte die ganz großen Projekte nach der Wende gebaut. Seit drei Wochen ist er auf Bewährung raus. Im Gerichtssaal nach dem Urteil hat er angekündigt, Husmann zu erledigen."

Rester sah Sarah triumphierend an. Er entspannte sich, nachdem sie sich wieder aufgerichtet hatte. Kobler zeigte sich unbeeindruckt und nippte weiter an ihrem Kaffee.

„Müssen wir auf jeden Fall überprüfen", brummte sie tonlos. „Ich schlage vor, wir beide fahren sofort hin."

Tom gefiel die Idee. Für seinen Geschmack hatte er schon lange genug in diesem Büro verbracht. Er freute sich auf einen Ausflug an die frische Luft. Und er freute sich darauf, dass Sarah gleich angeboten hatte, ihn zu begleiten. Rein dienstlich natürlich. Die Berührung eben hatte ihn verwirrt.

Er rollte seinen Stuhl zurück, während Kobler ihren Kaffee austrank und die Tasse in die Spüle stellte. Er schnappte sich den Schlüssel für den Dienstwagen. Gerade als sich Tom seine Jacke überwerfen wollte, rutschte der Ärmel seines T-Shirts nach hinten und gab ein Teil seines Oberarms frei.

Kobler stutzte. „Ist das etwa ein Tattoo?" Sie kam näher und schob den Stoff ganz zurück. Normalerweise hätte er Sarahs Aufmerksamkeit für ihn ausgekostet, nun wich er leicht zurück. Auf Toms rechten Schulter prangte das Bild einer stilisierten Sonne. Die Ränder waren rot und die Haut geschwollen.

„Ja! Warum?", fragte er und tat so, als sei das das Normalste der Welt.

„Warst du deshalb gestern Vormittag nicht mit mir bei der Röll?" Rester nickte wortlos. Er hätte gern das Thema gewechselt. Es war ihm unangenehm, dass Sarah ihn so überrascht hatte. Natürlich hätte er es ihr irgendwann gezeigt, aber anders und unter anderen Umständen.

Sarah wich zurück und hielt sich eine Hand vor den Mund. Ein kurzes Lachen entkam ihr. „Mein Gott, bist du jetzt also einer von den harten Jungs? Ein echter Rocker?"

Tom zog sich beleidigt die Jacke an. Er hatte nicht damit gerechnet, wegen des Tattoos von seiner Kollegin ausgelacht zu werden. Im Gegenteil! Unterschwellig hatte er gehofft, sie könnte die Idee gut finden. Dass es ihr vielleicht sogar gefallen würde. Immer noch lachend und kopfschüttelnd ging Kobler zur Tür, während Rester ihr verärgert nachsah.

Gude grinste und beugte sich über seine Akten. „Wir sehen uns Mittag", rief er Tom zu, bevor dieser genervt das Büro verließ.

17. Kapitel – Donnerstag, 11.06.2015, 9:26 Uhr

Die Fahrt zu Bernhard Wahls Wohnung in die Heringsdorfer Straße begann wortlos. Rester hatte keine Lust zu reden. Er drehte am Knopf und schaltete das Radio ein. „Mein Herz schlägt schneller als deins", ertönte es aus den Lautsprechern. Er sah aus den Augenwinkeln, wie seine Kollegin im Takt mitwippte. Ihre großen runden Ohrringe baumelten fröhlich in ihren Haaren.

Tom wurde aus Sarah nicht schlau. Einerseits machte sie immer auf hart und abgebrüht und ließ die ganzen Dinge, die Morde und die Gewalt an sich abprallen. Andererseits lachte sie ihn im Büro vor Jonas wegen seines Tattoos aus. Dabei wusste Rester, dass Kobler selber eines im Nacken unter ihren Locken verbarg.

Er hatte es gesehen, als sich Sarah nach einer wilden Verfolgungsjagd auf einen Verdächtigen hatte fallen

lassen. Sie hatte ihn zu Boden geworfen und ihre Haare waren nach vorne gerutscht. Eine Rose direkt im Genick. Daher hatte er gedacht, sie würde es mögen. Dass Kobler das Tattoo nicht gefiel, störte Rester mehr, als er bereit war zuzugeben.
Sollte sie doch denken, was sie wollte. Es ging bei dem Bild auf seiner Haut um ihn. Ihr musste es ja nicht gefallen. Seine Schulter! Seine Entscheidung! Sein Leben! Trotzdem fragte er sich jetzt, ob das mit der Tätowierung richtig gewesen war. Aber nun war es schon zu spät. Für einen Moment überlegte er, Sarah noch einmal auf das Thema anzusprechen, entschied sich aber dagegen.
Trotz der Diskussion um seinen neuen Körperschmuck war seine Kollegin heute extrem gut gelaunt. Sie wippte mit den Schultern und schnippte mit den Fingern. Ab und an versuchte sie, leise einige Zeilen mitzusingen. Irgendwie schien sie vergessen zu haben, dass sie nicht allein im Auto war. Soll jemand die Frauen verstehen, dachte Rester.
Beide schwiegen und hörten Musik, bis sie in Marzahn angekommen waren. Ihr Weg führte sie vorbei an den waldartigen Parkanlagen des Tiergartens und vorbei durch die City. Man erkannte, dass im Zentrum der Hauptstadt viel investiert worden war und immer noch wurde. Ostwärts wurden die Straßenzüge älter und weitläufiger. Wenn man diesen Begriff in Berlin überhaupt verwenden konnte. Plattenbauten prägten das Stadtbild. Sie bildeten einen harten Gegensatz zu den vielen hochmodernen Bauwerken der Innenstadt.
Rester bog in die Heringsdorfer Straße ein und suchte einen Platz, um das Fahrzeug abzustellen. Die Siedlung war dicht eingewachsen in Bäume und Sträucher. Einige

der kleinen Grünflächen vor den Gebäuden war gepflegt, andere weniger. Graffiti zierten Wände und Straßenschilder. So manches Haus hätte einen neuen Anstrich vertragen können.

„Hier kannst du ja depressiv werden", raunte er, um etwas wie einen Gesprächsfaden zu Kobler zu bekommen. Diese nickte nur kurz und schnippte ansonsten weiter mit ihren Fingern zum Radio.

Die beiden stiegen aus. Sie gingen zu der Adresse, die Rester herausgefunden hatte, und suchten nach einem passenden Klingelschild. Provisorisch aufgeklebt stand in Großbuchstaben „WAHL" über einer der rostigen Klingeln. Die Milchglasscheibe der Eingangstür zum Mehrfamilienhaus war eingeschlagen. Sie war offen, weshalb sich Tom das Betätigen der Klingel sparte. Beide marschierten wortlos bis in den dritten Stock.

Tom fragte sich, ob es in dieser Immobilie eine Hausordnung gab und ob diese auch überprüft wurde. An den Wänden hingen teilweise Spinnweben. Der Flur und das Treppenhaus rochen, als wäre die letzte Reinigung mittels Urin durchgeführt worden. Kein schöner Ort zum Wohnen. Da stellte sich die Frage, ob Knast nicht die bessere Alternative für Wahl gewesen wäre.

Rester ging hinter seiner Kollegin, welche einen Meter vor ihm die Stufen erklomm. Unwillkürlich fiel sein Blick auf ihre Jeans - und ihr Hinterteil. Im ersten Moment schämte er sich, aber wo sollte er sonst hinsehen? Sie ging nun einmal vor ihm. Ihr Po bewegte sich im Rhythmus ihrer Schritte. Unter der engen Hose konnte man das gut erkennen.

Aus irgendeinem kindischen Impuls heraus kam Tom der Gedanke, ihr einen kleinen Klaps zu geben. Er hob seine

Hand und holte aus. Erst in letzter Sekunde überlegte er es sich aber anders. Was hatte er sich nur dabei gedacht? Es war eine dumme Idee und nicht zuletzt hätte Sarah ihn dafür bei der Dienstaufsicht anschwärzten können. Mit Recht! Er merkte, wie dunkle Röte in seinem Gesicht aufstieg. Um sich abzulenken, beschleunigte er seinen Schritt und überholte Kobler kurz vor dem Erreichen der dritten Ebene.
„Na endlich!", stöhnte er und klingelte.
Nach zweimal Drücken öffnete ein breitschultriger, untersetzter Mann um die Fünfzig. Er hatte ein dreckiges, aber ursprünglich weißes Unterhemd an. Diverse Essensreste klebten an dem Stoff. Offenkundig hatte er sich mehrere Tage nicht rasiert und wohl auch nicht gewaschen. Nach Aussprache und Geruch zu urteilen war er zudem betrunken. Der Uringestank, den Tom im Gang wahrgenommen hatte, verstärkte sich um ein Vielfaches. Sarah rümpfte angewidert die Nase. Wer sollte es ihr verübeln?
„Was gibt's?", lallte der Mann.
„Polizei! Dürfen wir reinkommen?" Rester hielt Wahl seinen Ausweis vor das Gesicht. Er wartete, bis Wahl seine Aufmerksamkeit von der Dienstmarke wieder auf sie beide richtete.
„Verpisst euch, ihr Wichser!", grölte Wahl.
Ohne weitere Diskussionen machte Tom einen Schritt nach vorne, um in die Wohnung zu gelangen. Wahl stellte sich ihm in den Weg und versuchte, den Kommissar aus der Tür zu schieben. Rester packte den überraschten Mann mit einem schnellen Handgriff. Er drückte ihn fest gegen die Wand. Sarah betrachtete die Szene aus sicherer Entfernung, aber mit der einen Hand griffbereit an ihrer Dienstwaffe. Wahl merkte, dass er

gegen die beiden den Kürzeren zog und lockerte seinen Griff.

„Arschloch!", zischte er, bevor er Tom ganz losließ und seine Hände demonstrativ in die Luft hob.

Rester warf Kobler einen triumphierenden Blick zu. Er machte eine übertriebene einladende Handbewegung in Richtung seiner Kollegin. „Nach Ihnen!" Auch er konnte zupacken!

Die beiden Polizisten betraten die Wohnung. Tom schloss die Tür. Überall standen oder lagen leere Plastikflaschen. Bierdosen und alte Zeitungen bedeckten den Boden. Fliegen und andere Tiere stoben auf, als Sarah und Tom einen Fuß in das Wohnzimmer setzen, oder zumindest das Zimmer, welches sie dank Fernseher dafür hielten.

Kobler verzog angewidert das Gesicht. Wie konnte man nur so leben? Gerade die Hitze der letzten Tage kochte das Gemenge aus Essensrückständen und Ausscheidungen von Mensch und Tier richtig auf.

Tom beschloss, hier nicht länger als notwendig zu verweilen, und fragte daher unumwunden: „Herr Wahl, wo waren Sie Montag, den 09.06.2015 zwischen 18:00 Uhr und 23:00 Uhr?"

Wahl kam von der Seite näher und musterte die beiden Kommissare mit verächtlichen Blicken. Dann zog er einmal tief an einer Zigarette, die er sich eben angesteckt hatte und blies Rester aus kurzem Abstand den Rauch direkt ins Gesicht. Dieser ließ sich nicht provozieren, was Sarah beeindruckte. Diese Gelassenheit hätte sie nicht aufgebracht.

„Das geht dich einen Scheißdreck an, Junge!"

„Sagt Ihnen der Name Manuel Husmann etwas?", fragte Kobler, die ebenfalls diese Befragung gerne schnell hinter sich gebracht hätte. Es stank erbärmlich nach allen möglichen fauligen Essensresten. Sarah wagte nicht, ins Bad zu gehen und die Klospülung zu überprüfen. Wahl roch zudem aus dem Mund, nach Nikotin und Alkohol gleichermaßen. Dieser Mann konnte kein Mörder sein, dachte sie. Dieser Mensch war nicht einmal in der Lage, die basalen Dinge des menschlichen Alltags zu erledigen. Es fiel schwer sich vorzustellen, dass er früher sein eigenes Baugeschäft geleitet hatte.

„Klar doch", gab Wahl unumwunden zu. „Das ist der Wichser, der mich ins Gefängnis gebracht hat. Wegen dem Pisser hab ich drei Jahre gesessen."

„Vielleicht waren es doch die Bestechungsgelder, mit denen sie Ihre Firma am Laufen gehalten haben?" Rester sah Wahl provozierend an. Dieser fixierte ihn mit dunklem Blick.

„Da guck an. Da ist heute Morgen aber jemand besonders schlau", knurrte Wahl und kam einige Schritte näher. „Klugscheißer!" Dann drehte er sich um und ließ sich mit seinem ganzen Gewicht auf das Sofa fallen. Kobler entging nicht, wie eine große fette Spinne, aufgeschreckt durch die Erschütterung, über die Lehne lief. Angewidert wandte sie sich ab. Sie hasste Spinnen!

„Was ist, Puppe?", wollte Wahl, dem die Reaktion der Kommissarin nicht entgangen war, amüsiert wissen. „Hast du etwas gegen Haustiere? Wenn du suchst, findest du vielleicht auch noch ein paar Ratten." Unwillkürlich sah Sarah sich um. Sofort ärgerte sie sich, dass Wahl es geschafft hatte, sie zu verunsichern.

„Du kannst dich ja frei machen und hier ein bisschen aufräumen. Ich würde dich gerne in deinen kleinen knackigen Hintern ficken, bis du drum bettelst, endlich normal genommen zu werden." In Wahls Unterton hatte sich etwas Gieriges und Gefährliches gemischt. Wie bei einem Raubtier, welches schon lange nicht mehr gefressen hatte.

Rester trat einen Schritt nach vorne. „Halten Sie sich zurück", fauchte er und zeigte mit einem Finger auf Wahls Kopf. „Wir können auch anders!"

Sarah hielt Tom mit einer Handbewegung davon ab, noch weiter zu gehen. Stattdessen fragte sie, ohne auf Wahls Kommentar einzugehen: „Am Montagabend wurde Herr Husmann erschossen. Wo waren Sie zu diesem Zeitpunkt?"

Wahl wandte sein Gesicht interessiert in Koblers Richtung. „Echt jetzt?" Er lacht kurz auf, als hätte jemand beim Fußballspielen eine rote Karte bekommen, welche er schon lange verdient hatte. „Verdammt coole Sache!" Er nahm einen tiefen Zug von seiner Zigarette, drückte sie an der Wand aus und warf sie achtlos in den Raum.

„Na ja, ich wär's echt verdammt gerne gewesen. Ich beglückwünsche den Täter auf das aller Herzlichste! Aber ich war es leider nicht. Da müssen Sie weitersuchen!" Er machte eine mitleidige Geste und fingerte nach einer Zigarettenpackung, die neben ihm auf dem Sofa lag.

„Wo waren Sie montags zwischen 18:00 Uhr und 23:00 Uhr?", wiederholte Rester die Frage.

„Das geht dich einen Scheißdreck an!", brüllte Wahl, der es sichtlich genoss, die Polizisten auf die Folter zu spannen.

Hier war nichts zu gewinnen, das wurde den beiden Kommissaren klar. Wahl wollte ihnen nicht helfen, selbst wenn er gekonnt hätte. Er machte sich nicht die Mühe, über Montag nachzudenken. Mit der Nachricht von Husmanns Tod hatten sie ihm sogar den Tag versüßt.

Irgendwo fand sich in dieser Wohnung bestimmt noch Alkohol. Wahl würde bis morgen feiern. Dieser Besuch war die reinste Zeitverschwendung gewesen, dachte Kobler.
Sie sah sich flüchtig im Zimmer um. Dann beugte sie sich etwas zurück und spähte in einen Raum, der das Schlafzimmer sein musste. Mit spitzen Fingern zupfte sie an einer alten Zeitung, die neben ihr auf einem Haufen Kisten, Getränkekästen oder anderweitigem Gerümpel lag. Aber hier gab es nichts zu finden außer Müll.
Sarah überlegte, ob sie sich nach einer Tatwaffe umsehen sollten. Aber wo anfangen? Die ganze Wohnung müsste entrümpelt werden. Außerdem wäre Wahl nicht so dumm, die Waffe bei sich zu Hause zu verstecken. Also nach was hätten sie suchen sollen? Sie entschied aufzugeben, da sie ohnehin nicht an seine Täterschaft glaubte. Kobler und Rester verständigten sich durch kurze Blicke. Sie wussten, wann es etwas zu holen gab und wann man besser zu einem anderen Zeitpunkt oder unter anderen Voraussetzungen noch mal ansetzte.
„Lass uns abhauen!", raunte Sarah ihrem Kollegen zu. Auf Wahls Gesicht breitete sich ein breites, triumphierendes Lächeln aus. „Hier stinkt's mir zu viel. Wir kommen mit einem Durchsuchungsbefehl wieder. Die sollen hier einmal richtig aufräumen."
Die Kommissarin warf Wahl einen überheblichen Blick zu und freute sich, dass das arrogante Grinsen aus seinen Zügen wich. Damit hatte er offenbar nicht gerechnet. Die Beamten wandten sich zum Gehen. Vor der Tür drehte Kobler sich noch einmal um. Sie tat, als wollte sie Rester etwas mitteilen, sagte es aber laut, sodass Wahl sie verstand: „Und überprüf bitte die Bewährungsauflagen

von dem Herrn hier. Ich will wissen, ob er wegen sexueller Belästigung wieder einfährt." Dann räumten beide das Feld.

18. Kapitel – Donnerstag, 11.06.2015, 15:17 Uhr

Kobler und Rester hatten sich nach dem Besuch bei Bernhard Wahl in ihr Auto gesetzt und lange diskutiert. Sarah hatte nicht geglaubt, dass Wahl der Täter war, auch wenn er sich so derb präsentierte. Für sie war das Fassade und Hilflosigkeit zugleich, während Tom glaubte, Angst und Nervosität festgestellt zu haben.

„Der ist in seinem Zustand zu so etwas gar nicht in der Lage", sagte die Kommissarin. „Wie hätte der auch so schnell zu einer Waffe kommen sollen?"

Es war wirklich schwer zu glauben, dass dieser Mann früher eines der größten Bauimperien in Deutschland geleitet hatte. Noch dazu war Wahl so raffiniert gewesen, dass ihm die Justiz über Jahre hinweg nichts von seinen kriminellen Machenschaften hatte nachweisen können.

Erst Manuel Husmann hatte aufgedeckt, was die Republik vor vier Jahren für einige Wochen erschüttert hatte. Zumindest wenn man den Wirtschaftsteil der Zeitungen verfolgte. Letztlich war ein Insolvenzverfahren eingeleitet worden. Tausende Angestellte verloren ihren Job. Dutzende Bauruinen waren über das Land verteilt. Es hatte sehr viel Mühe gekostet, alle Bauvorhaben wieder in Gang zu bringen.

„Er hat kein Alibi", wandte Rester ein.

„Keines, das er angeben wollte. Wir müssen sehen, mit was er sich im Gefängnis beschäftigt hat. Wie hat er die Makarow organisiert? Hat er Rachepläne geschmiedet? Wenn ja, dann hätten wir eine Meldung bekommen. Oder die hätten ihn nicht rausgelassen", versuchte Kobler, die Euphorie ihres Kollegen zu bremsen. Sie spürte, dass er noch wütend auf Wahl war. Wut war in ihrem Job ein schlechter Berater. Sie vernebelte die Sicht.

Dabei war Sarah klar, dass Wahl nicht immer so derb und verkommen gewesen war. Der Knast hatte das aus ihm gemacht, was sie heute gesehen hatte. Das Gefängnis veränderte Menschen und eben selten zum Besseren. Kobler hielt es eher für die Ausnahme, dass nach der Haftstrafe diese Typen geläutert zurück in die Gesellschaft kamen. Das Böse war in ihnen und es kam zum Vorschein, wenn man es nicht schaffte, es zu kontrollieren.

„Das spielt er doch alles. Vielleicht hat er sich die Woche absichtlich zugepfiffen, um auf schuldunfähig zu machen?", machte Rester sich Mut, doch auf der richtigen Fährte zu sein. Kober kniff die Lippen zusammen und schüttelte den Kopf. „Auf jeden Fall hat er ein Motiv. Womöglich war es ja eine Reaktion im Affekt? Geht zu Husmann, will reinen Tisch machen, neu anfangen ..."

„Und hat die Waffe zufällig dabei?", unterbrach Kobler ihren Kollegen ungläubig. „Das kauft dir doch keiner ab."

„Glaub, was du willst. Ich hole mir jetzt auf jeden Fall einen Durchsuchungsbefehl", brummte Rester, den es ärgerte, dass Sarah nicht seiner Meinung in dieser Sache war. Aber diesmal wollte er bestimmen, wie die Dinge liefen. Ohne ihre Reaktion abzuwarten, zückte er sein Handy und wählte Potts Nummer. Das hier war sein Alleingang.

Er erläuterte seinem Vorgesetzten seinen Verdacht und die Sachlage. Dieser versprach ihm, einen Durchsuchungsbeschluss von der Staatsanwältin Mariella Hecht zu besorgen. Gegen 13:00 Uhr rückte eine SEK an und stellte Wahls Wohnung auf den Kopf. Jedoch ohne die Tatwaffe oder andere Hinweise zu finden, welche eine Täterschaft von Wahl belegten.

Immerhin hatte Bernhard Wahl einige Zeitungsartikel von Husmann gesammelt. Dies wies zumindest darauf hin, dass er sich mit dem Mann, der seinen Niedergang eingeläutet hatte, auch während der Haft beschäftigt hatte. Weiterhin fand man in der Wohnung auf einem zusammengeknüllten Zettel die Adresse von Husmann. Wahl hatte ihn achtlos in eine Ecke des Wohnzimmers geworfen. Damit war bewiesen, dass er versucht hatte rauszubekommen, wo der Journalist wohnte und ihm das auch geglückt war.

Zuletzt rief Gude an. Er teilte ihnen mit, dass Wahl in seiner Zeit als Baumogul Kontakte zur russischen Mafia unterhalten habe. Mit deren Hilfe war es ihm früher gelungen, unliebsame Konkurrenten und säumige Schuldner unter Druck zu setzen. Alle diese Informationen gaben Rester Auftrieb. „Wir haben ihn!", verkündete er nach dem Telefonat. Sarah sah, wie seine Brust anschwoll. Er war sich wirklich sicher. Sie blieb weiterhin skeptisch.

Wahl schwieg auch während der Durchsuchung eisern zu den Vorwürfen und gab kein Alibi an, welches ihn entlastet hätte. Vorerst war er jedoch auf freiem Fuß. Tom fluchte, als Pott ihm mitteilte, keinen Haftbefehl erwirkt zu haben. Er entschied, Wahl bis auf Weiteres zu observieren.

Während Rester sich an Wahls Fersen heftete, verbrachte Kobler den Tag damit, die Festplattendaten auszuwerten. Husmanns Aufzeichnungen waren umfangreich und gaben Anstoß für Nachfragen. Handfeste Beweise oder gar ein Mordmotiv fanden sich aber nicht. Nicht ansatzweise.

Er hatte versucht, den internationalen Waffenhandel mit all seinen Verstrickungen genau nachzuvollziehen. Dabei hatte er die wirtschaftliche als auch die politische Sichtweise im Auge gehabt. Während dieser Recherchen war er auf ein Netzwerk von deutschen Politikern gestoßen, die mit dem russischen Waffenhändler Nikolai Arkatov zusammenarbeiteten.

Husmann hatte diese Connection näher untersucht. Dadurch war ihm eine Verbindung zwischen Nikolai Arkatov, Joachim Reiter und Helena Zeissner aufgefallen. Er hatte mehrere Treffen der drei überwacht und Informationen eingeholt. Ohnehin hatte er Dossiers über das gesamte Kabinett, einschließlich der leitenden Beamten in den Ministerien. Ebenso waren ihm die Spitzen des deutschen Sicherheitsapparats Aufzeichnungen wert gewesen.

Das Material war so umfangreich, dass man es unmöglich in der Kürze der Zeit überfliegen, geschweige denn sichten konnte. Kobler versuchte, stichprobenartig Dokumente herauszufiltern. Denen widmete sie sich dann näher.

Sarah begann, an ihrer Theorie zu zweifeln. Vielleicht hatte Rester ja doch recht und der Fall war simpel und Rache das Motiv? Unter Umständen hatten sie den Täter wirklich schon gefunden. Aber dann war da immer diese innere Stimme, die ihr sagte, dass dem nicht so war. Die Antwort war zu einfach und hätte zu viele Punkte offengelassen. Sarah spürte, dass sich alle ihre Fragen auf einmal lösen ließen, wenn man den Schlüssel dazu in die Hände bekam. Einen Missing Link, der alles zusammenfügte.

Gegen 14:30 Uhr war Kobler dann aufgebrochen, um in die Bundespressekonferenz zu fahren. Dabei handelte es sich um ein unscheinbares Gebäude am Schiffsbauerdamm. Von außen erkannte man gar nicht, dass sich innen der so oft in den Nachrichten gezeigte Sitzungssaal mit dem charakteristischen Hintergrund befand. Sarah hoffte, hier Antworten auf Fragen zu finden, auch wenn sie immer noch nicht wusste, wonach exakt sie suchte.

Nun lehnte sie an einer der Glaswände, die den Konferenzsaal von den Gängen abtrennte. Sie lauschte Helena Zeissners Ausführungen zum aktuellen Stand der Asylbewerbersituation. Die Zahl der Flüchtlinge aus Bürgerkriegsgebieten war in den letzten Wochen sprunghaft angestiegen. Das hatte die Bundespolitik zum Handeln gezwungen. Ironie des Schicksals, dachte Sarah. Diese Kriege führte man nämlich mit genau den Waffen, deren Export Zeissner regelmäßig zustimmte.

Kobler beobachtete, wie die Politikerin den versammelten Journalisten Rede und Antwort stand. Sie wirkte souverän. Zu keiner Zeit brachte es einer der Reporter fertig, die Staatssekretärin aus ihrem Konzept zu bringen. Sie lächelte und spielte mit ihrer Mimik, was meist schon ausreichte, um die Frage und ihren Inhalt abzumildern. Sarah merkte Bewunderung für diese Frau in sich mitschwingen. Sie machte das gut! Sie hatte die Leute im Griff und schaffte es, selbst kritische Nachfragen gekonnt und mit einer Prise Humor zu beantworten. Ein echter Profi.

Kobler fragte sich, während sie auf das Ende der Fragerunde wartete, ob ihre Reaktion bezüglich Toms Tattoo am Morgen angemessen gewesen war. Zu spät hatte sie mitbekommen, wie ihr Verhalten ihn kränkte. Nun hatte sie ein schlechtes Gefühl und das Bedürfnis, sich zu entschuldigen. Im Grunde war es die Entscheidung eines jeden Einzelnen, was er mit seinem Körper machte. Sie fand zwar immer noch, dass Tom nicht der Typ für Tattoos war, aber es war unfair gewesen, ihn auszulachen. Es tat ihr echt leid!
Während sie ihren Gedanken nachhing, endete die Pressekonferenz. Lärm brandete auf. Taschen wurden gepackt und Stühle gerückt. Zeissner bedankte sich bei einigen Leuten auf dem Podium und schüttelte Hände. Dann verschwand sie in einer Wolke von Referenten, politischen Mitarbeitern und Presseleuten. Sarah stieß sich von der Wand ab und drängte nach vorne.
Sie hatte Mühe, durch die Mauer aus Kameras und Fotoapparaten durchzudringen. Alle versuchten noch exklusive Informationen für die Abendnachrichten zu erhalten. Dann löste sich Zeissner aus der Menschenmenge. Mit schnellen Schritten lief sie aus dem Saal in Richtung Ausgang. Schon wieder schoben sich Menschen zwischen Kobler und die Politikerin. Wenn ihr nicht sofort etwas einfiel, würde sie Zeissner verpassen. Sarah überlegte, wie sie zu der Staatssekretärin durchkommen sollte. Sie entschied sich für eine aggressive Methode.
„Frau Zeissner! Ich habe noch einige Fragen zu Herrn Husmann", rief sie ihr laut nach und ärgerte sich im selben Moment, diesen Namen inmitten einer Meute von Journalisten genannt zu haben. Sie hätte sich ohrfeigen können. Anfängerfehler!

Immerhin erzielte ihr Ausruf den gewünschten Effekt. Die Frau hielt an, drehte sich um und suchte die Vorhalle nach demjenigen ab, der gerufen hatte. Sie fand Kobler, wandte sich zu einer kleinen Frau, die eine Mappe fest an ihren Bauch drückte, und gab ihr einige Anweisungen. Dann kam sie auf Sarah zu. Sie nahm sie am Arm und zog sie in eine Ecke des Foyers.

„Fünf Minuten", raunte sie gehetzt. „Ich habe noch Termine. Im Übrigen halte ich es nicht für die geeignete Strategie, die Namen von Mordopfern durch den Saal der Bundespressekonferenz zu rufen." Ihr Blick tadelte Kobler wie eine Tanzlehrerin ihre Schüler. Er erzeugte bei der Kommissarin einen Effekt. Nicht weil die Staatssekretärin persönlich es zu ihr sagte, sondern weil sie recht hatte.

Bis auf diesen einen Punkt fand Sarah die Situation dagegen optimal getroffen. Ihre Zeugin konnte jetzt nicht einfach weg und sie war mit ihr alleine. So ein Gespräch unter Frauen und unter vier Augen führte manchmal weiter als so manches Verhör mit ihrem Kollegen gemeinsam. Mal sehen!

Wie vor zwei Tagen schlug Kobler als erstes dieses aufdringliche Parfüm entgegen. Diesmal bemerkte sie es sofort. Trotz der Hitze war Helena Zeissner, wie schon beim letzten Treffen, stark geschminkt. Sie trug einen schwarzen Rock, der gerade bis über die Knie reichte und ein weißes Oberteil, welches bündig am Hals abschloss. Viel zu warm für diese Temperaturen.

Zusätzlich hatte die Politikerin einen schwarzen Blazer übergezogen und trug schwarze Stilettos. Kobler fand, so konnte man möglicherweise in Italien in das Parlament kommen. Für Deutschland empfand Sarah diesen Stil aber weiterhin als gewöhnungsbedürftig. Zeissner wirkte irgendwie künstlich. Ihr kamen bei diesem Anblick wieder die Bilder in Stefanie Rölls Schublade in den Sinn. Die Nahaufnahmen, die Zeissners Gesicht gezeigt hatten und die Frage, was das sollte.

„Danke, dass Sie sich noch mal Zeit für mich nehmen. Ich weiß das sehr zu schätzen", begann die Kommissarin und ging auf die Zurechtweisung nicht weiter ein.

„Keine Ursache!"

„Es haben sich noch einige Fragen im Rahme der Ermittlungen ergeben." Sarah suchte nach den richtigen Worten. „Wussten Sie, dass bezüglich verloren gegangener Akten beim Verfassungsschutz gegen Sie ermittelt wurde?" Kobler hatte das eigentlich gar nicht sagen wollen. Aber auf der Suche nach einer geeigneten Einstiegsfrage und unter dem aufmerksamen Blick der Politikerin war ihr nichts Besseres eingefallen.

Helena Zeissners unverbindliches Lächeln verschwand. „Es wurde nicht gegen mich ermittelt, wie Sie sicher wissen. Ich habe in der Sache mit den Behörden umfänglich kooperiert. Der Täter ist bereits gefunden. Es gehört sich, dass die Sicherheitsbehörden ihre Arbeit gründlich verrichten. Dafür bin ich dankbar. Es gilt, jede Spur zu prüfen, auch wenn sie noch zu abwegig oder sinnlos erscheint. Sie machen ja offensichtlich dasselbe."

Die Worte wirkten hart und zurechtweisend. Aber Sarah glaubte, auch Unsicherheit darin vernommen zu haben.

„Wusste Herr Husmann von den Ermittlungen und Ihren - nennen wir es - Verstrickungen?"

Zeissner rümpfte leicht die Nase, da ihr die Wortwahl der Kommissarin missfiel. „Woher soll ich das wissen? Ich kannte Herrn Husmann nicht und habe nach meinem Kenntnisstand nie mit ihm gesprochen."

Gesprochen nicht, dachte Kobler, aber Fotos von dir liegen im Schrank seiner Freundin. Aber was bewies das schon. Abgesehen davon hätte Sarah sich die Frage im Grunde genommen auch sparen können. Sie kannte Husmanns Unterlagen inzwischen. Nirgends hatte sie einen Hinweis gefunden, dass der Journalist über diese Verwicklungen der Politikerin im Bilde gewesen war.

„War Ihnen bekannt, dass Husmann Jugendfreunde von Ihnen interviewte? Dass er in Ihrer Vergangenheit gewühlt hat?"

Zeissner zuckte ungerührt mit den Schultern. Dann verschränkte sie, wie um ihre Gelassenheit demonstrieren zu wollen, die Arme vor der Brust. „Reporter graben immer in der Scheiße, um darin Gold zu finden. Das gehört zum Geschäft!"

„Wussten Sie davon?"

„Nein!" Sarah wunderte sich über die derbe Ausdrucksweise der Staatssekretärin. So hatte sie die Frau bisher noch nicht kennengelernt. Wieder so ein Umstand, an den Kobler sich störte. Ambivalenz!

Die Kommissarin überlegte, welche Frage sie als Nächstes stellen sollte, während Zeissner ihren Ärmel zurückschob und auf die Uhr sah. Sie deutete ihrer Referentin an, gleich zu kommen. Dann starrte sie Sarah fragend an.

„Wie sind Sie an das Bundestagsmandat gekommen? Ihr Vorgänger im Wahlkreis hat überraschend nicht mehr kandidiert. Wie ich herausgefunden habe, hat er sich sechs Monate später sogar das Leben genommen."

Zeissners Miene wurde hart und abweisend. „Was genau wollen Sie mir mit dieser Frage mitteilen?" Kobler verzog unschuldig das Gesicht. „Wollen Sie mir etwas unterstellen?"

„Ich habe nur gefragt." Sarah hatte versucht, gleichgültig zu klingen. In ihre Stimme hatte sich aber eine trotziger Unterton gemischt, der daher rührte, da sie Zeissner zeigen wollte, dass sie sich nicht einschüchtern ließ.

Die Augen der Staatssekretärin funkelten. Ärger, vielleicht sogar Wut, war darin zu lesen. Und das war Absicht. Die Kommissarin hatte versucht, sie mit ihren Fragen wütend zu machen. Nur so machten Menschen Fehler. Kobler provozierte gerne. „Wer ist Ihr Vorgesetzter?", fragte die Politikerin schließlich streng und hob die Augenbrauen.

Sarah wurde klar, dass sie zu weit gegangen war und den Bogen überspannt hatte. Zeissner saß diesbezüglich mit Sicherheit am längeren Hebel. Sie merkte, wie ihr das Herz in die Hose rutschte. Aber sie durfte sich nicht einschüchtern lassen. Wenn man den Nerv des Geschehens getroffen hatte, tat es oft am meisten weh. Jetzt hieß es dranbleiben!

Die Kommissarin ignorierte Zeissners Aufforderung und fragte stattdessen: „Wussten Sie, dass Herr Husmann Ihren Krankenhausbrief aus der Charité in seinem Besitz hatte?"

Schock! Die Miene der Politikerin verlor die Strenge. Für einen Moment entglitt ihr die Kontrolle über ihre Züge. Vielleicht wäre sie auch blass geworden, wenn ihr Make-up es nicht verdeckt hätte. Eine Spur von Unsicherheit schwang in ihrer Stimme mit, als sie sagte: „Nein, davon höre ich zum ersten Mal. Was wollte er denn damit?"

Zeissners Atmung ging nun flacher. Sie hatte sich wirklich erschrocken, das war deutlich zu sehen. Was konnte an dieser Akte so besonders sein? Oder war es einfach die Erkenntnis, wie weit Journalisten in diesem Land gingen? Wie wenig Privatsphäre man als prominente Person in

Deutschland hatte? Auf jeden Fall nahm Sarah der Frau ihr gegenüber ab, von der Sache nichts gewusst zu haben.

„Das wollte ich von Ihnen wissen!" Kobler sah die Staatssekretärin herausfordernd an. Sie wartete auf eine Antwort, doch die Politikerin schwieg.

Eigentlich war dies für die Kommissarin die alles entscheidende Frage. Was hatte sich Husmann von dieser Aktion versprochen? Man konnte ihr weder politische Unfähigkeit, noch Korruption mittels einer medizinischen Akte nachweisen. Nichts, was für ein Politikmagazin Relevanz gehabt hätte, war aus diesen Unterlagen ableitbar. Es war einfach sinnlos! Und dennoch war sich Sarah tief in ihrem Inneren sicher, dass der Journalist seine Zeit nicht sinnentleert vergeudet hatte. Also musste sie weiter suchen.

Kobler entschied, für den Moment nicht nachzuhaken. Stattdessen fragte sie: „Warum habe Sie im Bundessicherheitsrat dem Waffenexport nach Kasachstan zugestimmt? Die Lieferung war nicht unumstritten."

Zeissner verzog vielsagend die Mundwinkel und wechselte ihr Standbein. „Die Antwort auf diese Frage unterliegt leider der Geheimhaltung. Ich muss da um Ihr Verständnis werben. Ich kann so viel sagen, dass ich in meiner Vertretungsfunktion weisungsgebunden bin."

Wieder eine Sackgasse, aber das überraschte Sarah nicht weiter. Außerdem glaubte sie inzwischen nicht mehr, dass Husmanns Entdeckung primär mit den Waffengeschäften zu tun gehabt hatte. Er hatte etwas anderes gefunden. Etwas, was mit diesem Netzwerk aus Arkatov, Zeissner und Reiter zusammenhing. Auf diese Personen hatte er sich konzentriert.

Unvermittelt war da erneut dieser Gedanke. Die Frage, was passierte, wenn sie im Laufe der Ermittlungen dasselbe herausfanden wie Manuel Husmann. Zeissner war Staatssekretärin. Grundsätzlich konnte sie offiziell oder inoffiziell auf alle ihre Unterlagen zugreifen. Da war sich Kobler sicher. Würden sie in Gefahr sein, wenn sie der Wahrheit zu nahe kamen? In der gleichen Gefahr wie der Journalist?

Sarah verdrängte ihre trüben Überlegungen und wollte noch einmal auf die Recherchen in Zeissners Privatleben zurückzukommen. „Husmann hat herausgefunden, dass Sie bis vor ihrem Autounfall Geige spielen konnten. Anschließend nicht mehr!"

„Ja, das ist so! Aber was hat das mit Ihrem Fall zu tun?" Die Politikerin hatte ihr Pokerface zurückgewonnen.

„Nichts, ich finde es nur – nun ja – interessant."

Zeissner warf einen betont gestressten Blick auf ihre Armbanduhr. Die Zeit für Fragen lief ab. „Hören Sie, ich hatte einen Unfall mit schweren Kopfverletzungen. Sie können das ja alles in den Unterlagen nachlesen, die dieser Husmann für Sie so schön zusammengestellt hat", sagte sie, um das Gespräch abzuschließen.

Die Mitarbeiterin, die vorhin mit den Akten vor der Brust Zeissners Anweisungen entgegengenommen hatte, kam einige Schritte näher. Sie deutete an, dass die Zeit drängte. Die Politikerin machte eine Bewegung mit dem Finger in ihre Richtung. Dann lächelte sie Sarah wieder unverbindlich an, nur um zu prüfen, ob alle Frage auch beantwortet waren.

„Eine Sache würde mich noch interessieren", sagte Kobler. „So von Frau zu Frau."

„Ich höre!"

„Warum tun Sie sich das an, den ganzen Tag mit Absatzschuhen durch die Gegend zu laufen? Das ist doch sehr unbequem und unpraktisch?"

Zeissner entspannte sich sichtlich und musste kurz lachen. „Übungssache! Ich denke, wir alle sind so, wie wir sind. Unsere Kleidung und unser Äußeres sind eine Form das auszudrücken. Ich kenne es nicht anders. Vielleicht sind die Schuhe so etwas wie meine Uniform."

Kobler lächelte nun ebenfalls. Sie trat zurück, um zu signalisieren, dass sie für den Moment keine Fragen mehr hatte. Die Politikerin nickte der Kommissarin knapp zu und machte einige Schritte in Richtung ihrer Mitarbeiterin. Dann stoppte sie und kehrte noch einmal um. Verschwörerisch beugte sie sich nach vorne. „Jetzt habe ich noch eine letzte Frage an Sie. Wird gegen mich ermittelt?"

Sarah wusste, auf was Zeissner abzielte und dass sie als Abgeordnete Immunität genoss. „Auf keinen Fall!", antwortete sie daher schnell und setzte eine unschuldige Miene auf.

Ein wissendes Grinsen breitete sich auf dem Gesicht der Staatssekretärin aus. „Guten Tag, Frau Kommissarin." Dann ging sie mit raschen Schritten in Richtung des Ausgangs. Kobler sah ihr nach, bis sie durch die Tür verschwunden war.

19. Kapitel – Freitag, 12.06.2015, 8:05 Uhr

Als Rester am Freitagmorgen das Büro betrat, klapperte ein alter Ventilator auf dem leeren Tisch neben der Tür. Jonas Gude, der selbstverständlich schon vor ihm da gewesen war, musste ihn mitgebracht haben. Tom schielte skeptisch auf das alte Teil. Solange es lief und

Kühlung versprach, sollte es ihm recht sein. Er hatte sowieso nicht vor, viel Zeit im Büro zu verbringen.

Er ging zu seinem Schreibtisch und schwang seinen Rucksack vom Rücken auf den Stuhl. Dann öffnete er ihn und stellte eine 1,5-Literflasche auf den Tisch. Trinken war wichtig, vor allem bei diesen Temperaturen. Daher hatte er es sich zu Angewohnheit gemacht, jeden Tag sein Getränk mit zur Arbeit zu bringen. So hatte er zumindest schon einen Grundstock intus. Er hatte einmal gelesen, dass man es so machen sollte. Tätigkeiten, die man leicht vergaß, die aber notwendig waren, mussten in den Alltag integriert werden. So dachte man an sie.

Er spähte zu seinem Kollegen rüber, der seinen Kopf tief über irgendwelchen Unterlagen hielt. Auf einem Zettel daneben schrieb er mit. Wo Gude nur immer so viele Akten fand, die man bearbeiten konnte? Jedenfalls hatte es Jonas nicht so mit dem Trinken. Bei ihm fand man jedoch stets eine offene Tüte mit Gummibärchen oder anderem Naschwerk, von dem man sich auch gerne bedienen durfte. Nur etwas Richtiges essen, sah man Jonas fast nie. Dabei hatte er eine nahezu ungesund schlanke Figur.

Rester setzte sich auf seinen Stuhl und verschränkte die Hände hinter dem Kopf. Für 8:30 Uhr war von Pott eine große Besprechung angesetzt worden, zu der auch Staatsanwältin Mariella Hecht anwesend sein würde. Bei dem Gedanken lächelte Tom. Hecht war nicht unattraktiv und bei diesen sommerlichen Temperaturen sicherlich dementsprechend gekleidet. Man konnte sagen, was man wollte, aber ihm gefiel das. Er freute sich auf das Treffen. Zumal er mit der Staatsanwältin gut auskam.

Für einen Atemzug durchwanderte eine Idee seinen Kopf, die sich mit dem Wochenende und dem nahenden Freitagabend beschäftigte. Rester kochte gerne. Daher überlegte er, ob er sich heute nach dieser Woche nicht etwas Gutes kochen sollte. Quasi als Belohnung. Er dachte darüber nach, Hecht zu fragen, ob er sie einladen durfte. Für einen Moment fühlte sich die Idee gut an. Sie veränderte aber ihren Charakter, je länger er nachdachte, sodass er es dann doch als blödsinnige Idee wieder verwarf.

Er könnte ja auch Sarah ansprechen. Warum nicht? Sie könnten gemeinsam das Essen zubereiten, über den Fall reden und wer weiß, vielleicht kamen sie so auf die Lösung. Wobei, die hatten sie ja schon, auch wenn seine Kollegin das nicht wahrhaben wollte. Trotzdem! Auch nach einem gelösten Fall durfte man ja im Kollegenkreis feiern. Dann war es eben ein kleines Abendessen, um den Fall abzuschließen.

Rester gefiel die Idee. Er stand auf und ging zum Fenster, um den Autos und den Leuten zuzusehen, die unten hektisch ihre Geschäfte erledigten. Da war ein Lieferant, der Gemüse ausfuhr und frech in der zweiten Reihe parkte. Tom sah auf die Uhr. Er überlegte, ab wann er den Zulieferer den Kollegen melden sollte. Aber eigentlich waren ihm solche Sachen egal. Verkehrsüberwachung war nicht sein Ding.

Plötzlich bog ein roter VW um die Ecke und hielt direkt vor dem Gebäude des K1. Die Tür öffnete sich und eine junge Frau stieg aus. Es war Sarah! Rester hob erstaunt und interessiert die Augenbrauen. Seine Aufmerksamkeit lag jetzt ganz auf der Fahrertür. Auch diese ging auf und ein gut gebauter Mann mit blonden Haaren kam heraus. Er umrundete dynamisch das

Fahrzeug und trat auf den Bürgersteig, wo Kobler auf ihn wartete. Sie redeten kurz, dann drückte er sie. Wobei Tom nicht entging, wie der Mann seiner Kollegin in den Po kniff. Anschließend küssten sich beide, bevor Sarah im Präsidium und der Kerl in seinem Wagen verschwand. Resters Laune war schlagartig abgekühlt. Auf eine unerklärliche Weise spürte er etwas, was sich wie ein Eisenring um seine Brust anfühlte. Die Vorfreude auf das Wochenende war verflogen. Wut über seine Kollegin keimte in ihm auf. Was hatte sie schon zu dem Fall beigetragen? Er dachte an gestern Nachmittag. Die viele Zeit und Gedanken, die er und Gude in die Ermittlungsarbeit gesteckt hatten und die nun endlich Erfolg brachten. Und sie schleppte sich einfach den nächstbesten Cowboy ab, um Spaß zu haben.

Als Kobler wenig später das Büro betrat, saß Rester längst wieder auf seinem Platz und las in den Mitteilungen der gestrigen Hausdurchsuchung. Sarah grüßte, aber nur Gude erwiderte. Tom saß da, auf seine Unterlagen konzentriert. Sie setzte sich auf ihren Stuhl. Dann herrschte Schweigen, bis es an der Zeit war, in den großen Besprechungsraum zu gehen. Pott und Hecht waren bereits da und warteten auf die Kommissare. Alle setzen sich, und ohne Zeit zu verlieren forderte Pott Tom auf, seinen Bericht abzugeben.

„Kollegin Kobler und ich waren gestern bei Bernhard Wahl, einem ehemaligen Bauunternehmer." Rester vermied es dabei, Sarah anzusehen. „Er hat bis vor drei Wochen eine Strafe wegen Steuerhinterziehung und Betrug abgesessen. Aufgeflogen ist er durch Manuel Husmanns Recherchen." Er machte eine bedeutungsvolle Pause. Sein Blick schweifte über Pott und Hecht.

„Wie gesagt, wir waren dort. Herr Wahl war angetrunken. Anfänglich war er handgreiflich. Letztlich haben wir uns doch unterhalten können. Angaben zu einem Alibi hat er nicht gemacht. Wir haben eine Hausdurchsuchung durchgeführt. Direkte Tathinweise haben sich aber nicht gefunden. Dafür aber sehr viele Artikel von Manuel Husmann, was beweist, dass Wahl sich nach oder während seiner Inhaftierung mit unserem Opfer beschäftigt hat. Obendrein wurde auf einem Zettel aus der Wohnung die aktuelle Anschrift von Husmann vermerkt. Als Letztes bleibt zu erwähnen, dass Wahl früher Kontakte zur Russenmafia gepflegt hat."
„Tatwaffe?", unterbrach Pott knapp.
„Nein!"
„Fingerabdrücke?"
„Wurden genommen, konnten aber am Tatort nicht nachgewiesen werden."
„Warum sollte Husmann Wahl mitten in der Nacht in seine Wohnung lassen?", mischte sich Kobler ein. Für sie war das eine kalte Spur, die man hier diskutierte. Wahl kam aus vielen Gründen als Mörder nicht in Frage.
Staatsanwältin Mariella Hecht hatte sich bis hierhin alles in Ruhe angehört. Sie räusperte sich kurz, um anzudeuten, dass sie nun die Sachlage von ihrer Warte aus bewerten wollte. Sie machte das immer so. Sie hatte eine leicht näselnde Sprechart, die nur zur Geltung kam, wenn sie sich in aller Ruhe äußern konnte. Musste sie lauter sprechen, kippte ihre Stimme in etwas Schrilles, Kindliches, weshalb sie versuchte, das zu vermeiden.
Sie faltete die Hände auf dem Tisch. „Aus meiner Sicht ist das so, dass wir bei Herrn Wahl zumindest ein Motiv haben. Ein Alibi haben wir nicht, was aber noch nichts heißt. Ich denke, diese Spur ist das Beste, was wir bisher

haben. Ich denke außerdem, es liegt ein ausreichender Tatverdacht vor, um einen Haftbefehl zu erwirken. Wahl hat einen Hass auf Husmann. Davon müssen wir ausgehen. Er hat sich in der Haft mit ihm beschäftigt. Seine Adresse wusste er auch. Wozu? Nicht zuletzt hatte er die Möglichkeit, sich eine Tatwaffe über seine alten Kontakte zu besorgen, auch in der kurzen Zeit."
Sie drehte sich zu Pott. „Ich werde alles Weitere veranlassen." Kobler verdrehte genervt die Augen. „Gute Arbeit!", meinte Hecht zu Rester gewandt. Ein schmales Lächeln huschte über ihre Lippen. „Es ist wichtig", fuhr sie fort und wurde etwas lauter, „dass wir uns bei unserer Tätigkeit nicht von Gefühlen, sondern von Fakten leiten lassen. Wir haben viel Zeit verloren, um Dinge zu ermitteln, die zwar interessant, aber nicht relevant sind."
Dann richtete sie sich direkt an Sarah. „Das nächste Mal, wenn Sie mit jemanden aus der Bundesregierung sprechen wollen, dann denken Sie bitte vorher nach und informieren mich, bevor Sie loslaufen. Solche Vorgehensweisen können viel Ärger mit sich bringen. Mehr als Sie sich vorstellen können! Ich habe bereits eine inoffizielle Anfrage über den Stand der Ermittlungen erhalten. "
Rester konnte seine Schadenfreude über Hechts Rüffel für seine Kollegin nur schwerlich verbergen. Kobler starrte die Staatsanwältin finster und mit zusammengepressten Lippen an. Was bildete sich diese dumme Kuh überhaupt ein? Während der ganzen Woche hatte Sarah Hecht nicht im Amt gesehen. Jetzt spuckte die Staatsanwältin die großen Töne. Sie tat ja so, als hätte sie den Fall alleine aufgeklärt. Dabei war gar nichts klar.

Viele Gedanken schossen der Kommissarin durch den Kopf. Was sie sagen oder besser nicht sagen sollte. Etwas, um sich zu verteidigen. Oder sollte sie sachlich bleiben? Ihre Bedenken noch einmal formulieren? Aber das war dieser überstudierten und untervögelten Aktenschnepfe sowieso alles egal. Die Staatsanwältin mochte einfach keine Frauen bei der Kripo. Das stand für Kobler fest.

Sarah atmete tief durch und sagte dann ruhiger, als es in ihr aussah: „Bisher haben wir keine Beweise gegen Wahl, nur Indizien. Wir haben keine Tatwaffen und haben keinen Hinweis, wie er sich diese in der kurzen Zeit in Freiheit beschafft haben könnte. Wir haben seine Besucherliste nicht überprüft. Wir wissen nicht, mit wem er im Gefängnis Kontakt hatte. Außerdem ist für mich unklar, wieso Husmann ihn in seine Wohnung gelassen haben sollte. Nach Auffassung der Rechtsmedizin ist der Mord professionell ausgeführt worden, was gegen einen Mord im Affekt oder aus Rache spricht."

Sarah lehnte sich in ihren Stuhl zurück und funkelte die anderen herausfordern an. Pott schwieg. Hecht drehte einen Kugelschreiber zwischen ihren Fingern. Gude und Rester blickten betreten auf die Tische vor sich. Für einen Moment war es erstaunlich ruhig im Besprechungsraum. Es war, als wären an diesem heißen Tag alle Geräusche eingefroren.

„Wir konzentrieren uns auf Wahl!", entschied die Staatsanwältin, ohne auf Koblers Einwände einzugehen. „Wir brauchen alles über Umfeld, Freunde, mögliche Helfer. Ermitteln Sie alles, was er in den letzten drei Wochen gemacht hat."

Sie sah zu Pott. Der nickte. Dann verteilte er in gewohnter, militärisch knapper Weise die

Arbeitsaufträge. Rester sollte in die JVA fahren, um dort auf Wahl zu warten und ihn zu verhören. Als sich Hecht von ihrem Stuhl erheben wollte, rief Sarah in die allgemeine Aufbruchsstimmung: „Was ist mit Röll und Zeissner?"

Die Staatsanwältin setzte sich wieder und faltete in mütterlicher Art die Hände auf dem Tisch. „Was soll damit sein?", fragte sie mit unterdrücktem Beben in der Stimme. Mariella Hecht schaffte es nicht, ihre Genervtheit gänzlich zu verbannen. „Frau Kobler, es gibt keinen einzigen Hinweis, dass eine der beiden Damen mit dem Mord etwas zu tun gehabt haben könnte. Sie stehen doch so auf Indizien. Werden Sie doch bitte professionell!" Damit erhob sie sich von ihrem Stuhl. Das Gespräch war beendet.

„Es ist ganz klar, dass Stefanie Röll uns etwas verheimlicht. Es gibt eindeutig eine Lücke zwischen dem Zeitpunkt, als sie das Taxi gerufen hat und dem Zeitpunkt, als sie den Notruf abgesetzt hat. Was hat sie gemacht?"

Mariella Hecht hielt in ihrer Bewegung inne. Betont langsam und sichtlich gelangweilt wendete Kobler ein weiteres Mal ihre Aufmerksamkeit zu. „Haben Sie für diese Idee einen Beweis? Wie lautet das Motiv? Wo sollte Frau Röll Ihrer Meinung nach die Waffe herbekommen haben? Ich gebe zu bedenken, dass auf einer Gala wie der, auf der Frau Röll war, normalerweise Sicherheitskontrollen durchgeführt werden. Die Handtasche wurde also an diesem Abend durchsucht. Wenn sie direkt zu Husmann gefahren ist, was das Taxiunternehmen ja bestätigt hat, dann frage ich mich, wo die Pistole plötzlich herkommt?"

Sie hielt kurz inne und lächelte künstlich. „Sie sehen, ich habe die Akten gelesen. Alle! Auch die Hinweise, die Sie durch unzulässige Ermittlungsmethoden und Hausfriedensbruch herausgefunden haben. Sie haben nichts in der Hand! Gar nichts!"

Sarah schaute in die Runde. Sie suchte nach Unterstützung. Pott schaffte es, ihrem Blick standzuhalten, schwieg aber. Gude machte sich Notizen. Rester grinste hämisch in sich hinein. Ihm schien es zu gefallen, wie Hecht mit ihr umging. Wut wallte in Kobler auf.

Hier würde ihr niemand helfen. Nicht einmal ihre Kollegen. Von Hecht hatte sie es nicht anders erwartet. Aber wenigstens Jonas oder Tom hätten für sie Partei ergreifen können. Durch ihr Schweigen billigten sie nicht nur, was die Staatsanwältin sagte, sondern auch das Wie.

In die Stille fragte Pott: „Gibt es sonst noch etwas?"

„Bartsch war da und hat Fingerabdrücke abgegeben. Wir haben das mit dem Tatort abgeglichen und Treffer gefunden. Abdrücke von ihm sind überall in der Wohnung, wie ja auch von Stefanie Röll. Er hatte ja schon angegeben, öfters dort gewesen zu sein. Insofern ist das nicht verwunderlich und hilft uns nicht weiter. Ich wollte die Information nur weitergeben", wusste Gude zu berichten. „Außerdem ist die Auswertung der Festplatte abgeschlossen. Keine neuen Hinweise!"

Rester und Pott nickten zustimmend. Dann erhoben sich alle unter lautem Stühle rücken. Irgendwie hatte der aufkommende Lärm etwas Beruhigendes nach der angespannten Sitzung. Die Staatsanwältin verließ als erste das Zimmer und stöckelte Richtung Ausgang. Tom

und Pott, die sich über Details bezüglich des anstehenden Verhörs unterhielten, folgten.
„Die Hecht ist zu weit gegangen", raunte Jonas Kobler leise zu, als sie wieder das gemeinsame Büro betraten. Tom war noch auf den Gang und machte Anstalten direkt in die JVA zu fahren, wo man Wahl nach seiner Verhaftung hinbringen würde.
„Schon okay", brummte Sarah und strich Gude dankbar über den Unterarm. Der Zuspruch tat ihr wirklich gut. In diesem Moment schob Rester sich an ihnen vorbei und nahm wortlos den Schlüssel für den Dienstwagen an sich. Ohne sich zu verabschieden, schloss er die Tür. Gude und Kobler wechselten kurze Blicke. Irgendwas stimmte mit Tom auch nicht. Sie schüttelte den Kopf. Genervt drückte sie auf den Knopf der Kaffeemaschine und ließ sich einen Becher heraus. Das konnte ja noch was werden.

20. Kapitel – Freitag, 12.06.2015, 9:56 Uhr

Sarah seufzte und ließ sich hinter ihren Schreibtisch sinken. Ein Scheißtag war das und er hatte noch nicht einmal richtig angefangen. An solchen Tagen hätte sie am liebsten alles hingeschmissen. Sollten sie doch alle ihren Mist selber erledigen. Pott hatte ihr nicht geholfen und Tom auch nicht. Niemand!
Die Hecht war schon immer stutenbissig, das wusste Kobler. Und mit Rester stimmte auch etwas nicht. Dass er sie nicht begrüßte und nichts mehr sagte, bevor er fuhr, war komisch. Er war echt kurz angebunden gewesen. Die Stimmung war im Arsch! Oder war das etwa noch wegen des Tattoos gestern, weil sie ihn aufgezogen hatte? Sarah schüttelte den Kopf und fuhr

sich mit gespreizten Fingern durch ihre Mähne. Sie musste das in Ordnung bringen.

Unschlüssig zupfte sie an ihrem Ohrring und trank langsam den Kaffee. Sie würde sich bei Tom entschuldigen. Auch wenn sie ihn nicht ausgelacht hatte, sondern nur das Tattoo unpassend fand. Für ihn hatte es sicher so ausgesehen, als mache sie sich über ihn lustig. Anständig war das nicht gewesen. Das sah sie ein.

Sie überlegte, was sie tun konnte. Sollte sie ihren Kollegen ins Kino einladen oder einen Blumenstrauß bringen? Nein, das sah komisch aus. Oder sollten sie zum Essen gehen und die Sache klären? Tom kochte gerne, das wusste Kobler. Vielleicht konnte sie am Wochenende etwas machen und diese Geschichte regeln.

In diesem Moment wünschte sie sich wieder zu Florian. Es hätte gut getan, wenn er jetzt hier gewesen wäre und sie aufgebaut hätte. Er suchte nicht nach ihren Fehlern und Versäumnissen. Bei ihm musste sie nicht aufpassen, ob sie lachte und ob man das falsch verstehen konnte. Sehnsucht breitete sich in Sarah aus.

Dabei hätte sie sich besser auf den Fall konzentriert. Sie hatte Hecht und Pott nicht aus Trotzigkeit widersprochen, sondern weil sie fest daran glaubte, dass sie auf einem Holzweg waren. Neben der Geschichte mit Stefanie Röll und der unklar verbrachten Zeit war Helena Zeissner die zweite große Unbekannte.

Kobler stand auf und holte sich noch einen Kaffee. Dann nahm sie ein Blatt Papier und einen Kugelschreiber. Sie musste ihre Gedanken sortieren. Was wusste sie über Zeissner genau? Wo waren die Schnittstellen? Sie malte in der Mitte einen großen Kreis und schrieb „BKA" hinein. Das Bundeskriminalamt ermittelte in einer Serie von entwendeten Unterlagen aus verschiedenen

Behörden. Zeissner hatte aufgrund ihres Amtes Zugang zu den Akten und war als Täter in Betracht zu ziehen, hatte aber ein genetisch gestütztes Alibi.

Daneben malte sie einen zweiten Kreis. „Recherche Husmann" kritzelte sie in diesen. Der Journalist hatte ein Netzwerk gefunden. Eine Verbindung von mindestens drei Leuten die eventuell – und das musste man betonen – zusammenarbeiteten. Ziel der Absprachen könnten Rüstungsgeschäfte sein, da einer der drei im Waffengeschäft tätig war. Zeissner hatte politisch Einfluss, was die Exporte von Rüstungsgütern betraf. Soweit war aber nichts Illegales zu erkennen. Vor allem ergaben sich keinerlei Schnittstellen zwischen Sarahs erstem und zweitem Kreis.

Als Letztes malte Kobler einen dritten Kreis. In diesen schrieb sie „Mord". Sie fragte sich, wie ihre ersten beiden Themenfelder mit dem Mord an dem Journalisten zu tun haben könnten. Dass er von den BKA Ermittlungen gewusst hatte, ließ sich nicht beweisen. Ebenso fehlten Hinweise, dass er von irgendwelchen Absprachen von Zeissner, Reiter und Arkatov wusste.

Husmann hatte letztlich Verbindungen erkannt und beschrieben, ohne zu wissen, für was diese genützt wurden. Sarah seufzte erneut. Keine Überschneidungen zu erkennen, auch wenn sie noch so lange nachdachte. Sie warf einen Blick in ihre Tasse und stellte fest, dass diese leer war. Sie schürzte die Lippen und überlegte, eine dritte zu trinken. Gesund war das nicht.

Ein Geräusch unter ihrem Tisch ließ Kobler aufhorchen. Eine SMS auf das Handy. Sie hatte es wegen der Besprechung in ihrer Tasche gelassen. Mit einem Mal besserte sich ihre Laune. Sie hoffte auf eine Nachricht von Florian. Dieser hatte es geschafft, Sarah gegen ihre

Prinzipien verstoßen zu lassen und ihr gleich zwei angenehme Abende in Folge verschafft. Florian war einfach gut. Er liebte es etwas härter und kräftiger, und entgegen ihrer Annahme, dass ihr das nicht gefiel, hatte sie jeden Teil des Spiels genossen.

Sie kramte nach dem Telefon und wischte über das Display. Fast war sie enttäuscht, als sie erkannte, dass es nicht Weidrichs Nummer war. Eine unbekannte Zahlenfolge wurde angezeigt. Darunter standen zwei Zeilen. „Berlin Hauptbahnhof. Schließfach 2063!" Mehr nicht!

Wer konnte das sein? Manchmal kam es vor, dass man eine SMS bekam, die nicht für einen bestimmt war. Zum Beispiel weil jemand sich vertippte. Äußerst selten! Die meisten verschickten SMS wurden über die digitalen Adressbücher versendet. War diese Mitteilung wirklich für sie gedacht? Von wem stammte sie?

Sarah sah zu Jonas, der gerade am PC recherchierte. „Kannst du mir eine Nummer checken?"

Gude sah auf. „Nummer?"

„Handynummer! Ich brauch den Absender einer SMS."

„Hat das mit dem Fall zu tun?", fragte ihr Kollege skeptisch, der schon wieder vermutete, Kobler kümmere sich nicht um ihre Arbeit.

Sarah überlegte, was das bedeutete. Ein Schließfach am Hauptbahnhof. Darin konnte sich alles mögliche verbergen. War es ein Treffpunkt oder vielleicht sogar eine Falle? Sie dachte wieder an das Fragezeichen in ihrem Kopf. Das große Geheimnis, welches einen Mord rechtfertigte. Und sie dachte daran, dass man im Laufe der Ermittlungen das Gleiche herausfinden konnte wie Manuel Husmann. Mit denselben Konsequenzen. War man der Lösung etwa schon zu nahe?

Allerdings war der Bahnhof äußerst ungünstig, um jemanden unauffällig zu beseitigen. Da gab es bessere und vor allem anonymere Orte. Oder es hatte gar nichts mit ihrem Fall zu tun. Vielleicht kam die SMS doch von Weidrich und in dem Schließfach lagen Blumen oder ein Spielzeug, dass er gerne mit ihr ausprobieren wollte. Aber warum sendete er dann nicht von seiner eigenen Nummer aus?

„Ich denke schon", entgegnete Sarah unschlüssig. Überprüfen musste sie die Nachricht in jedem Fall. Gude nickte kurz und mürrisch und hämmerte dann einige Befehle in die Tastatur.

„Gib sie mir mal", brummte er. Kobler diktierte. Jonas tippte und für einen Moment herrschte aufmerksame Ruhe. Dann lehnte Gude sich in seinem Stuhl zurück, verschränkte die Arme hinter dem Kopf und schürzte die Lippen. „Die Nummer gehört zu Stefanie Röll. Das ist ihr Handyanschluss!"

Mit einem Mal war Sarah hellwach. Alle negativen Gedanken waren verschwunden. Jagdfieber! „Stefanie Röll?"

„Korrekt! Was schreibt sie denn?", wollte Jonas wissen. Kobler las ihm den Text vor. Er verzog das Gesicht. „Und was bedeutet das jetzt?"

„Keine Ahnung!" Die Kommissarin nahm das Handy. Sie tippte die Nummer an, sodass ein automatischer Rückruf gestartet wurde. Es dauerte eine Weile, doch Röll nahm nicht ab.

„Mailbox", konstatierte Sarah nachdenklich.

„Aber sie hat dir doch eben noch geschrieben!"

Kobler dachte scharf nach. Was konnte das sein? Sie merkte, wie ihr Puls sich beschleunigte. Ihre Gedanken verengten sich auf Röll und die SMS.

Auf jeden Fall mussten sie der Sache nachgehen. Sollten sie zu dem Schließfach fahren? Nachsehen, was es dort zu finden gab? Oder doch besser Pott informieren, bevor man ihr wieder vorwarf, tote Spuren zu verfolgen?
„Komm, wir fahren zur Röll!", entschied Sarah schließlich und nahm ihre Tasche.
Gude sah aus, als hätte ihn jemand aus dem Schlaf gerissen. „Wie? Ich auch?"
„Komm jetzt!"
„Aber die Hecht hat gesagt ..."
„Scheiß auf die Hecht!"
Kobler hastete zu ihrem Kollegen, packte ihn und drückte ihm seine Jacke gegen die Brust.
„Ja, ja schon gut", knurrte Gude widerwillig, erhob sich aber. „Ich komm ja schon."

21. Kapitel – Freitag, 12.06.2015, 10:31 Uhr

„Das war rot!", kommentierte Jonas, als Sarah einen blauen PKW überholte. Sie hatte die Ampel gerade noch überfahren und war dann auf die Überholspur gezogen.
„Gelb!", reklamierte Kobler. „Außerdem sind wir im Einsatz!"
„Das ist mein Privatauto. Da gibt's keinen Einsatz!" Das stimmte allerdings. Da Tom mit dem Dienstwagen in die JVA gefahren war, mussten Sarah und Gude wohl oder übel mit seinem Wagen fahren. Ein anderes Fahrzeug hatten sie auf die Schnelle nicht bekommen. Im Dienstfahrzeug wäre auch ein mobiles Blaulicht gewesen. Kobler bedauerte das Fehlen des Warnsignals zutiefst.
„Gefahr im Verzug", keuchte sie und bremste abrupt ab, um in der nächsten Sekunde wieder zu beschleunigen.

Nach nicht einmal zehn Minuten waren sie in der Haubachstraße angekommen. Sarah ließ das Auto in zweiter Reihe stehen, was die ohnehin enge Straße unpassierbar machte. Sie hastete auf den Eingang zu. Gude folgte ihr mit sichtlichem Unbehagen.

Kobler drückte mit beiden Händen sämtliche Klingeln und stürmte, nachdem irgendwer im Haus den Türöffner betätigt hatte, durch die Tür in Richtung des ersten Stockes. Vor Rölls Wohnungstür stoppte sie. Jonas hatte so Gelegenheit, sie einzuholen. Die Tür stand offen!

„Aufgebrochen!", keuchte er. Sarah nickte. Mit der Hand gab sie ihren Kollegen ein Zeichen, von jetzt an leise zu sein. Sie griff unter ihre Jacke und zog die Dienstwaffe, eine P6. Gude tat es ihr gleich. Nachdem sich beide nochmals kurz mit den Augen verständigt hatten, betrat die Kommissarin langsam die Wohnung.

„Hallo! Polizei!", rief sie vom Eingang aus. Natürlich waren Täter, falls sie sich noch im Haus befanden, nun gewarnt. Aber wenn Stefanie Röll sich in der Wohnung versteckte, war das der beste Weg, um Missverständnissen vorzubeugen. Kobler spürte ihr Herz bis zum Hals klopfen. Selbstverständlich war sie für diese Situation ausgebildet worden. Trotzdem hatte sie Respekt vor den Gefahren. Außerdem hatte man so eine Konstellation auch nicht täglich zu bewältigen. Man war nicht in einer dieser TV Serien, sondern im echten Leben. Langsam pirschten sich beide Kommissare in die Wohnung. Sarah deute Jonas an, er solle nach rechts gehen und Schlafzimmer und Bad sichern. Sie wollte Küche und Wohnzimmer übernehmen. Die Schuhe im Eingangsbereich standen sauber aufgereiht, immer noch so, wie Kobler sie in Erinnerung hatte. Mit einer raschen

Bewegung nach vorne sicherte sie die Küche. Sie war leer.

Sofort wandte sie sich mit einer Drehung dem Wohnzimmer zu. Hinter dem Türstock suchte sie Schutz und schielte in den Raum. Mit einem Auge konnte sie ein umgestürztes Glas erkennen, dessen Inhalt sich auf dem blauen Teppich ergossen hatte. Blätter waren verstreut. Sie drehte sich schnell in die Tür und schwenkte mit vorgehaltener Waffe durch das Wohnzimmer. Auch hier war niemand. Gudes Schritte waren zu vernehmen, als er das Schlafzimmer sicherte.

Sie machte eine Bewegung in den Raum und sah sich um. Die Tür zum Balkon war geschlossen. Nur ein Vorhang war aus der Verankerung gerissen worden und lag am Boden. Bilder waren von einer Kommode, welche direkt neben dem Tisch gestanden hatte, gefallen. Kobler vermutete, dass hier gekämpft worden war. Sie sah sich um, fand aber keine Blutspuren.

Sie verließ das Zimmer und suchte ihren Kollegen. Der stand in der Badetür und hatte seine Waffe bereits wieder in der Halterung verschwinden lassen.

„Niemand hier", fasste er zusammen.

„Im Wohnzimmer sind Kampfspuren."

Gude trat einen Schritt zur Seite, sodass Kobler in das Bad sehen konnte. „Hier auch! Sieh dir das an!", raunte er ihr zu und deutete mit der Hand in den Raum.

Sarah kam näher. Neben der Eingangstür war auch die Badezimmertüre mit Gewalt aufgebrochen worden. Innen waren Handtücher über den Boden verstreut. Kosmetika und eine Parfümflasche lagen wild und zerstört umher. Blut verteilte sich gleichmäßig über das Zimmer. Der Spiegelschrank über dem Waschbecken war zerbrochen und die Klobrille war bei dem Kampf ebenfalls zu Bruch gegangen.

„Ich denke mal, die hat wer mitgenommen", verkündete Jonas trocken seinen Verdacht.

Er nahm sein Handy aus der Tasche, um Verstärkung zu holen. Kobler betrat das Badezimmer und sah sich um. Sie vermutete, dass sich Stefanie Röll hier drinnen versteckt hatte. Die Tür musste ihr einige Sekunden oder Minuten Zeit verschafft haben. Zuerst hatte sie sich offenbar im Wohnzimmer aufgehalten, hatte es aber geschafft, sich bis ins Bad zu retten.

Und dann hatte sie die Chance genutzt, um ihr genau diese eine SMS zu schicken. Ihr! Sarah überschlug die Zeit, die sie gebraucht hatten, den Absender herauszufinden und durch den Verkehr hierher zu kommen. Zu lange! Der Täter war sicher schon weit weg.

Kobler spürte Wut und Trauer in sich aufwallen. Stefanie Röll hatte sich an sie gewandt, in größter Not. Und ihr war es nicht gelungen, ihr zu helfen. Allerdings hatte sie keinen richtigen Notruf abgesetzt, sondern nur diese Schließfachadresse an sie weitergeben. Wer hätte auch ahnen können, dass die Frau bedroht wurde, als sie diese SMS schrieb? Zu guter Letzt war es dem Täter gelungen, ins Bad vorzudringen. Beide hatten offenbar bis aufs Blut gekämpft. Was dann geschehen war, war schwer zu sagen.

Kobler sah sich um. Das Blut reichte nicht, dass man daran verblutet wäre. Es waren wenige Spritzer, die sich über den Raum verteilten. Vielleicht hatte jemand Nasenbluten gehabt oder sich an einer Scherbe geschnitten. Sarah fröstelte bei dem Gedanken, dass Stefanie Röll etwas zugestoßen sein könnte.

Kobler hob ein Handtuch auf. Sie legte es über die Badewanne. Gerade als sie den Klodeckel herunterklappen und sich darauf setzen wollte, fiel ihr ein Gegenstand in der Kloschüssel auf. Ohne zu zögern, griff sie danach und nahm ihn heraus. Es war Rölls Handy. Sie kannte es von ihren Besuchen. Das Telefon war durch das Bad im Toilettenwasser natürlich nicht mehr zu gebrauchen. Sarah versuchte erst gar nicht, es zu aktivieren, auch wenn sie der SMS-Verlauf brennend interessiert hätte.

Behutsam legte sie das Handy auf einem Handtuch auf dem Fensterbrett ab. Sie steckte die Waffe weg und setzte sich. Müde fuhr sie sich mit ihren Fingern durch die Haare. Sie musste ihre Gedanken sortieren. Wahl saß wahrscheinlich schon in U-Haft. Das hieß, dass dieser als Täter hierfür ausschied. Entweder er hatte einen Komplizen, was abwegig genug war, oder er war schlicht und einfach nicht der Täter und hatte mit dem allen nichts zu tun. Sarah fühlte sich in ihrer Annahme, was Wahl betraf, bestätigt. Ein Triumphgefühl mochte sich allerdings nicht einstellen.

Gude kam zurück. „Die Kollegen sind gleich da."

Kobler nickte und wendete sich erneut ihren Gedanken zu. Dabei drehte sie, ohne es zu merken, immer und immer wieder eine Locke um ihren rechten Zeigefinger. Die Wohnung war diesmal aufgebrochen worden, was bedeutete, dass Täter und Opfer sich nicht kannten. Oder, dass der Täter genau wusste, dass Stefanie Röll ihn nicht einlassen würde.

Die junge Frau hatte versucht, sich im Bad zu verschanzen, was misslungen war. Der Täter musste, so wie die Haustür aussah, ein Brecheisen benutzt haben, was Planung voraussetzte. Er wusste also, dass die

Hausherrin ihm nicht geöffnet hätte und dass er am helllichten Tag auch nicht viel Zeit für seine Aktion hatte. Sarah zog einen Haargummi vom Handgelenk. Sie wickelte ihn um die Haare, die nun zu einem Pferdeschwanz zusammengefasst waren. Der Täter war ein hohes Risiko eingegangen. Viel höher als bei Husmann. Er stand unter Druck!
Röll hatte sich im Klo versteckt, um diese eine SMS zu tippen. Diese SMS war wichtig! So wichtig, dass Husmanns Freundin nicht direkt einen Notruf abgesetzt, sondern die wenige Zeit dafür verwendet hatte, ihr zu schreiben. Hatte sie selber das Handy in das Klo geworfen? Oder der Täter? Hatte er gelesen, was sie ihr geschrieben hatte?
„Sieht alles nach einem Kampf aus", unterbrach Gude ihren Gedankenfluss. Sarah fuhr zusammen, weil sie ihren Kollegen nicht gehört hatte.
„Hmmm", machte sie und versuchte, den Faden nicht zu verlieren.
„Ich glaube, der hat die Röll entführt", wiederholte Jonas, um auch etwas zu sagen.
Stimmt, dachte die Kommissarin, so wird es wohl sein.
„Aber warum?", murmelte sie mehr zu sich als zu Gude.
Ihr Kollege zuckte mit den Achseln. Aus welchem Grund verschleppte man einen Menschen? Lösegeld? Wohl kaum. Nicht in dieser Situation. Sarah konzentrierte sich wieder auf ihre Überlegungen. Das Klo, das Handy, die SMS und die Frage, ob der Täter es geschafft hatte, sie zu lesen.
In diesem Moment schoss Kobler ein Gedanke durch den Kopf. Unvermittelt, klar und schmerzhaft, was die Erkenntnis betraf. „Scheiße!", rief sie und sprang auf.

Ehe Jonas sich versah, war Sarah an ihm vorbei in das Treppenhaus gelaufen.

„Ähm, wir müssen den Tatort sichern", rief er ihr unsicher nach, weil er nicht wusste, was passiert war. Doch seine Kollegin war schon auf der Treppe.

„Komm schon! Wir müssen los", hörte er sie von unten rufen. Wieder so eine Dienstregel, die Kobler nicht interessierte. Aber was sollte er machen. Sie hatte die Schlüssel. Was Gude als allerletztes wollte war, Sarah alleine mit seinem Auto durch Berlin fahren zu lassen.

„Komme!", rief er deshalb und setzte sich in Bewegung.

22. Kapitel – Freitag, 12.06.2015, 11:59 Uhr

„Geht das vielleicht auch etwas langsamer?" Gude krallte sich an der Tür fest. Er presste sich in den Sitz, als Kobler gerade wieder zu einem gewagten Überholmanöver ansetzte. Ihm war es total schleierhaft, wie sie dieses Vorgehen vor ihren Vorgesetzten begründen sollten. Für einen rechtfertigenden Notstand brauchte es, wie der Begriff sagte, einen Notstand.

Diesen konnte Jonas hier nicht erkennen. Röll war weg. Falls Sarah nicht zufällig wusste, wo sich die Zeugin aufhielt, war ihr Verhalten schlicht verboten. Außerdem gefährdeten sie mit ihrer Fahrweise unbeteiligte Dritte. Es war sein Wagen. Daher würden alle Strafzettel direkt zu ihm kommen. Er durfte sich einen Führerscheinentzug allerdings nicht leisten. Er war auf das Auto angewiesen. Er hatte Familie.

„Warum?", wollte die Kommissarin unbeeindruckt von ihm wissen und zog im gleichen Moment fest nach rechts. Kobler hatte die Warnblinkanlage eingeschalten und hupte ab und an, ignorierte aber ansonsten jede Form von Verkehrsregeln.

„Es ist doch wohl so, dass du hier jede Menge Regeln der Straßenverkehrsordnung übertrittst. Noch dazu mit meinem Wagen!" Er betonte die letzten beiden Worte, was Sarah nicht weiter störte.

„Wir dürfen keine Zeit verlieren. Vielleicht weiß der Täter inzwischen das Gleiche wie wir!"

„Und was genau wissen wir?"

„Das Schließfach", keuchte Kobler und trat scharf auf die Bremse. „Mir ist klar geworden, dass der Täter bei Husmann etwas gesucht, aber nicht gefunden hat. Nur deshalb war er bei ihr. Weil er annimmt, dass sie weiß wo es ist", erklärte sie, während sie sich auf die Straße und den Verkehr konzentrierte.

„Und wir wissen das jetzt auch?" Jonas runzelte die Stirn. Er stand auf der Leitung.

„Das Schließfach! Dort muss die Antwort liegen. Wenn der Täter das weiß, wird er versuchen, vor uns dort zu sein."

„Wenn das der Fall wäre, ist die Röll tot", kommentierte Gude trocken.

„Wir müssen auf alle Fälle vor denen dort ankommen!"

„Na schön! Du zahlst die Strafzettel", beendete Jonas die Diskussion.

„Ja, ja!"

Trotz der rasanten Fahrt zum Hauptbahnhof fand Sarah noch Zeit, nervös an ihren Fingernägeln zu kauen, wozu sie eine Hand vom Steuer nahm. Dies trug nicht zu Gudes Beruhigung bei. Im Gegenteil! Er entschied, für den Rest der Strecke nichts mehr zu sagen. Er hoffte, dass seine Kollegin wenigstens keinen Unfall bauen würde. Alles andere bekam man irgendwie geregelt.

Als sie am Bahnhof, einem großen Gebäude mit verglaster Fassade, angekommen waren, parkte Sarah den Wagen auf der kleinen Fahrspur vor dem Eingang. Sie hätte sich auch auf den Europaplatz gleich daneben gestellt. Leider verhinderten Boller aus Beton die Einfahrt. Dann musste es eben so gehen.
Die ersten Autos hupten, als Gude und Kobler ausstiegen. Sie suchten sich einen Infoschalter, der ihnen Auskunft über das Schließfach 2063 geben konnte. Mit vorgehaltenem Ausweis brachten sie eine junge Bahnhofsmitarbeiterin dazu, alles stehen und liegen zu lassen und sie direkt zur Gepäckaufbewahrung zu bringen. Aus Sicherheitsgründen befand sich diese außerhalb des eigentlichen Bahnhofes im Bereich der Parkhäuser.
Die Servicemitarbeiterin ging zügig voraus. Unterwegs fragte sie mit kleinlauter Stimme, ob denn so etwas wie ein Durchsuchungsbeschluss zu haben sei. Während Gude nach einer passenden Begründung für ihr Vorgehen suchte, wischte Sarah alle Bedenken einfach beiseite. Man könne nicht sicher sagen, ob in dem Fach nicht eine Bombe versteckt sei. Daher sei es fahrlässig, länger zu warten. Gefahr im Verzug!
Sie erreichten die Gepäckaufbewahrung. Es dauerte einen Moment, bis jemand kam, der das Schließfach öffnen konnte. Kobler war insoweit beruhigt, da das Fach noch geschlossen war. Von außen fanden sich keine Zeichen für eine gewaltsame Öffnung. Oder hatte der Täter einen Schlüssel? Stefanie Röll musste ja einen in der Wohnung gehabt haben. Sie hoffte, dass Husmanns Freundin durchgehalten und den Standort des Depots für sich behalten hatte. Was auch immer das für sie bedeutete.

Sarah schämte sich, dass sie Stefanie Röll die ganze Zeit verdächtigt hatte, etwas mit dem Tod ihres Freundes zu tun zu haben. Nun war sie selber Opfer eines Überfalls geworden und es sprach vieles, wenn nicht alles dafür, dass es sich um denselben Täter handelte.

Oder war das alles nur Show? Nein, das konnte nicht sein! Aber der Gedanke, einmal da, ließ sich nicht mehr aus Koblers Kopf vertreiben. War das alles von Stefanie Röll inszeniert, um aus der Schusslinie zu kommen? Ablenkung? Sie hatte die SMS geschickt. Sie hatte alles ins Rollen gebracht. Ihr wäre es auch gelungen, irgendetwas in diesem Schließfach zu deponieren. Wollte sie die Polizei beschäftigen?

Der Einfall war so abwegig und fühlte sich so falsch an, doch Sarah beschlich ein klammes Gefühl. Sie suchte nach Gegenbeweisen, Indizien, die Rölls Unschuld bewiesen. Aber sie fand nichts. Blut konnte man verteilen, eine Wohnungstür aufbrechen und Kampfspuren inszenieren. Waren sie ihr auf den Leim gegangen?

Mit einem kurzen Knacken sprang die metallene Tür des Faches auf. Kobler drängte vor die Öffnung. Ein Stapel von losem Papier kam zum Vorschein. Sie zog den Haufen nach vorne und nahm ihn heraus. Es war viel! Schnell suchte sie eine Bank und setzte sich. Dann nahm sie wahllos verschiedene Blätter aus dem Stoß und überflog sie. Auf den ersten Blick handelte es sich bei den Akten um weiteres und weitaus detailliertes Recherchematerial von Manuel Husmann. Viel Arbeit! Neugierig nahm Kobler ein kleines Notizbuch aus dem Blätterhaufen. Sie schlug es in der Mitte auf.

Es war so etwas wie ein Tagebuch, in dem der Journalist jeden Schritt seiner Ermittlungen kurz und in

Stichpunkten aufzählte. Sarah blätterte einige Seiten nach vorne. Sie fand eine Zeichnung, bei der viele Namen aufgemalt waren. Jemand hatte Verbindungen zwischen den Personen gezeichnet. Manchmal war eine Notiz dazugeschrieben. Im Zentrum des Netzwerkes, das dort skizziert worden war, stand in Großbuchstaben: HELENA ZEISSNER.

Kobler ließ sich langsam mit dem Rücken gegen die Lehne sinken. Also doch! Sie blätterte einige Seiten weiter und las: „Mittwoch 11.03.2015: Neuerlich Akten und vertrauliche Daten verschwunden. Diesmal handelt es sich um Informationen rund um den geplanten Ausbildereinsatz der Polizei in der Ukraine. Zeissner gehört wie gehabt zum Kreis der Verdächtigen. Wieder ein Alibi!"

Sarah suchte weiter. Sie fand mehrere Stellen, in denen der Reporter Notizen über den Verlust von geheimen Unterlagen aufgeschrieben hatte. Mehrfach nahm er in seinen Aufzeichnungen das Wort Spionage in den Mund. Er vermutete, dass ein Netzwerk aus hochrangingen Politikern gezielte Auftragsspionage betrieb. Also hatte er doch über die verschwundenen Akten und Zeissners mutmaßliche Verwicklung darin gewusst. Allerdings, und das war der Haken, waren auch in diesen Dokumenten auf den ersten Blick keine Beweise. Hatte Husmann sich das alles ausgedacht? Konnte das stimmen?

Gut, er war tot und jemand hatte ihn ermordet. Hatte er das Geheimnis gefunden, mit dem die Staatssekretärin ihre Straftaten vertuschte? Aber was konnte das schon sein? Weidrich hatte Kobler erklärt, dass sie DNA-Spuren sichergestellt hätten, welche klar auf einen Mann als Täter hindeuteten. Allerdings hatte er auch erwähnt, dass es bei der Analyse des Materials Probleme gegeben hatte.

Husmann glaubte, dass Helena Zeissner selber die Akten verschwinden ließ. Ihm fehlte aber die Vorstellung, wie sie das trotz Alibi machte. Das war der springende Punkt. Zeissners Weste war lupenrein. Damit konnte er seine Veröffentlichung vergessen. Während der Suche nach dem Modus Operandi hatte Husmann viel Papier, ja ganze Berge, über Helena Zeissners Leben und Wirken zusammengetragen. Er wusste alles von dieser Frau.

So war er zum Beispiel im Bilde, wann sie sich die Haare färben ließ und in welcher Farbe. Welche Schuhgröße sie hatte und was ihr Lieblingsessen war. Ein beklemmendes Gefühl breitete sich in Kobler aus. Im Zuge des Lesens fühlte sie sich immer mehr, als würde sie selber Helena Zeissner ausspionieren. Die intimsten und privatesten Details hatte der Journalist gesammelt und aufgeschrieben. Und wofür? Was hatte er geglaubt zu finden? Was half ihm das Wissen um die Lasagne bei der Klärung seiner Spionagevermutung?

War Husmann ein Stalker? Im ersten Moment wollte sie die Idee gleich wieder wegwischen. Doch wenn man darüber nachdachte, entwickelten sich Parallelen zu anderen Fällen, die Kobler bearbeitet hatte. Vielleicht war der Reporter krank gewesen. Vielleicht hatte er sich das alles ausgedacht, um einen Grund zu haben, mit der Politikerin in Kontakt zu treten. So etwas wie ein Vorwand!

Die Kommissarin blätterte in den Papieren. Ihr Erstaunen wuchs und wuchs. Es fanden sich ausführliche Interviews mit Zeissners Jugendfreunden. Dann war da die komplette Krankenhausakte, einschließlich aller Untersuchungen und Laborergebnisse. Zu guter Letzt fand Kobler Fotos von der Staatssekretärin bei verschiedenen Anlässen.

„Das sind Daten, die nicht auf der Festplatte waren", bemerkte Gude, der sich neben Sarah gesetzt hatte. „Davon hat er keine digitalen Kopien gemacht."

Jonas hatte bis eben die Formalien geregelt und einige Sachen am Telefon besprochen. Nun nahm er sich selber einen Teil des Stapels. Schnell blätterte er durch die Seiten.

„Warum hat er das nicht auch auf der Festplatte gespeichert? Wäre doch einfacher?", fragte Kobler laut, aber mehr zu sich selber.

„Einfacher schon, aber nicht sicher. Du musst davon ausgehen, dass jeder PC zu knacken ist. Jeder! Daher ist es besser, gewisse Dinge nur analog aufzubewahren. Husmann hat mitgedacht."

„Dann ist das das heiße Zeug!", murmelte Sarah. „Wir müssen das schnellstens alles sichten."

Gude nickte langsam. Er wusste aber, dass das nicht problemlos war. Man konnte keinen Suchlauf starten, keine Dateien nach Datum ordnen oder anderes. Jedes Blatt musste gelesen werden. Das dauerte! Tage, oder Wochen!

Eins erschien beiden Kommissaren nun mehr als offensichtlich. Stefanie Röll hatte von Anfang an mehr gewusst, als sie bereit gewesen war zuzugeben. Sie hatte mit Husmann über seine Arbeit gesprochen und hatte seine Sicherheitsverstecke gekannt. Wie sonst hätte sie von diesem Schließfach wissen können?

„Warum hat Röll die Akten nicht gleich rausgegeben?" Gude klang unzufrieden, was daher rührte, dass ihm klar wurde, dass sie die ganze Woche damit verbracht hatten, unwichtige Texte durchzulesen. Die Arbeit fing jetzt erst an.

„Sie traut uns nicht", war Koblers lapidare Antwort. „Sie weiß von ihrem Freund, dass die Sicherheitsbehörden mit in diesen Sumpf verstrickt sind. Wenn er recht hat mit seinen Vermutungen, dann wäre die Polizei nicht sicher gewesen. Jeder von uns kann sich doch ganz leicht in so eine Ermittlung einklinken, wenn er hoch genug oben ist. Da sind Akten schnell wo anders."

„Und warum schickt sie dir dann jetzt diese SMS?"

Kobler zuckte mit den Achseln. „Hat vielleicht ihre Meinung geändert?"

„Ne, jetzt mal ohne Witz!", knurrte Gude humorlos, der sich von Sarah zu wenig ernst genommen fühlte. „Da muss doch was passiert sein. Wem würdest du solche Informationen geben, wenn du sie hättest, aber der Polizei nicht anvertrauen willst?"

Wieder hob die Kommissarin die Schultern. Beide dachten für einen Moment schweigend nach.

„Na, wenigsten weißt du jetzt, was mit der Röll nicht gestimmt hat", murmelte Jonas abschließend.

Kobler kratzte sich am Kinn und stand auf. Wenn sie lief, konnte sie besser denken. Außerdem brauchte sie einen Kaffee, das würde helfen.

„Siehst du bitte nach einem Kaffeeautomaten?", bat sie Jonas, der die Aufgabe gerne annahm, um selber den Kopf frei zu bekommen.

Sarah dachte noch einmal über Gudes Frage nach. Wem würde sie solche Akten anvertrauen? Hatte Röll das Rätsel auf eigene Faust lösen wollen und es deshalb vermieden, weitere Leute einzuweihen? Dann gab es die Möglichkeit, die Informationen an die Arbeitskollegen weiterzugeben. Die konnten Husmanns Arbeit am

besten fortsetzen und das Werk vollenden. Eventuell hatte Bartsch die gleiche SMS wie sie erhalten. Sie musste das checken. Gude kam zurück und reichte ihr einen Becher. Er dampfte. Kobler nahm einen kleinen Schluck.
„Was machen wir jetzt?", fragte Jonas tonlos.
„Wir sollten diesen Arkatov und diesen Reiter befragen, die in den Unterlagen aufgeführt sind."
Gude schüttelte langsam den Kopf. Sein Gesicht verriet, dass er dabei an Ärger und Dienstwege dachte. „Reiter ist Abgeordneter. Der ist immun. Nach der Aktion mit der Zeissner wäre ich vorsichtig. Außerdem weißt du nicht, wen du da aufschreckst."
Da war etwas dran. Sie mussten aufpassen, nicht in ein Wespennest zu stechen. Das würde alles viel komplizierter machen.
„Wir sollten auf jeden Fall das Material schnellstens durchgehen. Etwas anderes bleibt uns wohl nicht übrig. Ich hoffe nur, dass die Röll uns nicht an der Nase herumführt."
Jonas runzelte die Stirn. „Du meinst, sie hat uns eine falsche Fährte gelegt?"
Sarah schüttelte nachdenklich den Kopf. Sie zog ihren Haargummi aus den Haaren, sodass ihre Strähnen ungebändigt über ihre Schultern fielen. „Ich weiß es nicht. Das werden wir nur rausfinden, wenn wir alles lesen."
Gude nickte müde und sah sich suchend nach einem Abfalleimer für seinen Kaffeebecher um.
„Kümmerst du dich um die Informationen aus Rölls Wohnung?"
„Mach ich", erwiderte er.

23. Kapitel – Freitag, 12.06.2015, 13:30 Uhr

Sarah Kobler stand unter Strom. Ständig wippte sie mit einem Fuß und merkte nicht, dass sie wieder einmal auf einer ihrer Haarsträhnen kaute. Sie saß alleine im großen Besprechungsraum des K1 und starrte ins Leere, bis Gude und Rester nacheinander eintrafen. Pott hatte, nachdem Jonas ihm am Telefon alles erklärt hatte, sofort eine erneute Besprechung anberaumt. Sie dachte nach. An diesem Vormittag war viel passiert. Sie versuchte, alles zu einem sinnigen Bild zusammenzubekommen. Aber so leicht war das nicht. Zu viele Vorkommnisse, die nicht passten.

Da war Stefanie Röll, die eine Verbindung zur Waffenlobby hatte und Fotos von Helena Zeissner bei sich im Schrank aufbewahrte. Sie hatte immer von diesem Schließfach gewusst, ihr die Informationen aber eine ganze Woche vorenthalten. Warum nun der Sinneswandel? Dann war da Helena Zeissner, die unschuldig über den Dingen schwebte, aber überall auftauchte. Obwohl es nicht ein einziges Indiz gegen sie gab, hatten sich sowohl das BKA als auch Manuel Husmann ausführlich mit ihr beschäftigt.

Sarah nahm an, dass sein Mörder bei dem Journalisten etwas gesucht hatte, dort aber nicht fündig geworden war. Oder er hatte bei ihm alle Hinweise, auf was auch immer, vernichtet, wusste aber, dass Stefanie Röll ebenfalls Material hatte, welches verschwinden musste. Dann war die Frage, warum es eine Woche gedauert hatte, bis sich der Täter mit ihr befasste.

Blieb das ungute Gefühl, die junge Frau könnte diese ganze Szene auch geschickt inszeniert haben. Sie hatte alle Fäden in der Hand. Vielleicht hatte sie ihren Freund doch ermordet und warf der Polizei nun einen Happen hin, um die Behörden zu beschäftigen. Beschäftigen, um was zu tun? Auch wenn sich der Gedanke nicht vertreiben ließ und im Hinterkopf präsent war, so glaubt die Kommissarin nicht wirklich an diese Version. So viel kriminelle Energie steckte einfach nicht in der zierlichen, ja fast engelsgleichen Frau.

Die letzte Theorie, die Kobler immer und immer wieder wälzte, war die vom stalkenden Journalisten. Husmann war sehr tief in Zeissners Privatleben eingedrungen. Tiefer als normaler Journalismus es erforderte. Sarah überlegte, wie man Hinweise für diese Behauptung sammeln könnte. Aber wie sollte man sowas schon beweisen?

Das Wahrscheinlichste blieb trotz allem, dass Röll von jemandem überfallen und entführt worden war. Wenn das so war, dann hatten sie mit dem Material aus dem Schließfach aller Voraussicht nach den Schlüssel in der Hand. Sie mussten ihn nur finden. Die Unterlagen waren das eine. Die andere Frage war, warum der Täter Stefanie Röll mitgenommen hatte. Wollte er sie verschwinden lassen? Wozu der Aufwand? Wusste Röll selber über brisante Informationen Bescheid oder wusste sie nur, wo Husmann seine Dokumente versteckt hatte? Wie viele Depots gab es noch?

Schlimmer und nach Koblers Auffassung deutlich wahrscheinlicher war, dass der Täter versuchen würde, Antworten aus Stefanie Röll rauszupressen. Das war der einzige logische Grund, sie mitzunehmen. Wenn er sie hätte töten wollen, wäre das auch in der Wohnung direkt im Bad möglich gewesen. Der Täter hatte sich keine Mühe gegeben, Spuren zu verwischen. Vermutlich hatte er keine Zeit dazu gehabt. Das wiederum erbrachte die Chance, dass jemand an diesem Vormittag etwas gesehen hatte.

Die Kommissarin dachte an Stefanie Röll. Sie mussten die junge Frau finden, so schnell es ging. Sie erschauderte bei der Vorstellung, was der Täter womöglich gerade mit ihr anstellte. Erinnerungen wurden in Kobler wach. Alte und längst verschlossen geglaubte Bilder suchten sich ihren Weg in ihr Bewusstsein. Sarah hatte plötzlich einen miefigen, stechenden Geruch in der Nase. Im Sitzen wurde ihr schwindelig. Der Raum begann sich zu drehen. Übelkeit stieg in ihr auf. Viel zu lange her! Sie musste sich jetzt auf die Arbeit konzentrieren. Alles andere war unwichtig.

Sie erhob sich und ging vor dir Tür, wo ein Kaffeeautomat stand. Sie kramte einige Cent aus ihrer Tasche und drückte auf den Knopf. Die Maschine surrte. Dann füllte sich ein Plastikbecher langsam vor ihren Augen. Während Kobler wartete, betrachtete sie ihre Fingernägel. An der linken Hand waren zwei Nägel durch ihr Abnagen in Mitleidenschaft gezogen worden. Eben im Büro hatte sie mit einer Nagelfeile versucht, Schadensbegrenzung zu betreiben. Sie beschloss, bei Gelegenheit ihre Nägel neu zu lackieren. Jetzt war für solche Dinge keine Zeit. Die Besprechung würde jeden Moment losgehen.

Sarah horchte in sich hinein, mit welcher Meinung sie in diese Sitzung gehen wollte. Bei allen Unwägbarkeiten war es doch am wahrscheinlichsten, dass sie in dem Haufen aus Papier aus dem Schließfach die Antwort auf das Rätsel finden würden. Irgendetwas war wichtig an diesen Unterlagen. Darum war der Täter auch das Risiko eingegangen, tagsüber bei Röll einzudringen. Und Stefanie Röll hatte gewollt, dass sie, Sarah Kobler, die

Dokumente bekam und diese Antwort fand. Die Kommissarin fühlte noch mehr Druck auf sich lasten. Sie brauchte mehr Zeit!

Sie trank einige Schlucke Kaffee. Dann kippte sie den Rest auf einmal nach unten. Zielsicher warf sie den Becher in den nächsten Abfalleimer. Was für eine Verschwendung von Ressourcen. Sie ging zurück in den Besprechungsraum und setzte sich. Rester starrte auf seine Unterlagen. Er machte sich Notizen, während Gude versuchte, auf die Schnelle das sichergestellte Material zu überfliegen. Tom war direkt von der JVA ins Präsidium gefahren, als er von den Ereignissen erfahren hatte. Alles umsonst! Wahl schied als Täter aus, denn man hatte ihn vor Rölls SMS verhaftet. Er konnte nicht in ihrer Wohnung gewesen sein.

Koblers Gedanken stoben auseinander wie Wolken, als sich die Tür öffnete und Pott und Hecht den Besprechungsraum betraten. Hinter ihnen folgten vier weitere Männer. Der Kommissarin kam es wie ein Déjà-vu vor. Heute Morgen hatten sie alle hier gesessen und der Fall war klar gewesen. Zumindest für die Staatsanwältin. Nun war nichts mehr klar.

Die beiden Leiter nahmen ihre Plätze am vorderen Tisch ein. Ihr Einmarsch nötigte Kobler ein unterdrücktes Schmunzeln ab. Mariella Hecht war um einiges größer als Pott, was Sarah bei deren Anblick immer an Schneewittchen und die sieben Zwerge erinnerte. Aus Potts Miene las Kobler Sorge und Anspannung. Wahrscheinlich hatten sie vor dieser Besprechung schon einiges an internen Abstimmungen hinter sich. Die Verantwortung, die auf ihm lastete, hatte sich in sein Gesicht eingegraben.

„Wir wollen keine Zeit verlieren, also fangen wir an!", erklärte der Hauptkommissar, als alle ihre Plätze eingenommen hatten. „Aufgrund der aktuellen Entwicklungen haben wir beschlossen, eine SOKO zu gründen. Die Leitung liegt bei mir! Wir haben kurzfristig Verstärkung bekommen." Er deutete mit einer Hand in die Richtung der vier neuen Männer, die mit ihm den Raum betreten hatten. „Die Herren werden sich Ihnen selber vorstellen." Dann bat er Jonas Gude, kurz die Fakten zusammenzutragen und alle auf den neuesten Stand zu bringen. Dieser tat das mit der ihm eigentümlichen Art, ohne das Wesentliche aus den Augen zu verlieren.

Anschließend ergriff Mariella Hecht das Wort: „Die Spur Bernhard Wahl hat sich leider zerschlagen. Nicht nur, dass er zum Tatzeitpunkt schon in der JVA war. Er hat auch angegeben, am Montagabend in der Notaufnahme im Unfallkrankenhaus gewesen zu sein. Er sei besoffen gestürzt. Wir überprüfen das gerade!"

Hecht richtete sich an Sarah Kobler. Ihr Blick bekam etwas Säuerliches. „Frau Kobler, ich möchte mich für meine harschen Worte heute Morgen entschuldigen. Wie es aussieht, lagen Sie mehr richtig als ich." Man konnte spüren, dass dieser Satz die Juristin Überwindung kostete. Alle Augen waren auf Sarah gerichtet.

Eigentlich nötigte diese Größe der Kommissarin Respekt ab, aber sie entschied, nicht darauf einzugehen, und die Entschuldigung der Staatsanwältin regungslos hinzunehmen. Sie blickte nicht einmal auf. Sie machte einfach gar nichts, als hätte sie Hechts Äußerung nicht gehört. Pott verdrehte genervt die Augen. Er hasste solche Momente und noch mehr, wenn man sie künstlich in die Länge zog. Kindisch! Hecht lehnte sich

zurück und verschränkte die Arme. Sie startete keinen neuen Versuch und wartete, bis jemand das Wort ergriff.
„Welche Erkenntnisse haben wir aus den Unterlagen bisher gewinnen können?" Potts sonst so energische Aufforderung hatte diesmal etwas Müdes, Abgekämpftes. Es war ein langer Tag gewesen und er würde noch lange dauern. Und dann musste er auch noch Koblers und Hechts Spielchen aushalten.
Gude schob seine Brille auf der Nase mit einem Finger nach oben. Er entfaltete einen Zettel. „Nachdem ich die ersten Papiere überflogen habe, ist es doch wohl so, dass Husmann einem Spionagenetzwerk auf der Spur war. Zumindest glaubte er das. Er sieht dabei Verbindungen zwischen verschwundenen Unterlagen in verschieden Behörden und einem Netzwerk, was nach seiner Meinung aus Joachim Reiter, Nikolai Arkatov und Helena Zeissner bestand. Er vermutete, dass die Staatssekretärin dabei selber Material beiseitegeschafft hat. Allerdings hat sie bei jedem der besagten Fälle ein Alibi. Das ist auch für Husmann der Knackpunkt. Er weiß nicht, wie sie das gemacht haben könnte. Fakt ist, dass es in der letzten Zeit in der Tat immer wieder zu – nennen wir es – Sicherheitsproblemen in diversen Behörden gekommen ist. Zeissner hatte insoweit Zugriff auf die jeweiligen Akten, dass ihr der Zugang als Staatssekretärin möglich war. In einigen Fällen wurde DNA gefunden, die Zeissner explizit entlastet. Es handelte sich stets um männliche Täter, so viel kann man sagen. Und Zeissner ist ja eine Frau!" Beim letzten Satz machte Gude ein grunzendes Geräusch, welches wohl als Lachen verstanden werden sollte.
„Zeissner die Bundesregierung ausspionieren?", murmelte Rester ungläubig vor sich hin.

Jonas nickte. „Er hat die komplette Vita von Helena Zeissner recherchiert. Unser Opfer hat alles aus ihrer Kindheit bis hin zu ihrer politischen Karriere zusammengetragen. Das meiste des Materials ist unpolitisch. Husmann hat hauptsächlich das Privatleben beleuchtet. Und ich sage noch einmal ganz deutlich: Er hat gegen sie keinerlei Beweise für illegale Aktivitäten gefunden. Gegen niemanden gibt es einen konkreten Hinweis. Auch nicht in diesen Unterlagen aus dem Schließfach."

Kobler verzog die Stirn und vergrub ihre Hände in den Haaren. Wieder stellte sich die Frage, was der Journalist in Zeissners Privatleben gesucht hatte und wie das mit dem Spionagenetzwerk zusammenhängen konnte. Wenn die Bundesregierung wirklich Opfer von Spionageangriffen gewesen wäre, dann wäre das eine große Sache. Eine gute Story! Warum hatte er sich nicht darauf konzentriert, Beweise für diese Theorie zu finden? Stattdessen hatte er die Kindheit von ihr auf das Kleinste untersucht.

„Es muss irgendeinen Grund gehabt haben, dass sich Husmann mehr mit Zeissners Jugend beschäftigt hat als mit Spionage oder dem Rüstungsgeschäft. Das hatte er nämlich ursprünglich als Story geplant. Wenn er das so gemacht hat, sollten wir das auch tun." Kobler wollte, durch die aktuellen Ereignisse bestätigt, noch einmal versuchen, eine Genehmigung für Ermittlungen zu erhalten.

Doch Hecht blockte ab. „Es gibt keinen Beweis!", sagte sie sachlich. „Wir bekommen da kein grünes Licht, Frau Kobler." Sarah presste ihre Lippen zusammen.

„Vielleicht", mutmaßte Rester, „war Husmann Teil des Netzwerks und wusste deshalb über ihre

Machenschaften Bescheid. Die Unterlagen im Schließfach hat er zur Sicherheit angelegt, um im Fall der Fälle die Gruppe auffliegen zu lassen. Dann müssten wir das Motiv für den Mord und den Täter woanders suchen."

Tom fühlte, dass sein Einwand nicht sehr glaubwürdig war. Er wollte aber die Diskussion nicht ohne einen Redebeitrag verstreichen lassen, zumal sich seine Spur mit Wahl so grandios zerschlagen hatte. Es wurmte ihn, dass nun doch einiges dafür sprach, dass seine Kollegin von Anfang an recht gehabt haben könnte. Aus irgendeinem unerfindlichen Grund gönnte er ihr diesen Erfolg nicht.

„Dann hätte er mehr in der Hand. Mehr Details. Dann wüsste er auch, wie sie das anstellen, ohne erwischt zu werden. Bisher hatte Husmann nichts als Vermutungen!", hielt Kobler ihm prompt entgegen.

Tom ließ sich in seinen Stuhl zurücksinken und signalisierte so, dass er aufgab. Letztlich stimmte das, was Sarah sagte, ja auch. Er hatte im Grunde keine Ahnung, was genau jetzt der beste nächste Schritt wäre. Kobler und Rester hatten sich im Verlauf der Diskussion nicht in die Augen gesehen und waren gegenseitig den Blicken des anderen ausgewichen.

„Es ist wirklich sehr viel Material", glättete Gude die Wellen. „Wir müssen erst alles aufarbeiten."

„Dafür haben wir die SOKO", resümierte Pott.

„Sollen wir Reiters und Zeissners Immunität aufheben lassen?", fragte Tom, der endlich weiterkommen wollte. Während sie hier saßen und redeten, lief die Zeit.

„Zu früh!", entgegnete Hecht ein weiteres Mal. „Erstens haben wir nicht genügend in der Hand. Zweitens schrecken wir das ganze System auf. Wenn wir

losschlagen, muss alles wasserfest sein und es muss schnell gehen."
Pott pflichtete ihr nickend bei. „Sehe ich auch so!"
Kobler starrte ins Leere, als würde die Lösung zwischen den Tischen und Stühlen am Boden liegen. „Zeissner ist der Schlüssel zu allem! Der Missing Link! Sie ist die Verbindung und wir müssen an sie ran!"
Schweigen!
„Haben Sie gehört, was die Staatsanwältin eben gesagt hat?" Pott erwartete keine Antwort. Er stand auf, ging um den kleinen Tisch und setzte sich auf das Eck. So war er näher an seiner Mannschaft.
„Wir müssen zügig arbeiten. Herr Gude, Sie übernehmen mit den vier neuen Kollegen die Auswertung der Unterlagen. Sie kennen das alte Material am besten. Priorisieren!" Er sah prüfend in die Runde. „Herr Rester beschäftigt sich mit den Spuren aus Rölls Wohnung. Anmerkungen?"
Sarah machte ein beleidigtes Gesicht. Ihr Chef schien sie im Moment nicht mehr wahrzunehmen. Was wer jetzt mit Helena Zeissner? „Wir müssen wissen, von wem das Blut im Bad stammt", sagte Kobler trotzig in die Stille. „Dann wäre wichtig, ob auch Robert Bartsch eine SMS bekommen hat oder nur ich." Pott nickte und Tom notierte beide Fragen pflichtbewusst auf einem Zettel.
„Ich fahre in die Haubachstraße und befrage die Nachbarn. Irgendjemand muss etwas gesehen haben", ergänzte Tom und blickte fragend zu seiner Kollegin. Die nickte zustimmend.
„Außerdem sollten wir einen offiziellen Kontakt zum BKA herstellen", verkündete Kobler. „Das BKA hat in Sachen der verschwundenen Akten ermittelt. Es ist wichtig, dass wir unsere Informationen austauschen."

Rester entfuhr ein kurzes Lachen, welches er nur unzureichend unterrücken konnte. „Offiziellen Kontakt zum BKA! Damit du nicht bis abends warten musst", zischte er halblaut zwischen den Zähnen hervor.
Kobler warf ihm einen vernichteten Blick zu, entschied aber, über seinen Einwurf hinwegzugehen. „Noch einmal! Husmann hat sich viel und zentral mit Helena Zeissner beschäftigt. Darum sollten wir das auch tun."
„Wir müssen wegen der Immunität aufpassen. Wir dürfen nicht offiziell gegen sie ermittelt", warnte Mariella Hecht wiederum.
Sarah deutete mit einem kurzen Blick an, dass sie verstanden hatte. Hecht traute sich nicht an die Politikerin ran. Man merkte ihr dieses Unbehagen, ja Furcht, an. Sie machte sich Sorgen um ihre Karriere und andere Dinge, wenn die Sache schief ging.
Kobler startete keinen weiteren Anlauf. „Es muss etwas geben, was alles zu einem Gesamtbild zusammenfügt. Etwas, das uns erklärt, wie Spionage, der Mord an Husmann und das Privatleben von Helena Zeissner zusammenpassen. Diesen entscheidenden Hinweis müssen wir finden. Das große Geheimnis des Manuel Husmann!" Sarah vollführte eine Geste, wie sie Zauberer machen, wenn sie plötzlich eine Taube erscheinen lassen.
„Was schlagen Sie also vor?", wollte Pott wissen.
„Wir stellen Rölls und Husmanns Wohnungen noch einmal auf den Kopf. Wir durchsuchen alles bis ins letzte Eck. Wir suchen nach geheimen Verstecken, Tresoren, und so weiter. Wir nehmen uns die Computer von beiden vor. Auch die in der Arbeit. Das haben wir bisher nicht gemacht. Wir suchen nach Hinweisen auf Anwälte oder Notare, die als Sicherheitsversteck ebenso in

Betracht kommen wie Schließfächer auf Bahnhöfen."
Allgemeines Einverständnis.

„Dann sollten wir ganz besonders Husmanns Notizbuch unter die Lupe nehmen. Suchen wir nach geheimen Zeichen. Vielleicht hat er so etwas wie Zaubertinte benutzt. Irgendetwas, was nicht gleich ins Auge sticht."
Pott hob skeptisch die Augenbrauen. Er mochte es nicht, wenn zu viel Fantasie mit ins Spiel gebracht wurde. „In diesem Buch bekommen wir eine Zusammenfassung."

Wieder allgemeines Nicken. „Wir müssen Stefanie Röll finden!" Koblers Appell war so eindringlich, dass sogar Rester bei ihren Worten eine leichte Gänsehaut über die Unterarme lief. Sarah hatte recht! Das mussten sie wirklich. Es war ihre Aufgabe, die Frau zu finden, so schnell wie möglich. Koste es, was es wolle. Alle hatten sich den Nachmittag mit Husmann und den Ermittlungen beschäftigt. Dabei war völlig unklar, was aus Stefanie Röll geworden war. Wenn sie lebte, hatte sie absolute Priorität. Allerdings hätte Tom nicht auf Röll wetten wollen. Die Chancen für sie standen schlecht.

Pott kontrollierte mit einem Blick in die Runde, ob alles gesagt war. Dann nickte er auffordernd. „Ich nehme mit dem BKA Kontakt auf!", verkündete er. „Ich mache keine offizielle Anfrage, sondern lasse meine Beziehungen spielen. Wenn das alles stimmt, wie Husmann es sich ausgedacht hat, ist das BKA infiziert. Wir geben keine Informationen aus dem Team!" Er blickte streng in alle Gesichter und verharrte am Ende auf Koblers Miene.

„Nichts geht raus! Es ist zu unserem eigenen Schutz. Notizen über den Fall handschriftlich. Wenn Sie etwas brauchen, kommen Sie zu mir ins Büro und machen es nicht per Telefon. Sicher ist sicher!" Wieder kontrollierte er, ob alle Anwesenden ihn verstanden hatten.

„Und wir lassen Reiter und Helena Zeissner in Ruhe! Vorerst!" Potts Miene war ausdruckslos aber jeder wusste, dass diese Ansage ausschließlich Sarah Kobler galt.

„Welche Aufgabe genau habe ich?", wollte die Kommissarin ungerührt wissen. „Jonas macht die Akten und Tom fährt in die Haubachstraße. Wo soll ich mich einbringen?" So, wie Sarah es sagte, klang es unschuldig, aber unterschwellig schwang ein Vorwurf in ihrer Stimme mit.

Matthias Pott drehte sich auf der Tischkante zu seiner Mitarbeiterin. Erst hatte er geplant, Rester und Kobler gemeinsam in Rölls Wohnung zu schicken. Er hatte es sich nach den kleinen Reibereien aber anders überlegt.

„Sie nehmen sich alle Unterlagen und Informationen vor, die mit dem Privatleben von Helena Zeissner zu tun haben. Halten Sie die Nase tief hinein. Finden Sie etwas, was Frau Hecht und mir Handlungsspielraum bietet."

Pott klopfte mit seinen Knöcheln auf den Tisch. Alle erhoben sich. Es wurden noch Arbeitsaufträge verteilt und Details besprochen. Als alle aus der Tür waren, zupfte Sarah an Gudes Oberteil. Er blieb stehen und drehte sich um.

„Ich denke, es ist besser, wenn du deine Frau und dein Kind für ein paar Tage aus der Stadt bringst", raunte sie ihm in einem kaum hörbaren Flüsterton zu. „Wir haben es hier mit einem großen Netzwerk zu tun. Wer weiß, wer alles mit drin steckt. Wir haben einen Toten und eine vermisste Person. Keiner weiß, wie weit die gehen! Wenn in den Unterlagen tatsächlich der Schlüssel ist, dann wissen wir bald dasselbe wie Manuel Husmann."

Gude schluckte. Sorge war in einem Gesicht zu lesen. Wahrscheinlich hatte Kobler recht. „Okay, vielleicht ist das wirklich besser so." Er lächelte kurz mit einer leicht bitterer Note. Dann klopfte er seiner Kollegin auf die Schulter. „Danke!"

24. Kapitel – Freitag, 12.06.2015, nachmittags

Stefanie Röll stöhnte laut auf, als die Eisenstange den Weg zu ihren Knochen fand. Höllische Schmerzen brannten in ihr und sie konnte nicht mehr sagen wo genau. Alles tat weh. Mehrfach war sie schon bewusstlos gewesen. Immer wieder hatte er sie zurückgeholt. Wie lange würde das noch so weitergehen?
Sie wusste, dass der Mann, der unter ihr stand, sie nicht mehr lebend gehen ließ. Nein, das würde er nicht tun. Er hatte sie nicht hier in diese alte Industriehalle verschleppt, um sich mit ihr nett zu unterhalten und sie dann in ein Krankenhaus zu bringen, wenn er erfahren hatte, was er wissen wollte. Nein, am Ende dieses Weges war sie tot!
Am Vormittag war noch alles in Ordnung gewesen, bis sie Geräusche an ihrer Tür vernommen hatte. Der Angreifer hatte sich nicht getraut zu klingeln, sonst hätte sie Zeit gehabt, um Hilfe zu holen. Um ihren Notfallplan in Kraft zu setzen. So hatte alles sehr schnell gehen müssen. Er hatte begonnen, ihre Wohnungstüre aufzubrechen.
Das, was dann geschehen war, war so rasch abgelaufen, dass sie sich nicht mehr an alle Einzelheiten erinnern konnte. Sie wusste nur, dass er sie gepackt, betäubt und hier in diese alte Halle gebracht hatte. Wie einen nassen Sack hatte er sie auf den harten Betonboden fallen lassen. Entkleidet und splitterfasernackt war sie an vorbereiteten Ketten festgebunden worden. Er hatte sie

nach oben gezogen, sodass sie einige Zentimeter über dem Boden baumelte.

Der nächste Schlag kam und traf sie mitten auf die rechte Hüfte. Röll brüllte auf. Der Schmerz war so durchdingend, dass jede Faser in ihr zu beben schien. Stöhnend presste sie ihre Lippen zusammen. Sie wollte nicht, dass er sie so sah. Sie wollte ihm nicht zeigen, wie sehr sie litt. Aber es tat höllisch weh.

Manuel und sie hatten oft genug über diese Situation gesprochen. Was alles passieren könnte. Was es dann zu tun galt. Sie hoffte, ihren Lebensgefährten nicht nachträglich zu enttäuschen. Hoffentlich ging alles gut. Röll schluckte einen aufkommenden Weinkrampf hinunter. Bald würden sie wieder vereint sein.

„Sag mir endlich, wo du sie versteckt hast", brüllte der Mann und legte die Metallstange klirrend beiseite.

Die Frau betrachtete ihn mitleidig von oben. In ihrem Mund sammelte sie Blut und Speichel, um alles gesammelt auszuspucken. Treffen würde sie ihn nicht, das war ihr klar. Aber immerhin zeigte sie so, dass sie noch zu kämpfen verstand. Seit er sie in diese Halle gebracht hatte, hatte sie Hiebe mit Stangen, Nägeln und Schnitte mit Messern über sich ergehen lassen müssen.

Er hatte sie mit einem Elektroschocker traktiert und mit glühenden Eisen, die er in einem kleinen Feuer aufwärmte. Schlimmer konnte es nicht mehr kommen. Röll nahm alle Kraft zusammen und spuckte kräftig aus. Doch sie verfehlte ihren Peiniger bei Weitem. Ihm war ihre erbärmliche Attacke nicht einmal einen Schlag mit der Faust zur Bestrafung wert. Eigentlich war sie ganz stolz auf sich. Sie hatte sich gut gehalten. Ihre Lippen waren, seit ihr Martyrium begonnen hatte, wie versiegelt. Jetzt und die gesamte Woche hatte sie es ertragen, um die wichtige Sache nicht zu gefährden. Es durfte nicht alles vergebens gewesen sein.

Fast wäre ihr ein großer Irrtum unterlaufen. Fast hätte sie Manuels Unterlagen an den Falschen gegeben. Nicht auszumalen, was dann passiert wäre. Alles umsonst! Unter Umständen hätte ihr dieser Fehler sogar das Leben gerettet. Aber sie glaubte nicht daran. In diesem Geschäft gab es keine Gefangenen und keine Mitwisser. Irgendwie hatte sie erahnt, dass etwas nicht stimmte. Es war dieses Drängen, dieses Betteln gewesen. Das Gefühl der Angst, welches sie bei ihm gespürt hatte.

„Denk doch an meine Kinder", hatte er gesagt und sie angefleht, ihm die Akten zu überlassen. Was hatten seine Kinder damit zu tun? Da hatte sie gewusst, dass etwas faul war und hatte beschlossen, ihren Plan zu ändern.

Sie suchte nach dem Mann unter sich, um zu sehen, warum sie seit einigen Minuten keinen Schlag mehr erhalten hatte. Dieser lief hektisch hin und her und schien nachzudenken. Zweimal innerhalb kurzer Zeit sah er auf die Uhr. Er stand unter Druck. Er musste liefern! Röll war klar, dass er nicht der große Boss in dieser Sache war. Er war auch nur eines der Räder, die sich drehten und welches nun sie zermahlen würde. Er mochte seine Gründe haben, aber retten würde ihn das auch nicht! Bösen Menschen widerfuhr Böses!

Sie hoffte inständig, dass die Kommissarin alles fand und schnell genug die Antworten zusammentragen konnte. Diese Kobler war ihre letzte Hoffnung. Leider auch die einzige, die ihr geblieben war. Diese Polizistin war schlau und Röll glaubte, genügend Rückgrat bei ihr ausgemacht zu haben, um dieser Sache gewachsen zu sein. Wie hatte das alles nur so enden können?

Ihre Gedanken schweiften zurück zu Montagabend, als ein einziger Anruf ihr Leben veränderte. Manuel hatte sie gleich nach seiner Entdeckung kontaktiert. In höchster Eile hatte sie alles stehen und liegen gelassen und war zu ihm gefahren. Er hatte ihr alle wichtigen Unterlagen übergeben, um sie zu verwahren. So hatten sie es stets gemacht, wenn er brisante Informationen gefunden hatte. So war es auch diesmal abgesprochen.

Sie mussten davon ausgehen, dass sie in Gefahr schwebten. Dass jemand versuchen würde, Manuels Recherchen zu vernichten. Mit diesem Risiko hatten sie gelebt. Immer schon! Sie hatte die Sachen gepackt und zum Bahnhof gebracht. Als sie zurückgekommen war, hatte sie ihren Partner tot aufgefunden. Und plötzlich war alles anders!

Sie hätte es sich einfach machen und ihrem Peiniger alles gestehen können. Sie hätte ihm sagen können, wo er alles finden konnte. Dann würde er sie gleich jetzt und hier umbringen und die Schmerzen wären zu Ende. Aber was half das? Sie wollte der Kommissarin so viel Vorsprung wie möglich verschaffen. Also musste sie durchhalten. Das brachte Zeit.

Röll versuchte, einen tiefen Atemzug zu nehmen, denn unter dem eigenen Gewicht fiel ihr das Atmen mehr und mehr schwerer. Wie Jesus, dachte sie. Schon komisch. Wo sie doch so gut wie nie in eine Kirche gegangen war. Früher mit ihren Eltern, da hatte sie den einen oder anderen Gottesdienst besucht, aber seit sie in Berlin war nicht mehr. Sie hatte anderen Göttern gedient. Der Mode, der Macht und dem Geld. Für was?

Für einen Moment kamen ihr die ganzen schönen und oberflächlichen Dinge in den Sinn, mit denen sie ihr Leben verschwendet hatte. Schuhe, Ohrringe und teure

Kleider. Und wo waren all diese Dinge nun? Sie war nackt und das Blut lief ihr aus zahllosen Wunden über die Haut. Sie stank nach Schweiß, verbrannter Haut und nach Kot und Urin. Mehrfach hatte sie sich erbrochen, wenn die Schmerzen unerträglich geworden waren. Zwischen Kot und Urin werden wir geboren, dachte sie. Und sie würde ebenso sterben.

Natürlich diente sie in diesem Moment einer moralischen Sache und hoffte, dass ihr diese Qual noch irgendwo vergolten wurde, auch wenn sie nicht wirklich daran glaubte. Jetzt, so kurz vor dem Ende, wünschte sie sich einen Gott. Wen sonst sollte ihr Schicksal noch interessieren? Es gab keine Kinder, die um sie weinen würden und das mit ihren Eltern war auch so eine Sache. Egal! Ohne einen Gott machte das alles keinen Sinn.

Ein glühender Schmerz riss Röll aus ihren Gedanken. Ein stechender Geruch kroch ihr in die Nase. Ihre linke Fußsohle brannte unter dem Druck des heißen Eisens, bis die Haut irgendwann ganz kalt wurde und sie nichts mehr spürte. Tränen kullerten über ihre Wangen. Sie flehte fast darum, nur noch einmal ohnmächtig werden zu dürfen. Nur noch einmal! Wimmernd biss sie die Zähne zusammen.

„Stefanie, wenn du mir nicht sagst, wo ihr die Sachen versteckt habt ..." Er machte eine Pause und rang nach passenden Worten. Was dann? Der Satz blieb in der Luft hängen. „Ich schwöre dir, ich werde dich so lange ficken, bist du mir erzählst, wo ich das Zeug finde! Ich muss es einfach haben! Ich muss!"

Auch das noch! Röll hatte gehofft, dieser Kelch würde an ihr vorübergehen. Ein Schluchzer bahnte sich seinen Weg durch ihre ausgetrocknete Kehle und drang verzweifelt nach außen. Sie hatte oft mit Manuel

darüber gesprochen. Was alles passieren konnte. Zu welchen Methoden die anderen fähig waren. Auf was sie sich einstellen mussten und wie man es am besten ertrug. Jetzt also das auch noch!
Röll versuchte, sich so gut es ging auf das Kommende vorzubereiten, sich ganz in sich zurückzuziehen. Sie schloss die Augen und atmete so ruhig, wie es ihr möglich war. Ganz ruhig! Sie redete sich ein, dass dies alles nur ihren Körper betraf und mit ihr und ihrer Seele nichts zu tun hatte. Sie musste sich nur abkoppeln, dann konnte er mit der Hülle, die sie umgab, machen was er wollte. Diese Vorstellung tröstete sie.
Ein Knacken, als wäre eine dicke Zaunlatte zerbrochen und unbeschreibliche Schmerzen rissen Stefanie Röll aus ihrer Trance, als der nächste Schlag ihren Brustkorb traf. Wie viele Rippen hatte er ihr heute schon gebrochen? Sie wusste es nicht. Diesmal kam kein Schmerzensschrei über ihre Lippen. Sie begann zu strampeln und würgen, da sie immer schlechter Luft bekam. War es das jetzt? Würde es jetzt enden?
Wieder vernahm sie, wie der Mann die Stange klirrend weglegte und einige Schritte hin und her lief. Es hörte sich hektisch an, ganz, als wüsste er nicht mehr, was er tun sollte. Gut! Bring mich um, betete sie und hoffte, dass er endlich ein Einsehen hatte. Dass ihm klar wurde, dass sie nichts mehr verraten würde. Dass ihr die Vergewaltigung erspart bliebe. Sie öffnete die verschwollenen Augen und sah ihn vor sich stehen. Nur einige Zentimeter unter ihr. Es war, als würde er an ihr riechen und ihr Geruch ihn der Lösung ein Stück näher bringen.
Da kam ihr eine Idee. Ein letzter Gedanke. Eine finale Demonstration ihres Widerstandes. Sie musste ihn noch

einmal provozieren, so, dass er sich vergessen würde. Dann würde diese Folter ein für alle Mal enden. Für immer! Sie konzentrierte sich und dann erschlaffte die unter den Schmerzen angespannte Beckenmuskulatur. Urin entleerte sich. Als sie den Mann schrill aufschreien hörte, wusste sie, dass sie getroffen hatte. Jetzt würde er es tun. Jetzt! Jetzt!

Doch nichts passierte. Für einen Moment dachte sie, er wäre weggegangen und würde sie sich selber überlassen. Doch als er zurückkehrte und sie in sein Gesicht sah, fand sie dort keine Verzweiflung mehr. Keine Unsicherheit und keine Skrupel. Langsam merkte sie, wie er die Eisenkette lockerte und sie von der Decke ließ.

„Na gut", zischte er leise und entschlossen. Er warf ihren wehrlosen schlaffen Körper auf ein paar Kisten. „Du hast es nicht anders gewollt." Sie hörte, wie ein Gürtel geöffnet wurde und eine Hose zu Boden fiel. „Das hier geht jetzt so lange, bis du mir sagst, was ich wissen muss."

Sie fühlte, wie jemand ihre Beine auseinander presste. Dann explodierte ein Schmerz in ihrem Bauch wie eine Bombe. Glühende Lava füllte ihren ganzen Unterleib aus. Durchhalten, dachte sie. Dann schloss sie die Augen.

25. Kapitel – Freitag, 12.06.2015, 16:41 Uhr

Sarah Kobler saß auf ihrem Motorrad und wartete. Sie hatte sich so postiert, dass sie den Eingang des neuen Bundesinnenministeriums gut im Blick hatte. Jeden, der rein oder rauskam, musterte sie argwöhnisch. Schwül war es geworden. Unter ihrer Motorradjacke schwitzte sie umso mehr, aber es ging nicht anders. Am Abend sollte es Gewitter geben. Wenn man Richtung Westen über die Stadt schaute, waren die sich auftürmenden Wolkenberge schon zu erkennen. Ja, es würde heute noch ungemütlich werden. Aber auch das machte nichts. Die SOKO Stefanie hatte sich den ganzen Tag mit den Akten aus dem Schließfach beschäftigt. Aber sie hatte nichts gefunden. Nichts, was half, den Fall zu lösen. Dummerweise endeten die Aufzeichnungen in dem Notizbuch irgendwann letzte Woche. Daher konnte man nicht mehr nachvollziehen, auf was Husmann sich die letzten Tage seines Lebens konzentriert hatte.

Vor zwei Wochen hatte er noch ein Interview mit einem Kindergartenfreund von Helena Zeissner geführt. Der hatte sich naturgemäß an wenig bis nichts mehr aus dieser Zeit erinnert. Besonders hatte der Reporter nach ihren Fähigkeiten in der Kindheit gefragt. Was sie gut konnte und was nicht. Sie hatte ein Instrument gespielt, was sie nach ihrem schweren Unfall nicht mehr beherrschte. Viele solcher Details hatten den Journalisten interessiert, ohne dass er notiert hatte, wozu das gut sein sollte.

Tom war unmittelbar nach der Besprechung in die Haubachstraße gefahren. Dort hatte er Stefanie Rölls Nachbarn aus dem Mehrfamilienhaus befragt. Und das hatte gedauert! Genau genommen dauerte es immer noch. Die Tat war mitten am Vormittag passiert. Jeder hatte irgendwie etwas gesehen oder gehört, aber niemand so richtig. Alle waren sie mit ihren Leben beschäftigt gewesen. Keiner hatte mitbekommen, dass direkt nebenan ein Mensch angegriffen und entführt worden war. Eigentlich war das traurig, fand Kobler.

Es war schwer, die vielen Hinweise zu filtern und nur das aufzunehmen, was ihnen wirklich weiterhalf. Tom hatte am Abend zumindest eine vage Personenbeschreibung liefern können. Ein Mann sollte es gewesen sein, um die 50 mit kurzem dunklen Haar und vereinzelten grauen Strähnen. Unrasiert sei er gewesen. Mehr ein Dreitagebart. Und er habe schon einige Falten. Aber unter seiner Baseballmütze habe man nicht viel erkennen können. Irgendwie war Sarah auch erleichtert, dass nichts mehr für eine Finte von Stefanie Röll sprach. Kobler hatte diesen Verdacht immer mit sich herumgetragen. Dadurch hatte sie sich nicht vollkommen mit der Suche nach Röll identifizieren können. Jetzt konnte sie es.

Und noch etwas machte der Kommissarin Mut. Eine Rentnerin, die im Erdgeschoss gegenüber wohnte, hatte einen Wagen parken sehen. Einen Volvo! Sogar das Kennzeichen hatte sie ihnen nennen können. Die Daten wurden aktuell überprüft. Endgültige Ergebnisse hatten sich noch nicht ergeben, als Sarah das Büro verlassen hatte. Aber immerhin! Zumindest hatte sie eine konkrete Spur, der man nachgehen konnte. Nummernschilder führten zu Haltern und Halter konnte man befragen.

Ansonsten war der ganze Nachmittag vergebens. Sie hatten nichts gefunden. Nichts was es wert war, zu töten oder getötet zu werden. Dabei war sich die Kommissarin so sicher, dass der entscheidende Hinweis in diesem Haufen Papier stecken musste. Irgendwo in oder zwischen den vielen Buchstaben musste etwas sein, was alles veränderte, was aus allem ein Bild machte. Sarah hätte darauf gewettet, dass Husmann es geschafft hatte, das Alibi von Helena Zeissner zu sprengen.

Aber wie sollte er das angestellt haben mit der Recherche bei Jugendfreunden, der Information über das Lieblingsessen und ihrer Krankenakte? Kobler schüttelte den Kopf, als sie darüber nachdachte. Wie sollte man da weiterkommen?

Unterdessen hatte man Bernhard Wahl freilassen müssen. Sein Alibi, wonach er am Montagabend betrunken und verletzt in einer Berliner Notaufnahme gewesen sei, hatte sich als zutreffend erwiesen. Sarah hatte das nicht überrascht. Jemand wie der war zu diesen Aktionen, mit denen sie es hier zu tun hatten, nicht in der Lage. Früher vielleicht, aber jetzt nicht mehr. Kobler fand es immer wieder interessant, wie Menschen sich im Lauf einer Haftstrafe veränderten. Wie sie alterten und wie sie innerlich zusammenfielen. Ja, die Wenigsten kamen so raus, wie sie hineingegangen waren.

Die Kommissarin drückte den Rücken einmal kräftig durch und begann, den Kopf sanft hin und her zu bewegen. Vom vielen Sitzen war ihr Körper steif geworden und der schwere Helm war auch nicht ohne. Aber sie musste da jetzt durch. Wie auf Bestellung hatten sich am späten Nachmittag ihre Kopfschmerzen wieder gemeldet. Ein leichtes Ziehen in der Schläfengegend hatte das drohende Ungemach angekündigt. Kobler hatte es umgehend unterbunden. Nicht heute!

Florian Weidrich hatte sie ebenfalls absagen müssen, auch wenn ihr das schwergefallen war. Schwerer als vermutet. Sie wunderte sich über sich selber, wie sehr sie sich auf einen Abend mit ihm gefreut hatte. Das sah ihr nicht ähnlich. Einen Abend und selbstredend die kommende Nacht. Noch am Morgen hatte sie sich extra für ihn neue sexy Unterwäsche angezogen, dunkelblau und mit Spitzen. Sie wusste nicht, wie lange Florian noch in der Stadt war und ob sie sich noch einmal sehen konnten. Wehmut quellte in ihr auf. Auch das kannte sie nicht von sich. Sie schob alles schnell beiseite. Heute gab es Wichtigeres. Außerdem hatte sie ja Weidrichs Handynummer.

Mehr als schöne Gedanken hatte das BKA allerdings nicht zum Fall beigetragen. Pott hatte alle seine Kontakte spielen lassen. Er hatte versucht, so diskret wie möglich weitere Informationen zu den einschlägigen Ermittlungen um verschwundene Akten herauszubekommen. Das Ergebnis war ernüchternd. Alle seine Freunde hatten ihm immer wieder bestätigt, dass Helena Zeissner ein lupenreines Alibi für alle Fälle habe. Für jeden einzelnen!

Nur eine Einschränkung hatten seine Quellen übereinstimmend gemacht. Gelöst war noch keiner der Fälle. Man hatte zwar die eine oder andere Festnahme zu verzeichnen, aber leider deuteten die an den Tatorten gefundenen DNA-Spuren auf nur einen männlichen Täter hin. Und die Abgleiche der Genproben mit den jeweiligen Verdächtigen waren bisher ausnahmslos negativ verlaufen, sodass man sie freisetzen musste. Auch das BKA steckte in einer Sackgasse!

Ein Satz von Pott war in Kobler haften geblieben. Er hatte gesagt, sie solle ihre Nase in das Privatleben von Zeissner halten. Nachdem das Team keinen Schritt weiter kam, hatte sie sich entschieden, etwas zu tun, von dem die anderen besser nichts wussten. Also hatte sie ihnen gesagt, sie müsse noch wohin. Dann war sie nach Hause gefahren und hatte ihr Motorrad geholt. Schließlich standen sie unter Zeitdruck. Stefanie Röll war nicht wieder aufgetaucht. Je länger sie verschwunden war, desto schlechter waren die Chancen, sie lebend zu finden. Jetzt saß Sarah also hier und wartete.

Der ganze Fall war für Kobler ein einziges Rätsel. Sie hatte schon die gesamte Woche den Eindruck, kurz vor der Lösung zu stehen. Vielleicht sahen sie den Wald vor lauter Bäumen nicht. Eigentlich hätte auf Husmanns Festplatte oder spätestens in diesen Schließfachakten etwas Verwendbares sein müssen. Etwas, was ihnen weiterhalf. Sarah war überzeugt, dass der entscheidende Hinweis direkt vor ihrer Nase baumelte, sie ihn aber nicht sahen.

Und die Zeit lief ab. Nicht nur, dass ein Mörder frei herumlief, jetzt hatte man auch noch Stefanie Röll verloren. Sollte er sie wirklich foltern, um Informationen aus ihr herauszubekommen, hielt sie nicht mehr lange durch. Das war klar! Zeit zum Handeln!

Plötzlich erregte etwas am Eingang des Ministeriums Koblers Aufmerksamkeit. Sie setzte sich aufrecht hin und kniff die Augen zusammen. Helena Zeissner verließ das Gebäude. Sarah sah auf die Uhr. 17:45 Uhr! Sie hatte eine Aktentasche unter dem linken Arm und ein Telefon am rechten Ohr. Ohne auf ihre Umgebung zu achten, stieg sie in den dunklen Regierungswagen auf der Rückseite ein und die Limousine fuhr los.

Die Kommissarin hatte sich zuvor vergewissert, dass Zeissner wirklich im Ministerium war, bevor sie sich hier auf die Lauer gelegt hatte. Zu dumm, wenn Frau Staatssekretärin schon im wohlverdienten Wochenende geweilt hätte, während sie sich die Pobacken wund saß. Aber die Politikerin war noch nicht im Wochenende gewesen. Wenn sie recht behielt, genoss Zeissner jetzt auch nicht ihre knappe Freizeit. Sarah vermutete etwas anderes.

Kobler dehnte noch einmal ihre Nackenmuskulatur. Dann klappte sie das Visier des Helms herunter und startete den Motor. Zeissners Dienstauto fuhr nicht besonders schnell. Für die geübte Zweiradfahrerin war es kein Problem, im Nachmittagsverkehr dem Wagen unauffällig zu folgen. Sie schaffte es, die Ampeln rechtzeitig zu passieren und doch einen sicheren Abstand zu halten. Wohin sie wohl wollten?

Sarah hoffte, dass sie mit ihrer Vermutung richtig lag. Nicht nur für sie stand viel auf dem Spiel. Wenn die Sache schief ging, wollte sie nicht in ihrer Haut stecken. Aber irgendetwas musste sie schließlich tun. Kobler hatte sich eine Theorie zurechtgelegt. Falls es stimme, dass Zeissner etwas mit Rölls Verschwinden zu tun hatte, würde sie heute Abend mit ihren Freunden Kontakt aufnehmen. Solche Entwicklungen musste man besprechen. Oder Zeissner würde sie direkt zum Versteck von Stefanie Röll führen. Auf das wagte die Kommissarin aber nicht zu hoffen. Auf jeden Fall hatte sie sich entschieden, die Politikerin auf eigene Faust zu beschatten.

Kobler folgte dem Wagen, bis er schließlich vor einem noblen Mehrfamilienhaus stehen blieb. Fast hätte sie verpasst, wie die Staatssekretärin aus dem Auto ausstieg und in das Gebäude huschte. Das Dienstauto fädelte umgehend wieder in den Verkehr ein. Die Kommissarin stand für einen Moment vor der Frage, ob sie hier warten oder weiter das Auto verfolgen sollte, entschied sich aber für Ersteres.

Kobler beäugte das Haus misstrauisch von außen. Sollte sie sitzen bleiben oder reingehen? Sie waren mitten in einem Wohnviertel. Sarah vermutete, dass sie jetzt an Zeissners Berliner Wohnsitz angekommen waren.

Warum hatte das eigentlich niemand überprüft? Sie ärgerte sich über das Versäumnis, zog es aber vor zu warten. In der Ruhe lag schließlich die Kraft. Wenn die Politikerin mit Rölls Verschwinden zu tun hatte, kam sie noch einmal raus. Ganz sicher!
Und sie kam tatsächlich wieder. Es dauerte etwa eine halbe Stunde. Zeissner hatte sich umgezogen. Anstelle des Stiftrocks trug sie nun Jeans und ein Top statt Bluse. Dazu eine dunkle Sonnenbrille. Fast hätte Kobler sie nicht erkannt. Auch die Pumps waren verschwunden und einfachen Sneakers gewichen. Zeissner ging einige Meter und setzte sich hinter das Steuer eines kleinen BMWs der 1er Reihe. Dann fuhr sie los.
Wie zuvor am Ministerium fädelte Sarah erneut unauffällig in den Verkehr ein und folgte ihr. Für eine offizielle Observation hätte sie von Mariella Hecht nie die Genehmigung erhalten, auch wenn sich die Gerichtsbarbie, wie Kobler die Staatsanwältin gern nannte, heute bei ihr entschuldigt hatte. So viel Mumm hatte die Hecht einfach nicht. Da machte sie es lieber unkompliziert und selber.
Sie fuhren nach Westen, erst Richtung Messe und dann auf der breiten Heerstraße stadtauswärts. Irgendwann bogen sie links ab und fuhren durch enge Seitenstraßen. Sarah musste mehr Abstand halten, um nicht entdeckt zu werden. Schmaler und schmaler wurde die von Eichenbäumen gesäumte Straße, die immer tiefer in ein bewaldetes Gebiet am Stadtrand hineinführte.
Die vielen Bäume und der Radweg, der die Fahrbahn beiderseits säumte, ließen die Kommissarin fast vergessen, dass sie noch in Berlin waren. Hier hätte man glauben können, man wäre schon weit außerhalb, irgendwo in Brandenburg. Der Weg wurde immer enger

und endete schließlich in der Havelchausee. Ohne Bäume hätte man hier einen Blick auf den Stößensee erhaschen können. So sah man nur Wald. Einige Badegäste standen auf einem Parkplatz und luden ihre Autos aus, um einen späten Platz am See zu ergattern.

Zeissner blinkte und bog nach links ab. Sarah folgte ihr noch ein ganzes Stück, bis die Politikerin wieder links in ein Privatgrundstück einfuhr. Schilder neben dem kleinen Weg warnten vor dem unbefugten Betreten des Geländes. Von der Straße aus konnte man ein großes zurückgesetztes Haus nur erahnen, so dicht standen die Bäume hier.

Kobler überlegte. Was sollte sie tun? Weiter dem Wagen folgen war nicht möglich, da sie vermutlich in eine Sackgasse gelangt wäre. Irgendwem würde auffallen, dass sie hier nicht hingehörte. Man würde sie fragen, was sie dort zu suchen habe. Sie wäre aufgeflogen. Das unerlaubte Nachspionieren hinter einer Staatssekretärin im Bundesinnenministerium vertrug sich nur bedingt mit einer Karriere bei den deutschen Polizeikräften, zumindest, wenn man erwischt wurde.

Kobler wartete, bis der Wagen verschwunden war. Dann rollte sie das Motorrad auf den Fahrradweg. Sie legte den Helm und die schwere Lederjacke ab. Ein ärmelloses rotes Top kam zum Vorschein. Sarah genoss die Erfrischung. Es war immer noch sehr schwül. Ihre Hose hatte sie aufgrund der Eile am Nachmittag gar nicht gewechselt, sodass sie nun wie ein Tourist aussah, der sich hier zufällig an der schönen Aussicht über den See erfreut. So wollte es sie jedenfalls erzählen, falls jemand sie ansprach.

Ohne sich Gedanken über das weitere Vorgehen zu machen, schlich sich Kobler durch die Bäume und

Sträucher in Richtung des Hauses. Wegen eventueller Kameras nahm sie nicht den normalen Zufahrtsweg und akzeptierte Laub und so manches Insekt in ihren Haaren und Kleidern. Da musste sie jetzt durch. Sie ging eine kleine Anhöhe hinauf und kam nach wenigen hundert Metern auf eine freie Fläche, auf der mehrere Autos parkten. Zeissner verbrachte den Abend also nicht alleine. Sie sah einige Mercedes, einen Ferrari und zwei Maserati. An Geld mangelte es den Besuchern schon einmal nicht.

Sarah duckte sich hinter einen Strauch. Sie zog ihr Handy aus der Hosentasche. Mit schnellen Fingern tippte sie die Kennzeichen der Fahrzeuge ein und schickte Rester eine SMS mit der Bitte, die Nummernschilder zu prüfen. Dann schob sie das Telefon zurück. Gerade als sie überlegen wollte, was sie am besten tun sollte, kam ein weiteres Auto die Einfahrt hoch. Es war ein weißer VW Van, in dem sieben oder sogar neun Personen Platz hatten.

Der Wagen hielt vor dem Haus und die Schiebetür öffnete sich. Eine Gruppe junger Frauen stieg aus. Sie unterhielten sich und zwei von ihnen rauchten eine Zigarette. Kleidung und Bewegungen ließen für die Kommissarin keinen Zweifel daran, dass es sich bei den Damen um Prostituierte handelte. Während Sarah noch nachdachte, waren die Frauen auch schon im Haus verschwunden. Was zur Hölle lief hier? Was machte Helena Zeissner an so einem Ort?

Kobler fasste sich ein Herz und huschte über die kleine Freifläche direkt zum Gebäude. Dort angekommen, drückte sie sich gegen die Mauer. Sie sah sich um, ob jemand sie gesehen hatte. Die einbrechende Dämmerung half ihr, sich im Schatten der großen Bäume zu verstecken. Sie brauchte ein Fenster. Langsam schlich sie gebückt um das Haus.

„Was machst du denn da?", hörte sie plötzlich eine dunkle Männerstimme mit russischem Akzent hinter sich. Obwohl ihr der Schreck mächtig in die Glieder gefahren war, ließ sie es sich nicht anmerken. Sie richtete sich auf und drehte sich lässig um.

„Ich?", fragte sie und versuchte ihren unschuldigsten Augenaufschlag. „Suchen Eingang! War pissen!" Mit einer Bewegung deutete sie an, dass sie eben noch schnell hinter einen Baum verschwunden war. Sie legte einen leichten Akzent in ihre Stimme, ohne dabei zu russisch zu klingen. Wenn ihr Gegenüber sie in seiner Muttersprache ansprach, flog sie auf. Der Mann musterte sie misstrauisch. Er gab sich keine Mühe, seine automatische Maschinenpistole, welche er in der rechten Hand hielt, zu verbergen.

Der Kommissarin rutschte das Herz in die Hose. Sie merkte, wie sich Schweißperlen auf ihrer Stirn bildeten. Die Hitze kam ihr jetzt noch drückender vor als eben.

„Soll ficken, weißt du!", schob Sarah nach, da ihr der stämmige Wachmann zu lange überlegte. Sie griff sich mit beiden Händen an ihre Brüste und presste sie zusammen.

Der Mann nickte grimmig und machte mit der Maschinenpistole ein Zeichen, ihm zu folgen. Er entriegelte eine Seitentür und drängte Kobler vor sich in das Haus. Sie gingen einen kleinen Seitengang entlang. Dann stiegen sie einige Stufen nach oben. Nach wenigen Schritten öffnete er eine Tür und knurrte: „Umziehen! Dann runter in den großen Saal."

Er musterte Sarah noch einmal ganz genau von oben nach unten. Die Kommissarin konnte erahnen, an was er dabei dachte. Gierig richteten sich seine Augen auf ihre Brüste. Auf keinen Fall würde dieser Kerl sie anfassen, Waffe hin oder her. Schnell ging sie hinein und warf die Tür hinter sich zu.

Erleichtert atmete sie tief durch und ließ sich gegen die Tür sinken. Für einen Moment war sie in Sicherheit. Nun war sie zwar im Haus, wusste aber nicht, wie sie wieder rauskommen sollte. Sie nahm an, dass der Mann vor der Tür auf sie wartete. Unschlüssig sah sie sich um. Das Zimmer war klein. In der Mitte stand ein Bett, auf dem verschiedene Kleidungsstücke verstreut lagen. Handschellen und eine Augenbinde konnte sie ebenfalls erkennen. Offenbar hatten sich die anderen Damen hier umgezogen. Wie auch immer!

Links an der Wand waren Einbauschränke angebracht, von denen einer offen stand. Kobler trat näher und öffnete die Tür. Innen lagen einige Kleidungsstücke, die den Namen kaum verdienten. Dort waren String Tangas, BHs und andere Dinge. Auch zwei Paar Absatzschuhe standen darin. Sarah spürte ein beklemmendes Gefühl in der Magengegend sich in ihr ausbreiten. Sie überlegte, wie sie weiter vorgehen sollte. Sie musste Zeissner finden und sie war im Haus. Egal wie, wenn sie sich frei bewegen und nicht gleich auffallen wollte, kam sich nicht umhin, sich umziehen. Wenn sie das nicht tat, flog sie auf!

Kobler bückte sich und nahm ein Paar schwarzer High Heels aus dem Schrank. Es war zwar nicht ihre Größe, sondern eine Nummer kleiner, aber da die Schuhe sehr offen waren und nur durch zwei Riemchen gehalten wurden, würde es schon gehen.

Sie suchte eine Stelle, wo sie ihre Kleidung so ablegen konnte, dass sie diese später ohne Probleme wieder fand. Niemand sollte auf die Idee kommen, darin herumzuwühlen. Widerwillig streifte sie ihre Hose ab und zog das Top über den Kopf. So nackt fühlte sie sich verletzlich und schutzlos. Obwohl sie sich selber in diese Situation gebracht hatte, kam sie sich auch ein Stück weit erniedrigt vor, dadurch dass diese Leute sie dazu zwingen konnten, sich auszuziehen. Am liebsten wäre sie weggelaufen, aber dafür war es zu spät.

Sarah machte einen Schritt zur Seite und betrachtete sich im Spiegel. Der dunkelblaue BH und Slip, die sie für Weidrich angezogen hatte, konnten durchaus als Dienstkleidung für eine Prostituierte durchgehen. Was für ein glücklicher Zufall! Nur die Dienstwaffe, die in der Halterung steckte, passte nicht.

Mist, dachte Kobler, als sie die Riemen löste. Es blieb ihr nichts anderes übrig, als sich davon zu trennen. Wo sollte sie auch hin damit? Die Pistole konnte sie sich schlecht in den Slip stecken. Vorsichtig legte sie die Waffe auf ihre Hose und bedeckte sie mit ihrem Oberteil. Dann schob sie alles so weit unter das Bett, wie es möglich war.

Sarah ging noch einmal zum Schrank. Sie fand ein Paar schwarze Strapse und eine entsprechende Halterung. Seufzend streifte sie die Strümpfe über, befestigte sie und schlüpfte in die High Heels. Die perfekte Nutte! Sie betrachtete ihr Gesicht im Spiegel und zupfte an ihren Haaren.

Wenn sie gekonnt hätte, dann hätte sie noch Lippenstift aufgetragen und die Augen geschminkt. Allerdings hatte sie keine Schminksachen mit dabei. Weder im Schrank noch auf dem Bett hatte sie welche gefunden, sodass es das Make-up, welches sie am Morgen aufgelegt hatte, tun musste. Sie atmete einmal tief durch, fuhr sich mit ihren Fingern durch die Haare, um sie wilder aussehen zu lassen, und öffnete die Tür.

Zu ihrer Erleichterung war der Mann mit der Maschinenpistole verschwunden. Sarah trat vor die Tür und riskierte einen Blick durch ein Fenster. Draußen war es inzwischen so dunkel, dass sie nichts mehr erkennen konnte. Aufgrund der dicken Wände vermutete sie, dass das Gebäude alt war. Der Boden war überall mit rotem Teppich ausgelegt, was ihre Schritte mit den Schuhen dämpfte. Das kam ihr sehr gelegen. Sie ging den Gang entlang und fand eine Treppe, welche nach unten in das Erdgeschoss führte.

Vorsichtig tastete sich Kobler die Stufen hinab. Sie saß nun in der Falle. Wenn Helena Zeissner sie hier sah, war alles aus. Unten angekommen, schenkte niemand der Person im Flur ihr Beachtung. Als wäre sie Luft. Sie sah Männer, die sich miteinander unterhielten und einige Damen. Kellner mit Sektgläsern auf Tabletts liefen umher und bedienten die Gäste. Alle waren festlich gekleidet. Die Herren trugen Anzug und die wenigen Damen hatten sich meist für ein sommerliches Abendkleid entschieden. Ohne besseres Wissen hätte man darauf tippen können, hier fände ein offizieller Empfang statt. Aber das hier war kein offizieller Empfang.

War Stefanie Röll hier irgendwo? Vielleicht im Keller? Wussten diese Menschen Bescheid? Oder war Kobler auf dem Holzweg und Zeissner hatte sie nicht zu Stefanie Röll geführt? Dabei hätte sie am Nachmittag noch drauf wetten können, dass sie nur der Politikerin folgen musste, um die verschwundene Frau zu finden. Die Lage hatte sich geändert.

Sarah entschloss sich, Helena Zeissner zu suchen. Eilig, aber selbstbewusst stöckelte sie an den Menschen vorbei. Sie war froh, dass niemand sie ansprach oder nach ihren Diensten verlangte. Offenbar waren Nutten hier nichts Ungewöhnliches. Sie ging den Gang entlang und gelangte zu einem Zimmer. Die Tür stand offen. Vorsichtig spähte sie in den Raum. Sie konnte einige Männer und Frauen erkennen. Genau genommen waren es zwei Männer und zwei Frauen. Die Damen knieten vor den Herren und waren damit beschäftigt, es ihnen zu besorgen.

Sarah zuckte zurück und huschte schnell weiter. Nicht, weil ihr derartige Handlungen fremd gewesen wären. Jeder Mensch auf dieser Welt hatte Sex! Sie wollte nur nicht, dass jemand sie bat, an dieser Szene mitzuwirken und Zeissner hatte sie auch nicht gesehen. Sie musste weiter.

Je länger Kobler ging und je mehr sie sah, umso mehr stellte sie sich die Frage, was die Staatssekretärin hier wollte. Oder hatte sie sich verfahren? Den falschen Wagen verfolgt? Behutsam tastete sie sich den Flur entlang. In einem anderen Raum wurde gerade weißes Pulver von einer Tischplatte geschnupft und in wieder einem anderen Zimmer wurde eine der Nutten von zwei Männern gleichzeitig genommen. Sarah lief ein Schauer über den Rücken. Eklig! Sie war mit Sicherheit kein Kostverächter und durchaus bereit, das eine oder andere auszuprobieren, aber das hier war die reinste Orgie.

Gedämpfte Angst erfasste Kobler bei dem Gedanken, was sie tun sollte, wenn jemand ihr befahl, in ein Zimmer zu kommen. Was sollte sie machen? Sie konnte ja schlecht schreiend wegrennen. Da waren die Wachen mit ihre Pistolen. Diese Sache hier war alles andere als

öffentlich. Sarah vermutete, dass diese Leute es nicht schätzten, wenn Fremde hier eindrangen. Sie atmete tief durch und kämpfte das aufkommende Gefühl der Panik nieder. Nicht zu viel nachdenken. Sie musste weiter!
Sie schlich den Gang entlang und erreichte einen größeren Raum. Drei Gestalten konnte sie im dämmrigen Licht der Lampe ausmachen. Zwei Männer und - Helena Zeissner! Kobler duckte sich hinter die Tür und spähte um das Eck. Ihr Atem ging jetzt flach. So leise wie möglich ließ sie die Luft über ihren Mund wieder entweichen. Sie hatte sie gefunden! Nun wurde es interessant.
Sarah riskierte einen weiteren Blick. Jetzt erkannte sie, dass es sich bei den Männern um Joachim Reiter und Nikolai Arkatov handelte. Sie kannte sie aus Husmanns Aufzeichnungen. Die beiden saßen in bequemen Sesseln und unterhielten sich, während Zeissner schräg neben Reiter stand. Der russischstämmige Unternehmer reichte Reiter gerade einen braunen Lederkoffer. Dieser öffnete ihn.
Kobler konnte Geldscheine erkennen. Also doch! Sie hatte es gewusst! Arkatov schmierte Reiter oder bezahlte für etwas anderes! Der Fraktionsvorsitzende sagte etwas und alle lachten. Auch Zeissner lachte, doch die Kommissarin erkannte Bitterkeit in ihrer Miene. Es war kein ehrliches Lachen, dass von Herzen kam, sondern ein gezwungenes, trauriges.
Sarah fiel auf, dass auch Helena Zeissner sich umgezogen hatte. Sie sah nicht mehr wie eine Berufspolitikerin aus oder wie ein Mitglied der Bundesregierung. Sie glich mehr den Nutten, die Kobler in den anderen Räumen gesehen hatte. Helena hatte ein blaues Korsett angelegt, welches ihre Taille einschnürte und ihre Brüste betonte.

Zum ersten Mal sah Sarah die üppigen Rundungen der Staatssekretärin, die diese bis hierher stets gekonnt verborgen hatte. Zeissner trug Strümpfe, welche mit Halterungen an dem Korsett festgemacht waren und dazu schwarze High Heels.

Helenas Haare waren offen. Die Locken fielen ihr über die nackten Schultern bis auf die Brüste. Sie wirkte wild und ja, auch willig. Um den Hals war ein dickes, schwarzes Lederband befestigt. Auf der Seite war ein kleiner Ring, an dem man Seile oder Ketten anbringen konnte. Sarah glaubte, in einem völlig falschen Film zu sein. Nicht nur, dass sie selber hier halb nackt durch ein Haus voller Drogen und Prostituierter stöckelte, nun auch noch Staatssekretärin Zeissner in devotem Aufzug. Kobler empfand die Situation als erniedrigend.

War das das Geheimnis, für das Husmann sterben musste? Diese Partys? Orgien? Eine versteckte Obsession, oder steckte noch mehr dahinter? Sarah war sich sicher, wenn sie erwischt wurde, erging es ihr wie dem Journalisten. Ein Teil von ihr wollte raus, weg und sich in Sicherheit bringen, doch ein anderer, stärkerer Teil wollte bleiben und sehen, wie es weiterging.

Reiter lehnte sich in seinem Sessel zurück und zündete sich eine Zigarre an. Er und Arkatov redeten leise miteinander. Kobler verstand kein Wort. Die beiden schienen sichtlich zufrieden. Helena stand daneben, ihre Hände hinter dem Rücken verschränkt und hörte zu. Schließlich, als Reiter fertiggeraucht hatte, erhoben sich die Männer und reichten sich die Hände.

Arkatov klopfte dem Fraktionsvorsitzenden partnerschaftlich auf die Schulter. Dann verließ Reiter samt Koffer den Raum durch eine Seitentür. Zeissner folgte ihm, ohne dass er etwas gesagt oder sie angesehen hatte. Wie durch einen unausgesprochenen Befehl ging sie ihm nach, den Kopf gesenkt. Durch die Pumps war Zeissner um einen ganzen Kopf größer als der stämmige Fraktionsvorsitzende, was der Szene unwillkürlich etwas Unterwürfiges verlieh.

Gingen die zwei jetzt einfach wieder heim? Das konnte sich Kobler kaum vorstellen. Warum hatte Zeissner sich umgezogen? Oder hatten die beiden nun Sex? Oder war alles Tarnung? War das hier so etwas wie ein Swingerclub und Zeissner hatte sich verkleidet, um nicht aufzufallen? Warum dann nur sie? Da fielen Sarah wieder die Männer mit den Waffen ein. Irgendwas musste hier beschützt werden, oder bewacht. Gerade als die Kommissarin diesen Fragen mehr Beachtung schenken wollte, packte sie eine feste, grobe Hand an ihrer rechten Schulter.

„Heh", sagte ein kräftiger Mann in einem schwarzen Overall und grimmigem Blick. „Guck nicht so dumm, sondern geh arbeiten! Für was zahlen wir euch Huren eigentlich?"

Panik fuhr Sarah in alle Glieder. Unweigerlich zuckte sie zusammen. Sie rechnete fest damit, im nächsten Moment in den Raum geschoben zu werden, und hoffte, dass zumindest Zeissner das Zimmer bereits verlassen hatte. Sonst flog alles auf. Musste sie sich nun von diesem Arkatov begrapschen lassen? Würde er sie vergewaltigen? Schnell senkte sie unterwürfig den Blick vor dem Wachmann. Sie betete, dass dieser Kelch an ihr vorüberging.

„Musste Pipi", bemühte sie die gleiche Ausrede wie vor dem Haus. Ihre Stimme klang mehr wie ein Piepsen, so schlug ihr das Herz in der Brust. Sie hob eine Hand und fummelte an dem obersten Hemdknopf des

Wachmanns. „Soll ich hier anfangen?", fragte sie unschuldig. Ärgerlich stieß der Mann sie weg und schob sie auf den Flur. Offenbar wollte er sich nicht von ihr in Stimmung bringen lassen, weil er wusste, dass die Frauen hier nicht für ihn bestimmt waren.
Er machte eine ungeduldige Handbewegung, die bedeutete, ihm zu folgen. Langsam und mit weichen Knien stöckelte Kobler hinter dem Mann her, die Schusswaffe fest im Blick. Sie wog ihre Chancen ab, wenn sie ihm die Waffe entriss und ihn niederstreckte. Wie weit würde sie kommen? Sie war fast nackt und draußen war es dunkel. Gut, sie wäre dann bewaffnet, aber was hieß das schon. Eine Frau gegen wie viele? Sarah schätzte, dass es hier mindestens ein Dutzend Wachleute gab. Sich hier auf einen offenen Kampf einzulassen glich einem Selbstmord. Also ging sie weiter.
Plötzlich stoppte der Mann vor ihr, sodass sie ihm fast in die Fersen getreten wäre. Er öffnete eine Tür. „Da rein!", befahl er mürrisch. Ehe Kobler sich versah, stand sie in einem der Zimmer und die Tür schloss sich hinter ihr. So ein Mist!
Schnell sah Sarah sich um. Der Raum war leer. Noch! Auf dem Bett lagen eine Anzugjacke und eine Krawatte. Aus dem Bad vernahm sie Wasserplätschern. Auf einer Kommode waren Handschellen, Knebel, Dildos in verschiedenen Größen und eine Peitsche bereitgelegt worden. Ihr wurde schwindelig. Für einen Moment musste sie sich an der Tür festhalten. Sie wollte umdrehen und wieder durch die Tür, doch was passierte, wenn der Mann mit der Waffe noch da war? Er würde sie zurückbringen. Wo konnte sie hin?

„Zieh dich aus und leg dich auf das Bett", hörte sie gedämpft jemanden aus dem Bad. Offenbar machte sich der Mann noch frisch „ Ich hab's gleich!"
Fieberhafte dachte Kobler nach. Ein Plan! Sie brauchte einen Plan! In ihrem Kopf flogen die Gedanken durcheinander. Sarah hielt eine Idee fest. Ohne groß darüber nachzudenken und die Vor- und Nachteile gegeneinander abzuwägen, hüpfte sie einige schnelle Schritte nach vorne. Sie riss einen Stuhl unter einem Tisch hervor und schob ihn unter die Türklinke zum Bad.
Mit einem weiteren Satz war sie am Fenster. So leise, wie es ihr möglich war, zog sie den Rollladen nach oben. Da es sich um ein altes Haus handelte, konnte man das von Hand erledigen. Sie hielt die Luft an, um noch weniger Geräusche zu machen. Dann öffnete sie vorsichtig das Fenster. Kalte feuchte Luft drückte in den Raum und Wind erfasste die Gardinen. Draußen tobte ein Gewitter.
Egal, dachte Kobler und stieg mit den Schuhen auf die Fensterbank. Da sie sich im Erdgeschoss befand, konnte sie sich mühelos aus der Öffnung gleiten lassen. Ein Donner krachte und Blitze erhellten die Nacht. Regen prasselte, sodass es unmöglich war, sich zu orientieren oder überhaupt etwas mitzubekommen.
Mit einer Handbewegung streifte sie sich beide Schuhe ab. Dann rannte sie einfach geradeaus. Irgendwo vor ihr mussten Bäume auftauchen, in deren Schutz sie sich begeben konnte. Nur weg von hier! Sie sprintete in den Regenschauer und mitten in die Dunkelheit. Sie hatte genug gesehen!

26. Kapitel – Samstag, 13.06.2015, 7:11 Uhr

Als Sarah Kobler am nächsten Morgen in das Präsidium kam, war das Gebäude wie ausgestorben. Am Wochenende dauerte es naturgemäß länger, bis sich das Haus füllte. Trotz der Sonderermittlungen war Stille in die Räume eingekehrt. Aber das würde sich bald ändern. Eine SOKO machte keine Pause. Nicht, wenn jemand vermisst wurde, den es zu finden galt.
Sie ging zum Kaffeeautomaten und schaltete ihn ein. Es dauerte kurz, bis sich die Maschine gereinigt und das Wasser erwärmt hatte. Dann drückte Kobler auf den Knopf. Es surrte und braune Flüssigkeit tröpfelte in die Tasse, die sie untergestellt hatte. Sarah hatte diese Nacht wieder nicht viel geschlafen. Um genau zu sein, war sie hundemüde.
Sie war, nachdem sie aus dem Fenster geklettert und in den Wald geflüchtet war, zu ihrem Motorrad gelaufen. Dort hatte sie die durchweichte Lederjacke übergezogen. Ohne Hose und ohne Schuhe hatte sie sich den Helm aufgesetzt und war losgefahren. Zu Fuß heimlaufen kam nicht infrage.
Langsam war sie, die Hauptstraßen meidend, bis in ihre Wohnung in der Landshuter Straße gerollt. Dort erst hatte sich die Möglichkeit ergeben, sich aufzuwärmen. Sie hatte sich eine heiße Badewanne eingelassen, Tee gekocht und nachgedacht. Wo war sie da nur hineingeraten? Und immer noch wusste sie nicht, wie das eine zum anderen passte. Diese ganzen Ungereimtheiten hatten gestern in dieser grotesken Party ihren Höhepunkt erfahren.
Sie nahm die Kaffeetasse aus der Maschine und setzte sich hinter ihren Schreibtisch. Dann nahm sie einen

Schluck und lehnte sich zurück. Die Füße legte sie auf einem Hocker ab, der unter den Nebentisch geschoben war. Fast wäre sie eingeschlafen.
Sarah nahm inzwischen an, dass Zeissner und Reiter im Anschluss an die Geldübergabe noch gemeinsam Sex gehabt hatten. Einvernehmlich! So hatte es zumindest für sie ausgesehen. Arkatov hatte in dieser Villa einen Geldkoffer übergeben. Was, wenn nicht Schwarz- oder Bestechungsgeld? Fragte sich nur wofür?
Kobler kniff einmal die Augen fest zusammen, um nicht einzuschlafen. Handelte es sich doch um eine reine Bestechungskiste? War es so einfach? Aber danach hatte Husmann in seinen Recherchen nicht gesucht, was natürlich nicht bedeutete, dass er nichts in der Richtung gefunden hatte. Vielleicht war er zufällig auf etwas gestoßen. Aber wäre des Rätsels Lösung dann nicht in den Unterlagen des Schließfaches gewesen? Irgendein Hinweis? Die Unterlagen, die Röll ihr in größter Not anvertraut hatte?
Bestechung wies man durch Belege von Zahlungen nach. Geldflüsse! Davon war nichts zu finden. Also floss zwar Geld zwischen Arkatov und Reiter, aber das hatte mit dem Mord an Husmann und dem Motiv nichts zu tun. Der Journalist hatte keine einschlägigen Beweise, die es nötig gemacht hätten, ihn zu beseitigen.
Kobler nahm wieder einen Schluck. Sie wechselte die Beine durch, da ihr das linke drohte einzuschlafen. Nach den Unterlagen zu urteilen und nach Husmanns Tagebuch, hatte er sich die letzten vier Wochen ausschließlich mit Helena Zeissner beschäftigt. Nicht mit ihrem beruflichen Wirken, sondern mit ihrer Kindheit und Jugend. Sicherlich gab es da interessante Dinge, Brüche und Tragödien, aber nichts, was man in Berlin

Inside hätte publizieren können. Warum diese Zeitverschwendung?

Selbst wenn es bei Husmanns großem, tödlichem Geheimnis anstatt um Spionage um Bestechung gegangen wäre, war so was wirklich einen Mord wert? Man konnte dementieren, abstreiten, Beweise vernichten. Alles halb so wild! Korruption, das wusste Kobler, war auch in Deutschland gängige Praxis in den oberen Etagen. Warum sollte man dafür einen Mord riskieren? Die Alternativen waren viel einfacher.

Man hätte Husmanns Glaubwürdigkeit infrage gestellt. Ihm Drogen untergemischt oder eine Hure in die Wohnung stellen können. Ein Journalist, der etwas behauptete und dem die Leute glauben sollten, der lebte von seinem Ruf, von seiner Seriosität. Reiter oder Zeissner hätten gewusst, wie man aus der Nummer raus kam.

Was also hatte die Staatssekretärin mit der Sache zu tun? Warum war der Reporter hinter ihr her? Sie hatte gestern in der Villa in ihrem Aufzug nicht glücklich gewirkt. Nicht, als gehöre sie dazu. Zumindest nicht zu denen, die die Party bezahlten. Sie war Kobler mehr wie ein Anhängsel vorgekommen. Sie hatte mehr wie eine der Nutten ausgesehen. Wie jemand, der litt. Wie jemand, der musste, weil er nichts anders konnte.

Sarah schaute in die Tasse und nahm einen letzten Schluck. Sie überlegte, sich noch eine zu machen. Dafür hätte sie aber aufstehen und zum Automaten gehen müssen. Später vielleicht, entschied sie und schloss für einen Moment die Augen. Der Schlafmangel machte sich bemerkbar. Kobler spürte, wie ihr Kreislauf nachgab. Ihr wurde schwindelig und auch übel. Sie musste etwas essen. Oder doch mehr Kaffee trinken? Die Kommissarin atmete tief durch.

Ihre Gedanken kehrten zu Zeissner zurück. Wenn der Fraktionsvorsitzende und sie es miteinander trieben, privat und freiwillig, hätte man die Sache auch privat belassen können. Es gab die Möglichkeit, sich in einer der Berliner Abgeordnetenwohnungen zu verabreden. Wozu diese Villa? Wozu das Risiko? Und es war ein Risiko. Politisch auf jeden Fall. Kobler schätzte Reiter nicht als jemanden ein, der so ein Wagnis nicht vorab ordentlich abwog.

Nein, da musste mehr dahinterstecken. Wenn sie so darüber nachdachte, empfand Sarah die Szene gestern aus Zeissners Sicht entweder pervers oder extrem entwürdigend. Wie sie neben den Männern gestanden hatte, während diese saßen, lachten und rauchten. Mit den Händen devot hinter dem Körper. Den Blick gesenkt und um den Hals ein Lederband. Sie fast nackt und die beiden anderen im Anzug. Kobler kam der Gedanke von eben wieder in den Sinn. Wie jemand, der musste, weil er nichts anders konnte. Wurde Zeissner vielleicht von Reiter erpresst?

Sarah wog den Einfall ab und wollte gerade die ganze Sache unter diesem Blickwinkel durchdenken, als sich die Tür öffnete. Tom betrat das Büro. In einer Hand hielt er eine kleine Tüte mit der Aufschrift von einem Bäcker gleich um die Ecke. Auch er wirkte müde und abgekämpft.

„Morgen", grüßte er heiser. Kobler erwiderte den Gruß ebenso matt. Tom ließ die Tüte auf den Schreibtisch fallen und warf seine Jacke über die Stuhllehne.

„Magst du auch etwas zum Essen? Ich war beim Bäcker. Ich dachte, wir stärken uns erst einmal. Könnte heute lang werden."

„Klar!" Sarah versuchte sich an dem freundlichsten Lächeln, zu dem sie in der Lage war. Sie erhob sich und kam um den Tisch. „War es bei euch auch so spät?", fragte sie, nachdem sie einen Bissen von einem Schokocroissant genommen hatte.

„Mhmmm", brummte Rester, während er kaute. Er seufzte. „Jonas ist zu seiner Familie gefahren. Du hast ihm geraten, sie wegzuschicken. Er will heute wiederkommen." Er nahm noch einen Brocken von seiner Käsestange. Dann legte er seine Stirn in Falten. „Was waren das für Kennzeichen, die du mir gestern geschickt hast? Wo bist du gewesen?"

Kobler nahm sich Zeit, um den Mund leer zu kauen. Sie überlegte, ob sie Tom alles sagen sollte oder nicht. Nur wenn sie ihre Informationen auch teilte, hatte der gestrige Abend einen Wert. Sie waren ein Team und in einem solchen musste man zusammenarbeiten. Sie waren doch ein Team? Er und sie und Jonas?

Bei der Erwähnung der gestrigen SMS regte sich etwas in Sarah. Sie hatte heute Morgen ihr Handy nicht gefunden. Für einen Moment lenkte sie der Gedanke ab, bis Tom ungeduldig nachfragte: „Na, so geheim? Oder hattest du einfach das Bedürfnis nach Sex!"

Normalerweise hätte Kobler sich über Toms Bissigkeit geärgert. Diesmal war sie aber mit ihrem Kopf woanders. „Ich habe gestern Nachmittag die Zeissner beschattet", sagte sie nach kurzem Nachdenken so beiläufig, als wäre das keine große Sache.

„Was hast du?", brauste Tom auf. „Bist du verrückt?" Er schlug sich mit einer Hand vor das Gesicht. „Zeissner in Ruhe lassen! Was ist daran so schwer zu kapieren!"
Sarah stand unbeteiligt da. Sie kaute und wartete, bis sich ihr Kollege wieder beruhigt hatte. Dann erzählte sie ihm die ganze Geschichte und ließ dabei kein Detail aus. Sie schämte sich nicht für das, was passiert war. Warum auch? Aus irgendeinem Grund hatte sie auch keine Bedenken, Tom könne ihre Story beim Mittagessen in der Kantine ausplaudern und sie so zum Ganggespräch machen. Das war nicht Tom.
„Na ja, und dann bin ich aus dem Fenster raus, hab die Schuhe weg und bin in den Wald gelaufen", schloss Kobler nach einer Weile.
„Das ist unverantwortlich! Dir hätte sonst was passieren können!" Tom hatte sich gesetzt, als Sarah zu erzählen begonnen hatte, war dann aber wieder aufgestanden und lief nun wütend im Zimmer auf und ab. Die eine Hand hatte er in einer Hosentasche vergraben, mit der anderen wedelte er wild in der Luft herum. Kobler ließ ihn machen.
Tom war sauer und das zu Recht. Sarah rührte, dass aus ihm echte Sorge sprach. Das waren nicht nur die Vorschriften, die sie verletzt hatte und die Anordnung von Pott, der sie sich widersetzt hatte. Es war die ehrlich empfundene Angst, ihr hätte bei der Sache etwas zustoßen können. Das hatte sie so von ihm nicht erwartet. Schon gar nicht nach dieser Woche.
„So etwas ist viel zu gefährlich! Die Typen spaßen nicht. Und für was? Was hat es uns gebracht? Was wissen wir jetzt, was wir vorher noch nicht wussten?"

Kobler schluckte. Ja, was wussten sie? „Reiter hat im Beisein von Zeissner Bestechungsgelder angenommen", verteidigte Sarah ihr Vorgehen.

„Geld!", betonte Rester. „Für was das war, kannst du nicht beweisen."

„Alleine auf einer Party zu sein, wo Drogen konsumiert und Prostituierte gevögelt werden reicht, um eine politische Karriere zu zerstören."

Tom war wenig begeistert. „Wer soll da wen verpfeifen? Die stecken doch alle unter einer Decke. Im Übrigen, was willst du mir damit sagen?"

Sarah legte den Kopf in den Nacken und massierte mit den Händen ihre Schultern. Sie merkte, wie die Müdigkeit zurückkehrte, und wollte frühzeitig dagegen ankämpfen.

„Wir haben nichts in der Hand. Weder gegen Reiter, noch gegen Arkatov", fuhr Rester nach einer kurzen Kaupause ruhiger fort. „Was bleibt, sind Verdächtigungen und Mutmaßungen. Außerdem dürfen wir das alles vor Gericht nicht verwenden. Natürlich gebe ich dir recht, dass da etwas faul ist. Sogar megafaul. Nur wir müssen es auch beweisen können. Verstehst du!" Wieder kauen. „Dinge zu wissen reicht eben nicht. Wir brauchen Belege. Husmann hatte nichts, um es zu veröffentlichen, sonst hätte er es gemacht. Er hat etwas gesucht, ja, aber was? Wir wissen es nicht! Und du hast es gestern nicht gefunden. Und wenn du es gefunden hättest, selbst dann könntest du es wiederum nicht beweisen. Weil du nichts in der Hand hast als ein paar Strapse, die du aus der Villa mitgenommen hast. Hecht geht damit sicher nicht an die Öffentlichkeit. Wenn du schlau bist, und das bist du, sagst du ihr nichts von deiner Aktion. Die schmeißt dich hochkant raus."

Abermals nahm er einen Bissen. „Unterm Strich haben wir gegen Helena Zeissner nichts in der Hand. Gut, sie zieht sich vor Reiter nackig aus. Wissen wir, ob Husmann davon wusste? Nein! Keinen einzigen Beleg dafür. Er wusste davon nichts! Kein Beweis! Ist in ihrer Vita irgendetwas zu finden? Nichts! Kein Beweis! Wir haben nur einen ausführlichen Lebenslauf, zusammengetragen von einem - zugegeben – toten Journalisten. Wir haben nichts!"

Tom atmete einmal tief durch und ließ sich auf einen der Tische sinken. So, wie es Rester sagte, klang es sehr ernüchternd. In der Tat, was hatten sie schon nach einer Woche Ermittlungen vorzuweisen? Viel Papier, viele Daten, einen Toten, und über den Zustand von Stefanie Röll wollte Kobler gar nicht grübeln. Sie hatten Röll nicht gefunden. Ihre Chancen gingen langsam gegen Null. Sie hatten versagt! Sie hatte versagt!

„Es muss doch einen Grund haben, warum er sich so viel und so lange mit Zeissner beschäftigt hat", beharrte Sarah.

„Zeissner ist sauber", knurrte Tom und knüllte die Papiertüte zusammen. „Zumindest was Husmanns Akten hergeben. Er ist einem Gespenst nachgelaufen."

In Koblers Kopf tauchte wieder die Idee auf, Zeissner könne erpresst werden. Rester hatte sie durch sein Erscheinen davon abgehalten, den Gedanken weiter zu verfolgen. Falls sie also erpresst wurde - von Reiter, Arkatov oder beiden - stellte sich die Frage womit und wozu. Ging es dabei um Sex, den sie gegenüber Reiter oder Arkatov gegen ihren Willen ableisten musste? Wodurch hatten sie diese toughe Frau in der Hand?

Vielleicht war in den Unterlagen kein Mordmotiv versteckt, sondern ein Ausweg für Zeissner. Dann wären

Reiter oder Arkatov zu verdächtigen. Hatten sie die Frau gezwungen, Informationen aus den Ministerien beiseitezuschaffen? Stellte sich weiter die Frage, wie sie das mit dem Alibi gemacht hatte. Kobler beschlich der Gedanke, als nächsten Joachim Reiter befragen zu wollen. Die Kommissarin drehte sich zu Rester und erläuterte ihm auf die Schnelle ihre Theorie. Tom verdrehte bereits beim Anhören von ihren Überlegungen genervt die Augen.

„Was soll das denn für ein Geheimnis sein?", fragte Tom missgelaunt in den Raum. „Bleib doch einfach bei den Fakten. So bleibt es übersichtlicher und wir kommen schneller voran."

Kobler fuhr sich mit den gespreizten Fingern beider Hände durch die Haare. Sie hatte vergessen, sich in der Früh zu kämmen. Das fiel ihr jetzt auf. Sie schaffte es nicht, den Fall zu einem großen Bild zusammenzufügen. Egal wie lange sie überlegte und wie viel Fantasie sie an den Tag legte.

Sarah wechselte das Thema, um den Kopf freizubekommen. Ihre Gedanken hatten sich irgendwie verknotet. „Was ist eigentlich mit dem Kennzeichen von dem Wagen, den die Nachbarin vor Rölls Wohnung gesehen hat?"

„Gestohlen!", war Resters knappe Antwort. „Die Kollegen sind noch dahinter. Interessant, und das wollte ich dir eben schon erzählen, ist, dass dieses Auto mit diesem Nummernschild auf dem Parkplatz vor deiner Villa war. Darum habe ich ja gefragt, wo du warst."

Bingo! Kobler sprang auf und war von einem Moment auf den anderen nicht mehr müde. „Na dann haben wir doch die Verbindung!" Adrenalingeflutet klatschte sie zweimal in die Hände.

Rester lehnte sich zurück. Er dachte darüber nach, ohne sich derselben Erregung hinzugeben wie seine Kollegin. „Im Grunde wissen wir nur, dass dieses Auto gesehen wurde. Wir haben keinen Beleg, dass jemand Röll in das Auto gebracht hat. Klar ist da irgendwo ein Zusammenhang."
„Da ist nicht irgendwo ein Zusammenhang." Sarah fuchtelte wild mit den Händen in der Luft. „Das ist der Link! Der Beweis, dass Villa und Entführung zusammengehören."
Tom presste die Lippen aufeinander. „Was ist, wenn das Auto absichtlich gestohlen wurde, um eine falsche Fährte zu legen?"
Kobler rümpfte die Nase. Es war so typisch für Tom, dass er überall das Haar in der Suppe suchte und nichts entscheiden konnte. Ihm fehlte der Mumm, auch einmal eine Spur zu verfolgen. Oder er war einfach zu bequem.
„Holen wir uns einen Durchsuchungsbeschluss für die Villa. Auto vor Tatort und eben vor diesem Haus. Das muss doch reichen!"
Rester schaute sie skeptisch an, während er auf seinem Kugelschreiber kaute. „Das müssten wir mit Hecht besprechen." Er nahm den Stift aus dem Mund und notierte sich etwas auf einem Zettel. „Die kommt heute Vormittag sowieso rein. Pott übrigens auch."
Sarah lief im Büro auf und ab. Zum einen, um wacher zu werden, zum anderen, um besser nachdenken zu können. Je länger sie darüber grübelte, umso mehr gefiel ihr die Idee. „Das ist unsere einzige Spur. Eine Verbindung zwischen Zeissner und dem Mord, respektive der Entführung. Wir müssen da rein!" So, wie sie es sagte, begann auch Rester zu glauben, es könnte sich um eine echte Spur handeln.

„Genau, weil die da eine Drogenparty gefeiert haben, wird die Röll eben nicht dort sein", bremste Tom trotzdem ihren Tatendrang. Sarah schürzte die Lippen. Da hatte ihr Kollege auch wieder recht. Stefanie Röll war dort nicht zu finden, aber womöglich andere relevante Hinweise.

„Dann packen wir uns wenigstens Arkatov und Reiter", versuchte es Kobler weiter. Sie wollte etwas machen. Irgendwas, um nicht erneut den ganzen Tag zu sitzen und zu lesen. Sie mussten Stefanie Röll finden.

„Reiter ist immun! Wenn wir da ran wollen, muss die Hecht aktiv werden. Das dauert Stunden, wenn nicht Tage. Außerdem macht sie das nicht ohne wasserdichte Beweise, wie ich dir schon gesagt habe."

Kobler seufzte und gähnte herzhaft. Ihre Augen brannten vor Müdigkeit. Wenn Rester ihr angeboten hätte, nochmal heimzugehen und sich auszuruhen, hätte sie nichts einzuwenden gehabt. Nur schlafen konnte sie sowieso nicht. Dazu war es ihr zu wichtig, Stefanie Röll zu finden.

„So eine Scheiße aber auch!" Sarah schüttelte unwillig den Kopf. Müde ließ sie sich auf einen Stuhl sinken. So hielt sie kaum den Tag durch. „Was habt ihr bei Röll und Husmann gefunden?", fragte sie müde, ohne die Idee mit der Hausdurchsuchung aus dem Auge zu verlieren.

„Fehlanzeige! Nichts Neues!"

In diesem Moment klingelte das Bürotelefon. Kobler zog den Apparat zu sich heran und hob ab. Sie lauschte. Dann weiteten sich ihre Pupillen. Sie nahm eine Hand vor den Mund. „Wir kommen!", sagte sie dünn und legte auf. „Wir müssen los!", informierte sie Rester. „Es gibt eine neue Leiche!"

27. Kapitel – Samstag, 13.06.2015, 9:44 Uhr

Auf der Fahrt zum nächsten Tatort schwiegen Kobler und Rester. Sie, weil sie zu müde war, um sich zu unterhalten, er, weil er nachdachte. Sarahs Geständnis über die letzte Nacht hatte ihn geschockt. Wie bereitwillig sie sich in Gefahr begab und wie wenig sie sich absicherte, bereitete ihm Bauchschmerzen. Es betrübte ihn, dass sie diese Aktion alleine durchgezogen hatte und nicht einmal ihn ins Vertrauen zog. Er konnte nicht sagen warum, aber irgendwie hätte er das erwartet.

Allerdings blieb beiden nicht lange Zeit, um ihre Gedanken zu ordnen. Sie hatten es nicht weit. Selbst mit viel Verkehr brauchte Tom vom Präsidium bis in die Leipziger Straße nicht länger als zehn Minuten. Da er gefahren war, hatte Kobler die Gelegenheit genutzt, um ihren Kopf an die Stütze zu legen und ihre Augen zu schließen. Vielleicht hatte sie sogar kurz geschlafen, als sie durch das Abstellen des Wagens wieder in die Realität zurückgeholt wurde. Ohne viele Worte zu machen, stiegen beiden aus und gingen auf das große, aufwendig renovierte Gebäude zu.

Im Gegensatz zu den vergangen Tagen, spürte Sarah bereits jetzt am Vormittag Kopfschmerzen aufziehen. Sie hatte einfach zu wenig geschlafen. Gegen ihre nachmittägliche Plage hatte sie aber inzwischen eine Strategie. Mittwoch nach der Befragung in der Klinik hatte sie die Gelegenheit genutzt und Professor Henkel ihre Problematik geschildert. Er hatte ihr geraten, ihre Sehschärfe überprüfen zu lassen, was sie am Donnerstag nach Dienstschluss auch gemacht hatte.

Wie erwartet, hatte sich herausgestellt, dass sie unter einer moderaten Kurzsichtigkeit litt. Die führte dazu, dass sie im Laufe des Tages zu Kopfschmerzen neigte. Sie würde eine Brille brauchen, oder Kontaktlinsen. Dann, so hatte man ihr in Aussicht gestellt, würden die Beschwerden verschwinden. Natürlich hatte der Arzt ihr ebenso geraten, noch einen Kollegen zu kontaktieren, um andere Ursachen für das Leiden auszuschließen. Sarah wollte es erst einmal so versuchen.

Müde schleppte sich Kobler hinter Tom her, welcher ihr galant die Tür aufhielt. Sie trat ein und stöhnte innerlich, als sie den Eingangsbereich erblickte. Viele Stufen und kein Aufzug! Das Treppenhaus war weit und ausladend, wie man es aus Gebäuden kannte, die um die oder kurz nach der Jahrhundertwende errichtet worden waren. Die Treppen waren mit rotem Teppich belegt, der das Ambiente edel abrundete. Bereits nach den ersten Schritten legte sich Müdigkeit wie Blei in ihre Beine.

Ihr Chef, Matthias Pott, hatte sie eben im Büro angerufen und ihnen mitgeteilt, dass in der Wohnung von Joachim Reiter eine männliche Person leblos aufgefunden worden war. Die Büroleiterin des Abgeordneten hatte sie entdeckt und umgehend die Polizei verständigt. Somit hatte der Fall eine unerwartete Wendung genommen. Alle Überlegungen, die sie und Tom im Präsidium noch angestellt hatten, waren überholt. Sarah überkam ein ungutes Gefühl. Noch mehr Unstimmigkeiten.

Bisher war die Sache für sie klar gewesen, zumindest was die Grundrichtung betraf. Husmann hatte gegen ein Spionagenetzwerk aus hochrangigen Politikern ermittelt und zu viel herausgefunden. Aber warum war jetzt Joachim Reiter tot? Das passte nichts ins Bild! Oder war es gar nicht Reiter? Wer sonst sollte in dessen Berliner Wohnung leblos aufgefunden werden?

„Nur noch eine Treppe", hörte sie Tom aufmunternd vor ihr sagen und wurde so wieder aus ihren Gedanken gerissen. Trotz ihrer Müdigkeit hatte sie durchgehalten und war tapfer Stufe für Stufe nach oben geklettert. Nun war sie fast oben. Die Tür zu einem der Apartments stand offen. Ein uniformierter Polizist begrüßte sie mit einem knappen, aber freundlichen Nicken. Sarah und ihr Kollege traten ein.

Die Räumlichkeiten, die Reiter hier in Berlin bewohnt hatte, waren mehr als geräumig. Holzböden, die erst vor kurzem geschliffen und geölt worden sein mussten, waren in der ganzen Wohnung verlegt. Teppiche lagen zum Schutz des Bodens in jedem Zimmer. Alles wirkte ausgewählt und teuer. Reiter war nicht irgendjemand gewesen. Er war einer der einflussreichsten Politiker dieser Republik. Auch wenn Kobler ihn nicht gekannt hatte, sicherlich ein Mann, der wusste, was Macht bedeutete. Diese Macht und dieser Einfluss schienen von den Wänden auf die Besucher abzustrahlen.

Vielleicht lag es an der Müdigkeit, aber im ersten Moment wollte Sarah ehrfurchtsvoll ihre Schuhe am Eingang ablegen. Tom hielt sie kopfschüttelnd davon ab. Schweigend gingen sie durch einige Zimmer. Sie mussten durch zwei Türen gehen und standen schließlich in dem Raum, welchen Reiter als Büro eingerichtet hatte.

Man hätte Kobler nicht extra darauf hinweisen müssen, dass hier die Leiche zu finden war. Der süßliche Geruch war ihr bereits entgegengeschlagen und hatte sich von Raum zu Raum verstärkt. Der Politiker saß zusammengesackt in einem massiven Stuhl aus dunklem Holz hinter einem antik wirkenden Schreibtisch. Sein

Oberkörper war mit zahlreichen Einschüssen übersäht. Das Blut aus den Wunden hatte unter ihm eine rote, klebrige Pfütze gebildet.

Sarah trat einen Schritt näher und legte ihren Kopf schief, als würden so alle Gedanken in einer Ecke zusammenlaufen. Reiter war regelrecht durchsiebt worden. Sieben Treffer in Bauch und Brust zählte sie auf die Schnelle. Neugierig sah sie sich im Zimmer um. Der Rechtsmediziner war noch nicht da, sonst hätte sie ihre obligatorische Frage nach dem Todeszeitpunkt loswerden können.

„Wer hat ihn gefunden?", wollte sie stattdessen von einem der umherstehenden Polizisten wissen, der damit beschäftigt war, den Tatort zu sichern.

Dieser deutete auf eine Tür und eine Frau, die im Nebenzimmer auf einem Stuhl saß und sich mit einem uniformierten Beamten unterhielt. Sie stand sichtlich unter Schock. Die Hände der Frau zitterten. Selbst auf die Entfernung konnte man die blasse Hautfarbe erkennen. Rester gab Kobler ein Zeichen, dass er die Befragung übernahm. So hatte sie Zeit, sich umzusehen. Sarah war das nur recht.

An den Wänden hingen verschiedene Bilder, die Reiter zusammen mit anderen prominenten Politikern zeigte. Auf einem Foto stand er in Washington neben Bill Clinton. Auf einem weiteren schüttelte er Silvio Berlusconi die Hand. Zwei vom gleichen Schlag. Reiter wirkte auf den Abbildungen selbstbewusst und staatsmännisch. Ein Macher durch und durch.

Neben den Fotos waren unterschiedliche Auszeichnungen zu sehen. Orden und Urkunden, die von einem langen und verdienten Leben zeugten. In den Schränken und auf zwei Kommoden standen diverse

Kunstobjekte aus aller Welt. Vasen und Holzschnitzereien aus Asien und Afrika wachten wie mahnende Zeugen an ihren Plätzen und verkündeten, dass hier ein Mann von Welt gelebt hatte.

Kobler sah sich um. Sie suchte den braunen Geldkoffer, den Reiter gestern von Arkatov zugeschoben bekommen hatte, fand ihn aber nirgends. Er konnte doch nicht einfach weg sein. Sie würde der Spurensicherung einen speziellen Auftrag geben, gezielt danach zu suchen. Der Koffer war ein wichtiges Beweismittel. Vielleicht das einzige, welches ihnen weiterhalf, den Fall Husmann zu lösen.

Sie ging einige Schritte zurück und stellte sich wieder interessiert vor Reiters Leiche. Er hatte einen überraschten, fast amüsierten Gesichtsausdruck, der durch die Leichenstarre wie in Stein gemeißelt war. Sein Kopf war unverletzt. Kein finaler Schuss direkt in die Stirn, wie man es bei Profikillern häufiger sah und wie es auch bei Husmann der Fall gewesen war. Der Modus war anders! Reiters Körper war mit Einschüssen übersäht.

Über den gesamten Rumpf verteilt fanden sich blutige Treffer. Es musste sich um einen anderen Täter handeln. Oder der Mörder hatte sich absichtlich verstellt, hatte bewusst etwas verändert, um falsche Spuren zu legen. Oder waren hier Emotionen im Spiel, die den Angreifer bewogen hatten, das Magazin komplett abzufeuern, wogegen der Mord an Husmann geplant gewesen war? Vorsatz oder Affekt?

Vorsichtig umkreiste Kobler den reglosen Körper, ohne den Blick von ihm zu nehmen. Hatten sich Reiter und Arkatov gestern noch gestritten? Womöglich wegen des Geldes? Hatte der Unternehmer es sich zurückgeholt? Wann war der Fraktionsvorsitzende hierher zurückgekommen? War er alleine gewesen, oder hatte ihn Helena Zeissner begleitet?

Sarah schürzte die Lippen. Zu viele Fragen und zu wenig Fakten. Entgegen zu Husmann, der von hinten erschossen worden war, hatte Reiter seinen Mörder gesehen. Sie hatten sich gegenübergestanden und unter Umständen miteinander gesprochen. Der Politiker musste, wie Husmann, seinen Killer eingelassen haben. Türen und Fenster waren nicht beschädigt. Oder hatte noch jemand einen Schlüssel? Seine Büroleiterin hatte einen gehabt, sonst hätte sie ihn hier nicht finden können. Gerade, als sich Kobler abwenden und im Rest der Wohnung umsehen wollte, kam Rester zurück.

„Joachim Reiter hatte heute Morgen einen Termin. Den hat er verpasst, was bei ihm normalerweise nie vorkam. Da wollte seine Büroleiterin nach ihm sehen. Sie hat einen Schlüssel für die Wohnung und hat ihn dann tot aufgefunden." Er machte eine Handbewegung in Richtung der Leiche.

„Haben wir schon die Nachbarn befragt? Gibt es Zeugen?", fragte Kobler ohne Begeisterung.

„Bisher hat niemand etwas gesehen oder gehört. Aber das Zimmer liegt auch hinten raus. Ich denke, dass da keiner viel mitbekommen hat. Die meisten werden geschlafen haben. Nach der Starre zu urteilen, ist er schon einige Stunden tot. Muss also irgendwann in den frühen Morgenstunden passiert sein. Ich gebe Gude und den anderen von der SOKO mal Bescheid."

Tom zog sein Handy aus der Tasche und ging zu einem Fenster, um ausreichend Empfang zu haben. Das Haus war alt und die Mauern dick. Nach wenigen Minuten kam er zurück.

„Haben wir eine Tatwaffe gefunden?", wollte Kobler wissen, die beim Stellen der Frage ein komisches Ziehen im Bauch verspürte. Irgendein Gedanke brodelte bei ihr unter der Oberfläche, schaffte es aber nicht bis in ihr Bewusstsein.

Rester lächelte. „Du fragst immer das Gleiche." Nach einer kurzen Pause, in der er sich die Nase putzte, fuhr er fort: „Bisher keine Hinweise laut den Kollegen. Eins nach dem anderen!"

Sarah sah sich im Zimmer um, als wäre die Tatwaffe hier irgendwo zu finden. „Lass die Spurensicherung mal nach einem braunen, ledernen Aktenkoffer suchen."

Er tippte sich mit einer Hand an die Stirn. „Aye-aye! Ich vermute, du suchst den Koffer mit Geld."

Kobler nickte stumm und zog mit einem Finger eine Locke von ihrem Kopf, um damit herumzuspielen. Rester suchte sich einen Polizisten und informierte ihn bezüglich des Koffers. Dieser notierte sich etwas und verließ den Raum.

Tom kam zurück, seufzte und streckte sich herzhaft. „Tja ja, der Pate ist tot!"

„Hast du schon eine Theorie?"

Er schüttelte den Kopf. „Ich warte mal noch, bis wir mehr wissen. Hier ändert sich ja jede Minute die Sachlage."

„Das Vorgehen ist anders als bei Husmann. Die Tür ist zwar wieder geöffnet worden, aber Reiter wurde mit Kugeln regelrecht durchsiebt. Nicht kühl von hinten exekutiert. Das hier war ein Gemetzel."

Tom zuckte mit den Schultern, was andeuten sollte, dass er sich dazu noch keine Meinung gebildet hatte. „Kann sein", sagte er ausweichend. „Wie gesagt, lass uns erst einmal alles auf den Tisch legen. Nehmen wir an, es wäre derselbe Täter gewesen. Dann ist die Frage, wer eine Beziehung zu Husmann und gleichzeitig zu Reiter hatte, sodass beide ihm die Tür öffnen würden."

Kobler ließ ihre Locke fallen und fuhr sich müde über das Gesicht. Sie wusste es nicht und fühlte sich aktuell zu müde, um klare Gedanken zufassen. Es war einfach zu viel für den Moment.

Ein Beamter trat durch die Tür und näherte sich den Kommissaren mit festen Schritten. „Ich glaube, ich hab hier etwas!" Neugierig kamen sie näher. Der Polizist hob eine Plastiktüte nach oben, so als hätte er darin eine tote Ratte und wollte sie ihnen zeigen. „Das haben wir im Hinterhof in den Mülltonnen gefunden", verkündete er, nicht ohne Stolz.

Kobler konnte nicht genau erkennen, was darin war. Ihr Versand war einfach zu müde. Aus irgendeinem Grund begannen aber ihre Beine zu zittern. Ihr Herz schlug schneller. Sie kam näher und betrachtete den Inhalt. In der Tüte lag etwas Schwarzes. Eine Pistole. Ihre Pistole!

Sarah wurde schwindelig, taumelte zurück und suchte an einer Schrankwand Halt. Wie war das möglich? Sie brauchte einen Moment, dann fiel ihr alles wieder ein. Nun wusste sie auch, warum sie ihr Handy heute Morgen nicht hatte finden können. Alles war in der Villa, zwischen ihren Anziehsachen unter dem Bett. Jedenfalls hätte sie gehofft, dass alles noch dort war. Aber die Waffe in der Tüte war ganz klar eine P6. Sie sank auf den Boden. Alles drehte sich und ihr wurde schlecht.

„Was ist denn los?" Tom kam besorgt zu ihr rüber und kniete sich neben sie. „Zu wenig gefrühstückt?"

„Das in der Tüte ist meine Dienstwaffe. Ich hab sie gestern in der Villa vergessen."

„Ach du Scheiße!"

Matthias Pott war so rasch vor Ort gewesen, als hätte er an der Eingangstür gewartet, dass etwas Schlimmes passierte. Etwas in der Dimension wie es jetzt eben passiert war. Mit schnellen Schritten betrat der General, wie ihn seine Mitarbeiter gerne nannten, die Wohnung. Durch zwei knappe Handbewegungen dirigierte er Tom und Sarah in die Küche. Dann schloss er die Tür.
„Ist das in der Plastiktüte Ihre Waffe, Frau Kobler?", wollte er im Verhörton wissen. Er hatte sich die üblichen Begrüßungsfloskeln gespart und war gleich zum Punkt gekommen.
„Ja!", gab sie kleinlaut zu. Sie war übermüdet und schockiert, den Tränen nahe. Zusammengekauert saß sie auf einem Stuhl. Tom hatte sich hinter sie gestellt und ihr beruhigend eine Hand auf die Schulter gelegt. Normalerweise wäre ihr das zu weit gegangen. Wäre es ihr zu intim gewesen, um es als kollegiale Unterstützung durchgehen zu lassen. Nun nahm sie es nicht einmal richtig wahr.
„Wie verdammt noch mal kann so etwas passieren?" Sarah wäre es leichter gefallen, wenn er sie angeschrien und etwas von Dienstvorschriften erzählt hätte. Von Verantwortung und Ähnlichem. Sie hätte sich ohrfeigen können, nicht mehr an die Waffe gedacht zu haben. Aber dazu war gestern einfach keine Zeit mehr gewesen. Sie hatte nur weggewollt von diesem Zimmer und diesem Haus. Sie war froh gewesen, so glimpflich davongekommen zu sein und hatte sich ausgemalt, was ihr hätte in dieser Villa alles widerfahren können. Da war kein Gedanke frei gewesen für eine Dienstwaffe, geschweige denn für ein Handy. Das war ja auch weg.

Es dauerte eine Weile, bis Kobler etwas antwortete: „Es muss bei Stefanie Röll passiert sein. Wir haben die Wohnung gesichert. Ich muss die Waffe im Bad liegen gelassen haben, als ich das Handy aus dem Klo gefischt habe."

„Haben Sie sie nicht wieder eingesteckt?"

„Ich weiß nicht", stammelte Sarah, die sich ihre Geschichte selber noch schnell im Kopf zusammensetzen musste, mit dünner Stimme. Das, was sie jetzt sagte, entschied über alles Weitere. Es musste passen! Trotz der Situation hatte sie nicht vor, ihrem Chef die eigentliche Wahrheit zu erzählen. „Es ging alles so schnell", fuhr sie stockend fort. „Wir sind zum Bahnhof gefahren und dann hatten wir die Besprechung. Sie wissen ja selbst, was los war. Stefanie Röll war weg. Wir hatten diese ganzen Hinweise …"

„Warum haben Sie das nicht gemeldet?", fragte Pott, dem beim Stellen der Frage selber auffiel, dass sie überflüssig war. Man konnte nur das melden, was man auch mitbekam.

„Es war alles so viel. Wir haben uns alle auf den Fall konzentriert. Ich habe es einfach vergessen."

„Vergessen?" Pott schüttelte missmutig den Kopf. „Die Spurensicherung ist doch zur Röll gekommen. Warum haben die die Waffe nicht gefunden?"

Kobler biss sich auf die Unterlippe. „Wir haben nicht abgewartet, bis die Kollegen da waren. Nachdem mir klar geworden war, dass in dem Schließfach wichtige Unterlagen versteckt sein müssen, haben wir uns sofort auf den Weg gemacht. Wir mussten ja vor dem Täter vor Ort sein."

„Sie meinen tatsächlich, dass jemand Ihre Dienstwaffe in diesem Zeitfenster entwendet hat? Hatten Sie die

Wohnung sauber gesichert? Kann da noch jemand gewesen sein?" Sarah nickte rasch, da sie wenigstens das vorschriftsmäßig durchgeführt hatten.

„Husmann glaubt, dass die Polizei in dieses Netzwerk verwickelt ist, zumindest einige Beamte. Wenn das so wäre, könnte irgendwer die Pistole absichtlich verschwinden lassen", gab Rester zu bedenken.

Die Falten ins Potts Gesicht vertieften sich. Er sah Tom skeptisch an. Die anfängliche Entschlossenheit schien Zweifeln zu weichen. „Was bedeuten würde, dass jemand genau weiß, was passiert ist und uns alle auffliegen lassen kann", raunte Pott missmutig.

„Er würde sich hüten, sich zu melden und uns so einen Hinweis zu geben. Dann wäre klar, dass es einer von der Spurensicherung gewesen sein müsste."

Sarah verfolgte die Diskussion zwischen den beiden Männern und knabberte nervös an einem Fingernagel. Sie wusste nicht, wie Pott sich entscheiden würde. Alles hing von Toms argumentativen Fähigkeiten ab. Pott wandte sich von den Kommissaren ab. Mit einer Hand fuhr er sich immer wieder über das kantige Gesicht.

Er dachte nach und sagte nichts. Er schien alle denkbaren und undenkbaren Optionen in seinem Kopf durchzugehen. Für einen Moment herrschte Schweigen. Jetzt zeigte sich, wie viel ihre Geschichte wert war. Das eine waren die dienstrechtlichen Konsequenzen. Die waren in so einem Fall eindeutig. Aber Pott war kein Paragrafenreiter. Er überlegte, welche Auswirkungen diese Sache auf ihren Fall hatte und was er am besten tun sollte.

„Ich muss Sie abziehen", urteilte er schließlich tonlos. „Suspendieren, bis alles aufgeklärt ist!"

Sarah Koblers Pupillen weiteten sich. Nun schossen tatsächlich Tränen in ihre Augen.

„Nein!", bat sie. „Bitte nicht! Wir sind so nahe an der Lösung. Sie dürfen mich jetzt nicht abziehen!" Das Entsetzen war Kobler deutlich ins Gesicht geschrieben, auch wenn Potts Reaktion letztlich zu erwarten gewesen war.

Tom stand hinter seiner Kollegin. Er hatte seine Hand von der Schulter genommen und sie tief in der Hosentasche vergraben. Auch er war erstarrt. Fieberhaft überlegte er, wie er Sarah helfen konnte. Er suchte nach Worten, welche halfen, die Situation zu verbessern.

„Sarah ist die Einzige, die alle Informationen bezüglich Zeissner gelesen hat. Nur sie kann die Zusammenhänge zwischen ihr und Husmann, aber auch zwischen ihr und Reiter herstellen. Es würde über einen Tag dauern, wenn wir uns da einarbeiten müssten."

Pott hob seinen Kopf und sah Rester an, als wäre er soeben aus dem Nichts erschienen. „Ich meine ja nur", stotterte Tom weiter, „die ganzen Daten sind nur in unseren Köpfen, nicht im Computer. Sie hat sich alleine mit diesem Teilbereich befasst. Wir müssten von vorne anfangen."

Pott presste die Lippen aufeinander. In seinen Kiefergelenken arbeitete es. Er betrachtete die verzweifelte Frau eine Weile mit regloser Miene. Schließlich verzog er gequält das Gesicht. „Frau Kobler, ich frage jetzt nur ein Mal: Wo waren Sie letzte Nacht zur Tatzeit?"

Sarah schwieg. Für einen Moment dachte sie daran, ihrem Chef doch die Wahrheit über den Verlust der Waffe und den gestrigen Abend zu berichten. Allerdings würde er sie dann erst recht suspendieren. Was hätte er auch sonst für Möglichkeiten? Die Wahrheit war in dieser Situation kein gangbarer Weg.

Während sie noch überlegte, hörte sie auf einmal Tom sagen: „Sie war bei mir!" Rester räusperte sich und trat einen Schritt nach vorne. „Wir sind die Akten zu dem Fall durchgegangen. Sarah wollte unbedingt gestern noch den entscheidenden Hinweis herausbekommen, um Stefanie Röll zu finden. Sie hat bei mir übernachtet. Wir sind heute Morgen gemeinsam in das Präsidium gefahren. Dort haben wir auch gefrühstückt. Die Tüte von der Bäckerei Lindner liegt im Papierkorb am Eingang. Sie können das nachprüfen."

Pott hob verwundert die Augenbrauen und drehte sich erstaunt zu Kobler. „Stimmt das?"

Sarah war überrascht über die abrupte Wendung, ließ sich aber ihre Verwunderung nicht anmerken. Müde, als wäre das alles selbstverständlich, hob und senkte sie ihren Kopf. Nun lag alle Aufmerksamkeit wieder bei Pott. Man konnte zusehen, wie eine Ader an seiner Schläfe anschwoll und dann rhythmisch pochte. Fast sah man die Gedanken, die durch seinen Kopf kurvten. Er schien tatsächlich die Lage neu zu bewerten.

Nach einer gefühlten Ewigkeit senkte er die Stimme und raunte: „Versprechen Sie mir, dass Sie mit dieser Scheiße nichts zu tun haben!" Er deutete mit einem Finger nach draußen in Richtung von Reiters Büro.

„Versprochen!"

Pott richtete sich auf. Sein Tonfall wurde wieder lauter und fester. „Ich kümmre mich um alles! Finden Sie Stefanie Röll. Klären Sie diesen Fall, und zwar dalli."

Ohne weitere Ausführungen riss er die Küchentüre auf und brauste davon.

28. Kapitel – Samstag, 13.06.2015, 11:45 Uhr

„Danke", sagte Sarah, nachdem sich beide Kommissare in ihr Dienstauto begeben hatten. „Du hast mir den Job gerettet."
„Nichts zu danken!" Rester versuchte, bescheiden zu wirken, auch wenn er innerlich ziemlich aufgewühlt war. Er hatte seinen Vorgesetzten belogen und dazu einer Tatverdächtigen - und das war seine Kollegin nun mal - ein falsches Alibi gegeben. Er hatte ohne Not neben ihrer Karriere auch seine aufs Spiel gesetzt. Jetzt, als alles vorbei war, wusste er nicht mehr so recht, warum er sich dazu hatte hinreißen lassen. Aber nun gab es kein Zurück mehr. Auf gewisse Weise stand sie nun in seiner Schuld.
„Wie ist deine Waffe wirklich weggekommen?", fragte er tonlos.
„Ich hab sie gestern in diesem Umkleidezimmer liegen lassen. Ich musste sie ablegen. Ich konnte sie mir neben der Unterwäsche ja schlecht umbinden. Aber ich hab mein Oberteil darüber gelegt. Da muss jemand gezielt in meinen Anziehsachen gewühlt haben."
Tom konnte nicht anders, als sich die Szene bildhaft vorzustellen. Sarahs schlanker Körper, lediglich mit Reizwäsche und Nylonstrümpfen bedeckt. Sie hatte sicherlich eine tolle Figur gemacht. Ein zweites Mal an diesem Tag bereute er, dass sie ihn nicht ins Vertrauen gezogen hatte. „Vielleicht bis du nicht so unerkannt geblieben? Vielleicht hat dich jemand beobachtet?"
Sarah starrte gedankenverloren auf die Straße. Mit einem Finger zupfte sie an ihrer Lippe. Wer sollte sie gesehen haben? Tom hingegen machte ein ernstes Gesicht. Die ganze Sache war extrem dumm gelaufen und bei Leibe keine Kleinigkeit mehr.

„Und? Was jetzt?", fragte er in die Stille des Fahrzeugs, als er keine Antwort erhielt.

Kobler atmete tief durch. Ja, was jetzt? Irgendwas lief hier ab, was Sarah nicht in Verbindung zueinander bringen konnte. Es gab keine klare Linie, keinen roten Faden. Bisher hatte alles danach ausgesehen, als hätte Husmann gegen ein Spionagenetzwerk gekämpft und wäre von diesem beseitigt worden. Aber nun war Reiter tot. Es gab so viele Gedanken und so viele Möglichkeiten. Ließ Arkatov Mitwisser oder Zeugen verschwinden? War Helena Zeissner ebenfalls in Gefahr? Oder hatte sich jemand für Husmanns Tod gerächt? Das würde bedeuten, dass irgendwer Joachim Reiter dafür verantwortlich machte.

Oder hatte dieser Mord nichts mit ihrem eigentlichen Fall zu tun? Aber warum ausgerechnet ihre Waffe? Der Täter musste gestern in dieser Villa gewesen sein, sonst hätte er sie nicht finden und benutzen können. Weshalb hatte er die Pistole gleich entsorgt? So riskierte man, gefunden zu werden. So legte man Spuren!

In diesem Moment erhellte eine Idee Sarahs müden Geist. So legte man Spuren! Womöglich sollten diese Spuren zu ihr führen? Der einfachste Weg, sie loszuwerden. Falls sie gestern jemand beobachtet hatte, wusste diese Person, dass sie mit der Wahrheit nicht rausrücken konnte. Die Waffe im Umkleidezimmer brachte die passende Gelegenheit. Vielleicht kam der Tod Reiters irgendwem gelegen. Wenn es dabei möglich war, eine Kommissarin mundtot zu machen, die der Lösung des Falles zu nahe gekommen war, schlug man zwei Fliegen mit einer Klappe. Wieder das Gefühl, ganz nahe dran zu sein.

„Hat Bartsch eine SMS von Stefanie Röll bekommen? Haben wir das überprüft?"
„Haben wir!", brummte Rester. „Keine SMS!"
„Also hat sie nur mir geschrieben?"
„Ihr Handy ist kaputt. Wir können das nicht genau sagen. Vielleicht hat sie eine SMS an einen Dritten gesendet, den wir nicht kennen."
Für einen kurzen Moment herrschte Stille im Auto. Nur der Lärm, der von der breiten Hauptverkehrsstraße zu ihnen hereindrang, untermalte die Szene.
„Glaubst du, es war der gleiche Täter wie bei Husmann?", unterbrach Rester das Schweigen.
Kobler schüttelte energisch den Kopf. „Andere Waffe, anderer Modus. Warum hat er nicht seine Makarow benutzt?"
„Vielleicht wollte er uns verwirren? Reiter hat dem Täter die Tür geöffnet. Keine Aufbruchspuren, wie bei Husmann!"
„Mhmmm", brummte Sarah und gähnte herzhaft. Sie benötigte die nächste Tasse Kaffee. „Oder der Mörder wollte absichtlich eine Spur zu mir legen, nachdem er oder sie meine Pistole in die Hände bekommen hat."
Tom runzelte skeptisch die Stirn. „Denken wir doch mal nach", meinte Kobler und richtete sich in ihrem Sitz auf. „Der Täter muss gestern in der Villa gewesen sein. Dort war meine Waffe."
„Und er muss in die Umkleide gegangen sein", ergänzte Rester.
„Nicht zwingend! Wenn die dort eine Pistole finden, schlagen die Alarm. So was macht die Runde. Muss bloß eine der Nutten einen Anfall gekriegt haben."
Tom ließ das Fenster herunter, um frische Luft in den Wagen zu lassen. Straßenlärm flutete herein. Am

liebsten hätte er sich jetzt eine Zigarette angesteckt, unterdrückte den Wunsch aber aus Rücksicht auf seine Kollegin.

„Sie bekommen also zufällig deine Waffe in ihre Finger. Jemand weiß, wie nahe du ihnen bist. Ein Plan entsteht. Der Tod von Reiter muss dem- oder derjenigen gut reinpassen, sonst hätten er oder sie ihn nicht geopfert. Positiver Nebeneffekt, du bist aus den Ermittlungen raus und wir verlieren Zeit."

Sarah hatte Tom aufmerksam zugehört und nickte zustimmend. „So könnte es gelaufen sein."

„Stellt sich für mich die Frage, wem der Tod von Reiter nutzt. Das Trio Arkatov, Zeissner, Reiter hat nach Husmanns Aufzeichnungen gute Geschäfte gemacht. Du hast gesehen, dass gestern Geld geflossen ist, für was auch immer. Richtig so?" Abermals nickte Kobler.

Unschlüssig trommelte Tom auf dem Lenkrad. „Wenn das alles stimmt, sehe ich zwei Möglichkeiten. Erstens: Jemand Externes tötet Reiter. Jemand, den er mit seinen Leuten geschädigt hat. Kommen Behörden, politische Gegner oder auch ausländische Dienste infrage. Ich sehe da kein Interesse, dich dabei mit reinzuziehen. Denen wären unsere Ermittlungen sogar willkommen."

„Zweitens?", wollte Sarah wissen.

„Zweitens: Jemand aus der Gruppe ermordet Reiter. Bleiben Arkatov und Zeissner."

„Reiter und Zeissner hatten gestern noch Sex", erwiderte Kobler.

„Das ist deine Vermutung. Gesehen hast du nichts! Arkatov wiederum hat Reiter Geld gegeben. Offenbar war die Geschäftsbeziehung intakt." Rester ließ die Fensterscheibe weiter nach unten. Er spuckte einen Kaugummi, den er bis eben bearbeitet hatte, auf die

Straße. Dann schloss er das Fenster wieder. Sarah beobachte die Szene mit einem missbilligenden Blick.

„Vielleicht hatten sie Sex und es war nicht einvernehmlich? Du hast selber gesagt, dass er sie erpressen könnte."

„Er hat sie nicht vergewaltigt! Sie ist alleine in die Villa gefahren und hat sich für ihn umgezogen, oder für das, was da ablief. Es sah mehr wie ein Spiel aus. Irgendwas mit SM oder so?" Ein weiteres Mal füllte Ratlosigkeit den Wagen aus.

„Wir kommen nicht weiter", gestand Sarah seufzend ein. „Es macht einfach alles keinen Sinn. Noch dazu, wenn man davon ausgeht, dass Röll und Reiter auf unterschiedlichen Seiten gestanden haben. Bleiben wir bei der Linie, die Spur gegen mich wurde absichtlich gelegt. Das bedeutet doch, dass wir nahe dran sind. Wer meine Waffe gefunden hat weiß, dass ich gestern in der Villa war. Entweder liegt der entscheidende Hinweis dort oder, wovon ich ausgehe, in den Akten aus dem Schließfach. Da müssen wir weitermachen."

„Wenn du recht hast, müssten wir doch die Villa durchsuchen lassen", schlussfolgerte Tom.

„So sieht's wohl aus!"

Erneut trommelte Rester unschlüssig mit seinen Fingern auf dem Lenkrad. Er schürzte die Lippen. Für einen Moment konnte man das Hin und Her in seinem Kopf fast greifen. Schließlich richtet er sich auf. Energisch zog er sein Handy aus der Tasche.

„Ich ruf jetzt die Hecht an", verkündete er entschlossen. „Wir müssen endlich weiterkommen."

„Und womit genau? Soll sie uns beim Aktenlesen helfen?"

„Ich besorg uns einen Durchsuchungsbeschluss für diese Villa und am besten für Arkatov gleich mit. Reiter ist tot. Für Zeissner bekommen wir so schnell kein grünes Licht, also packen wir uns den Russen."

„Heute Morgen warst du von der Idee noch nicht begeistert", sagte Sarah neckisch, die den Sinneswandel ihres Kollegen erfreut zur Kenntnis nahm.

„Heute Morgen war Reiter auch noch nicht tot. Alles schien geordneter."

„So, so! Geordneter! Wie willst du das mit der Villa begründen?", fragte Kobler nach.

„Wir haben doch einen anonymen Hinweis erhalten, dass der Volvo, der vor Stefanie Rölls Wohnung gesehen wurde, am Abend vor diesem Haus stand." Er grinste seine Kollegin breit an. „Ich krieg das schon hin!"

Auch Sarah konnte sich ein Lächeln nicht verkneifen. Der plötzliche Tatendrang von Tom gefiel ihr. „Ich finde das ja super", sagte sie, während er sich das Telefon an das Ohr hielt, „aber wir müssen primär die Akten fertig auswerten. Spuren legen hin oder her, Husmann hat sich nicht ohne Grund so lange und intensiv mit Helena Zeissner beschäftigt. Der hat in den letzten Wochen nichts anderes mehr gemacht, obwohl er interessanten Stoff gehabt hätte. Außerdem sind alle Unterlagen zu ihrem Privatleben in diesem Schließfach. Extra sicher und nichts davon auf der Festplatte. Das macht er nicht aus Bequemlichkeit."

„Also gut", brummte Tom und nahm das Handy vom Ohr. Offenbar hatte er niemanden erreicht. Er drehte den Schlüssel und startete den Motor. „Wir fahren ins Präsidium. Von dort aus können wir besser weitermachen. Du kümmerst dich um die Akten. Ich besorg uns den Durchsuchungsbefehl." Er legte den Blinker ein und fuhr los.

29. Kapitel – Samstag, 13.06.2015, 13:11 Uhr

Der Samstag zog sich hin. Bis Kobler und Rester ins Büro kamen, war es bereits Mittag. Die anderen Mitglieder der SOKO Stefanie warteten schon auf sie. In knappen Sätzen informierte Tom die Kollegen über die aktuellen Entwicklungen, ohne dabei Sarahs Ausflug des Vortags oder die Verwicklungen ihrer Dienstwaffe zu erwähnen. Betretenes Schweigen breitete sich aus, als er geendet hatte.
„Und wie machen wir jetzt weiter?", wollte einer der Neuen wissen, der sich gestern als Andreas Reiman vorgestellt hatte.
„Wir gehen weiter das Material aus dem Schließfach durch", entschied Kobler. „Da drinnen muss die Antwort sein."
Nachdem sich kein Widerspruch regte, machten sich alle an die Arbeit. Leider lief ihnen die Zeit davon. Jede Minute, die verging, schmälerte die Chance, Stefanie Röll lebend zu finden oder überhaupt zu finden.
Sie suchten die Nadel im Heuhaufen und hatten keine Ahnung, wie die Nadel genau aussah. Und so gingen sie Blatt für Blatt und Zeile für Zeile durch. Ab und an kniff einer der Beamten die Augen zusammen und stand auf, um eine Pause zu machen. Das Lesen strengte an, noch dazu, weil es immer noch sehr warm draußen war. Im Büro stand die Luft. Weder Ventilator noch geöffnete Fenster vermochten daran etwas zu ändern.
Während die einen sich um die Akten kümmerten, versuchten die anderen die Ergebnisse der weiteren

Untersuchungen, der Zeugenbefragungen und der neuen Hausdurchsuchungen bei Röll und Husmann durchzugehen. Auf den jeweiligen PCs waren noch einmal viele Daten gesichert worden. Die galt es auszuwerten. Außerdem mussten die langsam eintreffenden Informationen aus Reiters Wohnung aufgenommen und verarbeitet werden. Die SOKO hatte auch hierfür die Ermittlungen übernommen, nachdem Mariella Hecht entschieden hatte, dass die Fälle miteinander in Zusammenhang standen.

Gegen 15:00 Uhr kam die Staatsanwältin ins Präsidium. Sie ließ sich von Rester auf den neuesten Stand bringen. Kobler bemerkte, wie die beiden lang und heftig diskutierten. Sicherlich ging es um die Durchsuchungsbeschlüsse, die Tom von ihr wollte. Eine Erlaubnis, den russischen Waffenhändler Arkatov mit all seinen Liegenschaften und vielleicht sogar die Villa zu durchsuchen.

Sie hatten sich erst abseits in eine Ecke gestellt. Nun standen sie draußen vor der Tür, wo man sie nur durch eine Glasscheibe sehen konnte. Was gesprochen wurde, hörte man nicht. Beide gestikulierten heftig. Sarah war klar, dass Tom nicht viele Argumente gegen Hechts Bedenken in der Hand hatte. Schließlich konnte man der Staatsanwältin schlecht sagen, dass Kobler eine der Spitzenfrauen im Innenministerium illegal und gegen die ausdrückliche Anweisung ihrer Vorgesetzten beschattet hatte. Und sie hatte sich unerlaubt Zugang zu dieser Villa beschafft.

Von der verlorengegangenen Dienstwaffe ganz abgesehen. Das, was Pott an Pragmatismus bei der Lösung eines Falles an den Tag legte, fehlte Hecht vollkommen. Sie glänzte mit Gründlichkeit und vor allem mit Regelkonformität. Was auch der Grund war, weshalb Kobler und sie sich öfters in die Haare gerieten.

Inzwischen hatte Sarah die Villa überprüft. Sie gehörte einem Immobilienmakler namens Burkhardt Mädler. Allerdings war sie gestern bis heute 10:00 Uhr an einen gewissen Nikolai Arkatov vermietet gewesen. Da war sie, die Verbindung! Nur, dass niemand erklären konnte, wie man auf dieses Gebäude gestoßen war. Anonymer Hinweis und der verdächtige Volvo hin oder her. Hecht benötigte die Hard Facts.

Kobler wusste nicht, was Tom der Staatsanwältin alles erzählt hatte, auf jeden Fall lächelte er, als er zurück in das Büro kam. Hecht hatte schlussendlich eine Durchsuchung bei Arkatov genehmigt. Allerdings besaß dieser mehrere private Anwesen und diverse Geschäftsräume. Es würde einige Stunden dauern, bis man das Vorhaben vorbereitet hatte und zeitgleich durchziehen konnte. Pott sollte alles in die Wege leiten und die Operation koordinieren.

Hecht hatte zu bedenken gegeben, dass man mit dieser Aktion den ganzen Ring aufschrecken würde. Daher sei es wichtig, mit äußerster Präzision vorzugehen. Abgesehen davon rechtfertigte ein toter Fraktionsvorsitzender des Deutschen Bundestags ein energisches Vorgehen.

Während Hecht und Pott alles organisierten, machten sich die anderen wieder an die Arbeit. Sarah hatte noch nicht einmal etwas gegessen. Der Magen knurrte immer vehementer und forderte eine Pause, als die Kollegen der nächste unheilvolle Anruf des Tages erreichte.

Kobler und Rester standen mit betretenen Gesichtern vor der großen, im Sonnenlicht graumetallisch

glänzenden Mülltonne. Fliegen schwirrten wild umher. Sie bildeten die Geräuschkulissen zu einem Anblick, an den man sich nie richtig gewöhnen konnte. Ein penetranter, fauliger Geruch hatte sich über den Platz ausgebreitet. Er war bis zur Straße nach vorne gedrungen, wo er sich mit Abgasgerüchen und anderen Industriedämpfen vermischt hatte.
Sie befanden sich hinter einer graffitibesprühten Mauer, welche Abfalltonnen von der Lengeder Straße abtrennte. Weiter zurück standen alte und verlassende Industriehallen. Fensterscheiben waren gebrochen. Der Putz war von den Wänden abgefallen. Hier herrschte schon lange kein Betrieb mehr. Pflanzen hatten von dem Gelände Besitz ergriffen. Sie würden in naher Zukunft das gesamte Areal für die Natur zurückerobert haben. Die Mülltonnen gehörten zur nebenstehenden Firma, welche Verpackungen herstellte und die freien Flächen neben sich dankbar nutzte.
Sarah wandte ihren Blick von der Tonne ab und ließ ihn über das weitläufige Gelände schweifen. Polizisten verteilten Absperrbänder. Andere liefen mit Spürhunden über das freie Feld, um erste Spuren zu suchen.
Unwahrscheinlich, dass jemand etwas gesehen hatte. Die Nachbarfabrik hatte gestern Nachmittag nicht mehr produziert. Die Mitarbeiter waren bereits im wohlverdienten Wochenende gewesen. Zur Straße hin gab es diese Mauer. Wer sollte da mitbekommen haben, wie jemand hier eine Leiche entsorgte? Mutmaßlich hatte der Täter es nachts gemacht, sodass die Wahrscheinlichkeit auf Beobachtung weiter sank. Selbst in Berlin gab es unbeobachtete Plätze.
Hätte man heute nicht die Mülltonnen geleert, wäre Stefanie Röll oder das, was von ihr übrig war, hier

draußen in der Hitze vermutlich bis zur Unkenntlichkeit verrottet. Bei diesen Temperaturen ging das unter Umständen schnell. Fliegen und Käfer brauchten nicht viel Zeit, um aus einem Körper ein Skelett zu machen. Tom stupste Sarah an die Schulter. Er wollte kurz zu den Kollegen gehen und wäre gleich zurück.

Sie blieb mit der Leiche zurück. Sie betrachtete die junge Frau mit den bizarr angewinkelten Beinen, die splitternackt im Müll lag. Selbst jetzt konnte man Stefanie Rölls vormalige Schönheit erkennen, auch wenn ihre Haut an den meisten Stellen blutunterlaufen war. Ihre blonden Haare umspielten das feingezogene blasse Gesicht wie bei einer Puppe, die man weggeworfen hatte.

Sie hatte sehr gelitten, das konnte man zweifelsfrei feststellen. Blutergüsse, Brandwunden und seltsam verrenkte Gliedmaßen zeugten von der Tortur, die sie die letzten Stunden ihres Lebens durchlitten hatte. Aber das war nicht das Schlimmste. Ein Blick zwischen Rölls Beine reichte Kobler, um zu sehen, was sie noch hatte ertragen müssen. Ihre Schamlippen waren geschwollen und blutunterlaufen. Trotz der warmen Temperaturen fröstelte Sarah. Unwillkürlich legte sie die Arme um den Körper. Rester kam zurück.

„Das Schwein hat sie vergewaltigt und übel zugerichtet", sagte sie so leise, als wäre bereits das Aussprechen der Tat ein Verbrechen.

Tom starrte bedrückt in die Leere. „Hmm! Sieht so aus. Wie es aussieht, hat sie lange standgehalten."

„Irgendwann hat er sie dann erschossen!" Kobler deutete auf die Einschüsse in der Brust. Zwei kleine rote Löcher konnte sie erkennen. So war es zu Ende gegangen.

„Fragt sich nur, ob sie ihm vorher gesagt hat, was er wissen wollte", grübelte Tom weiter.

Einer der uniformierten Polizisten kam zu ihnen rüber. Er erklärte, dass man eine Stelle gefunden habe, wo Stefanie Röll offenbar misshandelt worden war. In einer der Hallen hätten Hunde Blutspuren und eine blutige Eisenstange aufgestöbert.

„Suchen Sie nach Spermaspuren", wies Kobler den Kollegen mit heiserem Tonfall an.

„Eh klar!", brummte dieser und schritt wieder gemächlich in Richtung der Hallen.

„Wir müssen das Schwein finden! Versprichst du mir das?" Sarahs Stimme zitterte. In ihr waren diese Wut und diese Hilflosigkeit, die man nicht in Worte fassen konnte. So hatte Rester seine Kollegin noch nie erlebt.

Behutsam legte er ihr seine Hand auf die Schulter und drückte sie leicht. Dann nickte er! „Versprochen!"

Er zog seine Hand zurück und wurde wieder sachlich. „Arkatov, Reiter und Zeissner sind raus. Du hast sie gestern alle gesehen, was heißt, dass sie ein Alibi zur Tatzeit haben. Sie können nicht gleichzeitig hier und in der Villa gewesen sein."

„Vielleicht haben sie sie eingesperrt und sind anschließend zurückgekommen, um sie zu beseitigen?"

„Warum sollte man das machen? Ich mein, das Risiko geht niemand ein. Warum sollten sie warten? Nein, ich denke, der Täter wollte etwas wissen. Er hat sie gefoltert und getötet, entweder, nachdem er alles hatte, was er brauchte, oder nachdem es ihm als sinnlos erschien. Hier gibt es nicht die Möglichkeit, jemanden sicher und schalldicht für mehrere Stunden einzusperren." Er machte eine ausladende Handbewegung, die Sarah zum Anlass nahm, sich noch einmal umzusehen.

Rester hatte recht. Die Hoffnung auf eine schnelle Lösung des Falles zerschlug sich. Nichts machte Sinn! Nichts passte zusammen!

„Tatwaffe?", fragte Kobler.

„Mhmm!", brummte Tom, „Kollege Molte war da. Er meint wohl, es sieht wieder nach einer Makarow 9 mm aus. Genaueres ..."

„... nach der Obduktion", unterbrach ihn Sarah. „Schon klar! Wie bei Husmann!"

„Yep!"

„Warum nimmt der Täter eine andere Waffe als bei Reiter? Warum nicht auch meine Dienstwaffe?"

„Entweder er hat Röll vor der Party in der Villa erschossen oder aber es ist nicht derselbe Täter!", spekulierte Rester.

„Also tatsächlich zwei Killer! Das artet aus! Wer ist der Nächste?"

„Ich hoffe keiner von uns!"

Kobler sah ihren Kollegen erschrocken an. „Glaubst du das?"

„Na, wenn Husmann recht hatte, haben wir es mit einem gut organisiertem Spionagering zu tun. Da sind Polizisten, die zu viel rausfinden sicherlich im Weg."

Wieder fröstelte es Sarah unwillkürlich. „Wir stellen Wachen am Schließfach auf. Wenn Röll ihm etwas gesagt hat, wird der Täter versuchen, die Akten zu holen oder Beweise zu vernichten", entschied Kobler, nachdem sie einen Augenblick über Resters Worte nachgedacht hatte.

„Hätte er schon längst gemacht", erwiderte er.

„Egal! Wir versuchen es! Wir versuchen alles, was denkbar ist, um diesen Fall zu lösen." Sarah klatschte

zweimal fest in die Hände. „Auf geht's!", verkündete sie. „Wir müssen einen Mörder schnappen!"
„Oder zwei! Wo willst du ansetzen? Wir haben keine neuen Hinweise, denen wir nachgehen könnten." Rester klang weder ermutigend noch so, als glaube er an den schnellen Fahndungserfolg. „Wir müssen erst abwarten, bis wir die Tatortanalysen von Reiter und hier und die Berichte der Spurensicherung haben."
Toms Einwand war nicht von der Hand zu weisen. Solange es keine neuen Spuren gab, hatte sie nichts, wo sie weitermachen konnte. Aber sie musste etwas tun. Irgendwas!
„Wie steht's mit den Hausdurchsuchungen?"
„Vorbereitungen laufen. Das wird noch dauern, bis die Kollegen losschlagen. Bis wir Resultate haben, dauert es noch einmal." Tom kickte einen Stein weg, der am Boden lag. „Außerdem sind Gude und die anderen so gut wie durch, was die Akten aus dem Schließfach betrifft. Nichts gefunden! Nichts, was hilft!"
„Und du willst dich jetzt in das Büro setzen und warten, bis die Lösung von der Decke fällt?", fragte Kobler verärgert.
Tom hob die Schultern. „Hast du einen besseren Plan? Wir warten auf die Ergebnisse von den Hausdurchsuchungen und auf die Tatortberichte von Röll, Reiter und diesem hier. Dann sehen wir weiter." Er fingerte einen Kaugummi aus einer Tasche und schob ihn sich in den Mund. Eine Zigarette hätte ihm zwar besser geholfen, seine Gedanken zu sortieren, aber er wollte Sarah nicht zusätzlich reizen. Es reichte ihm so schon.
„Wir müssen etwas übersehen haben!"

Tom schüttelte den Kopf. „Wie oft willst du dir noch die gleichen Blätter ansehen? Schauen wir uns lieber den Tatort hier in der Halle an."

„Nein danke", fauchte Kobler zurück. „Das kannst du machen. Ich muss nicht sehen, wie überall Rölls Blut klebt, um ihren Mörder zu finden. Mir reichen die Fotos."

Die Stimmung zwischen ihnen war wieder aufgeheizt, so wie vor einigen Tagen. Tom wusste nicht, warum Sarah immer so schnell so gereizt war, wenn nicht alles lief, wie sie es sich vorstellte. Um nicht zusätzlich Öl ins Feuer zu gießen, fragte er: „Wie ist jetzt dein Plan?"

Kobler blinzelte gegen das Sonnenlicht. „Wir gehen noch einmal alle Akten aus dem Schließfach durch. Noch heute Nacht! Blatt für Blatt! Wir müssen etwas übersehen haben! Ich weiß es einfach!"

„Das sind hunderte von Seiten! Gude und die anderen haben über einen Tag gebraucht, um alles zu sichten. Wie willst du das machen?"

Sarahs Blick wurde hart und entschlossen. „Ich weiß!", gab sie zu. „Aber da muss etwas drinnen sein. Es geht nicht anders. Warum sonst hätte Stefanie Röll ihre letzten verbleibenden Sekunden im Bad damit verbracht, mir diese SMS zu schicken? Es muss so sein!" Koblers Worte klangen so beschwörend, als wolle sie die Realität mit dieser Logik beugen. Tom gab auf. Er fuhr sich mit seinen Händen durch die Haare. „Du bist wahnsinnig! Wann willst du das machen? Es ist fast Abend!"

„Hilf mir einfach!", erwiderte Sarah trotzig, aber besser gelaunt. Sie lächelte ihn herausfordernd an, wie es kleine Mädchen machen, wenn sie Schokolade von ihren Eltern wollen. Rester gefiel das.

„Wir machen das so", erklärte sie. „Wir fahren ins Büro und holen die Sachen ab. Die anderen sind damit eh schon durch. Dann fahren wir zu mir nach Hause. Dort schauen wir alles noch einmal genau durch. Ich bestell für uns Pizza, dann müssen wir die Nacht nicht im Büro sitzen."
Jetzt mochte Tom die Idee noch lieber. Alleine die Vorstellung, mit Sarah einen Abend im Präsidium zu verbringen, hatte schon etwas Verlockendes an sich. Er konnte gar nicht mehr ablehnen, selbst wenn viele vernünftige Gründe dagegen gesprochen hätten. Er tat, als würde er über ihren Vorschlag nachdenken. Dann sagte er schließlich: „Okay, weil du es bist!"
Sie klatsche freudig in die Hände. „Super! Dann los!"

30. Kapitel – Samstag, 13.06.2015, 20:21 Uhr

Es wurde schon spät, aber sie waren noch keinen Schritt weiter. Die Suche nach dem entscheidenden Hinweis hatte etwas Zähes, als versuche man, in Pudding zu schwimmen. Nichts ging vorwärts. Wieder und wieder quälte sich Tom durch die Zeilen. Er musste dabei darauf achten, dass er nicht in einen tranceartigen Zustand geriet, in dem er zwar glaubte zu lesen, aber von dem Text nichts mehr aufnahm. Dann musste er aufstehen und eine kurze Pause machen.
Tom leckte sich die Fingerspitzen an und blätterte eine Seite um. Er legte das vorherige Blatt auf den kleineren Stapel, den sie schon durchgesehen hatten. Gemeinsam hatten sie entschieden, sich auf die privaten Unterlagen von Helena Zeissner zu konzentrieren. Sarah hatte argumentiert, dass dies die sinnlosesten Teile für einen Journalisten waren und es daher umso wahrscheinlicher

war, hier etwas zu finden. Außerdem glaubte sie, dass die Kollegen in diesen Bereichen am ehesten Nachlässigkeiten bei sich toleriert hätten und vielleicht nicht jedes Blatt bis ins Details durchgegangen waren. Sie gingen ins Detail. Zeile für Zeile kämmten sie die Texte durch.

Tom hob den Kopf. Er betrachtete seine Kollegin, die konzentriert wie zu Beginn des Abends jede Seite durchlas. Ihre langen braunen Haare waren nach vorne gerutscht und baumelten neben ihren Wangen. Sie störte das nicht. Tom fand, dass es süß aussah. Wie bei einem kleinen Kind, das gerade auf dem Spielplatz getobt hatte und nun seine Hausaufgaben durchging. Es hatte etwas Friedliches an sich. Seine Augen verweilten für einen Augenblick auf Sarah.

Alles in allem war es ein angenehmer Abend gewesen, trotz der Umstände und der zwei Toten, die sie heute gesehen hatte. Ungeachtet der Tatsache, dass ihre Dienstwaffe dazu verwendet worden war, den Vorsitzenden einer Bundestagsfraktion zu ermorden. Sie hatten wirklich Pizza bestellt und seine Kollegin hatte eine Flasche Rotwein geholt. Offiziell waren sie ja nicht mehr im Dienst. Sie hatten gegessen, getrunken und für einem Moment hatten sie sich nicht wie Kollegen gefühlt, sondern wie gute Freunde. Vergessen waren die Spannungen der letzten Woche. Irgendwie war alles gut.

Sarah hatte eine gemütliche Wohnung. Man merkte in jeder Ecke, dass hier eine Frau zu Hause war, da die Zimmer nicht nur funktionell, sondern liebevoll und mit vielen Details eingerichtet waren. Im Wohnzimmer fehlte Deckenlicht. Sarah hatte mit diversen Tisch- und Stehlampen Abhilfe geschaffen. Auf einer kleinen Kommode standen einige Kerzen, die öfters den Raum alleine erhellten. Tom konnte Sarahs Geruch überall an den Möbeln wahrnehmen. Er fragte sich, wie es gewesen wäre, wenn sie nicht zum Arbeiten hierhergekommen wären. Wie würde so ein Abend ablaufen?

Obwohl es abgekühlt hatte, war es immer noch schwül. Sie hatten die Fenster geöffnet und Sarah hatte sich im Bad umgezogen. Nun trug sie ein blaues Top mit Spagettiträger als Oberteil, welches ihre Brüste ungewollt hervorhob. Zumindest glaubte Tom, dass sie das nicht beabsichtigt hatte.

Ihm gefiel das, auch wenn in ihm dadurch eine leichte Melancholie aufkam. Diese Sarah war nicht für ihn bestimmt. Es war mehr dem Zufall und den widrigen Umständen geschuldet, dass er sie so zu sehen bekam. So privat und leger. Für ihn gab es nur die dienstliche Sarah. Er nutzte die Chance, um einige verstohlene Blicke zu ihr auf die Couch zu werfen. Er beobachtete sie, wie sie aß, wie sie trank und wie sie las.

Man hätte den Abend als perfekt beschreiben können, wäre da nicht ihre Katze Tessy plötzlich aufgetaucht und zwischen Stühle, Tische und Fußbeine gewandert. Es dauerte keine halbe Minute, bis Tom das erste Mal herzhaft niesen musste. Er hatte seine Allergie auf Katzenhaare gegenüber seiner Kollegin stets verheimlich, wohl wissend, dass sie eine besaß. Unterschwellig hatte er befürchtet, ansonsten nie zu ihr eingeladen zu werden. Blöder Gedanke, dachte er noch und bekam einen richtigen Hustenanfall.

Sarah sprang auf und kam zu ihm rüber. Tom las echte Sorge in ihrer Stimme. In knappen Worten umriss er, bereits schwer atmend, sein Problem. Sie packte ihre Katze und sperrte sie als erstes in das Schlafzimmer.

Dann öffnete sie die Fenster, um frische Luft einzulassen. Nach ungefähr 30 Minuten war Tom so weit hergestellt, dass er trotz juckender und leicht geschwollener Augen die Arbeit wieder aufnehmen konnte.

Sarah tat das alles furchtbar leid, aber schuld war er selber. Er hätte es ihr nur frühzeitig sagen müssen. Aber so ein kleines schlechtes Gewissen seiner Kollegin ihm gegenüber konnte ja nicht schaden, dachte er, und achtete darauf, nicht zu schnell zu gesunden. Sie kümmerte sich noch weiter um ihn, holte nasse Waschlappen und organisierte Allergietropfen aus ihrem Schrank, bis Rester einen Anruf aus dem Präsidium erhielt. Das legte bei Sarah den Schalter sofort wieder auf Arbeit um.

Gude rief an, um ihnen die Ergebnisse der Tatortanalyse aus Reiters Wohnung zu übermitteln. Die Spurensicherer hatten es geschafft, DNA zu sichern und auszuwerten. Dabei war die Analyse schwierig, da Mittel eingesetzt worden waren, um Spuren zu verwischen. Allerdings hatte es gereicht, um ein Y-Chromosom nachzuweisen, was auf einen männlichen Mörder hindeutete. Mehr hatte man leider nicht machen können. Datenbankabgleiche seien aufgrund der schlechten Qualität des Materials nicht möglich.

„Klingt wie bei diesen BKA-Ermittlungen", sagte Sarah, nachdem Tom das lautgeschaltete Gespräch beendet hatte.

Tom nickte nachdenklich und griff sich das Weinglas, in dem noch ein kleiner Schluck vorhanden war.

„Genau die gleiche Geschichte. Spuren, die mäßig zu analysieren sind. Aber die Geschlechtsbestimmung ist möglich."

„Liegt dran, dass das Y-Chromosom so klein ist. Und was sagt uns das jetzt?"
Auch Sarah griff nach dem Glas. Sie schenkte sich und Tom noch einmal nach. „Wenn wir weiter von zwei Tätern ausgehen, würde ich sagen, ist der Mörder von Reiter derselbe, der die Daten aus den Institutionen entwendet hat." Sie zog ihre Beine an, sodass sie in einem Schneidersitz auf der Couch saß. „Dann wäre der Killer jemand aus dem Spionagenetzwerk. Zeissner scheidet aus, weil ja eine Frau, bleibt Arkatov!" Sie sah ihren Kollegen mit großen Augen an.
„Wie soll ein russischer Waffenlobbyist in alle diese Behörden reinkommen? Aber gut, wir müssten nur einen direkten DNA-Abgleich mit ihm machen. In der Datenbank haben wir sicher nichts. Kommt auf einen Versuch an."
„Datenbankabgleiche sind doch nicht möglich", erwiderte Sarah. „Ich rufe Florian an", verkündete sie und stellte ihr Glas auf den Tisch. Ehe Rester etwas einwerfen konnte, war sie auf dem Weg zur Tür, in Richtung des Computers. Da sie ihr Handy mit der Dienstwaffe in der Villa vergessen hatte, musste sie auf die Cloud mit ihren Kontakten zugreifen.
Leicht genervt stand Tom auf und starrte aus dem Fenster. Man hätte ja erst einmal gemeinsam überlegen können und hätte nicht gleich diesen Typen vom BKA anrufen müssen, mitten in der Nacht. Draußen auf den Straßen waren die Lichter angegangen. Dunkelheit hatte sich über die Dächer gesenkt. Um diese Zeit begannen sich die Partytempel der Stadt gemächlich zu füllen. Es war Wochenende in Berlin. Er nahm einen kräftigen Schluck aus seinem Glas und überlegte, ob er so noch

fahren durfte. Bis wann gingen überhaupt die S-Bahnen? Wie lange wollten sie weiterarbeiten?

Plötzlich klingelte sein Handy erneut. Diesmal war es Pott, der ihn zu später Stunde über die Ergebnisse der deutschlandweiten Hausdurchsuchungen bei Nikolai Arkatov informieren wollte. Sie hatten nichts gefunden! Nichts, was einen Tatzusammenhang mit ihren Fällen bewies. Weder hatten sie Hinweise auf Spionage oder Bestechung noch waren Tatwaffen oder anderes sichergestellt worden. Weiteres würden die Auswertungen zeigen.

„Ein Schlag ins Wasser", fasste Pott die Operation zusammen. „Jetzt sind auf jeden Fall alle aufgeschreckt, sollte es das Netzwerk wirklich geben!" Dann legte sein Chef auf und ließ ihn mit Schuldgefühlen zurück. Tom hatte die Aktion vorgeschlagen und angeleiert. Nun war nichts dabei rausgekommen. Im Gegenteil! Wenn an Husmanns Verdächtigungen etwas dran war, waren jetzt alle gewarnt. Auch vor dem Schließfach am Bahnhof war niemand aufgetaucht, das hatte Pott ihm noch verraten.

Tom steckte sein Handy weg. Sarah kam zurück durch die Tür. Sie hatte ein Lächeln auf den Lippen. Ein Lächeln, welches Rester einen kleinen Stich versetzte. Er kannte diesen Gesichtsausdruck. Er spürte, dass seine Kollegin und Weidrich sich nicht nur über den Fall ausgetauscht hatten.

„Die Spuren sind absolut identisch!", verkündete Kobler gut gelaunt. „Das BKA nimmt an, dass der Täter ein Spray benutzt, welches die DNA zersetzen soll. Da bleiben nur noch Stücke übrig. Das Y-Chromosom ist so klein, dass man nur sagen kann, dass es ein Mann war, da wie dort."

„Wie vermutet!" Aus irgendeinem Grund passte Tom Sarahs plötzliche Fröhlichkeit nicht. Er ärgerte sich darüber, ohne zu wissen, warum. Er berichtete von Potts Anruf. Seine Kollegin setzte sich wieder auf die Couch und begann, gedankenverloren an ihren Locken zu spielen. Sie starrte so konzentriert ins Leere, als wäre die Antwort in die Luft geschrieben, wenn man nur genau genug hinsah. Toms Ärger verflog so schnell, wie er gekommen war, als er sie so sitzen sah.

„Drei Morde! Bei Röll und Husmann die gleiche Tatwaffe. Bei ihr wird ein Mann gesehen und ein Kennzeichen, welches auch vor der Villa auftaucht. Die hat Arkatov gemietet. Dann der Mord an Reiter mit anderer Waffe. Selbe Spuren wie bei Vorkommnissen in Bundesbehörden. Der ‚Spion'", resümierte Sarah und malte Gänsefüßchen in die Luft, „ermordet Reiter." Sie starrte Tom auffordernd an, nur das dieser für einen Moment mit seinen Gedanken woanders gewesen war.

Entschuldigend schüttelte er den Kopf. „Noch einmal bitte, es ist einfach zu spät!"

Aber seine Kollegin ging gar nicht auf ihn ein. Sie war mit ihren Überlegungen schon wieder wo anders. „Machen wir weiter", rief sie aufmunternd und klopfte auf den Stapel mit den unerledigten Blättern. „Die Antwort liegt hier drinnen!"

Rester seufzte und setzte sich.

„Willst du noch ein Glas Wein?"

31. Kapitel – Sonntag, 14.06.2015, 1:17 Uhr

Müdigkeit legte sich auf Sarah Koblers Augen und drückte sie immer wieder zu. Jedes Mal ein neuer Kampf um die Lider. Und er wurde härter. Es war spät

geworden. Tom war gegen Mitternacht gegangen. Er hatte versprochen, morgen in der Früh gleich wieder ins Büro zu kommen, um weiterzumachen, aber gefunden hatten sie nichts. Es war alles umsonst!
Je länger der Abend gedauert hatte, umso niedergeschlagener war Sarahs Stimmung geworden. Wie bei einem Fußballspiel, bei dem man auf ein Tor hofft und zuversichtlich mitfiebert, aber mit Ablaufen der Spielzeit Mut und Hoffnung verliert. Nun waren sie weit in der Nachspielzeit und der Abpfiff drohte. Es war vorbei!
Nicht nur der Fall würde ungelöst bleiben, wenn nicht Kommissar Zufall noch ein Ass aus dem Ärmel zauberte. Je länger die Sache lief, umso unwahrscheinlicher war es, dass Pott sie weiter decken würde. Er hatte das nur gemacht, weil sie in einem wichtigen Ermittlungsfeld den Überblick hatte. Fehlte dieses Argument, würde er versuchen, Schadensbegrenzung zu betreiben. Sie würde dafür Verständnis haben. Pott hatte für sie mehr getan, als er musste. Dabei hatten sie und Tom ihn auch noch angelogen. So etwas ging auf Dauer eben schief.
Kobler stand auf und streckte sich kräftig. Das half ihr, die Müdigkeit, die wie Blei auf ihren Muskeln lag, in den Griff zu bekommen. Sie drehte ihren Kopf langsam im Kreis und massierte mit ihren Zeigefingern die Schläfen. Die letzte Nacht, der wenige Schlaf und der Wein forderten ihren Tribut. Selbst wenn sie wollte, würde sie nicht mehr lange durchhalten. Sollte sie sich hinlegen? Sich Ruhe gönnen? Aufgeben?
Sie ging um den kleinen Sessel herum und öffnete die Tür zum Balkon. Der Himmel war sternenklar, und obwohl es abgekühlt hatte, war es noch warm. Im Moment gerade angenehm, befand Sarah. Die Sterne

funkelten um die Wette. Alles schien so weit, so groß und so unendlich mächtig, dass einem jedes Problem auf diesem unbedeutenden Planeten unweigerlich ebenso unbedeutend vorkommen musste.

Und dennoch! Sie sah über die Schulter. Seufzend betrachtete sie den Stapel Papier, der unbearbeitet vor ihr auf dem Tisch lag. Diese Probleme waren trotzdem real, auch wenn sie mit dem Universum gemessen winzig waren. Und es war ihr Problem! Ihr ganz persönliches.

Vielleicht war ja alles total sinnlos. Möglicherweise verfolgte sie eine völlig falsche Spur. Es konnte gut sein, dass die ganze Zeit, an einer anderen Stelle eingesetzt, sie schon viel weiter gebracht hätte. Stattdessen hatten sie sich mit Pizza und Wein den Abend verschönt. Kobler verspürte etwas, was sie als Schuldgefühl identifizierte. Schuldgefühle gegenüber der toten Stefanie Röll, dem erschossenen Manuel Husmann und auch, wenn nicht Schuld dann zumindest ein Verantwortungsgefühl, gegenüber Joachim Reiter. Drei Menschen und alle tot.

Sie drehte sich um, schloss die Tür und ging auf die Toilette. Dann holte sie sich ein neues Mineralwasser aus der Küche und schenkte sich ihr Weinglas voll. Sie trank einige Schlucke. Zu ihrem Erstaunen fühlte sie sich gleich viel frischer. Sie beschloss, bis 2:00 Uhr durchzuhalten und alles zu versuchen. Dann wollte sie sich Ruhe gönnen. Länger konnte sie wirklich nicht mehr und wäre auch nicht weiter zu logischen Gedanken fähig. Es nützte niemandem, wenn sie so müde war, dass auch sie den entscheidenden Hinweis übersah.

Die Tür ging auf. Auf leisen Pfoten kam Tessy zu ihr geschlichen. Sie hüpfte auf die Couch und rollte sich schnurrend neben ihren Füßen zusammen. Dann schlief sie wieder ein. Sarah streichelte die Katze und nahm sich das nächste Blatt vom Stapel. Es war die Krankenakte von Helena Zeissner von vor einigen Wochen. Am Laptop hatte Husmann nur den Entlassbrief gespeichert. In den Schließfachakten hatte er sich jeden einzelnen Befund ausgedruckt.

Kobler betrachtete die Akte. Zum wiederholten Male fragte sie sich, was es darin zu finden gab. Sie überlegte, die Blätter beiseitezulegen, um schneller voranzukommen. Es gab noch mehrere wichtige Textstellen, die sie durchgehen wollte. Solche, die mehr Erfolg versprachen. Doch dann entschied sie, dass jedes Blatt auf diesem Stapel gleich bedeutsam sei, und fing an zu lesen.

Helena Zeissner war wegen Oberbauchschmerzen in die Klinik gekommen. Es hatten Untersuchungen stattgefunden, aber die Ursache für die Beschwerden war unklar geblieben. Blut- und Ultraschalluntersuchungen waren gemacht worden. Letztlich hatte man sie sogar durch die Röhre geschoben. Kobler sichtete die Seiten, auf denen viele medizinische Fachbegriffe das Verständnis erschwerten. Als Letztes hatte Husmann den ausführlichen Befundbericht der Computertomografie angehängt. Sarah überflog auch diesen. „Kein Anhalt für Stenosen. Leber ohne erkennbare Pathologie von normaler Dichte. Nieren unauffällig, keine Raumforderung und kein Harnaufstau. Kein Aszites. Prostata normal groß und homogen, Pankreas schlank und ohne Verkalkungen ..."

Kobler blickte auf und kniff die Augen einmal fest zusammen. Sie brannten regelrecht nach jeder Zeile, die sie las. Sie wollte das Blatt mit dem CT-Befund schon beiseitelegen, doch irgendwas hatte sie beim Lesen des Textes gestört. Also las sie ihn noch einmal. Dann noch einmal und schließlich noch einmal. Irgendetwas passte nicht, nur dass ihr nicht auffiel was.

Sie legte das Blatt zur Seite und erhob sich schwerfällig von der Couch. Ihre Gelenke waren von der verkrampften Sitzhaltung steif geworden. Sie streckte sich und überlegte, sich direkt und ohne Umweg über das Bad ins Bett zu werfen. Am Ende hatte alles seine Grenzen. Sie sah auf die Uhr, doch es war noch nicht 2:00 Uhr. Noch nicht ganz!

Sie wippte einige Male mit ihren Füßen vor und zurück, um den Kreislauf in Schwung zu bringen. Dann massierte sie sich die Schultern. Zu guter Letzt ging sie im Zimmer ein paar Mal hin und her. Nach den Übungen machte sie einen Abstecher in die Küche und spritzte sich kaltes Wasser ins Gesicht. Zurück im Wohnzimmer, nahm sie das Blatt mit dem Befund erneut vom Stapel, um ihn ein letztes Mal durchzulesen. Mehr konnte sie für ihr komisches Gefühl beim Lesen des Textes beim besten Willen nicht mehr tun.

Und dann sah sie, was sie störte. Sie las das Wort, las es wieder und wieder. Sie ließ die Seite auf den Boden fallen und fuhr sich aufgeregt mit den Händen durch die Haare. Im Befundbericht stand etwas von Prostata. Das konnte nicht sein! Das hatte sie gestört! Kobler war zwar keine Expertin, was die Anatomie betraf, wusste aber aus dem Biologieunterricht, dass eine Prostata nur bei Männern vorkam. Frauen hatten dieses Organ nicht.

Sie überprüfte den Namen auf dem Zettel. Nicht, dass es zu einer Verwechslung gekommen war. Aber es stimmte! „Helena Zeissner" stand fett über dem Bericht. Sarah las abermals den gesamten Text. Dann registrierte sie es.

„Zusammenfassung: Normalbefund bei Zustand nach geschlechtsangleichender Operation." Sie konnte es kaum fassen. Helena Zeissner war in Wirklichkeit gar keine Frau, sondern erst irgendwann zu einer geworden. Geformt von Chirurgenhänden und geboren als Mann. Das war ein Hammer!

Kobler lehnte sich zurück und fasste sich mit einer Hand an die Stirn. Was bedeutete das? Ihre Gedanken flogen wild und unsortiert durch ihren Kopf, durch Müdigkeit und Alkohol zusätzlich abgelenkt. Es war, als wäre ein Bienenstock plötzlich erwacht und suchte nach dem Ausgang.

Die Folgen waren weitreichend. Wenn das bekannt wurde, müsste Zeissner höchstwahrscheinlich zurücktreten. Neben den politischen Konsequenzen bedeutete das auch, dass sie durch männliche DNA an den Tatorten nicht mehr entlastet wurden. DNA konnte man nicht umoperieren. Sie hatte kein Alibi mehr!

Koblers Müdigkeit war wie weggefegt. Sie stand auf. Ihre Katze ließ ein kurzes Murren vernehmen, welches signalisierte, dass sie mit der aufkommenden Unruhe nicht einverstanden war. Wenn Husmann das veröffentlicht hätte, wäre das ein Skandal erster Klasse gewesen. Die Verkaufszahlen wären nach oben geschossen. Ein gut funktionierendes Spionagenetzwerk hätte ihre Kontakte in die deutsche Bundesregierung verloren. Alles wäre aufgeflogen! Wenn das kein Motiv war. Das war es, wonach sie die ganze Woche gesucht hatte! Das war das Geheimnis der Helena Zeissner!

Sarah hüpfte zum Schrank, wo sie ihr Telefon abgelegt hatte. Jetzt galt es, keine Zeit zu verlieren.

32. Kapitel – Sonntag, 14.06.2015, 5:30 Uhr

Eine unglaubliche Energie durchflutete Sarah. Natürlich hatte sie nicht mehr geschlafen, seit sie das Rätsel gelöst hatte, aber es machte ihr zur Zeit erstaunlich wenig aus. Sie fühlte sich wie auf Drogen, so aufgekratzt war sie. Nun waren sie fast am Ziel. Jetzt musste es schnell gehen. Draußen ging bereits die Sonne auf und tauchte die Stadt in ein sanftes Gelb. Sonntag!
Es war schwer gewesen, zu dieser Zeit alle Mitglieder des Teams zusammen zu bekommen, aber es hatte geklappt. Nach einem kurzen Telefonat mit Pott war klar, dass die SOKO schnellstmöglich zusammenkommen musste. Nun saßen alles eng gedrängt in Mariella Hechts Büro. So konnte die Staatsanwältin am besten reagieren und Maßnahmen einleiten, wie sie es formuliert hatte. Sei's drum, dachte Kobler.
Sie stand vor der versammelten Mannschaft und berichtete in knappen Worten, was sie zu Hause auf dem Sofa herausgefunden hatte. Aufmerksam lauschten die Kollegen, von denen jeder einzelne einen Kaffeebecher in der Hand hielt. Auch ihre Nacht hatte ein abruptes Ende gefunden.
„Mit dieser Lebenslüge bekommst du die Titelseiten in allen Blättern", fasste Jonas das Gesagte zusammen.
„Gebe zu, Zeissner hat ein Motiv, wenn sie davon wusste. Ein sehr starkes!", verkündete Pott in einem leicht gedämpften Ton. Ihm fiel es nicht schwer, eigene Fehler oder Fehleinschätzungen einzugestehen und gute Leistungen seiner Mitarbeiter ausreichend zu honorieren. „Das müssen wir ihr aber noch nachweisen. Denn genau das hat sie ja am Donnerstag noch

geleugnet, wenn ich Sie richtig verstanden habe." Potts Miene war ernst.

„Was?", fragte einer der Neuen.

„Dass sie es gewusst hat. Wenn sie nichts von seinen Recherchen wusste, würde sie ihn nicht ermorden, selbst wenn er diese Sache ans Tageslicht befördert hat."

„Sie war aber sehr erschrocken, als sie erfahren hat, dass Husmann die Krankenakte hatte", entgegnete Kobler.

„Wäre ich an ihrer Stelle auch", brummte Rester müde.

„Ich habe das echt übersehen", entschuldigte sich nun Jonas Gude. Er hob bedauernd seine Hände nach oben. „Sorry!"

„Geschenkt!", knurrte Pott. „Wie machen wir weiter?", fragte er und sah Hecht an.

Diese dachte für einen Moment nach. Dann räusperte sie sich. „Ich denke", begann sie leise, „ich denke, ich werde die Aufhebung der Immunität beantragen. Wir haben einen starken Tatverdacht. Dazu müssen wir sie verhören." Alle nickten zustimmend.

„Dann muss sie zurücktreten, auch wenn an der Sache nichts dran sein sollte", brummte Jonas aus der zweiten Reihe.

„Natürlich ist da etwas dran", erwiderte Sarah energisch, die durch den Schlafmangel gereizter als sonst war, wenn jemand ihre Theorie nicht teilte.

„Wollte das nur anmerken", raunte Gude emotionslos.

Für einen Moment sahen sich alle im Raum betreten an.

„Sind wir uns wirklich sicher?", fragte Pott und versuchte, jedem Einzelnen in die Augen zu sehen. „Nicht nur wieder ein Gefühl?"

Tom räusperte sich und setzte sich aufrecht in seinem Stuhl. „Ich denke, Sarah hat recht. Es gibt ein klares Motiv und das hat sie uns verschwiegen. Husmann hatte seinen Fokus auf Zeissner. Letztlich hat er auch etwas gefunden. Genau wonach er gesucht hat. Nämlich einen Weg, unerkannt und mit einem Alibi Akten der höchsten Sicherheitsstufe zu entwenden. Alle Spionagefälle, die Husmann auf seiner Liste hatte, müssen neu überprüft werden."

Und die Staatssekretärin wusste auch von der Geldübergabe von Arkatov an Reiter, fügte Kobler in Gedanken noch hinzu. Rester ließ sich zurück auf die Stuhllehne sinken. Seine Kollegin dankte ihm mit einem kurzen, aber warmen Lächeln für seinen Einsatz.

„Also, meine Theorie ist folgende", setzte Sarah nach, da ihr Chef und die Staatsanwältin offenbar noch überzeugt werden mussten. „Zeissner hat ihren Posten missbraucht, um vertrauliche Informationen jeder Art zu beschaffen. Informationen, zu denen man nur als autorisierte Person Zugang hat. Reiter hat sie in diese Position gebracht. Einflussreich genug ist, beziehungsweise war er. Sie war prädestiniert für diesen Job, da man ihr wegen ihres Genoms nie etwas nachweisen konnte. Sie hatte immer ein Alibi. Husmann ist bei seinen Recherchen über den internationalen Waffenhandel auf sie aufmerksam geworden. Dass sie jedes Mal im Verdacht steht, Akten zu entwenden, obwohl ein Alibi sie schützt. Ihm ist die Idee gekommen, dass irgendetwas mit ihren Chromosomen nicht stimmt, wenn ich das so sagen darf. Er hat in ihrer Kindheit und Jugend geforscht. Dabei ist er auf Ungereimtheiten gestoßen. Schließlich hat er herausgefunden, wie sie sich tarnt.

Zeissner muss das mitbekommen haben. Vielleicht wusste sie schon lange über die Recherche Bescheid. Die einzige Möglichkeit, das Netzwerk zu retten, war ihn zu

beseitigen. Mit diesem Wissen konnte man ihn nicht weiter rumlaufen lassen."
Alle schwiegen. Pott ließ seinen Blick durch die Runde kreisen. „Also dann!", sagte er und klang dabei fest und entschlossen. Er sah Mariella Hecht an.
„In Ordnung", verkündete sie. „Ich werde alles für die Aufhebung der Immunität und einen Haftbefehl beantragen. Kann etwas dauern!"
„Okay!", Pott klopfte zweimal mit seinen Knöcheln auf den Tisch. Dann begann ein lautes Stühlerücken. Alles redeten aufgeregt durcheinander. Sie hatten eine Spur, einen Durchbruch bei den Ermittlungen. Kobler kam der Lärm ohrenbetäubend laut vor, aber wahrscheinlich lag es an ihrer Müdigkeit, die jetzt, wo alles vorbei war, wieder von ihr Besitz ergriff. Sie musste schlafen oder zumindest die Augen zumachen. Was für eine Nacht!

33. Kapitel – Sonntag, 14.06.2015, 9:39 Uhr

Abgestandene kühle Luft schlug Sarah Kobler entgegen, als sie das Verhörzimmer des K1 betrat. Die Tür schloss sich hinter ihr. Mit der Öffnung verschwanden die Erinnerungen an den schönen Tag, der draußen vorherrschte. Dieser Raum hatte den Charme einer ungeliebten Abstellkammer. Eine einzige düstere Lampe erhellte einen Tisch und zwei Sitzgelegenheiten, welche in der Mitte des Zimmers aufgebaut worden waren. Sie schaffte es nicht, die Ecken des Raumes voll auszuleuchten, was automatisch ein unangenehmes Gefühl aufkommen ließ.
Auf einem der beiden Stühle saß Helena Zeissner mit verschränkten Armen. Sie betrachtete die Kommissarin mehr nervös als interessiert. Kobler setzte sich ihr

gegenüber und lehnte sich mit ebenfalls verschränkten Armen zurück. Das, was jetzt kam, war ein Spiel, von dem Sarah hoffte, es besser zu beherrschen als die zu befragenden Politikerin.

Alles war heute rasend schnell gegangen. Staatsanwältin Mariella Hecht hatte gezeigt, zu was sie im Stande war. Sie hatte nach Rücksprache mit ihren Vorgesetzten beim Bundestagspräsidenten die Aufhebung der Immunität der Abgeordneten beantragt. Sie hatte es dringend gemacht. Helena Zeissner war nicht irgendwer in diesem Land. Schließlich war ihrem Antrag stattgegeben und die Politikerin auf das Präsidium gebracht worden.

Jetzt saßen sie sich gegenüber, schwiegen und musterten sich. Das Verhörzimmer war außer dem Tisch und den Stühlen leer. An der einer Wandseite war der obligatorische Spiegel, von dem aus man von außen in einem Nebenraum das Verhör verfolgen konnte. Rester, Pott und Hecht waren dort und warteten. Ein einsames Mikrofon stand wie ein Ringrichter zwischen Kobler und Zeissner. Alles schien darauf hinzufiebern, dass der erste Gong ertönte und der Kampf eröffnet wurde.

Aber Sarah konnte warten. Sie hatte die Zeit genutzt, sich kurz hinzulegen und sich anschließend mit Kaffee vollzupumpen. Jetzt erfüllte sie eine Mischung aus Müdigkeit und Erregung. Es fühlte sich an, als wäre ihr Kopf mit Nebel gefüllt, der alles einhüllte und in Watte packte.

Helena Zeissner wirkte seltsam anders auf Sarah Kobler als noch die Tage zuvor. Sie war nahezu ungeschminkt, was einen natürlichen Kontrast zu dem bisherigen Eindruck bot. Trotzdem, oder vielleicht gerade deswegen, war Zeissner schön. Ihre Züge waren symmetrisch und wohl proportioniert. Die Haut war rein, makellos und die Haare glänzten im Licht der kleinen Lampe. Jetzt, wo man es wusste, konnte man die chirurgischen Maßnahmen erahnen. Lippen, Nase und Augen waren perfekt.

Kobler betrachtete ihr Gegenüber nun mit anderen Augen. Sie suchte die Hinweise, die man hätte bemerken können. Die hohen Wangenknochen, welche die Politikerin immer unter viel Rouge versteckt hatte, oder den Adamsapfel, der nicht sehr ausgeprägt, aber wahrnehmbar hervorstand. Sarah wurde klar, warum Zeissner den Hals meist hinter hochgeschlossener Kleidung verborgen hatte. Sie war ein Profi der Verwandlung und kannte ihre Schwachstellen.

Die Kommissarin musste zugeben, dass sie für diese Frau Bewunderung empfand. Mit diesem Geheimnis derart in der Öffentlichkeit konnten die Wenigsten ein normales Leben führen. Zeissner hatte das geschafft, bis heute. Sie musterte sie Politikerin eine ganze Weile und versuchte sich vorzustellen, dass hier einer der Topspione gegen die Bundesrepublik Deutschland vor ihr saß. Diese Vorstellung verlieh ihr Auftrieb.

Zeissner war kurz mit den relevanten Fakten vertraut gemacht worden. Zum Erstaunen aller hatte sie auf einen Rechtsbeistand verzichtet. Nur, dass Sarah Kobler als Ermittlerin das Verhör führte, hatte sie sich erbeten. Die beiden Frauen schwiegen sich eine Zeit lang an. Helena Zeissner verzog leicht amüsiert die Mundwinkel, wollte aber nicht die Erste sein, die das Schweigen brach. Schließlich fragte Kobler in die Stille: „Seit wann sind Sie so?"

Zeissners Schmunzeln wurde breiter. Sie wirkte nicht wie jemand, den man ertappt hatte oder der Unrecht begangen hatte. Vielmehr fühlte es sich an, als wäre sie

erleichtert, ihr großes Geheimnis endlich nicht mehr verstecken zu müssen. Als wäre eine jahrelange Last abgefallen. Die Jagd war vorbei!
Zeissner holte tief Luft und ließ sie geräuschvoll entweichen. „Seit ich 17 bin!"
Koblers Augenbrauen schoben sich leicht zusammen. Zeissner lehnte sich lässig, ja nahezu entspannt in ihren Stuhl zurück und schlug die langen Beine übereinander. Dann begann sie zu erzählen: „Ich war mir nie sicher, ob ich ein Mann oder eine Frau war. Das war die große Frage – meine Frage – seit ich mich erinnern kann. Seit ich denken kann. Wer bin ich? Was bin ich? In der Pubertät verstärkte sich diese Unsicherheit. Meine Verwirrung und mein Suchen nach – nennen wir es – anderen Geschlechtsformen."
Zeissners amüsiertes Lächeln schien noch breiter zu werden, veränderte sich aber zu einer bitteren Grimasse.
„Es war ein innerer Kampf in mir und mit mir. Es ist ein furchtbares Gefühl, wenn man nicht weiß, wer man ist, was man sein darf und was nicht!" Kobler nickte verständnisvoll.
„Als mein Vater als Botschafter nach Venezuela kam, verschlimmerte sich alles. Dort in Caracas hatte ich keine Freunde. Für mich wurde alles schwierig. Vielleicht ist die Pubertät ja immer so, aber ich empfand es für meine Begriffe extrem. Ich konnte nicht damit umgehen. Und dann …" Zeissner stockte kurz. „Dann kam der Autounfall. Er veränderte einfach alles! Meine ganze Familie war plötzlich tot. Auf einen Schlag! Alle weg! Auch meine Schwester Helena. Ich war verwirrt und stand unter Schock. Doch dann versuchte ich, die Katastrophe als Chance zu begreifen. Ich hatte mich vorher schon mit dem Gedanken getragen, wenn ich

volljährig wäre, eine geschlechtsangleichende Operation anzustreben. Das ist in Deutschland zwar möglich, aber schwierig. Man braucht Gutachten und muss über ein Jahr als Frau leben. In Venezuela, im Land der Schönheitschirurgie, ist das alles kein Problem. Wenn du Geld hast, schauen die Menschen dort über vieles hinweg. Und ich hatte jetzt Geld. Ich war schließlich Alleinerbe.

Ich hatte meiner Schwester schon immer sehr ähnlich gesehen. Im Moment der größten Katastrophe meines Lebens entschied ich, nicht mehr Wilhelm zu sein, sondern Helena. Ich wurde in ein Krankenhaus gebracht. Ich musste nicht lange suchen, bis ich einen Arzt gefunden hatte, der für viel Geld alles in die Wege leitete. Ich wurde verlegt und innerhalb kurzer Zeit wurden alle Operationen unternommen. Ich bekam Hormone, Brustimplantate und Sprachunterricht! Nur das Beste! Den Verwandten und Freunden in der Heimat erzählten wir, meine Genesung sei langwierig. So hatte ich ausreichend Zeit, bis ich mich sicher genug in meinem neuen Körper fühlte. Wenn es Unterschiede zwischen mir und meiner Schwester gegeben haben mochte – und das war unumstritten so – dann schoben wir es auf einen schweren Hirnschaden, den sie, oder besser ich, bei dem Unfall erlitten hatte."

„Deshalb konnten Sie keine Geige mehr spielen!"

Zeissner nickte. „Genau! Ich kehrte nach Deutschland zurück und lebte Helenas Leben. Mein Leben! Natürlich wechselte ich schnell den Wohnort. Ich ging auf ein Internat, auf dem mich keiner kannte und begann letzten Endes ein Studium."

Helena Zeissner hatte die Hände in den Schoß gelegt und schaute betreten zu Boden. Kobler wusste nicht, ob sie sich schämte oder was jetzt genau in ihrer Zeugin vorging. Sie hatte diese Geschichte mit Sicherheit nie zuvor jemanden erzählt.

„Wann haben Sie erfahren, dass Manuel Husmann im Bilde war?"

Zeissner richtete den Kopf wieder auf. „Gar nicht! Ich hatte keine Ahnung, dass er überhaupt an etwas recherchiert, was mich betreffen könnte. Nicht mehr und nicht weniger als andere Journalisten."

Sarah rümpfte die Nase und legte ihre Stirn in Falten. Sie glaubte Helena Zeissner nicht, auch wenn sich die Politikerin alle Mühe gab, dieses Verhör als nette Unterhaltung zwischen zwei alten Freundinnen wirken zu lassen. Im Plauderton erzählte sie ihre Lebensbeichte, wohl wissend, dass nur, wenn man ihr nachweisen konnte, von den Recherchen gewusst zu haben, sie auch ein Motiv hatte. Zeissner spielte mit Kobler.

„Wie ging es nach dem Unfall weiter?", fragte die Kommissarin emotionslos.

„Ich hab mich eingelebt! Zunächst war natürlich alles aufregend und spannend, aber irgendwann ist auch diese Sache Alltag. Ich wusste nicht mehr, ob ich damals in Venezuela die richtige Entscheidung getroffen hatte. Es war ein Entschluss, spontan, im Affekt und im Schock. Nichts davon war gut überlegt gewesen. Ich hatte ihn mit niemandem besprochen, besprechen können. Also hab ich angefangen, mit Männern zu schlafen. Vielen! Nur um mir zu beweisen, dass ich im richtigen Körper war. Dass ich eine richtige Frau war!"

„Und dabei sind Sie Joachim Reiter begegnet?"

„Er ist mir sofort dahinter gekommen!" Zeissner zeigte abermals dieses bittere Lächeln. „Ich habe fast den gesamten Bezirksvorstand durchgevögelt. Reiter war

damals schon im Landtag. Er war eine reizvolle Eroberung. Mir gefiel, welche Macht mein neuer Körper auf die Männer hatte. Er muss meine Hormontabletten gefunden und eins und eins zusammengezählt haben. Vielleicht hat er auch Narben gesehen, was weiß ich. Auf jeden Fall wusste er es und hat mich direkt darauf angesprochen. Er meinte, er würde es niemanden sagen. Es sei keine große Sache. Seit dieser Nacht hat er mich gefördert!" Zeissner spie das letzte Wort aus, als bestünde es aus Erbrochenem.
„Hat er Sie erpresst?" Kobler war dieser Gedanke vom Vortag wieder eingefallen. Dieses Gefühl, wie die Zeugin am Freitag in der Villa neben den beiden Männern gestanden hatte. Resigniert und gebrochen zugleich. Jetzt ergab alles Sinn!
„Ja, klar!" Sie biss sich auf die Lippe, ganz als hätte sie das Gesagte lieber wieder verschluckt. Zeissner stockte kurz. Dann schüttelte sie leicht den Kopf. „Sie finden das sowieso raus."
„Was?", hakte Sarah nach.
„Reiter und ein gewisser Nikolai Arkatov. Die zwei hatten so etwas wie ein Netzwerk. Eine Verbindung aus Leuten, welche vertrauliche und hochbrisante Informationen beschafft und weiterverkauft haben. Sie haben zusammen die Bundesregierung und angeschlossene Behörden systematisch ausspioniert. Für jeden, der ihnen etwas zahlte. Sie waren nicht wählerisch."
„Ein Spionagenetzwerk?", fragte Kobler nach.
Die Zeugin nickte. „So in der Art, nur ohne staatliches Interesse, sondern gegen Geld. Reiter hat das Netzwerk aufgebaut. Er hat die Informationen beschafft und Arkatov hat sie verwertet. Meist stammten die Auftraggeber aus Osteuropa oder Asien."

Zeissner schluckte. Ihre Stimme wurde noch leiser. „Irgendwann ist Reiter auf mich zugekommen und hat gemeint, er würde mich in ein Ministerium bringen. Dafür würde sein Einfluss ausreichen. Ich müsse ihn aber als Gegenleistung mit Daten versorgen. Da ist mir klar geworden, dass er diese Aktion von langer Hand vorbereitet hat. Er erklärte mir, dass wir an den Tatorten manipulierte Genspuren hinterlassen würden. Manipuliert in der Art, dass man nur das kleine Y-Chromosom finden würde. So hätte ich neben meiner Immunität immer ein wasserdichtes Alibi." Zeissner schniefte vernehmlich.

„Als ich begriffen hatte, was er wollte, weigerte ich mich. Er hat mich an mein kleines ‚Geheimnis' erinnert. Ich war zu dieser Zeit schon im Bundestag. Ich konnte nicht alles aufgeben. Ich hatte Angst, was die Medien aus mir machen würden. Ich hätte Deutschland verlassen müssen."

„Sie geben demnach zu, die deutsche Bundesregierung ausspioniert zu haben?"

„Ja!" Zeissners Stimme war nun dünn und mutlos. Ganz das Gegenteil der kräftigen Intonation, die am Donnerstag in der Bundespressekonferenz die gesamte Schlagkraft dieser Frau ausgemacht hatte. Sie war enttarnt, überführt und würde eine harte Zeit vor sich haben.

„Und Sie wussten nichts von Manuel Husmanns Recherche über dieses Netzwerk?"

Die Politikerin nickte verstohlen, ohne Kobler anzusehen. Spionage war das eine, Mord etwas anderes. Wenn sie dem Richter glaubhaft machen konnte, dass Reiter sie erpresst hatte, würde sie womöglich nicht sehr lange ins Gefängnis müssen, wenn überhaupt. Mord hingegen war eine ganz anderen Geschichte.

Sarah lehnte sich in ihrem Stuhl zurück. Sie betrachtete Helena Zeissner oder Wilhelm oder wie auch immer. Sie fragte sich, ob sie ihr glauben sollte. Was sagte ihr Bauchgefühl? Hatte sie sich tatsächlich verplappert und hatte die Beteiligung an diesem Spionagenetzwerk und die Erpressung aus Unvorsichtigkeit preisgegeben? Oder war alles Taktik?

„Sie hatten am Freitag doch Sex mit Joachim Reiter. Wie passt das zu der von Ihnen geschilderten Erpressung?"

Zeissner lachte höhnisch auf. Diesmal war Kobler sicher, dass nichts daran gespielt war. „Wenn Sie das so nennen wollen! Woher wissen Sie überhaupt davon?"

Sarah hielt ihrem Blick stand und verzog keine Miene. Sie spitzte die Lippen und wartete ab, bis die Zeugin weitersprach. „Irgendwann hatte Reiter genug von mir und ich von Männern. Sie müssen wissen, ich glaube inzwischen, damals in Venezuela eine verkehrte Entscheidung getroffen zu haben. Ich war verwirrt, war aber nicht im falschen Körper. Vielleicht war ich so etwas wie bisexuell, aber das ist jetzt auch egal. Auf jeden Fall habe ich begonnen, wieder mit Frauen zu schlafen."

„Daher die Gerüchte um ihre Homosexualität!"

„Genau!" Zeissner griff sich in den Nacken und zog einen Haargummi über ihre Haare. Der Zopf ließ ihr Gesicht schmaler und strenger erscheinen. „Reiter hat es nicht ausgereicht, mich politisch in der Hand zu haben. Er hat mich immer und immer wieder zu sogenannten Partys eingeladen – ach was - bestellt. Ich musste mich für ihn anziehen, als wäre ich eine billige Hure. Ihn hat das total geil gemacht. Dieses Gefühl der Macht, die er über mich

hatte. Und er wusste, dass ich nicht mehr mit Männern schlafen wollte. Er war so widerlich!"
Zeissner schloss die Augen und presste die Lippen aufeinander. „Jedes Mal hat er mir dort Dinge angetan, die mich demütigen sollten. Sie sollten mir zeigen, wer ich war und wie er mich in der Hand hatte. Ich hatte keinen freiwilligen Sex mit ihm, sondern war seine ganz private Nutte."
Helena Zeissner beugte sich mit schmerzverzerrtem Gesicht nach vorne. Man konnte ihre Qual und ihre Verzweiflung förmlich greifen. Kobler musste unwillkürlich schlucken, um einen Kloß im Hals loszuwerden. „Er hat mich in den Arsch gefickt, bis ich blutete. Wie sich das für eine Schwuchtel gehört, hat er mir gesagt. Er hat mich geschlagen, getreten, bepisst und ich konnte mich nicht wehren!"
Tränen liefen über Zeissners Wangen. Sie schniefte laut. „Ich musste in der Öffentlichkeit immer die Souveräne geben, durfte mir nie etwas anmerken lassen. Er hatte mich in der Hand mit meinem Geheimnis und wegen der Akten, die ich für ihn gestohlen habe. Ich wäre doch direkt in den Knast gewandert." Fragt sich nur in welchen, schoss es Kobler durch den Kopf. Doch dann schämte sie sich für diesen Gedanken. Es war unfair, Zeissner jetzt noch zu verhöhnen, wenn auch nur mental.
„Ich musste für ihn bellen wie ein Hund, wiehern wie ein Pferd. Er hat mir Dinge angetan, die ich niemanden wünsche. Immer und immer wieder. Ohne Ende und ohne Aussicht, jemals ein normales Leben zu führen."
Erschöpft ließ die Zeugin sich in ihren Stuhl zurücksinken und schloss die Augen. Neue, große Tränen kullerten über ihre Wangen.

Für einen kurzen Moment herrschte Stille. Der Augenblick dieser Lebensbeichte fühlte sich heilig an. Kobler wollte ihn nicht mit der nächsten Frage zerstören. Sie hielt inne und warf einen Blick zur Wand mit dem großen Spiegel. Dahinter saßen Pott, Hecht und Rester und warteten auf Ergebnisse.

Die Kommissarin überlegte, während Zeissner abwesend ihren Gedanken nachhing. Wenn man ihr nicht beweisen konnte, von Husmann Bescheid gewusst zu haben, hatte sie kein Motiv. Sarah wusste nicht, wie sie die Politikerin überführen sollte. Sie horchte in sich hinein. Schließlich sagte sie leise: „Wo waren Sie samstags in der Früh, zwischen 0:00 Uhr und 6:00 Uhr?"

Es war mehr ein Gefühl, welches Kobler leitete, aber der Ausdruck auf Zeissners Gesicht veränderte sich. Sie hatte sich eben in Rage geredet, hatte alles rausgelassen. Nun stand unverrückbare Klarheit in ihre Augen geschrieben.

„Wollen Sie mich fragen, ob ich Joachim Reiter erschossen habe?"

Sarah blieb stoisch. Natürlich hatte Zeissner vom Mord am Fraktionsvorsitzenden gehört. Die Medien waren gestern voll davon gewesen. Es war für die Journalisten die Meldung schlechthin. Die Spekulationen hatten sich von Stunde zu Stunde überboten.

„Das Vorgehen ist dasselbe wie bei den verschwundenen Akten. Es wurde ähnliches, männliches DNA-Material gefunden wie bei Ihren Spionageaktionen", erklärte Kobler so ruhig und sachlich, wie es ihr möglich war. „Sie hatten Zugang zu seiner Wohnung. Und Sie hatten, wie sich herausgestellt hat, ein außerordentlich starkes Motiv."

Sie machte eine Pause und ließ die Worte wirken. „Wir werden einen DNA-Abgleich beantragen. Zudem muss ich Ihre Wohnung und Büroräume durchsuchen lassen. Die nötigen Anträge sind gerade in Arbeit. Auf was wollen Sie warten? Wir können Ihre Hände auch auf Schmauchspuren überprüfen, wenn Ihnen das lieber ist. Oder haben Sie schulterlange Handschuhe getragen? Man kann diese Spuren auch im Gesicht nachweisen – sehr lange!" Man konnte zusehen, wie es in Zeissner arbeitete und wie sie langsam im Stuhl kleiner wurde. Nun sackte sie richtiggehend in sich zusammen.

„Jetzt ist ohnehin alles egal", murmelte sie kaum hörbar. „Ich muss sowieso zurücktreten. Ich habe alles verloren, was ich gestern noch hatte." Sie machte eine kurze Pause und schien über eine Sache nachzudenken. „Natürlich finden Sie auch das Spray zum Verwischen der Spuren. Ich hatte keine Zeit mehr, es zu entsorgen. Es macht alles keinen Sinn mehr!"

Dann hob Zeissner den Kopf und sah Kobler direkt in die Augen. Ihr Kinn war stolz nach vornegestreckt, als sie sagte: „Ja, ich habe Joachim Reiter erschossen! Warum? Weil er es verdient hat! Weil er ein Schwein war, ein Verräter und vieles mehr. Ich hatte die Gelegenheit und ich habe sie genutzt! Und ich bereue es nicht!"

Ihr Mund bebte. Wieder suchten sich Tränen die alten, eingetrockneten Pfade über ihre Wangen. Sarah Kobler empfand Mitleid für diese Frau, die da vor ihr saß.

„War Reiter auch ein Mörder?", fragte sie weiter.

Zeissner schüttelte den Kopf. „Kann ich nicht sagen." Sie atmete einmal tief durch und versuchte, die Tränen notdürftig wegzuwischen. „Wir waren am Freitag in einer Villa in der Nähe der Havel. Es war da erneut eine dieser Partys mit Nikolai, zu denen ich zu erscheinen hatte. Die beiden erledigten dort das Geschäftliche. Joachim holte sich den nächsten Geldkoffer ab. Die Deals liefen immer in bar. Wie gehabt, musste ich mich für ihn umziehen. Mich in ein Korsett pressen und mir ein Halsband anlegen. Es war so erniedrigend. Er hat mich gezwungen, mich in der Umkleide der Nutten auszuziehen. Das hat ihm einen besonderen Spaß gemacht, dass ich als Staatssekretärin mir das Zimmer mit den anderen Huren teilen musste." Sie schniefte laut.

„Als ich mich am Freitagabend – vielleicht war es auch schon Samstagmorgen – wieder in dieser Garderobe umgezogen habe, bin ich über ein paar Kleidungsstücke gestolpert. Alles lag versteckt in einer Ecke unter dem Bett. Alles sauber zusammengelegt. Und dann war da diese Waffe unter dem Oberteil."

Kobler riskierte einen verstohlenen Blick zur Glasscheibe. Sie wusste, dass Pott eins und eins zusammengezählt hatte. Sie konnte sich auf etwas gefasst machen.

„Als ich die Pistole sah, ist mir die Idee gekommen. Dieses Schwein sollte mich nie wieder anfassen. Ich wollte mich niemals mehr so demütigen lassen. Ich dachte, ich mach das wie bei den Akten. Da haben die Ermittler mir auch nie etwas nachweisen können. Ich hatte immer ein sauberes und wasserdichtes Alibi, dank Reiter!" Sie grinste für einen Moment. „Also bin ich zu mir nach Hause gefahren, hab das Spray geholt. Dann bin ich zu ihm."

„Und haben ihn erschossen!"

Zeissner starrte Kobler mit weit aufgerissenen Augen an, als erlebe sie den Mord gerade ein zweites Mal. „Ja!", sagte sie nur.

„Wo ist das Geld, das Arkatov an Reiter übergeben hat? Der Koffer?"

„Den finden Sie auch bei mir", gab die Zeugin jetzt freimütig zu. „Ich habe ihn mitgenommen. Es waren meine Fingerabdrücke daran. Ich wollte nicht, dass Sie ihn bei Joachim entdecken."
„Was ist mit Husmann und Stefanie Röll?"
Zeissner runzelte die Stirn und ihre Augenbrauen schoben sich zusammen. „Wer ist Stefanie Röll?"
„Seine Freundin! Sie wurde ebenfalls ermordet. Ich dachte, das wüssten Sie?"
Die Zeugin schüttelte vehement den Kopf. „Ich kenne die Frau nicht. Mit dem Mord an Husmann habe ich nichts zu tun. Ich könnte es Ihnen ja jetzt sagen, weil es nichts mehr an meiner Lage ändert, aber ich war es nicht."
„Haben Sie ein Alibi?"
„Für wann?"
„Montagabend und Freitag!"
Zeissner dachte einen Moment nach. „Montagabend war ich auf einem Empfang der Polizeigewerkschaft. Ich habe dort ein Grußwort gesprochen. Sie können das problemlos nachprüfen. Freitagabend wissen Sie jetzt ja. Tagsüber war ich den ganzen Tag im Ministerium. Auch das ist jederzeit nachprüfbar."
Kobler presste die Lippen aufeinander. Das, was Zeissner anbot, hörte sich nach einem wasserdichten Alibi an. Sie mussten das aber noch überprüfen. Die Kommissarin schob den Stuhl zurück und stand auf. In diesem Moment öffnete sich die Tür und zwei uniformierte Beamte traten ein.
„Frau Helena Zeissner, ich verhafte Sie wegen Spionage und Mord an Joachim Reiter." Dann fügte sie noch hinzu. „Es wird eine harte Zeit. Ich wünsche Ihnen dafür viel Kraft." Die Polizisten kamen näher und legten der Frau

Handschellen an. Dann führten sie Zeissner mit gesenktem Haupt durch die Tür.

34. Kapitel – Sonntag, 14.06.2015, 11:48 Uhr

Sarah Kobler lehnte an einem der Tische im Nebenraum des Verhörzimmers. In der rechten Hand hielt sie eine Kaffeetasse. Neben ihr, in einem Halbkreis verteilt, standen Pott, Hecht und Rester und wirkten ratlos. Alle schwiegen und schauten betreten in die Leere. Im Hintergrund lief ein Fernseher, der tonlos das Programm abspielte. Die Bilder zeigten die laufende Sendung der Sonderberichterstattung.
Natürlich hatte sich die Kunde von der Verhaftung der Staatssekretärin Helena Zeissner wie Lauffeuer verbreitet. Allen öffentlich-rechtlichen sowie auch den privaten Nachrichtensendern war diese Neuigkeit eine Sonderausgabe wert. Sarah betrachtete den Bildschirm, wo eine Reporterin vor dem Innenministerium Stellung bezogen hatten. Offenkundig übermittelte sie gerade den neuesten Sachstandsanbericht in das Sendestudio. Im Untertitel stand in fetten Buchstaben: „BREAKING NEWS!"
Schließlich fasste sich Rester ein Herz und brach das Schweigen: „Also, der Mord an Reiter und die Aktensachen sind wohl geklärt. Denke, das Geständnis ist glaubhaft und nachvollziehbar."
Pott nickte energisch, wobei er sein Gesicht in tiefe Falten gelegt hatte. Eine scharfe Linie führte von seiner Nasenwurzel über die Stirn und setzt sich bis in die Schläfen fort. Er sah angespannt aus. Er erinnerte Sarah in diesem Moment an einen zu klein geratenen Klingonenkrieger.

„Der Mord an Husmann und Röll bleibt ungeklärt", beendete Rester seine Zusammenfassung. Genau das war ihr Problem. Sie hatten gehofft, sie könnten den Fall endlich lösen und zu den Akten legen. Zwar hatte Kobler ihr Bauchgefühl, was Helena Zeissner betroffen hatte, nicht betrogen. Der eigentliche Mord war dennoch weiter ein Rätsel.

„Wir müssen ihr Alibi prüfen", raunte Pott und wirkte dabei seltsam heiser und gedämpft.

„Ich kann mir nicht vorstellen, dass Frau Zeissner sich das ausgedacht hat", wandte Staatsanwältin Mariela Hecht ein. „Sie wird so nachvollziehbare Sachverhalte kaum erfinden. Wozu auch?"

Da war etwas dran. Sarah glaubte auch nicht, dass Zeissner ein falsches Alibi angegeben hatte. Es hätte ihr nach der aktuellen Sachlage nicht mehr weitergeholfen. Wozu also die Mühe? „Zeissner hatte das beste Motiv für einen Mord an Husmann. Vorausgesetzt, sie wusste von seiner Story", mischte sich jetzt Kobler ein, nachdem sie ihren Becher leer getrunken und sich geräuspert hatte. „Wer sonst hat ein Interesse daran, die Veröffentlichung dieser Geschichte zu verhindern?"

„Jede Menge!", erwiderte Tom. „Arkatov! Reiter! Gerade der hätte seinen lange aufgebauten Kontakt in die Regierung verloren."

„Tja, den können wir nicht mehr befragen", brummte Sarah mit sarkastischem und leicht resigniertem Unterton.

„Zeissner hat die beiden Morde nicht begangen!", beendete Pott in einem Ton die Diskussion, der alleine durch seine Deutlichkeit keinen weiteren Einwand zuließen. Er griff in eine Aktentasche, die auf einem der Stühle lehnte und zog eine Mappe heraus. Klatschend ließ er sie auf den Tisch fallen. „Das ist der Obduktionsbericht von Stefanie Röll. Wir haben Spermaspuren gefunden. Zeissner kann das nicht gewesen sein, wie wir hinlänglich geklärt haben. Außerdem haben wir Zeugenaussagen von Rölls Nachbarschaft, die einen Mann bei ihr und in diesem Auto gesehen haben. Das kann Zeissner nicht nebenbei am Freitagvormittag gemacht haben."

Pott sah Kobler an. Sein Blick verriet ihr, dass er sauer auf sie war. Natürlich wusste sie warum. Sie hatte ihn, was die Umstände, wie ihre Dienstwaffe abhandengekommen war, belogen. Sie und Rester. Nach Zeissners Erzählungen wusste er darüber Bescheid. Pott war nicht dumm! Allerdings schwieg er, da Hecht mit im Raum war. Er wollte die Dinge jetzt nicht unnötig verkomplizieren. Aber es ärgerte ihn, das konnte man sehen, und wenn man ihn ein wenig näher kannte auch fühlen.

„Außerdem können wir nicht beweisen, dass unsere Zeugin von Husmanns Recherchen gewusst hat. Also gibt es kein Motiv!"

Kobler vermied es, ihren Chef anzusehen. Sie zog es vor, konzentriert den Boden des Zimmers zu betrachten, als sie leise sagte: „Vielleicht sollten wir versuchen rauszufinden, mit wem Reiter am Montagnachmittag Kontakt hatte?"

Hecht verschränkte die Arme vor der Brust. „Warum wollen Sie gerade das jetzt wissen?"

Sarah zog einen Haargummi aus der Tasche und band sich einen Zopf. „Die Frage ist doch, wem diese Information über Zeissner schaden könnte. Sie selber hat offenbar von nichts gewusst."

„Reiter und Arkatov?", dachte Tom laut mit.

Kobler nickte. „Genau! Bei dem Russen haben wir schon gesucht. Zudem sind bei ihm nicht alle Fäden zusammengelaufen. Er war nur derjenige, der die Daten verkauft hat. Wenn jemand das System überwachte, dann sicher Reiter."

„Reiter ist tot. Den können wir schlecht befragen", entgegnete Pott.

„Muss doch nicht sein! Gehen wir einmal davon aus, dass Husmann irgendwann diese Sache mit der Geschlechtsumwandlung herausgefunden hat. Er muss sich jemandem mitgeteilt haben. Reiter hat davon Wind bekommen. Dann ist der nächste Schritt, sich um dieses aufkommende Problem zu kümmern, und zwar zeitnah. Es muss schnell gehen, weil eine kurze Eintragung in einem Blog im Internet reichen würde, um die Bombe zum Platzen zu bringen."

„Aber Joachim Reiter hatte sicher unzählige Kontakte", wandte Hecht skeptisch ein.

„Daher will ich zunächst nur die Telefondaten auswerten. Wir müssen davon ausgehen, dass wenn einer seiner Informanten erfährt, dass Husmann von der Sache weiß, dieser schnellstens Meldung macht. Reiter würde umgehend etwas unternehmen. Diese Dinge schiebt man nicht auf die lange Bank. Zu riskant! Reiter müsste es also am späten Montagnachmittag erfahren haben. Wenn wir seine Verbindungsdaten bekommen, wissen wir von wem!"

„Könnte schwierig werden!", wandte Hecht ein. „Man kann da immer mit Geheimhaltungspflichten kommen. Das kann dauern."

„Schon klar, aber wir sollten es versuchen!" Kobler und die Staatsanwältin wechselten kurze Blicke, dann schaute Sarah in die Runde. Alle schienen einverstanden zu sein oder zumindest keine bessere Idee zu haben.

„Okay!", nickte Hecht. „Ich werde mich um alles kümmern."

Rester drehte sich um und öffnete die Tür. Alle strömten nach draußen. Die Kommissarin nahm den Becher und versenkte ihn in einem Abfalleimer, der neben dem Eingang stand. Als sie durch die Tür trat, wartete Pott bereits auf sie. „Frau Kobler, wir müssen reden!"

35. Kapitel – Sonntag, 14.06.2015, 14:09 Uhr

Alle standen in einem Kreis und warteten. Im Zentrum der Aufmerksamkeit war das Faxgerät des Büros. Es blinkte hektisch in unterschiedlichen Farben, als wäre es sich seiner aktuellen Bedeutung bewusst. Ab und an waren Pfeifgeräusche zu hören. Gespannt starrten alle auf den Auswurf, wo man jeden Moment das entscheidende Papier erwartete. Man hätte vermuten können, die Lottozahlen der kommenden Ziehung würden vorab übermittelt, aber dem war nicht so.

Sarah und Tom hatten Zeissners Alibi überprüft. Sie hatten den Organisator der Veranstaltung am Montag kontaktiert. Der hatte ihnen die Angaben der ehemaligen Staatssekretärin bestätigt. Ebenso hatten sie eine Sekretärin aufgetrieben, die versicherte, Helena Zeissner sei den ganzen Freitag beruflich im Ministerium gewesen. Wie vermutet! Aber wer war dann Husmanns Mörder? Wer, wenn nicht Zeissner?

Ein Licht am Faxgerät wurde dauerhaft grün. Dann begann das Gerät zu arbeiten und Papier zu bedrucken. Langsam fielen mehrere Seiten in den Auswurfschacht. Alle warteten gespannt ab. Im Hintergrund hatte man auch hier einen kleinen Fernseher installiert. Mit gedämpftem Ton berichtete dieser die aktuellen Entwicklungen.

Hecht und Pott hatten vor einer halben Stunde gemeinsam eine Pressekonferenz gegeben und sich den Fragen der versammelten Journalisten gestellt. In regelmäßigen Abständen wurden Ausschnitte aus der eben beendeten Informationsveranstaltung eingespielt. Das Medieninteresse an dem Fall war riesig. Auch vor dem Revier hatten die Reporter Stellung bezogen. Ungeduldig warteten sie auf Neuigkeiten, immer auf dem Sprung, diese als Erste an ihre Redaktionen weiterzuleiten.

Kobler konzentrierte sich wieder auf das Faxgerät. Als das letzte Blatt gefallen war und das Gerät surrend in den Ruhemodus ging, nahm sie den Blätterstapel aus dem Fach und überflog die Zeilen. Sie hatten die Telekommunikationsverbindungen, soweit vorhanden, von Joachim Reiter angefordert. Die Daten für zwei Mobiltelefone, eins privat und eins beruflich, das Telefon im Büro und bei Reiter zu Hause, waren beim Bundestagspräsidenten beantragt worden. Dieser hatte im Nachhinein, quasi postum, auch seine Immunität aufgehoben.

Kobler musste zugeben, dass Mariella Hecht im Stande war, sehr gut und schnell zu arbeiten, wenn es darauf ankam. Nicht jeder Staatsanwalt hätte die notwendigen Genehmigungen in so kurzer Zeit erhalten. Aber schließlich ging es darum, einen Mord aufzuklären. Sarah las und kaute unwillkürlich auf ihrer Unterlippe. Tom beobachtete sie dabei von der Seite. Es dauerte eine Weile, dann weiteten sich die Augen der Kommissarin.

Überraschung breitete sich in ihrem Gesicht aus, erst langsam, dann immer mehr.
„Wir haben etwas!", verkündete sie mit trockenem Mund. Alle drängten sich dichter um sie. „Am Montagabend gegen halb neun hat Joachim Reiter mit jemanden telefoniert, den wir kennen." Sie machte eine kleine Pause, weil sie die ihr zuteilwerdende Aufmerksamkeit auskosten wollte. „Und zwar mit: Robert Bartsch!" Kobler verglich schnell die anderen Listen. „Die beiden haben des Öfteren miteinander gesprochen!"
„Und was beweist das?", fragte Gude in seiner berühmten nüchternen Art in die Runde.
Sarah legte die Zettel beiseite. Sofort stürzten sich ihre Kollegen darauf. Unruhig lief sie durch das Zimmer. Sie dachte nach. „Tom, sag mal, du schreibst dir doch immer alle Hinweise auf deine Schreibtischunterlage."
„Ja, warum?"
„Wann genau haben Bartsch und Husmann am Montag miteinander gesprochen?"
Rester drehte sich um und suchte nach der entsprechenden Notiz. „20:14 Uhr! Warum?"
Kobler hüpfte zurück zu dem Zettel, den sie eben in der Hand gehalten hatte und ging die Anrufe mit dem Finger noch einmal durch. „Bartsch hat Reiter um 20:19 Uhr angerufen. Also direkt nach dem Gespräch mit Husmann. Das kann kein Zufall sein!", rief sie. Dann erläuterte sie der SOKO ihre Theorie.
„Ich sag euch etwas. Husmann hat mit Bartsch telefoniert und ihm gesagt, was er rausgefunden hat. Bartsch ist dadurch alarmiert. Er informiert Reiter, warum auch immer. Der ist zu Recht nervös. Das ganze Netzwerk steht auf dem Spiel. Dann machen die beiden

etwas aus. Entweder hat Reiter jemanden organisiert, denn er spricht anschließend noch mit der Mobilnummer von Nikolai Arkatov, oder Bartsch ist selber zu Husmann gefahren und hat die Sache erledigt. Bartsch steckt mit denen unter einer Decke!"

„Seine Fingerabdrücke waren auch in der Wohnung", ergänzte Gude nachdenklich.

„Wäre zumindest der optimale Wachhund für jemanden wie Husmann. Wenn sein eigener Chef ihn überwacht, hat Reiter hier alles im Griff", sinnierte Tom.

Sarah nickte. „Ganz genau! Die Spuren in der Wohnung sind für ihn leicht zu erklären. Fragt sich nur, warum er seinen besten Freund hintergangen hat."

„Und woher das Auto und die Tatwaffe kommen. Glaube kaum, das Bartsch alles griffbereit in der Schublade hatte", grübelte Tom, während er sich mit den Händen durch die Haare fuhr.

„Das Tatauto sicher nicht. Das war gestohlen!", konstatierte Kobler. „Die Täterbeschreibung, die Rölls Nachbarn abgegeben haben, könnte auf Bartsch passen." Die Kommissarin verengte ihre Augen. „Wir finden das nur heraus, wenn wir hinfahren und ihn fragen. Wer kommt mit?"

36. Kapitel – Sonntag, 14.06.2015, 15:28 Uhr

Aufgeregtes Kindergeschrei war gedämpft hinter der Tür zu vernehmen. Rester hatte die Türklingel betätigt. Nun warteten er und seine Kollegin, dass ihnen jemand öffnete. Bartsch wohnte am Stadtrand in einer Einfamilienhaussiedlung. Das ganze Wohngebiet mit den kleinen Grünflächen, die meist von Zäunen umgeben

waren, war erst nach der Wende entstanden. Hier draußen schien die Welt noch in Ordnung zu sein.
Kobler richtete den Blick zum Himmel. Sie blinzelte gegen die Sonne. Es war heute nicht all zu warm geworden, gerade angenehm, um mit seiner Familie einen ruhigen Sonntag im Garten zu verbringen. Eine Oase der Entspannung war das hier, ganz im Gegensatz zum Zentrum der Hauptstadt. Sie vernahmen Schritte. Schließlich öffnete ihnen jemand die Tür. Bartsch stand in kurzer Hose, T-Shirt und sichtlich erstaunt in der Öffnung. „Was wollen Sie denn hier?", fragte er anstelle einer Begrüßung.
„Herr Bartsch, wir müssen reden", sagte Tom. Ohne zu fragen, ging er auf die Tür zu und betrat das Haus. Bereitwillig machte der Hausherr einen Schritt zur Seite. Es war eng im Eingangsbereich. Schuhe, vor allem der Kinder, lagen wild verstreut umher. Man musste aufpassen, nicht über irgendetwas zu stolpern. Bartsch schaute entschuldigend die beiden Kommissare an. Er bückte sich, um die meisten Gegenstände mit der Hand beiseitezuschieben.
„Ich sag ihnen immer, sie sollen die Schuhe sauber hinstellen. Aber auf mich hört ja niemand!" Kobler nickte verständnisvoll. Vermutlich ging es jedem, der Kinder hatte, genauso.
Keuchend erhob sich Bartsch. Er sah seinen Sohn und seine Tochter, die zwischen zehn und vierzehn Jahren sein mochten, in der Tür zum Garten stehen. Schnell schickte er sie zurück nach draußen, wo ihre Mutter auf sie wartete. Dann lotste er die Kommissare mit knappen Gesten in ein kleines Büro.
Es war ein dunkler Raum mit vielen Ordnern an den Wänden und Blättern, die überall verstreut lagen. Auf

Stühlen und am Boden waren Stapel mit Klemmmappen und Schnellheftern verteilt. Das Zimmer hatte ein Fenster, von dem aus man in den Garten schauen konnte.

Kobler trat näher und spähte durch die Vorhänge hindurch. Sie sah die beiden Kinder, die mit Wasserpistolen spielten und sich und ihre Mutter nassspritzen. Frau Bartsch lag im Bikini auf einer Liege und sonnte sich. Ihr Mann war vermutlich bis eben neben ihr gelegen. Kinderlachen drang zu ihnen hinein.

„Was kann ich für Sie tun?", erkundigte sich der Chefredakteur unsicher. Es lag etwas Ängstliches in seiner Stimme. Sarah fiel das leichte Zittern seiner Hände auf, das sie bisher an ihm nicht wahrgenommen hatte.

„Was hatten Sie Montagabend so gegen 20:19 Uhr mit Joachim Reiter zu besprechen?" Kobler beobachten Bartsch. Dieser schluckte. Sie glaubte, dass er durch ihre Frage etwas an Farbe im Gesicht verloren hatte.

„Woher wissen Sie das?", wollte er anstelle einer Antwort wissen.

„Wir haben seine Handydaten überprüft. Wie man das eben so macht, wenn jemand ermordet in seiner Wohnung liegt", wandelte Sarah die Fakten leicht ab. „Sie haben ihn auf seiner privaten Nummer angerufen! Um was ging es dabei?" Bartsch starrte ins Leere. Er sagte nichts mehr. Sein Blick schien seltsam nach innen gerichtet.

„Wir wissen noch etwas", setzte Kobler nach. „Sie haben ihn kontaktiert und nicht umgekehrt. Und das direkt eine Minute, nachdem Sie mit Manuel Husmann telefoniert haben. Und da interessiert es mich, was Sie mit Reiter besprochen haben. Über was haben Sie ihn informiert?

Was hatte Husmann Ihnen erzählt, was Reiter unbedingt erfahren musste? Was konnte nicht bis zum nächsten Tag warten, um auf der offiziellen Nummer anzurufen?"

Sarahs Worte kamen hart und präzise, wie aus einer Pistole abgefeuert. Jeder Satz und jede Frage ein weiterer Treffer. Selbst Rester konnte die Einschläge, die ihre Äußerungen bei Bartsch verursachten, deutlich erkennen. Sie trieb ihn in die Ecke, aber er schwieg.

„Ich sag es Ihnen", fuhr Kobler fort. „Er hat Ihnen verraten, dass Helena Zeissner in Wahrheit keine echte Frau, sondern ein Mann ist. Dann hat er Ihnen erzählt, dass sie, durch ihre Identität geschützt, seit ihrer Ernennung zur Staatssekretärin vertrauliche Akten der Bundesregierung an Dritte weitergegeben hat, und dass er das nun beweisen kann."

Bartsch war kreidebleich geworden. Er schlug die Hände vor das Gesicht. Es war eine Geste der Verzweiflung, auch wenn er weiterhin nichts zu Sarahs Vorwürfen sagte. Er setzte sich auf den Stuhl und stützte seine Ellenbogen auf dem Schreibtisch ab. Leere stand in seinen Augen, als er die Hände wieder vom Tisch nahm und sie resigniert in den Schoß legte.

Jetzt schaltete sich Tom in das Verhör ein: „Wir haben Ihre Fingerabdrücke in Husmanns Wohnung gefunden. Wir haben Spermaspuren an der Leiche von Stefanie Röll sichergestellt. Im Grunde müssen wir diese nur noch mit Ihnen abgleichen." Er machte eine kurze Pause und ließ die Worte wirken.

„Natürlich müssen wir heute noch eine Hausdurchsuchung bei Ihnen machen. Hier und im Büro. Ausreichend Anhaltspunkte haben wir. Die Staatsanwältin leitet soeben die nötigen Schritte ein. Können Sie uns sagen, wo wir die Tatwaffe finden?"

Bartsch saß zusammengesunken in seinem Stuhl. Zum ersten Mal zeigte er eine Reaktion. Er schüttelte wild den Kopf, als könne er alles von sich abschütteln, wenn er nur energisch genug war.

„Haben Sie ein Alibi für beide Morde?", fragte nun Kobler, der aufgefallen war, dass Bartsch die Nachricht von Rölls Tod nicht überrascht hatte. Woher hatte er davon erfahren?

„Herr Bartsch!", intervenierte Tom. „Wir können hier einen Trupp Polizisten anrücken und das Haus vor den Augen ihrer Familie auseinandernehmen lassen, oder Sie sagen uns, was passiert ist!"

„Manuel Husmann war Ihr Freund", setzte Sarah auf der emotionalen Schiene nach, „Sie waren sein bester. Sagen Sie uns, was passiert ist!"

In diesem Augenblick schluchzte Bartsch auf. „Ja verdammt!", brüllte er. „Ich war es! Ich hab ihn umgebracht!" Man hätte ein Echo erwarten können, so donnernd erfüllte das Geständnis den Raum. Doch nichts geschah. Für einen Atemzug herrschte vollkommene Ruhe. Nur die Schreie der spielenden Kinder drangen gedämpft bis in das Büro. Bartsch schlug erneut die Hände vor das Gesicht, nur um gleich seinen Blick zur Decke zu richten.

„Die haben mich erpresst", flüsterte er nach einem Moment des Sammelns.

„Wer, die?"

„Hauptsächlich Reiter! Ich", stammelte Bartsch, „ich hatte mal ein Problem. Mit einem Kredit. Er hat davon Wind bekommen und mir ausgeholfen. Dafür musste ich ihm sagen, an was wir recherchieren, bei Berlin Inside. Er war immer über alles informiert."

Bartsch zog langsam einen Schub auf, nahm ein Taschentuch heraus und schnäuzte sich. „Als ich aussteigen wollte, haben sie mir gedroht, sie würden meiner Familie etwas antun, wenn ich nicht mehr liefern würde. Ich konnte da nicht mehr raus. Die Typen, mit denen Reiter arbeitete, waren zu allem fähig. Besonders dieser Arkatov und seine Mannschaft."

Er sah die beiden Kommissare an, als könnte er in ihren Gesichtern eine Entschuldigung finden, oder zumindest Verständnis. Aber da war nichts dergleichen. Schließlich fuhr er fort: „Natürlich hab ich ihm von Manuels Story erzählt. Reiter meinte, ich solle das beobachten. So lange er keine Beweise habe, wäre alles reine Fantasie. Und er hatte keine Beweise. Die ganze Zeit nicht, bis Montagabend. Da hat er es herausgefunden. Leider!"

„Was haben Sie dann gemacht?", fragte Kobler, die langsam genervt war, weil Bartsch sich alles aus der Nase ziehen ließ.

Er hob die Schultern. „Ich hab Reiter angerufen und gefragt, was ich jetzt machen soll. Er hat kurz überlegt. Dann hat er eiskalt gesagt, ich solle an einen bestimmten Ort fahren. Da würde ich eine Waffe erhalten. Damit soll ich Manuel erschießen und anschließend die Beweise vernichten." Bartsch sah betreten in die Leere des Zimmers.

„Was hätte ich denn machen sollen?", wollte er, sich verteidigend, von den beiden Kommissaren wissen. „Hätte ich es nicht gemacht, hätten sie meiner Familie etwas angetan!"

Erneut war da dieser suchende Blick. Dieses Verlangen nach Vergebung in seinen Zügen. Aber Kobler und Rester blieben hart und ihre Mienen unbewegt. Sie wollten es Bartsch nicht einfacher machen. Er hatte seinen Freund erschossen. Seinen Freund, der ihm vertraut hatte. Er hatte dessen Lebensgefährtin ermordet und vorher verstümmelt. Dafür gab es keine Absolution, weder in Sarahs Augen, noch konnte sie sich vorstellen, dass welche göttliche Macht auch immer dieses Verbrechen verzeihen würde.

„Nachdem ich diesen verflixten Krankenhausbericht, von dem er erzählt hatte, bei Manuel nicht gefunden habe, wusste ich, dass er nur bei Stefanie sein konnte. Er hat sie ständig über alles informiert. Nächtelang haben sie bei Rotwein die abstrusesten Theorien besprochen. Es konnte nur bei ihr sein. Sie hat für seine Rüstungsrecherchen für ihn die Kontakte aufgebaut. Die beiden waren ein Team. Wie auch immer! Ich hab Reiter gebeten, nichts mehr für ihn tun zu müssen, aber er wollte, dass ich diese Berichte besorgte. Also musste ich zu ihr!"

„Aber sie hatte Wind von der Sache bekommen", schlussfolgerte Kobler.

Bartsch nickte. „Genau! Irgendetwas hatte sie misstrauisch gemacht. Sie wollte mich nicht in die Wohnung lassen. Da hatte ich keine andere Wahl. Ich hab die Tür aufgebrochen und sie mitgenommen. Sie musste mir sagen, wo sie diese Akten versteckt hatte."

„Wer hat Ihnen den Wagen gegeben?", wollte Rester wissen.

„Den haben mir zwei von Arkatovs Leuten gebracht. Reiter war der Kopf, aber Nikolai war der Mann fürs Grobe."

Deshalb hatten sie das Auto vor der Villa gesehen, dachte Kobler. „Und dann haben Sie Stefanie Röll getötet", fasste sie den Rest der Geschichte zusammen, um nicht jedes Detail nochmals erläutert zu bekommen. Es reichte, befand sie.

Bartschs Nicken hatte inzwischen etwas Mechanisches an sich. Es war so wenig Gefühl und Leben darin wie bei einem Roboter oder einer Puppe. „Sie hat mir nichts gesagt", gab er flüsternd zu. Stille!

„Ich war so froh, als ich von Reiters Tod erfahren habe. Ich hatte Angst, sie würden meiner Familie etwas antun, weil ich die Akten mit den Krankenhausberichten nicht gefunden hatte. Ich war erleichtert und dachte, jetzt wäre alles vorbei. Und nun kommen Sie." Wieder ließ Bartsch den Kopf hängen. Ein betretenes Schweigen schloss sich seinen Ausführungen an. Fast konnte man meinen, dass er Kobler und Rester die Schuld an allem gab.

Die beiden Kommissare sahen sich an. Ihr Zeuge saß wie ein Häufchen Elend auf seinem Stuhl. Es war alles gesagt und alle Unklarheiten beseitigt. Sie waren fertig. Abermals vernahm man für einen Moment nur die Rufe und das Gelächter von gut gelaunten Kindern. Das Mädchen quietschte, als ihr Bruder sie mit einem Wasserstrahl traf. Das alles hatte mit dem hier drinnen nichts mehr zu tun.

„Herr Bartsch, wir müssen Sie leider festnehmen. Sie werden beschuldigt, Herrn Manuel Husmann und dessen Lebensgefährtin Stefanie Röll ermordet zu haben. Bitte begleiten Sie uns auf das Präsidium." Meist war es Rester, der die unangenehmen Dinge erledigte, nachdem Kobler die Befragung geführt hatte. Er hatte sich daran gewöhnt.

Der Chefredakteur stand auf und schlich niedergeschlagen zur Tür. Kurz davor drehte er sich um und fragte: „Darf ich mich noch von meiner Familie verabschieden?"

Tom und Sarah wechselten einen knappen Blick. Der Kommissar nickte. „Einverstanden! Aber kurz!"

Bartsch öffnete die Tür und ging hinaus in den Flur in Richtung der Gartentür. Mit langsamen Schritten lief er an der Garderobe vorbei, wo Mäntel und Jacken sauber aufgereiht nebeneinander hingen. Er war gebrochen, das konnte man seiner Körperhaltung ansehen. Ein Mann, der alles verloren hatte. Was für eine Wendung, dachte Kobler.

In diesem Moment machte Bartsch eine schnelle Bewegung. Er griff mit einer Hand in die rechte Tasche seines Mantels. Dort zog er eine Waffe hervor, und ehe die Kommissare eingreifen konnten, schob er sich diese in den Mund und drückte ab.

Blut und Gehirn spritzen an die Wand und gegen die Tür. Bartsch stürzte zu Boden. Sarah sah, wie die Makarow seinen Fingern entglitt. Sofort sprang sie näher und versuchte, seinen Puls am Hals zu tasten. Doch da war nichts mehr. Entsetzt starrte sie auf das Riesenloch, welches in seinem Kopf klaffte. In diesem Moment wusste sie, dass jede Hilfe zu spät kam.

Kobler blickte auf und sah in Resters bestürztes Gesicht. Sie drehte den Kopf und erblickte mit Entsetzen die beiden Kinder in der Gartentür. Mit offenen Mündern und aufgerissenen Augen betrachteten sie die Szene und das, was von ihrem Vater übrig war.

„Was ist denn passiert?", hörte sie eine Frauenstimme. Dann stand Bartschs Frau in der Tür. Als sie ihren Mann liegen sah, stieß sie einen unnatürlichen kreischenden Laut aus, der das ganze Elend der Welt in sich zu beherbergen schien. Er brannte sich in Sarahs Kopf, in ihr Bewusstsein und in ihr Gedächtnis. Sie wusste sofort, dass sie diesen Schrei nie mehr vergessen würde. Nie wieder!

37. Kapitel – Epilog

Die Sonne stieg langsam auf. Die ersten Strahlen brachen durch die Blätter der einzelnen Bäume. Sie tauchten den wabernden Nebel in goldenes Licht, was den Park in Minuten in eine unwirkliche Elfenwelt verwandelte. Tom hörte Vögel zwitschern. Je heller es wurde, umso mehr stimmten in den Gesang ein. Es war, als würden sie das Tagesgestirn willkommen heißen.
Sarah und er waren früh aufgebrochen. Er hatte sie gefragt, ob er sie zu einer ihrer Fototouren am Wochenende begleiten durfte, und sie hatte zugestimmt. Bis eben hatte sie den Sonnenaufgang im Treptower Park erwartet. Jetzt war es endlich so weit. Tom war schnell klar, warum seine Kollegin genau diesen Augenblick abgepasst hatte. Nun, als der neue Tag erwachte, hatte die Welt etwas Magisches an sich. Tom betrachtete Sarah, die die Kamera bereits am Auge hatte und abdrückte. Bild für Bild fing sie digital den Moment ein. Tom wusste, es würden großartige Aufnahmen werden.
Ihre langen braunen Haare rutschten ihr nach vorne ins Gesicht, während sie fotografierte. So sah sie unheimlich wild aus. Wild und sexy zugleich. Er konnte nicht mehr umhin, ihr eng anliegendes Top und die darunter liegenden Brüste wahrzunehmen. Bisher hatte er es sich verboten, weil er es als etwas Unanständiges oder Unerlaubtes empfand. Nun aber nicht mehr. Er konnte nicht anders.

Tom musste sich eingestehen, dass er sich in seine Kollegin verliebt hatte. Es war nicht eben erst passiert, sondern schon vor einiger Zeit. Aber jetzt war er bereit, es sich zumindest einzugestehen. Er fühlte dieses Kribbeln um den Nabel, wenn er an sie dachte. Wie viel Vorfreude er hatte, wenn er wusste, dass er sie am nächsten Tag wiedersehen würde. Und ihm war klar geworden, wie viele Gedanken er sich machte, was Sarah an ihm gut fand und was nicht.

Aber wie sollte er ihr das alles sagen? Eigentlich dachte Tom, dass solche Dinge in seinem Alter einfacher sein sollten als noch zu Schulzeiten. Dass man hingehen und vernünftig miteinander reden konnte. Aber diese Art von Gesprächen war wohl in jedem Alter kompliziert. So etwas war zu jeder Zeit etwas Besonderes, vor allem weil sie zusammen arbeiteten. Er sah, wie Sarah wieder den Auslöser der Kamera betätigt. Er hörte das mechanische Klicken. Schließlich senkte sie das Objektiv nach einer langen Serie und schaute sich suchend um.

„Es tut mir übrigens leid, dass ich dich wegen deinem Tattoo ausgelacht habe. Das war nicht in Ordnung von mir!", sagte sie ansatzlos. Sie schien erleichtert, dass sie diesen Satz endlich losgeworden war.

„Kein Ding!", erwiderte Tom. „Mir tut auch etwas leid!"

„Was denn?"

„Meine Eifersüchteleien wegen Florian waren nicht okay!"

Sarah grinste und wurde etwas rot um die Wangen. „Ach so, das!"

„Wo ist der jetzt eigentlich?", erkundigte sich Tom, nicht ohne Hintergedanken.

„Wieder weg!" Es klang beiläufig. Aber Tom wusste, dass es ihr nicht so egal war, wie sie gerne hätte. Er hatte es an ihrer Körpersprache erkennen können. An dem, wie sie ihre Telefonate mit Weidrich führte. Es lag immer Sehnsucht in ihrer Stimme und, was Tom viel mehr schmerzte, auch Verlangen.

„Was hat Pott zu dir gesagt?", wechselte Tom das Thema.

„Er hat mich zur Sau gemacht", verkündete Sarah, als passiere ihr das dauernd. „Er hat von Vertrauen gesprochen und dass er enttäuscht von mir sei." Sie hob die Kamera und drückte einmal kurz auf den Auslöser. Es klickte drei Mal.

„Er lässt es aber dabei bewenden. Es könnte ja alles so gewesen sein, wie ich gesagt habe. Es könnte jemand von Arkatovs Leuten oder Bartsch die Waffe dort abgelegt haben. Wie auch immer. Jedenfalls ist die Sache erledigt. Ich habe schließlich den Fall gelöst", grinste sie und fügte schnell „Wir!" hinzu. Sarah lächelte.

„Was wird aus Zeissner?", fragte Tom weiter, der das Gespräch gerne am Laufen halten wollte.

„Hecht meint, es gibt mildernde Umstände. Es wird wohl auf 13 Jahre hinauslaufen. Arkatov sitzt auch schon wegen Beihilfe zum Mord und Spionage."

Tom nickte. „Dann hat die Gerechtigkeit also gesiegt?"

Sarah schüttelte den Kopf. Ein Hauch von Wehmut tauchte in ihrem Gesicht auf, als hätte der Wind sie mitgebracht. „Vier Menschen sind tot. Für immer! Da gibt es keine Sieger! Und keiner der Morde war gerecht."

So viel Tiefgang hatte Tom seiner Kollegin gar nicht zugetraut. Überrascht hob er seine Augenbrauen. Sie gingen weiter durch das hohe Gras. Der Nebel schien sich langsam zu verlaufen und aufzulösen. Da entdeckte Sarah vor ihnen einen Fasan und deutete mit dem Finger auf ihn, sodass auch Tom ihn sehen konnte. Sie hob die Kamera und drückte wieder ab.

„Mich wundert, dass du den erkennen kannst!", sagte Tom spöttisch. „Setzt du die Brille, die du verschrieben bekommen hast, auch auf?"

Sarah schüttelte erneut den Kopf. Ihre Haare flogen hin und her. „Ich nehme Kontaktlinsen. Brillen stehen mir nicht!"

Tom fragte sich, ob er auf ihre Aussage mit einem Kompliment antworten sollte. Er traute sich nicht, zögerte, und dann war der Moment schon wieder vorbei. Er wusste nicht, wie sie darauf reagieren würde. Wie gern hätte er sie einfach in den Arm genommen und gedrückt, aber wer wusste schon, was jetzt angebracht war. Auch das traute er sich nicht.

„Darf ich mal ein Foto von dir machen?", fragte er stattdessen. Sarah drehte den Kopf und sah ihn skeptisch an. Zögernd zog sie den Träger von ihrer Schulter und reichte ihm die Kamera. Er stellte sich das Gerät ein, nahm sie ins Visier und betätigte den Auslöser.

Mit der aufgehenden Sonne im Hintergrund, umgeben von Gras, dem restlichen Nebel und dem Wind, der in diesem Moment ihre Haare erfasste, sah Sarah auf den Bildern aus wie eine Kriegerprinzessin. Er lächelte zufrieden und gab ihr den Fotoapparat zurück.

Sie sah sich die Fotos ebenfalls an und betrachtete sie eine ganze Weile. „Du hast Talent", lobte sie. „Gut getroffen!"

„Liegt am Motiv!"

Sarah runzelte die Stirn und musterte ihn seitlich über die Schulter. Sie wusste nicht recht, was sie erwidern sollte und wie Toms Aussage gemeint war. Wie aus dem

Nichts machte sie einen Schritt nach vorne und umarmte ihn.

„Danke für deine Hilfe!", flüsterte sie ihm ins Ohr. „Dafür, dass du mich nicht hast hängen lassen, als es darauf angekommen ist."

Er spürte die Wärme ihres Körpers. Es tat gut, so gut, so dazustehen und sie zu halten. Dann, viel zu früh, löste sie die Umarmung. Er sah sie an. Sah ihr in die Augen und da beschloss er, dem Leben nicht länger nachzulaufen, sondern ihm entgegenzugehen. Ganz bestimmt!